Christina Beer
Kiss me, Fräulein

W0273881

TINTE & FEDER

Das Buch

Deutschland in den Fünfzigerjahren: In der Micky Bar treffen sie auf lebenshungrige Soldaten, die Gefallen an deutschen »Fräulein« gefunden haben und nicht genug von ihnen bekommen können: Die selbstbewusste Ingrid mit ihren blonden Engelslocken stürzt sich ins Abenteuer und ermuntert auch ihre beiden Freundinnen, sie in das Tanzlokal zu begleiten. Jule und Gerda zögern, zu groß ist ihre Angst vor ihren konservativen Eltern. Doch die Neugier auf das neue Lebensgefühl mit heißem Rock 'n' Roll und die Sehnsucht, den Alltag endlich hinter sich zu lassen, sind stärker. Unbeeindruckt von den missgünstigen Dorfbewohnern, die sie als »Ami-Liebchen« beschimpfen, gehen sie mutig ihren Weg – in eine verheißungsvolle, aber auch ungewisse Zukunft.

Die Autorin

Christina Beer wuchs in der Oberpfalz und in Frankfurt am Main auf und verbrachte einige Jahre in den USA. Unter Pseudonym hat sie zahlreiche Bestseller veröffentlicht, die in zwanzig Sprachen übersetzt wurden.

CHRISTINA BEER

Kiss me, Fräulein

Die Frauen vom Badesee

ROMAN

TINTE & FEDER

Deutsche Erstveröffentlichung bei
Tinte & Feder, Amazon Media EU S.à r.l.
38, avenue John F. Kennedy, L-1855 Luxembourg
Juli 2024
Copyright © der deutschsprachigen Ausgabe 2024
By Christina Beer
All rights reserved.

Umschlaggestaltung: bürosüd° München, www.buerosued.de
Umschlagmotiv: © Penpitcha Pensiri © Pixel62 © Anton Vierietin © SoomO2020 / Shutterstock; © Joanna Czogala / ArcAngel; © John Cairns / Alamy Stock Photo
1. Lektorat: Ute Köhler
2. Lektorat: Cathérine Fischer
Korrektorat: Manuela Tiller / DRSVS
Gedruckt durch:
Amazon Distribution GmbH, Amazonstraße 1, 04347 Leipzig /
Canon Deutschland Business Services GmbH, Ferdinand-Jühlke-Straße 7, 99095 Erfurt /
CPI books GmbH, Birkstraße 10, 25917 Leck

ISBN 978-2-49671-599-6
e-ISBN 978-2-49671-598-9

www.tinte-feder.de

1954
Jule

1

Ihre Eltern stritten, als Jule die Treppe hinunterging. Ihr Vater wie immer rechthaberisch mit seiner dunklen, in den Kriegswintern heiser gewordenen Stimme, die Mutter wütend, als hätte sie noch immer nicht begriffen, dass sie gegen die unnachgiebige Art ihres Mannes nicht ankam. Jule hatte keine Ahnung, um was es ging. Das laufende Radio oder das brennende Licht, nahm sie an. Ihr Vater mochte es nicht, wenn man Strom vergeudete. Oder es ging darum, dass die Schweine noch kein Futter bekommen hatten. »Ich arbeite mir auf dem Bau den Rücken krumm«, schimpfte der Vater laut, »kümmert ihr euch um die Äcker und die Viecher!«

Wie in jedem Bauernhaus war es in der Küche übertrieben warm. Die Mutter hatte Marmelade für den Winter gekocht, und das Holz im Ofen brannte noch. Ihre Eltern schienen sie kaum zu bemerken, als sie die Küche betrat, stritten munter weiter, bis sie sagte: »Ich treffe mich mit Gerda und Ingrid am Badesee.«

»Schon wieder?« Ihr Vater saß in seiner Latzhose am Küchentisch und schob sich mit dem Messer eine Scheibe geräucherten Speck in den Mund. Seine grimmige Miene schien eingefroren, auf seinem kahlen Schädel spiegelte sich das Licht der Deckenlampe. »Und wer füttert die Schweine? Nur weil du in dieser Textilfabrik arbeitest, heißt das noch lange nicht, dass du abends faulenzen kannst.«

»Das macht Mama. Ich bin morgen früh wieder dran.«

»Ich weiß sowieso nicht, warum du in Weiden arbeitest. Das kannst du eh nicht mehr, wenn du erst mit dem Brunner Hansi verheiratet bist. Oder hast du schon mal eine Bäuerin gesehen, die irgendwo noch nebenher arbeitet? Die hat im Haus genug zu tun.«

»Ich heirate den Hansi nicht.« Immer das Gleiche.

»Natürlich heiratest du ihn. Es ist alles besprochen.«

Sie dachte nicht daran, sich weiter darauf einzulassen. Ihr Vater war 1949 aus der Gefangenschaft zurückgekehrt und lebte immer noch in der Zeit vor dem Krieg. Für ihn war es schon schwierig genug, sich wieder an seine Ehefrau zu gewöhnen. Mit ihr, seiner siebzehnjährigen Tochter, die es wagte, sich gegen ihn aufzulehnen und ihm zu widersprechen, fiel es ihm noch schwerer.

»Wir reden wann anders darüber, Papa.«

»Komm nicht zu spät«, sagte ihre Mutter. Sie stand in ihrer Kittelschürze neben dem Herd, das Kopftuch wie immer im Nacken verknotet, und wischte ihre Hände an einem Geschirrtuch ab. Seitdem der Vater zu Hause war, schien sie um Jahre gealtert zu sein. »Nicht dass du morgen früh den Bus verpasst!«

»Und treib dich nicht mit Amis rum!«, rief ihr der Vater nach, als sie ging. »Seit die im Lager sind, geht's hier zu wie in Sodom und Gomorrha. Die glauben, sie könnten sich alles mit unseren Frauen erlauben.« »Lager« nannten die Oberpfälzer den neuen Stützpunkt der Amerikaner in Grafenwöhr.

Sie hörte noch, wie er »Ami-Pack, elendiges!« schimpfte, war aber schon zur Tür hinaus, stieg auf ihr Fahrrad und machte, dass sie wegkam. Die Streitereien ihrer Eltern war sie so was von leid.

Über dem Marktplatz mit der klobigen Kirche, für die Ewigkeit gebaut und der Mittelpunkt des Dorfes, schien noch die Sonne. Ein herrlicher Sommerabend, der selbst die verwitterten Wohnhäuser in einem günstigen Licht erscheinen ließ. Gegenüber der Kirche das Wirtshaus, daneben die Metzgerei und ein paar Häuser weiter die Bäckerei und der Kramerladen vom Schmidhuber Benno. Der war drei Jahre nach dem Krieg zum Bürgermeister gewählt worden, nachdem die Amerikaner den alten Bürgermeister wegen seiner Zugehörigkeit zur NSDAP entlassen hatten. Hinter vorgehaltener Hand hieß es, dass auch der Schmidhuber Benno keine weiße Weste hatte, aber ein wenig Englisch konnte und gut mit dem Captain der Militärverwaltung auskam. Mehr wusste Jule nicht über ihn. Die Alten sprachen wenig über die Kriegsjahre, und junge Menschen wie sie blickten eher in die Zukunft. Für sie war die Ankunft der Amerikaner ein Segen gewesen.

Obwohl sie damals erst acht gewesen war, erinnerte sie sich noch gut an den Tag. Vor allem wegen der Kaugummis, die einige der Soldaten von ihren Jeeps, Lastwagen und sogar Panzern geworfen hatten, als sie mit ihrem Konvoi durch Eschenbrunn gefahren waren. Auf dem Marktplatz hatten sich mehr Zuschauer als bei einem Festumzug versammelt. Die meisten aus Neugier, einige aus Angst, weil sie in der Partei gewesen waren und befürchteten, dass die Amerikaner alle Parteimitglieder festnehmen würden. Viele aber auch aus Erleichterung, die schreckliche Vergangenheit vergessen zu können und endlich wieder eine Perspektive zu haben. Jule hatte mit ihrer Mutter vor der Metzgerei gestanden und war lediglich darauf aus gewesen, so viele Kaugummis wie möglich zu ergattern.

Sie mochte die Amerikaner. Anfangs waren sie ihr unheimlich gewesen in ihren Uniformen und mit ihrer seltsamen Sprache, aber nachdem sie ein paar von ihnen begegnet war und immer ein Lächeln und ein kleines Geschenk von ihnen bekommen hatte, fasste sie Zutrauen und zweifelte an den Worten ihrer Mutter, die sie ständig vor den Fremden warnte. Besonders die Schwarzen waren nett zu ihr, hatten immer ein freundliches Wort auf den Lippen, zumindest nahm sie an, dass sie es freundlich meinten, da sie kein Englisch verstand. Dass »die Neger« so ganz anders aussahen, störte sie nicht, denn immer, wenn sie lachten, und das passierte alle paar Minuten, veränderte sich ihre Miene, und sie sahen sie aus großen Augen an und zeigten ihre meist blendend weißen Zähne. Sie hatte nur selten Menschen getroffen, die so viel gute Laune verbreiteten.

Über einen der Schwarzen hatte sie sogar eine Geschichte geschrieben. Er hieß Joshua und hatte in einem Zirkus als Clown gearbeitet, bevor er zur Armee gegangen war, das behauptete er jedenfalls. Er war in der Armee genauso fröhlich, verriet er ihr in seinem gebrochenen Deutsch, und sie fragte, ob man im Krieg auch so lustig wie im Zirkus sein konnte. »Wie soll ich die ganzen schlimmen Dinge sonst ertragen?«, sagte er. »Wenn ich nicht lachen würde, müsste ich ständig weinen, und wer will das schon? Hab ich nicht recht, junges Fräulein?«

»Der Clown, der in den Krieg zog« hatte Jule ihre Geschichte genannt. Sie war nur ein paar Zeilen lang und gefiel ihr immer noch. Damit der Vater sie nicht fand und sie schimpfte oder auslachte, hatte sie das Blatt Papier in ihrem Zimmer ganz unten in einer Schublade versteckt. Obwohl sie schon siebzehn war, behandelte sie der Vater wie ein kleines Mädchen und erwartete, dass sie ihm gehorchte. Jule hatte das Gefühl, dass sich das in absehbarer Zeit auch nicht ändern würde.

Dass sie gern fabulierte und Geschichten schrieb, wussten weder er noch ihre Mutter. »Dummes Zeug!«, hätte ihr Vater gelästert, wenn er die Seite gefunden hätte, und sie anschließend ins Feuer geworfen. Und im selben Atemzug hätte er sie wieder mal daran erinnert, dass die Frau vom Brunner Hansi genug Arbeit am Hals haben würde und Gschichterl schreiben verschwendete Zeit und nur was für gelangweilte Stadtfrauen wäre, wenn überhaupt. Wie sie auf die Idee käme, sich mit so einem Schmarrn zu beschäftigen. Und ihre Mutter würde neben ihm stehen, die Hände in die Hüften stemmen und wortlos nicken.

Der Badesee lag keine zwei Kilometer von Eschenbrunn entfernt auf einer Waldlichtung. Eingerahmt von dichtem Fichtenwald zog er zahlreiche Eschenbrunner an, die auf den Uferwiesen den warmen Sommerabend genossen und sich im kühlen Wasser den Staub von Körper und Seele wuschen. Einige Kinder spielten mit einem Wasserball und ärgerten die Erwachsenen mit ihrem Geschrei. Ein Pärchen trieb ungestört in einem alten Ruderboot über den See.

Gerda und Ingrid warteten an ihrem Lieblingsplatz abseits des Trubels auf sie. Gerda in einem einteiligen Badeanzug, Ingrid in einem Bikini, wie das neue Kleidungsstück hieß, knallrot und mit weißen Punkten. Gerda war siebzehn wie Jule, wirkte aber kindlicher und unschuldiger. Ihre dunklen Haare trug sie sauber gescheitelt, sie reichten ihr bis zum Kinn. Ingrid war zwei Jahre älter als sie, mit blonden Haaren, die manche Männer an Marilyn Monroe erinnerten, wie sie ständig betonte, und sie äußerst verführerisch aussehen ließen. Auch jetzt starrten wieder zahlreiche Bewunderer zu ihr herüber, sogar einer der älteren Männer, ungefähr doppelt so alt wie sie und verheiratet, wie jeder am See wusste.

»Willst du ganz Eschenbrunn den Kopf verdrehen?«, fragte Jule, während sie sich auszog. Sie trug ihren einteiligen Badeanzug, dunkelblau und viel zu züchtig, wie sie fand, schon unter dem Kleid. »Die verderben sich noch die Augen, wenn sie dich weiter so anstarren. Schau dir bloß den Huber Emil an.

Wenn das seine Frau mitkriegt, kann er einpacken. Du legst es drauf an, was?«

»Der Huber ist schon lange scharf auf mich«, erwiderte sie. Sie stülpte sich lachend die Bademütze über ihre blonden Locken. »Neulich im Bus hat er sich sogar neben mich gesetzt. Als ob ich mich mit so einem Versager abgeben würde.«

Jule zog ihren Badeanzug zurecht. »Ich weiß, du willst was Besseres. Einen reichen Mann, der dich in die … wie heißt das? … in die High Society einführt.«

»Ich will raus hier«, sagte Ingrid. Ihr Tonfall verriet, dass sie es ernst meinte. »Ich will Geld, damit ich mir schöne Kleider und Schmuck kaufen kann wie …« Sie lief zu ihrer Badetasche und kramte die neue Film-Revue heraus. »Damit ich mal so aussehe wie die hier.« Sie schlug ein ganzseitiges Foto von Romy Schneider auf. »Oder die Hollywood-Diven.« Sie deutete auf ein Foto mit Rita Hayworth. »Ich werde in Berlin wohnen, Hamburg oder München. In einer herrschaftlichen Villa mit einem Mann, der was zu sagen hat und mir jeden Wunsch von den Augen abliest.« Ihr Blick war träumerisch, beinahe sehnsuchtsvoll.

»Na klar«, sagte Jule und zog sich ebenfalls ihre Badekappe über. »Und dann treibst du dich auf Empfängen und Bällen rum und trinkst Sekt mit Politikern und Industriellen. Und wo soll das viele Geld herkommen? Und der reiche Mann?«

»Ich weiß schon, wie ich die Männer rumkriege. Wirst schon sehen.«

»Meine Eltern würden mich gar nicht weglassen«, erwiderte Gerda. Wie Jule kannte sie die Schwärmereien ihrer Freundin von einem besseren Leben und glaubte immer weniger daran. »Seit mein Vater aus Russland zurück ist, darf ich kaum noch was. Ich kann froh sein, dass ich mich noch mit euch treffen darf.«

»So schlimm?«, fragte Jule.

»Ihr könnt euch nicht vorstellen, was manchmal bei uns los ist. Letzten Samstag hat der Vater einen Anfall bekommen, weil das Essen nicht um Punkt zwölf auf dem Tisch stand, und nachts …«

Jule glaubte, Tränen in ihren Augen zu sehen.

»Und nachts streiten sie manchmal so laut, dass ich kaum schlafen kann.«

»Das kenn ich«, sagte Jule, »bei mir geht's auch ganz schön zu.«

»Aber dein Vater ist früher aus der Gefangenschaft zurückgekommen. Meiner ist erst seit ein paar Monaten hier. Er denkt, es ist immer noch alles wie früher, und würde am liebsten eine Hakenkreuzfahne aus dem Fenster hängen. Wenn es meine Mutter nicht versteckt hätte, würde er sogar sein Parteiabzeichen tragen.«

»Und würde ein Verfahren an den Hals bekommen, wenn er ›Heil Hitler!‹ ruft«, mischte sich Ingrid ein. »Was ist mit euch? Wollt ihr weiter in der Sonne stehen und über eure Väter schimpfen, oder springt ihr ins Wasser mit mir?«

Ingrid rannte los und hechtete kopfüber in den See. Selbst beim Hechten machte sie eine elegante und geschmeidige Figur. Jule und Gerda liefen ins Wasser und beobachteten, wie zwei junge Männer auf ihre Freundin zukraulten und mit ihr um die Wette flirteten. Ingrid schien ihre Bewunderung zu genießen, und nur, wer sie gut kannte, wusste, dass sie sich einen Spaß daraus machte und sich niemals auf diese Art Mann einlassen würde. Sie nahm keinen aus Eschenbrunn ernst. In den abgehobenen Sphären, in denen sie sich einmal tummeln wollte, hatten Jünglinge wie diese beiden keinen Platz.

»Nun sieh dir das an«, amüsierte sich Jule. »Kaum taucht sie irgendwo auf, hängen die Männer wie Kletten an ihr. Sie braucht nicht mal mit den Fingern zu schnippen. Selbst mit der Bademütze finden sie die meisten unwiderstehlich.«

Sie schwammen in den See hinaus, wo es etwas ruhiger war und keine lärmenden Kinder mit dem Wasserball auf sie zielten. Das Pärchen in dem Ruderboot trieb in einiger Entfernung an ihnen vorbei. Die beiden küssten sich ungeniert und kümmerten sich nicht darum, dass sie nicht allein auf dem See waren.

Jule ließ sich auf dem Rücken treiben. Die tief stehende Sonne überzog ihr Gesicht mit einem rötlichen Schimmer. Hinter ihren geschlossenen Lidern sah sie warmes Orange. »Warst du schon mal verliebt?«, fragte Jule. »Ich meine, so richtig mit Haut und Haaren?«

»Ich bin noch nie mit einem Jungen gegangen«, antwortete Gerda, »und wenn, hätten meine Eltern mich in mein Zimmer gesperrt und den Jungen davongejagt. Den Mann, der ihnen passen würde, gibt es sowieso nicht. Ein Freund und so, das ginge nur heimlich bei mir, oder ich müsste mit dem Jungen durchbrennen.«

»Und? Würdest du?«

»Wohin denn? Ohne einen Pfennig?«

»Ich war auch noch nicht verliebt«, erwiderte Jule. »Meine Eltern sind genauso stur wie deine. Sie wollen, dass ich den Brunner Hansi heirate. So wär das immer gewesen, sagt mein Vater. Heiraten darf man nur einen Mann, mit dem die Eltern einverstanden sind.« Sie drehte sich auf den Bauch und trat auf der Stelle. »Den Brunner Hansi konnte ich noch nie leiden. Außerdem hab ich mir geschworen, keinen Bauern zu heiraten. Ich hab genug von der Landwirtschaft.«

»Du willst auch aus Eschenbrunn wegziehen?«

»Irgendwann schon«, sagte sie. »Ich hätte nur Angst, dass mein Vater der Mutter die Schuld gibt und seine Wut an ihr auslässt. Sie kann nicht mehr weglaufen, obwohl sie ihm schon mehrmals damit gedroht hat. ›Dann geh doch‹, hat er gesagt, ›aber die Jule bleibt hier. Die siehst du nie mehr wieder, wenn du gehst!‹«

»Du könntest mit deiner Mutter durchbrennen.«

»Würdest du das tun?«

»Nein«, räumte Gerda ein, »das würde ich mich nicht trauen. Mein Vater würde uns bis ans Ende der Welt folgen, und wer weiß, was dann passieren würde. Er schlägt sie doch so schon oft genug.« Sie blinzelte in die tief stehende Sonne. »Nein, lieber nicht, das gäbe eine Katastrophe.«

»Jule! Gerda!«, rief Ingrid. »Wo bleibt ihr denn? Hier spielt die Musik!«

Jule grinste. »Ingrid braucht Hilfe. Zu viele Verehrer!«

Sie kraulten zurück und sahen, dass sich drei weitere Verehrer zu den beiden Jungen gesellt hatten. Zwei Jungen in ihrem Alter, die Jule nur vom Sehen kannte, und Willi Meißner, der Sohn eines wohlhabenden Bauern aus dem Nachbardorf. Ein arroganter Bursche, der sich eigentlich schon eine Frau ausgesucht hatte, aber immer noch mit anderen Frauen flirtete, obwohl es bereits einen Termin für die Hochzeit gab. »Der Willi ist halt ein fröhlicher Bursch«, entschuldigte ihn sein Vater, der es mit der Treue ebenso wenig genau nahm, »der meint es nicht böse.«

Ingrid schien sich wohlzufühlen inmitten ihrer Verehrer. Sie war bester Laune und lachte so ausgelassen, dass es ansteckend wirkte. Eine Kunst, die nur wenige Frauen beherrschten, war Jule überzeugt. Überschwängliche Freude zu verbreiten, ohne dass ihre Verehrer merkten, dass sie ihre Annäherungsversuche nicht ernst nahm und sich heimlich darüber amüsierte. »Die halben Portionen wollen im Reiterkampf gegen mich antreten, und ich brauche dringend Unterstützung.«

»Und was bekommt der Gewinner?«, fragte Jule.

»Einen Kuss natürlich«, erwiderte Willi, ohne lange nachdenken zu müssen. Um ihn herum lachten und johlten alle. »Das Mädchen darf er sich aussuchen.«

»Wer sagt denn, dass einer von euch Burschen gewinnt?«

Inzwischen hatten sich weitere Mädchen und Jungen zu ihnen gesellt, und sie schafften es, in dem Trubel mehrere Teams zu bilden. Ingrid suchte sich einen kräftigen jungen Mann aus, auf dessen Rücken sie kämpfen würde. Gerda war nahe daran, einen Rückzieher zu machen, aber ein Junge schickte sich bereits an, sie zu schultern, und es gab kein Entkommen mehr. Jule ritt auf den Schultern eines Nachbarn in den Kampf und feuerte ihn lachend an. So ein albernes Kinderspiel war perfekt geeignet, die trübe Stimmung zu Hause vergessen zu lassen.

Selbst Erwachsene hatten ihren Spaß daran, den Jugendlichen bei ihrem Wasserkampf zuzusehen, auch wenn in dem spritzenden Wasser und dem ausgelassenen Trubel kaum etwas zu erkennen war. Ein Mädchen nach dem anderen fiel ins Wasser, auch Jule, die auf einen besonders starken Widersacher getroffen war. Sie brachte sich rasch in Sicherheit und traf Gerda, die absichtlich verloren hatte und verängstigt wirkte.

»Blödes Spiel!«, schimpfte sie und stapfte zum Ufer.

Jule blieb im Wasser und beobachtete aus einiger Entfernung, wie die Mädchen und Jungen um die Wette kämpften, bis nur noch Ingrid auf dem kräftigen Jungen und Willi mit einem Mädchen aus dem Nachbarort übrig blieben.

»Am besten gibst du mir gleich einen Kuss«, triumphierte Willi, »du verlierst doch sowieso!« Er beugte sich nach vorn und seine Partnerin wollte nach ihr greifen, doch sie wich ihr blitzschnell aus. Sie griff ins Leere und stürzte kopfüber ins Wasser.

Alle außer Willi und seiner Partnerin lachten, vor allem Ingrid, die gar nicht daran dachte, den geschlagenen Willi zu küssen, und mit Jule aus dem Wasser stieg.

»Es wird langsam Zeit, dass ich mich mit richtigen Männern abgebe«, sagte sie und griff nach ihrem Handtuch. »So einer wie Willi ist ein paar Nummern zu klein für mich.«

2

Jule hatte sich immer einen Vater gewünscht. Sie war gerade mal vier Jahre alt gewesen, als ihr Vater in den Krieg gezogen war, und hatte ihn erst wiedergesehen, als er gegen Ende des Krieges mit einer Verwundung aus Jugoslawien zurückgekehrt war. Ihr Großvater war schon früh gefallen, eine Katastrophe für ihre Großmutter, die seitdem ihre Bitterkeit an Jules Mutter ausließ und bei jeder Gelegenheit an ihr herummäkelte. Jule kam es so vor, als würde sie jetzt, neun Jahre nach Kriegsende, immer noch alles daransetzen, die Mutter aus dem Haus zu ekeln und den Vater für sich zu vereinnahmen.

Für Jule war das Leben in Eschenbrunn, von ein paar Aufmärschen und hetzerischen Reden abgesehen, in gewohnten Bahnen verlaufen. Es hatte keine Bombenangriffe gegeben, die Bewohner waren ihrer Feldarbeit nachgegangen, und nach Grafenwöhr, wo Verbände der Wehrmacht und der SS stationiert gewesen waren, hatte sich kaum jemand verirrt. Alle hatten genug zu essen gehabt, und die Männer, die man eingezogen hatte, waren durch ausländische Kriegsgefangene ersetzt worden. Bei Jules Eltern hatte ein junger Franzose gearbeitet, der ihnen nach dem Krieg sogar einen Brief geschrieben und sich für die gute Behandlung bedankt hatte.

Aus den Erzählungen der Mutter wusste Jule, wie schwer die letzten Kriegsmonate für sie gewesen waren. Die Kasernen in Grafenwöhr wurden von den Amerikanern bombardiert, und die Mutter saß täglich vor dem Volksempfänger und studierte die Listen des Roten Kreuzes, um herauszufinden, wie es um ihren Mann stand. Er kam früher als die meisten anderen Männer nach Hause, stand unangemeldet mit einem Schulterverband vor ihrer Haustür und umarmte sie und ihre Mutter, die letzte liebevolle Geste, an die Jule sich erinnern konnte. »Deine Tochter«, hatte ihre Mutter gesagt. »Die Jule ist ganz schön gewachsen, nicht wahr?«

Dieser Sommer verlief nicht anders als die vorherigen. Wie immer im Juni beschränkte sich ihre Arbeit darauf, Gras zu schneiden und Heu zu machen und sich um die Kühe, Schweine und Hühner zu kümmern. Der Vater arbeitete stundenweise auf dem Bau, half der Mutter auf dem Acker oder im Stall. Jule musste ran, sobald sie von der Arbeit in Weiden zurückgekehrt war. Sie arbeitete dort in der Versandabteilung von WittWeiden, verpackte Kleider, Blusen und Bettwäsche und warf die fertigen Pakete in einen Wagen, mit dem sie zur Poststelle gebracht wurden. Wenn sie mit ihren Freundinnen an den Badesee oder einmal abends ausgehen wollte, hatte sie ihre Eltern um Erlaubnis zu bitten. Mit dem Vater sprach sie ansonsten selten. Alle Versuche, ihn nach seinen Erlebnissen im Krieg zu fragen, waren gescheitert. Nur einmal taute er auf, als er ihr von armen Menschen in Jugoslawien erzählte, die etwas zu essen von den Soldaten erbettelten. »Einige der Kameraden gaben ihnen Steine und lachten sich halbtot, als die enttäuschten Menschen zu weinen anfingen. Ich hab den Frauen und Kindern was von meinen Rationen abgegeben.« Immerhin ein Beweis dafür, dass er sich nicht so herzlos und grausam verhalten hatte, wie man es vor allem den Elite-Soldaten der SS nachsagte.

Eines Abends, als sie mit ihrer Mutter zum Grasschneiden auf die Wiesen fuhr, begegneten sie dem Brunner Hansi und seinem Vater. Jule saß auf dem Beifahrersitz ihres neuen Traktors und wäre am liebsten abgesprungen und davongerannt, blieb aber sitzen und versuchte, einen gleichgültigen Eindruck zu machen. Der Brunner Hansi war ähnlich wie sein Vater untersetzt und hatte ein Gesicht, das sie an eine Bulldogge erinnerte. In seiner Stimme schwang die Arroganz eines jungen Mannes, der durch den Reichtum seines Vaters abgesichert war und glaubte, davon gewisse Vorrechte ableiten zu können. »Servus, Jule«, grüßte er.

Jule rang sich ein »Servus, Hansi« ab. Sie hätte sich gewünscht, die Mutter wäre nach einem knappen Gruß weitergefahren, stattdessen hielt sie an und beglückwünschte den Senior zu seinem neuen Traktor, eine doppelt so teure und stärkere Zugmaschine wie ihre. »Einen schönen Traktor hast du da, Brunner.«

»Bar bezahlt, Bergmüllerin. Eurer ist gebraucht?«

»Uns reicht er völlig.« Sie verriet ihm nicht, dass sie ihn noch abzahlen mussten. »Erspart uns einen Knecht, wenn die Jule erst mal auf deinem Hof wohnt.«

Der Senior blickte seinen Sohn an. »Eigentlich sollte der Hansi eine Fabrikantentochter aus Neustadt heiraten, die kommt aus einem reichen Elternhaus und hätte gut zu ihm gepasst, aber er wollte lieber was Hübsches wie die Jule. Sie kann sich glücklich schätzen, eine so gute Partie zu machen, Bergmüllerin.«

»Ich kann den Hansi nicht heiraten«, mischte sich Jule ein.

Der Senior lachte. »Wieso? Hast du was Besseres?«

»Ich liebe den Hansi nicht … tut mir leid.«

»Jule!«, wies Mutter sie zurecht.

»Du meinst also, der Hansi wäre nicht gut genug für dich. Weißt du überhaupt, was eine Hochzeit mit dem Hansi für dich bedeuten würde? Du wärst eine angesehene Jungbäuerin und müsstest keine Not mehr leiden.« Er schüttelte den Kopf. »Aber mir soll's recht sein. Wenn du lieber am Hungertuch nagen willst. Meinetwegen. Die Aussteuer der Fabrikantentochter wird mindestens dreimal so hoch sein wie das, was wir von euch bekommen würden. Du hättest dem Herrgott auf Knien danken sollen, dass sich der Hansi für dich interessiert.«

»Sie hat es versprochen, Vater!«, sagte Hansi.

»Meine Eltern haben es versprochen«, widersprach Jule.

Ihre Mutter flehte beinahe: »Weißt du auch, was du da sagst, Jule? Der Brunner Hansi ist so ziemlich die beste Partie, die man in Eschenbrunn machen kann. Überleg's dir noch mal! Gib ihr noch etwas Zeit, Brunner-Bauer! Sie ist erst siebzehn und hat noch Flausen im Kopf. Was wir abgemacht haben, gilt.«

»Ich verlasse mich auf dein Wort, Bergmüllerin.«

Der Brunner-Bauer hatte recht. Die Anzahlung für ihren gebrauchten Traktor war nicht billig gewesen, und sie würden noch Monate daran zu knabbern haben. Ohne den Lohn, den Jule und ihr Vater nach Hause brachten, hätten sie die Landwirtschaft aufgeben müssen. Noch gab es weniger Abnehmer für ihre Schweine und Kälber als früher, und auch mit dem Verkauf der Milch ging es nur langsam bergauf. Die Molkerei in Weiden litt immer noch unter der Bombardierung vor Kriegsende. Sie konnten nicht die ganze Milch zu Butter verarbeiten.

Welche zwiespältige Rolle die Großmutter in diesen schweren Zeiten ausfüllte, erfuhr Jule, als sie zu ihrem Geheimplatz unter dem Dach hochgeklettert war. Während sie aus dem kleinen Fenster blickte, beobachtete sie, wie ihr Vater von der Arbeit heimkehrte. Sie wollte gerade nach unten steigen und ihn begrüßen, als unter ihr ein Fenster aufging und sich die Großmutter nach draußen lehnte.

»Rudi!«, rief sie.

Die Mutter war im Stall und hörte sie nicht. »Kommst nachher zu mir hoch! Ich hab ein Wurstbrot und Bier für dich. Das kriegst du nicht alle Tage!«

Jule war verstört, ließ sich beim abendlichen Schmalzbrot aber nichts anmerken. Die Stimmung ließ wie fast jeden Abend zu wünschen übrig. Die Mutter war viel zu erschöpft von der Feldarbeit, um etwas zu sagen, und der Vater gab sich grimmig wie immer, als wäre er nur zu diesem einen Gesichtsausdruck fähig. Jule hoffte schon, er würde die Einladung der Großmutter in den Wind schlagen oder mit ihrer Mutter darüber reden. Aber als sie und ihre Mutter fertig gegessen hatten, ließ er die Hälfte seines Schmalzbrots liegen und stieg in den ersten Stock hinauf. Jule folgte ihm heimlich.

Während sie nach oben schlich, sah sie, wie ihre Großmutter die Tür öffnete und ihren Vater in ihr Zimmer zog. Sie nahm die restlichen Stufen, legte ihr Ohr dicht an die Tür und lauschte. Die Stimmen waren nur schwer zu verstehen.

»Da bist du ja, Rudi! Komm, setz dich!«, forderte ihn die Großmutter auf.

»Ich kann aber nicht lange bleiben«, erwiderte ihr Vater.

»Ich hab dir die gute Wurst vom Metzger gegenüber besorgt, und Bier hab ich auch genug da. Wofür soll ich das Geld, das ich von der Regierung bekomme, denn sonst ausgeben? Der Johann ist gefallen. Ich hab nur noch dich und lass dich auch von der Thekla nicht kaputtmachen.«

Allein wie die Großmutter den Namen der Mutter aussprach, ließ Jule erschauern.

»Siehst du denn nicht, wie dich diese Frau ausnützt? Du sollst auf dem Bau und auf dem Acker arbeiten und abends, wenn du müde nach Hause kommst, wirst du mit einem Schmalzbrot abgespeist und sollst dich noch um die Viecher im Stall kümmern. Merkst du was?«

»Die Thekla ist gar nicht so schlecht, Mutter«, erwiderte er. »Ich glaub nicht, dass sie mich ausnützt.«

»Das fällt dir schon gar nicht mehr auf! Du musst dich von ihr trennen, Rudi. Der Herrgott wird dir diese Sünde verzeihen, wenn er sieht, wie gut es dir bei mir gehen wird.«

Jule stellte sich vor, wie sie ihrem Vater eine Hand auf die Schulter legte.

»Schmeckt dir das Bier? Hab ich beim Stettner für dich gekauft.«

Jule hörte Papier rascheln. »Ich weiß, du meinst es gut mit mir, Mutter«, hörte sie ihren Vater sagen, »aber ich verlass die Thekla nicht. Ein Mann gehört zu seiner Familie. Ich nehm die restliche Wurst nach unten mit und sag ihr, du hättest sie für uns gekauft. Nein, Mutter, du darfst mir nicht böse sein. Ich hab im Krieg gelernt, alles zu teilen.«

»Überleg es dir noch mal, Rudi! Das musst du mir versprechen!«

»Ich versprech's dir, Mutter.«

Jule hatte genug gehört. Sie dachte daran, ihre Großmutter an die Mutter zu verraten, hielt sich aber zurück. Das hätte nur böses Blut gegeben. Keiner der Beteiligten würde sich ändern. Die Großmutter hatte die Liebe, die sie ihrem verstorbenen Mann geschenkt hatte, auf den Sohn übertragen, und der Vater war viel zu schwach, um sich dagegen zu wehren. Alles würde so bleiben, wie es seit der Rückkehr des Vaters war. Der einzige Ausweg führte in die Fremde, in eine Stadt wie München oder Nürnberg, wo man auch als alleinstehende Frau eine Zukunft haben konnte. Oder in eine Ehe mit einem auswärtigen »Stodterer«, wie sie die Städter nannten, der sie in seine Heimat mitnehmen würde. Gegen beide Entscheidungen würden sich ihre Eltern mit Händen und Füßen wehren. Wenn sie den Brunner Hansi nicht heiratete und sich auch für keinen anderen jungen Mann aus Eschenbrunn entscheiden konnte, sollte sie gefälligst zu Hause bleiben, einen Teil des Geldes, das sie in Weiden verdiente, bei ihnen abgeben und auf dem Hof mithelfen.

Die Streitereien, die abends bis in ihr Zimmer drangen, machten Jule schwer zu schaffen. Obwohl der Vater schon einige Jahre zu Hause war, hatte sie sich noch immer nicht an die ständigen Auseinandersetzungen gewöhnt. Er verstand nicht, dass Mutter während der Kriegsjahre an Selbstbewusstsein gewonnen hatte und es inzwischen gewohnt war, neben dem Haushalt auch die Arbeit auf dem Acker zu organisieren. Die Streitereien waren lange nicht so schlimm wie bei einigen ihrer Nachbarn, dafür war Vater zu schwach und erschöpft, aber er kam mit seiner neuen Rolle schwer zurecht und ließ sich ungern von ihrer Mutter etwas sagen. Ihre Eltern waren nicht die Einzigen, die unter diesen Problemen litten. Wie sie bei ihrem letzten Treffen am Badesee erfahren hatte, wurde auch bei Gerda ständig gestritten. Und wäre Ingrids Vater nicht für immer in Russland geblieben, wäre es wohl bei ihr ähnlich zugegangen.

Während der ersten paar Monate nach der Rückkehr des Vaters hatte Jule noch versucht, die Streitereien der Eltern zu schlichten, jedoch ohne Erfolg. »Müsst ihr dauernd streiten?«, fragte sie ihre Mutter einmal. »Warum vertragt ihr euch nicht? Warum sprichst du nicht mal vernünftig mit dem Vater? Die Schreierei hält doch kein Mensch aus. Oder soll das bis an euer Lebensende so gehen?«

»Daran ist der Krieg schuld«, hatte die Mutter geantwortet. Eine Antwort, die sie immer gab, wenn man sie auf die Launen des Vaters ansprach. »Ich glaube, er hat schreckliche Dinge in Jugoslawien erlebt, darüber muss er erst mal wegkommen. Er spricht nie vom Krieg, aber wenn das stimmt, was mir andere verraten haben, müssen die Partisanen noch grausamer als die Russen gewesen sein.«

Jule ließ sich von den Figuren in ihren Geschichten trösten. Während des Krieges hatte ihr Mutter nie vorgelesen, außer der Bibel gab es kein einziges Buch im Haus, und um Geschichten zu erfinden, fehlte ihr das Talent. Sie war viel zu sehr damit beschäftigt gewesen, den Bauernhof zu bewirtschaften und Jule großzuziehen. Schon damals hatte Jule sich Geschichten ausgedacht und erzählte sie sich am Abend mit verstellter Stimme selbst. Vom liebevollen Bären Karl, der alle anderen Tiere, denen er begegnete, in den Arm nahm, Fräulein Agathe, einer spöttischen Ziege, die alle Probleme wegkicherte, und dem arroganten Professor Friedrich, der an allem etwas auszusetzen hatte.

Aufgeschrieben hatte sie ihre Geschichten erst, als der Vater zurückgekommen war. Um dem ständigen Streit zu entgehen, floh sie auf den Speicher unter dem Dach und richtete sich dort ein geheimes Lager aus Wolldecken ein. Ihre Eltern waren schon seit Jahren nicht mehr unter dem Dach gewesen. Dort schrieb sie ihre Geschichten auf den Block, den sie von Ingrid und Gerda zum Geburtstag geschenkt bekommen hatte, und versteckte die beschriebenen Seiten in einer Kiste mit alten Kleidern. Ihre Geschichten handelten inzwischen nicht mehr von seltsamen Tieren, sondern von richtigen Menschen wie dem Lochner Sepp, der seine Kühe jeden Sonntagmorgen über den Truppenübungsplatz trieb, wo sie noch saftiges Weidegras fanden. Oder der Stettner Marie, der Tochter des Metzgers, die beim Kassieren aushalf, obwohl sie überhaupt nicht rechnen konnte.

Der vierte Juli verlief wie jeder Sonntag. Um zehn gingen sie in die Kirche und hörten dem Pfarrer zu, der auch neun Jahre nach dem Krieg noch an die tapferen Männer erinnerte, die während der Feldzüge ihr Leben gelassen hatten, und die Hoffnung aussprach, dass auch die letzten Männer noch aus der russischen Gefangenschaft zurückkehren würden. Es gab Gerüchte, dass der Bundeskanzler nach Moskau fliegen würde, um über ihre Freilassung zu verhandeln. Zu den Betroffenen gehörte die Kantner Rosi, die von den Zuwendungen ihrer Eltern lebte und jedes Mal zu weinen anfing, wenn der Pfarrer von den Gefangenen sprach.

Nach der Kirche ging der Vater zum Frühschoppen mit zwei Kriegskameraden, Mutter kochte, und Jule kümmerte sich um die Stallarbeit, die auch am Sonntag nicht ruhen durfte. Der Vater kam nie zu spät zum Mittagessen und nagte wortlos an seinem Hühnerschenkel. Sonntags gab es entweder Huhn oder Schweinebraten mit »Spotz'n«, wie die Knödel in der Oberpfalz genannt wurden. Nach dem Essen legte sich ihr Vater auf die Couch, und ihre Mutter traf sich mit der Nachbarin zum Kaffeeklatsch, dem einzigen Vergnügen, das sie noch hatte.

Jule ging zum Badesee, auch an einem bewölkten Tag wie diesem. Ingrid und Gerda hatten sich bereits umgezogen und warteten auf sie. Beide waren bester Laune.

»Heute haben wir den See für uns!«, freute sich Gerda. Wahrscheinlich war sie erleichtert, nicht mehr huckepack auf einem Jungen reiten zu müssen.

»Wegen der paar Wolken? Das Wetter war schon schlechter.«

»Doch nicht deswegen«, erwiderte Gerda. »Weißt du's denn nicht? Heute spielt Deutschland gegen Ungarn. Das Endspiel der Fußball-Weltmeisterschaft.«

»Stimmt, ich hab in der Firma davon gehört. Eine große Sache, was?«

Gerda musste lachen. »Die Männer sind ganz verrückt darauf. Beim Stettner haben sie sogar einen Fernseher aufgestellt, und es soll Freibier für alle geben, falls Deutschland gewinnt. Stell dir vor, der alte Geizhals will einen ausgeben.«

»Der hat leicht reden«, erwiderte Ingrid. Diesmal trug sie einen einteiligen Badeanzug, entweder weil es etwas kühler war als sonst oder weil weniger Männer am See waren, die sie damit beeindrucken konnte. »Ich hab gehört, wir hätten keine Chance gegen die Ungarn. Die wären seit über dreißig Spielen unbesiegt.«

»Ich interessier mich nicht für Fußball«, erwiderte Gerda.

»Ich vielleicht? Haben mir die Jungs geflüstert.« Ingrid grinste.

»Fußball ist was für Männer«, sagte Gerda.

Das Wasser kam ihnen kühler als sonst vor, aber nachdem Ingrid auch vor weniger männlichen Zuschauern elegant wie immer in den See gesprungen war, konnten auch Jule und Gerda nicht zurückstecken. Nach einigen Schwimmstößen wurde es besser. Sie schwammen bis weit in den See hinein und hielten sich am Schlauch eines Autoreifens fest, den irgendjemand ins Wasser geworfen hatte.

»Ihr solltet Englisch lernen«, schlug Ingrid vor.

»Englisch? Wegen der Amis?«, fragte Jule.

»Natürlich wegen der Amis.« Ingrid lachte. »Eine Kollegin in der Firma hat mir verraten, dass es keine besseren Liebhaber gäbe, und sie würde jetzt schon bereuen, dass sie nicht alles verstanden hätte, was ihr neuer Freund geflüstert hätte. Besser, man kennt ein paar Wörter, bevor man sich mit einem Ami einlässt.«

Gerda war entsetzt. »Du willst dich mit einem Ami einlassen?«

»Warum denn nicht? Die Amis sind großzügig, laden einen ins Lokal und ins Kino ein und überschütten einen mit Geschenken. Das sagt nicht nur meine Kollegin, das hab ich auch von anderen schon gehört. Denen ist es völlig egal, ob unsere Väter ihre Feinde waren. Die sind ganz wild auf uns deutsche Fräulein.«

»Mein Vater würde sonst was mit mir machen«, sagte Gerda.

»Meiner wäre auch nicht begeistert«, stimmte Jule ihr zu. »Ihr solltet hören, wie er über die Amis schimpft, dabei war er im Krieg in Jugoslawien und hatte nie mit ihnen zu tun.« Sie trat ein paar Schwimmstöße auf der Stelle und grinste Ingrid an. »Angeblich sollen doch die Franzosen die besten Liebhaber sein.«

»Und wenn schon … die Amis sind hier und haben mehr Geld.«

»Geld ist nicht alles. Sonst könnte ich auch den Brunner Hansi heiraten.«

»Lernt Englisch! Schaden kann das auf keinen Fall.«

Am Ufer saßen zwei Männer mit einem Kofferradio, als sie aus dem Wasser stiegen. Nicht mal für Ingrid hatten sie einen Blick übrig, als der Reporter die Stimme hob: »Aus dem Hintergrund müsste Rahn schießen … Rahn schießt … Tor! Tor! Tor! Tor für Deutschland!«

Selbst Jule, Gerda und Ingrid hörten plötzlich zu, wie der Reporter die letzten Minuten des Spiels schilderte. Bis sich seine Stimme überschlug, als er voller Begeisterung schrie: »Aus! Aus! Aus! Das Spiel ist aus! Deutschland ist Weltmeister, schlägt Ungarn mit 3:2 Toren in Bern!«

»Jetzt sind wir wieder wer«, sagte einer der beiden Männer, als sich ihr Jubel langsam legte.

Weder Jule noch Gerda und Ingrid wussten, was er damit meinte.

3

Mit dem Sieg ging ein Ruck durch Deutschland. So ähnlich stand es auch in einer Zeitung, die Jule in der Firma in die Hände fiel. Angeblich schenkte der Triumph vielen Deutschen ein neues Selbstbewusstsein, das die Erinnerung an den Krieg zumindest etwas in den Hintergrund drängte. In Eschenbrunn änderte sich kaum etwas. Die heimgekehrten Soldaten schwiegen beharrlich wie ihr Vater oder schimpften auf die grausamen Russen, die Frauen hielten sich zurück, um die Männer nicht zu provozieren. Nur der Schmidhuber Benno und andere Würdenträger, die während des Krieges das Sagen gehabt hatten, bekamen Oberwasser und gaukelten den Menschen vor, dass Deutschland zu neuem Ruhm erwacht war, und daran würden auch die amerikanischen Besatzer nichts ändern können.

Jule interessierte sich nicht für Politik. Sie hatte den Krieg in Eschenbrunn nur aus der Ferne erlebt und erst gespürt, wie gefährlich er war, als die Amerikaner schwere Bomben auf Grafenwöhr und Weiden geworfen hatten und der Lärm der Einschläge bis nach Eschenbrunn gedrungen war. Seitdem sie durch Eschenbrunn gefahren waren und Kaugummis in die Menge geworfen hatten, vertraute sie den Amerikanern. Sie betrachteten die Deutschen nicht mehr als Feinde und waren freundlicher als viele Einheimische zu ihr. Anscheinend richteten sie sich auf Dauer in Grafenwöhr ein. Dass ihr Vater auf die angeblich so bösen Amis schimpfte, bestärkte sie nur in ihrer Haltung. Was wusste er schon von ihnen?

Jule war froh, jeden Morgen nach Weiden fahren zu können. In der Textilfabrik kam sie mit Leuten zusammen, die sie auf andere Gedanken brachten, und hörte Stimmen, die nicht so schrill und feindselig klangen wie die ihrer Eltern. Verglichen mit dem, was sie auf dem Bauernhof leisten musste, war die Arbeit wenig anstrengend. Eine Lehre hatten ihr die Eltern verweigert, die lohnte sich angeblich nicht für ein Mädchen. Sie würde heiraten und einem Mann den Haushalt führen, so wie es die meisten Frauen in Eschenbrunn taten.

Seit dem Sieg der Fußballer waren schon einige Wochen vergangen, als sie mit einer Kollegin in der Innenstadt von Weiden spazieren ging. Die Mittagspause dauerte eine halbe Stunde, genug Zeit, um sich die Auslagen einiger Läden anzusehen. Das Pausenbrot konnte man im Gehen essen. Elisabeth war ungefähr fünf Jahre älter als sie, immer schick gekleidet, aber ohne festen Freund, dabei drehte sich jeder männliche Mitarbeiter nach ihr um. Jule hätte wetten können, dass die Firma sie vor allem wegen ihres freundlichen Lächelns eingestellt hatte.

»Und du hast wirklich keinen Freund?«, fragte Jule, als sie am Alten Rathaus vorbeigingen. »Die Männer in meiner Abteilung schwärmen alle für dich.«

»Die sind nichts für mich«, antwortete Elisabeth. »Mit einem war ich mal aus. Der redete die ganze Zeit nur über sich und was für ein toller Kerl er doch wäre. So einer hat keine Chance bei mir. Ich bin fünfundzwanzig. Ich werde doch nicht irgendjemanden heiraten, nur weil manche Leute meinen, in meinem Alter müsste man längst unter der Haube sein. Ich will keinen Mann vom Fließband. Den kann ich mir auch noch schnappen, wenn es mit der großen Liebe nicht klappt.«

Jule berichtete von den Plänen ihrer Eltern mit dem Brunner Hansi und wie sie ihm die Meinung gesagt hatte.

»So was Ähnliches hab ich meinen Eltern auch gesagt. Bei uns im Dorf siehst du jeden Tag, was aus solchen Ehen mal wird. Du bist noch jung. Du hast noch Zeit, Jule.«

Vor dem Schaufenster einer Buchhandlung blieben sie stehen. Ausgestellt waren vor allem Übersetzungen amerikanischer Bücher, wohl um sich bei den Besatzern einzuschmeicheln. »Jenseits von Eden« von John Steinbeck, von dem hatte sie schon gehört. Die anderen Autoren kannte sie nicht. In der Schule hatten sie kaum gelesen und wenn, dann nur deutsche Bücher. Neben den Romanen lagen ein Buch, mit dem man Englisch lernen konnte, und ein Englisch-Lexikon.

Ihr solltet Englisch lernen, hatte Ingrid gesagt. »Komm mit, das muss ich mir ansehen!«, forderte Jule ihre Kollegin auf. »Dauert nur ein paar Minuten.«

»Den Roman von Hemingway?«

»Hemingway? Nein, das Englischbuch.«

»Du willst Englisch lernen?«

Jule war bereits im Laden und ging auf die Buchhändlerin zu. »Darf ich mal in das Englischbuch aus dem Schaufenster reinsehen? Ich möchte gern Englisch lernen, komme aber selten von zu Hause weg. Ich lebe auf einem Bauernhof.«

»Kommen Sie aus Grafenwöhr?«

»Nein, aber ich wohne ganz in der Nähe. Wieso?«

»In letzter Zeit waren einige Leute hier, vor allem junge Frauen, die sich für so ein Buch interessiert haben. Wohl, damit sie die Soldaten besser verstehen?«

»Weil ich glaube, dass man Englisch können muss, wenn man es zu etwas bringen will, und irgendwie muss man ja anfangen.« Sie war etwas verärgert und klang schnippischer als beabsichtigt. »In der Schule hatten wir kein Englisch.«

Das Buch war nicht billig, und sie versuchte sich gar nicht auszumalen, was passieren würde, falls es ihr Vater entdeckte. Jule war bisher noch nie in einer Buchhandlung gewesen. Der Vater las den »Neuen Tag«, die einzige Tageszeitung der Region, und schimpfte bei der Lektüre fast jedes Artikels. »Schmierfinken! Nur weil sie jetzt das Sagen haben, buckeln alle vor den Amis. Und wer tritt für die Landser ein, die für Deutschland den Kopf hingehalten haben? Vor ein paar Jahren haben sie alle noch gejubelt.«

Jule verstaute das Buch in ihrer Manteltasche und verließ mit Elisabeth den Laden. Es wurde langsam Zeit, dass sie an ihren Arbeitsplatz zurückkehrten. In ihrer Firma wurde großer Wert auf Pünktlichkeit gelegt. Ein Jammer bei dem strahlend blauen Himmel, der schon seit einigen Tagen über der Oberpfalz leuchtete.

»Willst du im Lager arbeiten?«, fragte Elisabeth. »Für die Amis?«

»Sie zahlen besser als unsere Firma.«

»Dann gehst du?«

»Nein, das könnte ich meinem Vater nicht antun. Für den wäre es Landesverrat, wenn ich zu den Amerikanern ginge. Aber wer weiß? Vielleicht später mal.«

»Du meinst, die Amis bleiben länger?«

Jule hatte keine Zweifel. »Die haben sich längst häuslich eingerichtet in Grafenwöhr. Einer unserer Nachbarn arbeitet im Lager. Er sagt, die hätten dort eine richtige Stadt aufgebaut. Da gäbe es einen großen Laden, ein PX, in dem sie zollfreie Waren aus Amerika kaufen können, eine Sporthalle, ein Kino … so ziemlich alles, was man sich vorstellen kann. So schnell verschwinden die sicher nicht.«

»Weil sie den Krieg gewonnen haben.«

»Leider, sagt mein Vater. Dabei sind die Ami-Soldaten viel freundlicher als die Deutschen, die vorher dort stationiert waren. Die haben mich ständig beschimpft, wenn ich ihnen zu nahe kam. Dabei war ich damals noch ein Kind.«

Elisabeth lachte. »Heute würden sie dir hinterherpfeifen.«

Sie gingen eine Weile und winkten einer jungen Kollegin zu, die ebenfalls von einem Spaziergang zurückkehrte. Doris war zwei Jahre älter als Jule und bekannt dafür, dass sie nie länger als ein paar Wochen mit einem Jungen ging. Sie war hübscher als viele Mannequins, zog sich zur Arbeit aber eher bieder an. Die Firma hätte ihr sofort gekündigt, wenn sie in ihren Caprihosen erschienen wäre.

»Hi«, grüßte sie lässig.

»Hi?«, erwiderte Jule verwundert.

»So begrüßen sich die Amis.«

»Weiß ich. Gehst du etwa mit einem Ami?«

Doris hielt ihnen die Tür auf und folgte ihnen in den Flur, von dem die Büros abgingen. Ein Fernschreiber ratterte, zwei Telefone klingelten gleichzeitig. Die aufgeregte Stimme einer Sekretärin rief nach einer Akte, die ihr Chef dringend brauchte. »Der Ordner muss bei euch sein«, rief sie, »ich hab überall gesucht.«

»Hab ich in der Micky Bar aufgeschnappt«, sagte Doris.

Jule wurde hellhörig. »Da wollte ich schon lange mal hin. Soll die beste Tanzbar der Gegend sein. Ausgerechnet in Grafenwöhr … kann ich kaum glauben.«

»Stimmt aber. Ich war zweimal dort, und es war immer spitze.«

Sie blieben vor Doris' Büro stehen. Der Fernschreiber hatte aufgehört zu rattern und die Sekretärin ihren Ordner anscheinend bekommen. Die Wanduhr am Ende des Flurs zeigte an, dass ihre Mittagspause in vier Minuten endete.

»Was ist denn so besonders an der Micky Bar? Die Musik?«

»Die auch«, antwortete Doris mit einem leichten Grinsen, »bei uns im Radio hörst du so was nie. Da gibt's nur Vico Torriani und Caterina Valente und solche Langweiler. In der Micky Bar treten Live-Bands auf, die spielen die Musik der Schwarzen, da kannst du irre gut drauf tanzen.« Ihr Grinsen wurde breiter. »Und die Männer sind auch nicht übel. Die GIs lesen dir jeden Wunsch von den Augen ab. Die mögen uns Fräulein. Die Ami-Frauen müssen ziemlich langweilig sein, sonst würden sie hier nicht so viel Gas geben. Aber dafür bist du zu jung.«

»Ich werde bald achtzehn!«

»Sag ich doch … zu jung. Unter einundzwanzig lassen sie keinen rein. Die Armee ist ziemlich streng. Der gute Ruf der Truppe und so. Ich hab gehört, in Fürth haben sie die ganze Altstadt für GIs gesperrt, aus Angst, es könnte zu viele Besatzungsbabys geben, wenn sich Amis und deutsche Fräulein zu oft begegnen.«

»Jule lernt schon mal Englisch … für alle Fälle«, sagte Elisabeth.

»Nicht wegen der Soldaten«, erwiderte Jule schnell.

Elisabeth steuerte ihr Büro an. »Warte, bis du einundzwanzig bist! Die Micky Bar läuft dir nicht weg. Mir haben sie gesagt, die Amis bleiben mindestens die nächsten zehn Jahre bei uns, vielleicht für immer. Sie haben Angst, dass ein neuer Hitler kommt und der ganze Mist von vorn losgeht. Das fehlte gerade noch.«

Während der Heimfahrt hütete sich Jule, in ihr neues Englischbuch zu sehen. Im Bus saßen zu viele Eschenbrunner, die sofort herumerzählt hätten, dass die junge Bergmüllerin ein Buch gekauft hatte und Englisch lernen wollte. Was ihr Vater daraufhin getan hätte, war klar. Das Buch wäre schneller im Ofen gelandet, als sie denken konnte, und sie hätte mindestens eine Woche nicht zum Badesee gehen dürfen. Der Vater hielt Lesen und Lernen für unerwünschten Luxus.

Noch bevor sie in den Stall ging und ihm beim Ausmisten half, versteckte sie das Buch unter ihrem Kopfkissen. In ihrer Latzhose machte sie sich an die Arbeit. Ihr Vater hatte nur ein mürrisches Brummen für sie übrig, als sie den Stall betrat und ihm einen guten Abend wünschte. »Heute bleibst du mal zu Hause«, sagte er, »du kannst nicht jeden Abend am Badesee faulenzen. Sonst denken die Leute noch, auf unserem Hof gäbe es nichts mehr zu tun, und du wärst eines von diesen Flittchen, die sich von den Amis aushalten lassen. Entschuldige dich lieber beim Brunner Hansi. Die Mutter hat mir gesagt, was passiert ist. Wenn du den Brunner Hansi zurückweist, geht's uns allen schlecht, vergiss das nicht!«

Jule hielt es für besser, den Mund zu halten.

»Hast mich verstanden?«

»Sicher, Vater.« Jetzt bloß keinen neuen Streit vom Zaun brechen.

Sie verbrachte den Abend in ihrem Zimmer, blätterte in ihrem neuen Englischbuch und machte sich an das Kapitel, in dem die Aussprache erklärt wurde, die fiel ihr am schwersten. Ohne jemanden, der Englisch gelernt hatte und ihr die komplizierten Wörter vorsagen konnte, klappte es nur mühsam. In der Firma kannte sie eine Mitarbeiterin, die Englisch in der Schule gehabt hatte und ihr vielleicht helfen konnte. Sie klappte das Buch zu und wollte sich schon schlafen legen, als die lauten Stimmen ihrer Eltern nach oben drangen. Sie stritten wieder.

»Willst du, dass sie uns einen Ami-Deppen ins Haus bringt? Einen Neger, wenn's ganz schlimm kommt? Stell dir vor, sie kriegt ein schwarzes Kind! Ein Negerbaby, das fehlte uns gerade noch! Sorg dafür, dass so was nicht passiert!«

»Sie will den Brunner Hansi nicht heiraten!«

»Dann müssen wir sie eben zwingen!«

»Und wie soll das gehen? Willst du sie mit der Mistgabel hintreiben?«

»Soll das heißen, ich hab nichts mehr zu sagen? In meinem Haus?«

»Im Haus deiner Mutter.«

»Was fällt dir ein?« Seine Stimme wurde lauter. »Halt meine Mutter da raus, die hat damit nichts zu tun! Hier hab allein ich das Sagen und niemand sonst!«

Jule wusste, was jetzt kommen würde, und lief zur Tür. »Hört endlich auf!«, rief sie nach unten. »Bei dem Lärm kann doch kein Mensch schlafen! Ich muss morgen früh raus, das wisst ihr doch! Ich halte diese Streiterei nicht mehr aus!«

Unten wurde es still, doch schon, als sie ins Bett stieg, ging es wieder los. Sie zog sich die Decke über den Kopf und hielt sich die Ohren zu. Beim Brunner Hansi entschuldigen ... ihn heiraten ... den Teufel würde sie tun! Sobald sie alt genug war, würde sie ihre Sachen packen und aus Eschenbrunn verschwinden.

Jule fragte sich, wie ihre Mutter die Beleidigungen aushielt, die der Vater während eines solchen Streites ausstieß. Jule wurde jedes Mal blass, wenn sie einen seiner Kraftausdrücke mitbekam. Schimpfwörter, wie sie unter Soldaten üblich waren, nahm sie an, aber deswegen nicht minder verletzend. Es hätte sie nicht gewundert, wenn Mutter mit der Bratpfanne auf ihn eingeschlagen hätte. Ein Gedanke, der sie eigentlich zum Lachen hätte bringen müssen, ihr aber nur weitere Tränen entlockte. War der Krieg so schrecklich, dass selbst ein Mann wie ihr Vater, der ein liebevoller Ehemann gewesen sein sollte, so verrohte?

Die lauten Stimmen ihrer Eltern hallten ihr noch in den Ohren, als sie am nächsten Abend das Haus verließ. Die Sonne stand über den Häusern, und es blieben ihnen noch mindestens drei Stunden für den Badesee. Weit kam sie nicht.

Vor der Kirche wartete Ingrid auf sie und hielt sie mit einem Handzeichen auf. »Da seid ihr ja«, sagte sie, als auch Gerda von ihrem Fahrrad stieg. »Ihr müsst unbedingt mit mir nach Hause kommen, ich hab eine Überraschung für euch!«

»Du machst es aber spannend.«

Ingrid wohnte in einem einfachen Bauernhaus nicht weit von der Kirche entfernt. Ihre Mutter war bei einer Freundin, und sie hatten freie Bahn. »In meinem Zimmer«, kündigte Ingrid an. Sie schien ihre Freude daran zu haben, sie auf die Folter zu spannen. »Setzt euch aufs Bett, gleich geht es los!«

Sie gehorchten und warteten gespannt. Auf Ingrids Schreibtisch stand ein Plattenspieler, einer dieser modernen Apparate mit Lautsprecher, die Jule im Schaufenster eines Elektrogeschäftes gesehen hatte. Auf dem Teller lag eine Platte.

Ingrid setzte sich ebenfalls. »Ich war in der Micky Bar«, sagte sie.

»In der Micky Bar?«, staunte Jule.

»Schon ein paar Mal. Ich wollte mich erst mal umsehen, bevor ich mir einfallen lasse, wie ich euch da einschleusen kann. Aber darum geht's jetzt nicht.« Sie legte eine kurze Pause ein, um es noch spannender zu machen. »Ich hab einen süßen Ami kennengelernt. Eigentlich zwei, die streiten sich noch um mich.«

»Du erzählst doch keine Geschichten?«, wollte Jule wissen.

»Das Erfinden von Geschichten überlass ich dir.«

Jule freute sich über das Lob.

»Jimmy, der Ältere der beiden, hat mir den Plattenspieler geliehen … tragbar, der letzte Schrei aus Amerika. Die Platte hat er mir geschenkt.«

»Wahnsinn! Die Brunners haben einen Plattenspieler, aber so was …«

»Eine amerikanische Schallplatte?«, fragte Gerda.

»Made in USA«, antwortete Ingrid, »was ganz Besonderes. Als ich das zum ersten Mal gehört habe, war ich vollkommen fertig. Ohren auf … es geht los!«

Ingrid zog den Tonarm nach links und setzte ihn mit der Abtastnadel auf die sich drehende Platte. Ein kurzes Rauschen, dann legte die Band los. Schrilles Saxofon, dumpfer Bass, treibendes Schlagzeug und ein ungewohnter Rhythmus, der sofort in die Beine ging. Erst dann setzte der Sänger ein: »*I Said Shake, Rattle And Roll, I Said Shake, Rattle And Roll, I Said Shake, Rattle And Roll …*«

»Wahnsinn!«, staunten Jule und Gerda, als die letzten Akkorde verklangen.

»Was war das?«, fragte Jule.

»Neue Musik aus Amerika. Die Amis nennen es Rock 'n' Roll. Sie haben sogar einen besonderen Tanz dazu. So ähnlich wie Boogie-Woogie oder Swing.«

Jule kannte weder das eine noch das andere.

»So was spielen sie in der Micky Bar rauf und runter. Keine Angst, wenn ihr den richtigen Partner habt, braucht ihr beim Tanzen nicht lange nachzudenken. Am besten schleusen wir euch am Samstag durch die Hintertür. Abgemacht?«

»Am Samstag schon? Das erlaubt mein Vater nie!«

»Meiner auch nicht«, sagte Jule.

»Ihr braucht es ihm ja nicht auf die Nase zu binden.«

Sie hörten sich das Lied noch ein paar Mal an und waren immer noch begeistert. Dagegen klang das, was im deutschen Radio zu hören war, wie langweiliges Gedudel. Noch unter dem Eindruck der neuen Musik ging Jule nach Hause, nur um dort auf ihren tobenden Vater und ihre kreidebleiche Mutter zu treffen.

»Ist was passiert?«, fragte Jule.

»Stell dir vor«, sagte die Mutter, »sie haben den Stettner verhaftet!«

4

Die Nachricht von der Verhaftung verbreitete sich in Windeseile. Der Stettner Ernst war ein bekannter Mann, ihm gehörten das Wirtshaus und die Metzgerei, und jeder wollte wissen, warum man ihn in Handschellen abgeführt hatte. Die meisten Bauern hatten noch nicht mit der Kartoffelernte begonnen, trafen sich auch werktags zum Frühschoppen, und man konnte sich vorstellen, wie heiß es am Stammtisch herging. Nur wenige mochten den Stettner Ernst, dazu war er viel zu geizig, aber seine Verhaftung empfanden die meisten als reine Schikane.

In der benachbarten Metzgerei ging es ähnlich lebhaft zu. Die Tür stand offen, als Jule vor dem Laden auf den Bus wartete. Jule hörte die Stimme der Stettner Marie bis auf die Straße hinaus.

»Ich weiß nichts«, antwortete sie, als sie eine Kundin nach ihrem verhafteten Vater fragte. »Ich lag schon im Bett und hab nur gehört, wie die Polizei meiner Mutter gesagt hat, dass ihn die MP abgeholt hätte. Er soll sich mit einem Ami geschlagen haben, aber das glaube ich nicht. Die haben nur einen Grund gesucht, ihn einzusperren, weil er auf sie geschimpft hat.«

»So haben sie es mit meinem Ältesten auch gemacht«, sagte die Huberin, die Bäuerin eines Hofs am Ortsrand. »Sie schieben einen Ami vor, damit die MP eingreifen darf. Die Military Police«, sie sprach das englische Wort auf Oberpfälzisch aus. »Und die kam nur angefahren, weil er sich über einige Soldaten lustig gemacht hatte. Am nächsten Tag durfte er wieder gehen. So wird's deinem Vater auch ergehen, Marie, mehr als ein paar Tage halten die ihn nicht fest.«

»Alles Schikane!«, schimpfte eine andere Kundin. »Die wollen uns nur zeigen, dass sie immer noch das Sagen haben. Es wird langsam Zeit, dass sie nach Amerika zurückkehren und uns in Ruhe lassen. Der Krieg ist seit einigen Jahren vorbei. Merken die denn nicht, dass wir auf uns selbst aufpassen können? Wir haben eine Demokratie, oder etwa nicht? Wir sind anständige Deutsche, keine Verbrecher. Die haben sie doch längst aufgehängt oder in Internierungslager gesperrt.«

Eine füllige Bäuerin drängte sich nach vorn und sagte: »Warum legt der Stettner sich auch ständig mit den Amerikanern an? So schlimm sind die doch gar nicht! Ihr solltet meinen Schwager hören, der wohnt bei den Preußen in Norddeutschland und hat mit den Engländern zu tun, die sind nicht so zimperlich. Zu meinem Mann und mir sind die Amis immer freundlich, besonders wenn wir mit den Kindern unterwegs sind. Da gibt's immer Schokolade oder Kaugummi.«

»Ich hab dem Stettner nie getraut«, sagte eine Kundin.

Im Bus nach Weiden schwiegen die meisten Leute. Sie lasen Zeitung oder in einem Buch oder blickten zum Fenster hinaus. Vereinzelt waren noch Trümmer aus den letzten Kriegstagen zu sehen, als die Amerikaner eine Munitionsfabrik außerhalb von Weiden bombardiert hatten. Über den Krieg wollte keiner sprechen, über den Stettner erst recht nicht. Er war außerhalb von Eschenbrunn ein unbeschriebenes Blatt, und niemand scherte sich um seine Verhaftung.

Jule blickte in ihr Englischbuch. Sie hatte es in Zeitungspapier eingebunden, um sich keine dummen Fragen anhören zu müssen. Jeder würde annehmen, dass sie etwas mit einem Amerikaner hatte, und verächtlich auf sie herabblicken. »Ami-Liebchen« nannten sie solche Frauen. Sie hatte nicht vor, sich den Amerikanern an den Hals zu werfen oder sich von ihnen ausnutzen zu lassen, und von Ingrid hatte sie gehört, dass die Amis in der Micky Bar beinahe übertrieben höflich waren, weil die MP den Befehl hatte, hart durchzugreifen, falls sich einer der Soldaten danebenbenahm. Sie waren ständig mit ihrem Jeep vor dem Tanzlokal.

Vor Jule saßen zwei Frauen aus Eschenbrunn, die sie nur vom Sehen kannte. Sie waren für die Stadt gekleidet und anscheinend zum Einkaufen unterwegs. Beide hatten ihre Kittelschürzen abgelegt und trugen geblümte Kleider, die Gmeinerin versteckte ihre weißen Haare unter einem Kopftuch, die Voglbauerin hatte einen breitkrempigen Hut auf. Die Gmeinerin schien seit dem letzten Kirchenbesuch noch einmal zugenommen zu haben, die Voglbauerin war gertenschlank und mit ihren dreißig Jahren noch so jung, dass man ihr die Strapazen der anstrengenden Feldarbeit nicht ansah. Sie unterhielten sich mit gedämpfter Stimme, wollten wohl vermeiden, dass ihnen jemand zuhörte, doch Jule saß nahe genug und verstand sie selbst in dem lauten Motorenlärm.

»Ein Missverständnis, weiter nichts«, sagte die Gmeinerin gerade.

»Und wenn er doch Dreck am Stecken hat?«, erwiderte die Voglbauerin.

Jeder wusste, dass sie den Stettner nicht leiden konnte. Angeblich hatte er versucht, sie während der Kirchweih rumzukriegen.

»Er tönt doch immer, was für ein toller Kerl er gewesen sei, und dass wir den Krieg gewonnen hätten, wenn alle Männer so viel Einsatz gezeigt hätten wie er. Vielleicht war er bei irgendeiner Schweinerei dabei, und die Amis sind ihm draufgekommen.

Passiert in letzter Zeit öfter, dass sie einen schnappen und für ein paar Monate in den Knast schicken. Er war bei der SS, oder? Die sollen schwer gewütet haben, hab ich irgendwo gehört.«

»Nur die Totenkopf-SS«, widersprach die Gmeinerin, »bei der Waffen-SS waren besonders fähige und tapfere Männer, sagt mein Mann, die haben sich nichts zuschulden kommen lassen, auch wenn neuerdings was anderes behauptet wird. «

»Dein Mann war bei der SS?«

»Der Franz war in Jugoslawien«, stellte die Gmeinerin richtig.

»Der Stettner hat nie verraten, wo er im Krieg war«, sagte die Voglbauerin. »Ich hab mal mit der Marie gesprochen, aber selbst die hatte keine Ahnung. Irgendwo im Osten, hat sie gesagt. Sie hätten ihm das Eiserne Kreuz verliehen.«

»Das haben immer die Falschen bekommen, sagt mein Mann.«

»Wird schon was dran sein, wenn sie ihn mitten in der Nacht von der Straße holen«, erwiderte die Voglbauerin. »Mir soll's recht sein. Ich hätte nichts dagegen, wenn er für ein paar Monate im Knast verschwindet. Wer weiß, vielleicht ist er bei einer Army-Krankenschwester aufdringlich geworden, und die MP hat ihn deshalb verhaftet. Die verstehen keinen Spaß, wenn es um ihre Frauen geht.«

Den Rest der Fahrt unterhielten sich die beiden Frauen über die neuen Kleider, die sie sich in Weiden kaufen würden, und den guten Kuchen in einem der Cafés. Jule lehnte sich zurück und starrte in ihr Englischbuch. Konzentrieren konnte sie sich aber nicht mehr so recht.

Dass ihr Vater kein Eisernes Kreuz bekommen hatte, war ihr egal. Sie und ihre Mutter waren einfach froh gewesen, dass er körperlich weitgehend unversehrt nach Hause gekommen war. Einige hatte es schwerer getroffen – Jule hatte im Dorf Männer gesehen, die einen Arm oder beide Beine verloren hatten. Ihre

Mutter hatte ihr eingeschärft, ihren Vater niemals danach zu fragen, was er im Krieg erlebt hatte, auch wenn sie inzwischen neugierig geworden war. Er könnte die schreckliche Zeit nur vergessen, wenn man ihn nicht ständig daran erinnerte.

Der Tag in der Firma verlief so eintönig wie alle anderen. Inzwischen liefen die Geschäfte des Versandhauses so gut, dass sie kaum mit dem Packen nachkamen. In ihrer Abteilung arbeiteten ausschließlich Frauen, die meist dringend auf einen Verdienst angewiesen waren, weil ihre Männer nicht aus dem Krieg zurückgekehrt waren oder vermisst wurden. Junge Frauen wie Jule mussten zusätzlich auf dem Acker und im Haushalt helfen, wenn sie abends nach Hause kamen.

Die Mittagspause verbrachte Jule mit ihren Kolleginnen im Aufenthaltsraum. Sie unterhielten sich über den neuen Liebesfilm mit Gregory Peck und Audrey Hepburn, die Männer, die sie kennengelernt hatten, den bevorstehenden Betriebsausflug und andere alltägliche Dinge. Eine Frau klagte über ihren Bruder, der schwer verletzt aus dem Krieg zurückgekehrt und trotz der aufopferungsvollen Pflege ihrer Mutter kaum noch ansprechbar war, eine andere klagte über den geringen Verdienst, der mühsam zum Leben reichte.

Ihre junge Nachbarin sagte: »Nun hört doch endlich mal zu jammern auf! Der Krieg ist vorbei! Das Leben macht Spaß, und es gibt wieder was zu feiern. Schon mal von der Micky Bar in Grafenwöhr gehört? Da feiern die Amis, die wissen, wie man sich amüsiert. Und die meisten sehen auch gut aus. Neulich hab ich mit einem Boogie-Woogie getanzt, das ist Musik, die richtig in die Beine geht. Und die Bands, die in der Micky Bar spielen, sind tausendmal besser als unsere Tanzkapellen.«

»Ich geh doch nicht zu den Amis«, reagierte eine Kollegin entsetzt, »egal, wie gut die Musik ist. Wenn ich mit einem Ami nach Hause kommen würde, gäbe es riesigen Ärger. Ich lasse mich doch nicht als Ami-Liebchen beschimpfen.«

»Dummes Gerede! Die Amis benehmen sich besser als unsere Jungs.«

»Stimmt«, sagte eine andere Angestellte, »ich war auch schon in der Micky-Bar und hatte dort sogar einen amerikanischen Freund. Ein süßer Kerl, der stand jedes Mal auf, wenn ich reinkam, und behandelte mich wie eine Prinzessin.«

»Und du hast ihn nicht geheiratet?«

»Seine Zeit war um, er musste nach Hause.«

»Zu Frau und Kind, wetten?«

Auf der Rückfahrt versteckte sich Jule hinter ihrem Buch und hing ihren Gedanken nach. Seitdem sie »Shake, Rattle and Roll« bei Ingrid gehört hatte, war ihr die Melodie nicht mehr aus dem Kopf gegangen, und sie konnte es kaum noch abwarten, das viel gerühmte Tanzlokal selbst kennenzulernen. Aber auch sie wurde von den Bedenken geplagt, die eine der Frauen in ihrer Firma gehabt hatte. Was war, wenn sie wirklich mit einem Amerikaner ausging? Würde man sie als Ami-Liebchen betiteln? Ihr noch schlimmere Schimpfwörter nachrufen?

An der Haltestelle in Eschenbrunn wartete Ingrid auf sie. Sie hatte sich einen Tag freigenommen und war mit dem Fahrrad unterwegs. »Da bist du ja«, sagte sie. »Ich hab mit einem der Angestellten in der Micky Bar gesprochen. Der hat mir zugesagt, dich heute Abend auch reinzulassen. Gerda traut sich nicht, wegen ihrem strengen Vater, aber du musst unbedingt mitkommen. Jimmy will seinen Freund mitbringen, der wäre genau der Richtige für dich. Er holt uns um acht ab, vor der Kirche. Du kommst doch?«

»Jimmy? Welcher Jimmy?«

»Von dem ich schon mal erzählt hab. Er will natürlich mehr von mir als einen Kuss, aber ich hab ihn an der kurzen Leine.« Sie kicherte leise. »Ein netter Kerl, du wirst sehen. Und dein Bobby ist auch nicht ohne, den magst du bestimmt.«

»Mein Bobby? Ich soll mit einem tanzen, den ich gar nicht kenne?«

»Da ist doch nichts dabei. Du sollst ihn ja nicht heiraten.«

»Ich weiß nicht …«, zögerte Jule.

»Sei kein Frosch! Um acht vor der Kirche, einverstanden?«

»Und was sage ich meinen Eltern?«

»Dass du dich mit mir triffst, das ist nicht mal gelogen.«

»Also gut«, gab sie nach.

Jule ging nach Hause und begrüßte ihre Eltern. Der Vater saß am Küchentisch vor einer Flasche Bier und brummte nur, die Mutter blickte sie an und sagte: »Du brauchst aber heute lange. Ich hab den Bus schon vor zehn Minuten gehört.«

»Ich hab mit Ingrid geredet«, erwiderte Jule. »Wir treffen uns heute Abend.«

»Aber zuerst hilfst du mir beim Abwasch und fütterst die Schweine.«

Jule versprach es, ging in ihr Zimmer und tauschte ihr Kleid gegen den Overall zum Schweinefüttern und Stallausmisten. Sie würde sich ranhalten müssen, wenn sie um acht bei der Kirche sein wollte. Zum Abendessen gab es Geselchtes, schwarz geräuchertes Schweinefleisch, und Brot. Der Vater trank noch ein Bier, die Mutter und sie kalte Milch. Das Beten sparte sich Vater, seit er zurück war. »Im Krieg hab ich jeden Tag gebetet«, hatte er mal gesagt, »und was hat es genützt?«

Vater hatte wieder mal schlechte Laune und schnitt missmutig eine Scheibe vom Geselchten ab. »Jetzt wollen sie dem Stettner Ernst auch noch was anhängen«, sagte er. »Keine Ahnung, was er verbrochen haben soll, aber wenn es um seine Zeit bei der Wehrmacht geht, hat er bestimmt nur seine Pflicht getan.«

Jule hütete sich, etwas zu sagen, auch Mutter zog es vor, den Mund zu halten. Wenn Vater schlechte Laune hatte, widersprach man ihm besser nicht.

»Der Krieg ist vorbei, verdammt!«, schimpfte er.

Nach dem Abwasch ging Jule in den Stall und fütterte die Schweine. An ihr Grunzen und Schmatzen hatte sie sich längst gewöhnt. »Das Ausmisten kannst dir sparen«, sagte ihre Mutter, »das hab ich heute Nachmittag schon gemacht.« Jule war erleichtert, es war schon halb acht. »Komm nicht zu spät, hörst du?«

Jule versprach es, wusch sich gründlich und zog ihr Sonntagskleid an. Hochhackige Schuhe wie Ingrid besaß sie nicht, ihr mussten die flachen Schuhe genügen, die sie auch in die Kirche anzog. Sie schminkte sich ein wenig und nahm ihren Lippenstift mit, um sich draußen, wenn ihre Eltern sie nicht sahen, die Lippen anzumalen, richtete ihre Haare und bündelte sie zu einem Pferdeschwanz. In ihrem leichten Mantel eilte sie zur Kirche, wo Ingrid ungeduldig auf sie wartete.

»Puh!«, schnaubte sie. »Ich dachte schon, du kommst nicht.«

Jimmy und Bobby waren pünktlich. Die Turmuhr schlug gerade zum achten Mal, als sie in ihrem Jeep vor der Kirche hielten und sie hoffnungsvoll anstrahlten. »*Good to see you, Fräulein*«, sagte einer.

»*My friend Jule*«, begrüßte Ingrid sie. »*Nice to meet you.*«

Jule brauchte nicht lange zu rätseln, wer Jimmy und wer Bobby war. Jimmy, wie die meisten Amerikaner mit militärischer Stoppelfrisur, nahm Ingrid in den Arm und küsste sie ungeniert auf den Mund. Bobby war keine drei Jahre älter als Jule, ein kräftiger Mann mit sonnengebräunter Haut und einem ständigen Lächeln im Gesicht. »Ich bin Bobby«, sagte er in gebrochenem Deutsch. »*I'm very pleased to meet you, Jule*. Ich freue mich sehr, dich kennenzulernen.«

Wie er ihren Namen aussprach, brachte sie zum Lachen und löste die Verlegenheit, die sie bis jetzt gespürt hatte. Dennoch war sie froh, als sie endlich losfuhren und außer Sichtweite ihrer

Eltern und anderer Neugieriger kamen. Bis Grafenwöhr waren es ungefähr zehn Kilometer über eine schmale Landstraße.

Auf den Vordersitzen lachten Ingrid und Jimmy. Ihre Freundin verstand es, die Männer zu umgarnen. Wenn sie ihre blonde Mähne schüttelte oder wie zufällig ihr Kleid über die Knie rutschen ließ, wurde jeder Mann schwach. Ein gefährliches Spiel, glaubte Jule, mit dieser koketten Art geriet man leicht in Gefahr.

»Ist das nicht herrlich?«, rief Ingrid in den Fahrtwind. Sie fuhren ohne Verdeck. »Gibt es was Schöneres, als mit einem Mann wie Jimmy durch die Gegend zu fahren und sich den Wind um die Nase wehen zu lassen? *Isn't it wonderful?*«

»Micky Bar … schön«, sagte Bobby. Jule und er saßen auf der Rückbank.

»Hab ich auch gehört … *yes*. Kommst du … *from Texas … New York?*«

»Arizona«, antwortete er. »*Phoenix, Arizona. Very hot*. Sehr heiß.«

»Bist du Sergeant? Oder Lieutenant?«

Bobby lachte. »Einfacher Soldat. Spec 4. Ich High School, dann Army.«

Während der nächsten paar Minuten sagten sie gar nichts. Ihr fiel nichts mehr ein, und er war anscheinend genauso unsicher wie sie. »Graf«, sagte er erleichtert, als sie Grafenwöhr erreichten und vor der Micky Bar hielten. Er half ihr aus dem Jeep und hielt sie einen Augenblick zu lange fest, als sie ausgestiegen war.

»Worauf warten wir noch?«, rief Jimmy bestens gelaunt.

5

Aus der Ferne sah die Micky Bar wie ein gewöhnlicher Landgasthof aus. Auf dem Giebeldach des dreistöckigen Hauses leuchtete noch der alte Schriftzug »Mönchshof«, ein Wort, das die Amerikaner nicht aussprechen konnten und einfachheitshalber durch »Micky Bar« ersetzt hatten. Dem Inhaber war es egal, hatte Ingrid erfahren, er hatte einen neuen Schriftzug über dem lang gestreckten Anbau anbringen lassen. Alle Fenster waren erleuchtet und strahlten in der Dämmerung.

Der Angestellte, den Ingrid erwähnt hatte, sorgte dafür, dass sie am Eingang nicht kontrolliert wurden. Eigentlich unnötig, da sowieso niemand genau hinsah, wenn ein hübsches Mädchen die Bar betrat. Ohne attraktive Fräulein, die teilweise von weither kamen, wäre ein Besuch der Micky Bar nicht einmal die Hälfte wert gewesen. Gegen die stark geschminkten Frauen, die mit schwingenden Hüften und einem verführerischen Lächeln zu ihren Plätzen gingen, kam sich Jule wie das einfache Bauernmädchen vor, das sie tatsächlich war. Umso erstaunter war sie, dass die Soldaten auch ihr bewundernde Blicke zuwarfen und nicht mit forschen Sprüchen geizten. »Die Amis stehen auf Natürlichkeit«, sagte Ingrid.

Sie setzten sich an einen der Vierertische und bestellten Getränke, die Männer deutsches Bier, Ingrid einen Cocktail mit einem Pfirsichschnitz und sie eine Sinalco. Die Tanzfläche war noch leer. Aus den Lautsprechern tönten amerikanische Hits von den Crew-Cuts und Patti Page, während sich das Lokal immer schneller füllte und bald kaum noch ein Platz zu haben war. Die Bedienungen hatten alle Hände voll zu tun, um die vielen Gäste mit Getränken zu versorgen. Über dem immer lauter werdenden Stimmengewirr stand der Zigarettenrauch wie Nebel.

Bobby zog eine Packung Lucky Strike aus seiner Brusttasche und bot Jule eine der Zigaretten an. »*You smoke? Luckies taste good.*«

Jule lehnte ab. Sie hatte erst einmal geraucht, vor zwei Jahren am Badesee hinter einem Busch, die Zigarette aber gleich weggeworfen. Sie mochte keinen Tabak, hatte schon nach einem Zug so schwer gehustet, dass einige Badegäste erstaunt auf ihr Versteck geblickt hatten. Das Rauchen überließ sie den Männern.

Ingrid nahm die Lucky an, die Jimmy ihr aus der Packung schüttelte, und rauchte so elegant und verführerisch wie ein Filmstar. Auch wie sie ihr Cocktailglas in einer Hand hielt und sich nach einem Schluck mit der Zunge über die Lippen fuhr, hatte sie sich anscheinend von einer Schauspielerin abgeschaut.

»Auf die tapferen Amerikaner, die in Deutschland unsere Freiheit verteidigen«, sagte Ingrid, die sonst fast nie über Politik sprach und ihrem Jimmy wohl nur nach dem Mund reden wollte. »*To Jimmy and Bobby, thank you for your service.*«

Sehr viel später erfuhr Jule, dass der Satz eine gängige Floskel war, mit der sich Amerikaner bei ihren Soldaten bedankten. Ingrid beherrschte alle Tricks im Umgang mit Männern, dagegen kamen auch wesentlich ältere Fräulein in dem Tanzlokal nicht an.

Jule stieß mit Ingrid und den beiden Soldaten an und trank von ihrer Orangenlimonade, ein Luxus, den ihre Eltern zu Hause nur an ihrem Geburtstag erlaubten. Sie waren sehr sparsam und kauften nichts, was zum Leben nicht unbedingt nötig war. Käse bekamen sie von der Molkerei, der war Teil der Bezahlung, aber billiger als im Kramerladen. Der Vater verdiente nicht viel, weder mit der Landwirtschaft noch auf dem Bau, und hatte während des Krieges so viel Entbehrung ertragen müssen, dass er keinen Luxus mehr in seinem Haus duldete.

Jule hatte sich gerade eine Frage zurechtgelegt, als eine fünfköpfige Band die Bühne betrat und der Bandleader mit seinem seltsamen Akzent rief: »*Good evening everybody! We are the Lonely Hearts from the Netherlands playing music you might know*!« Er schlug einen Akkord auf der Gitarre an. »*Are you ready? Let's start with a song from the American North … Yankee Doodle!*«

Ein Teil der Gäste johlte begeistert, als die Band den patriotischen Song anstimmte, von den anderen kamen laute Buhrufe.

»Damit haben sie letztes Mal auch angefangen«, erfuhr Jule von ihrer Freundin. »Die Männer aus dem Norden, die Yankees, finden das toll. Das ist ihr Song. Die aus dem Süden hören lieber ›Dixie‹, das spielen sie sicher später.« Sie lachte. »Die Amis spinnen genauso wie wir. Bei uns sind es die Bayern und Preußen, die mögen sich auch nicht.«

Anschließend war ein Boogie-Woogie dran. Die Musik ging ordentlich in die Beine, sogar Jule wippte mit den Füßen im Takt, dennoch scheute sie sich, auf die Tanzfläche zu gehen. Sie hatte nie tanzen gelernt und keine Ahnung, wie sie sich bewegen sollte. Ingrid war nicht zum ersten Mal in der Micky Bar und hatte keine Hemmungen. Kaum auf der Tanzfläche, legte sie los, ging vollkommen im treibenden Rhythmus auf und gehörte zu den besten Tänzerinnen des Lokals. Es war eine Freude, ihr zuzusehen, wie sie herumwirbelte und sich drehte und dabei so viel Spaß zu haben schien, dass ihre Wangen glühten. Alle Männer bewunderten sie.

»Fräulein, bitte tanz mit mir!«, hörte sie Bobby sagen. Ein auf Deutsch einstudierter Satz, ohne den kein Amerikaner in der Micky Bar auskam. »*Let's dance!*«

Jule erkannte, dass ihr keine andere Wahl blieb. Zögernd und mit einem unsicheren Lächeln im Gesicht stand sie auf und folgte Bobby auf die Tanzfläche. Zum Glück ging es dort so hektisch zu, dass sie mit ihrer Unsicherheit kaum auffiel.

Bobby zog sie mitten ins Getümmel und rief ihr zu: »*You know how to dance? No worries! Just do what everybody does.* Mach das, was die anderen machen. Links, rechts, links, rechts … *get rhythm*!«

Links, rechts … das war keine Kunst. Jule brauchte nur einen Song, um richtig in Schwung zu kommen und so schwungvoll wie Bobby über die Tanzfläche zu wirbeln. Eigentlich brauchte man gar keine bestimmten Schritte, nicht wie beim Walzer oder einem dieser anderen Gesellschaftstänze. Es reichte, in der Musik aufzugehen und den Rhythmus zu verinnerlichen. Ihre skeptische Miene verwandelte sich in ein fröhliches Strahlen, als Ingrid neben ihr auftauchte. »Das macht richtig Spaß!«, rief sie ihr zu. »Und ich dachte immer, Tanzen wäre langweilig.«

Ihren Partner nahm sie kaum wahr. Er war ein netter Kerl und machte was her, auch wenn er keine Uniform trug, aber eine Romanze wollte sie weder mit ihm noch mit einem anderen anfangen. Ingrid hatte weniger Hemmungen. Sie wehrte sich nicht, als Jimmy sie auf den Mund küsste, legte sogar ihre Arme um seinen Hals und rückte nur ein wenig ab, als er eine Hand auf ihr Bein legte. Auch das tat sie mit einem Lachen, gab ihm gar nicht die Gelegenheit, verstimmt zu sein.

»*That was great*«, sagte Bobby.

»*Very good*«, erwiderte Jule.

Jule trank schnaufend von ihrer Sinalco. Der heiße Tanz hatte sie zum Schwitzen gebracht. Auch weil sie Angst hatte, Bobby könnte sich ein Beispiel an Jimmy nehmen und dichter an sie heranrücken, tauschte sie einen raschen Blick mit Ingrid und stand auf. »Nach dem Tanz müssen wir uns erst mal frisch machen«, sagte sie. Ingrid übersetzte grob, und sie gingen gemeinsam zu den Toiletten.

»Du gehst ganz schön ran«, sagte Jule, als sie außer Hörweite waren.

»Ist nur Spaß. In ein paar Wochen ist es ein anderer.«

»Du willst dir einen anderen angeln?«, fragte Jule verwundert.

»Warum denn nicht? Ich will keinem das Gefühl geben, mich fest an der Angel zu haben. Heiraten will ich sowieso keinen von den Burschen. Jimmy ist einer für den Spaß. Wer weiß, vielleicht hat er Frau und Kinder in Amerika?«

»Meinst du wirklich?«

»Das sind Soldaten, Jule. Ich wette, mehr als ein Drittel der Männer hier hat eine feste Freundin, eine Verlobte oder eine Frau in den Staaten. Aber hier in der Fremde zählt das nicht. Manche von denen haben monatelang keine Frau mehr gehabt und sind heilfroh, dass sich Fräulein wie wir um sie kümmern. Was soll's, wir haben alle unseren Spaß, und sobald sie nach Hause fliegen, ist alles vorbei, und der nächste Schwung kommt. Problematisch wird's nur, wenn ein Fräulein ein Kind bekommt. Soll schon ein paar Mal vorgekommen sein, auch hier, aber so dumm bin ich nicht. Ich knutsche mit Jimmy, aber mehr ist nicht.«

Sie standen im Vorraum der Toilette und warteten geduldig, bis zwei andere Frauen gegangen waren, dann sagte Jule: »Ich kann das nicht. Die Musik ist toll und die Tanzerei macht Spaß, aber mehr als tanzen will ich mit Bobby nicht.« Sie betrachtete ihr Gesicht im Spiegel. Ihre Lippen waren zu rot und ihre Haare ganz zerzaust. »Wie lange wollen wir denn bleiben?«

»Wie lange?« Auch Ingrid hatte ihr Aussehen im Spiegel überprüft und schien zufrieden zu sein. »Wir haben doch gerade erst angefangen. In manchen Nächten geht es hier bis drei Uhr früh. Keine Angst, Jimmy und Bobby trinken nicht viel. Wenn sie betrunken aus dem Lokal kämen, gäb's todsicher Ärger mit der MP.«

»Und wenn doch?«

»Bezirze ich die MP, uns nach Hause zu fahren.«

»Und du meinst, die machen das?«

»Wär nicht das erste Mal. Ich kenn die Burschen.«

Sie kehrten an ihre Plätze zurück. Die Band hatte eine Pause eingelegt, und aus den Lautsprechern kam leisere Musik. Bobby hatte inzwischen ein weiteres Sinalco für sie bestellt und wartete schon ungeduldig auf sie. Er stand auf, als sie kam, und schob ihr den Stuhl zurecht. Alle Soldaten schienen so höflich zu sein.

Jule wusste nicht, über was sie sich mit Bobby unterhalten sollte, sie sprach nur ein paar Worte Englisch, er nur wenig Deutsch. Er begnügte sich mit einigen einstudierten Komplimenten und Floskeln. Sie lächelte nur und schüttelte wieder den Kopf, als er ihr eine Zigarette anbot. Er hatte sie noch nicht fertig geraucht, als die Band zurückkehrte und mit einem Tusch begann. »Ladies and Gentlemen«, kündigte er auf Englisch an, »und hier was ganz Neues. Ein Song, der in den Staaten bereits steil in die Charts geht. Roy und Karen sind beide aus Chicago und wissen, wie man darauf tanzt. *A big welcome for Roy and Karen*!«

Ein junges Paar erschien auf der Tanzfläche, sie in einem knielangen Kleid mit zahlreichen Petticoats, er in schwarzen Hosen und Hemd, und schon nach den ersten Akkorden und den ersten Tanzschritten tobte der Saal. »*I say Shake, Rattle and Roll*«, sang die Band, »*Shake, Rattle and Roll*«, der Song, den

Ingrid ihnen vor einigen Tagen vorgespielt hatte. Der Tanz war schneller und komplizierter als der Boogie-Woogie. Roy und Karen waren ständig in Bewegung, wirbelten wie Irrwische über die Tanzfläche, und beim letzten Refrain warf Roy seine Partnerin in die Luft, und sie schlug einen Salto, der Jule den Atem nahm.

Tosender Beifall brandete auf. Die neue Musik war so mitreißend, dass einige Paare auf die Tische gesprungen waren und mitzutanzen versuchten, ohne auch nur im Entferntesten an das Können von Roy und Karen heranzureichen. Alle schrien und johlten vor Begeisterung, auch Jule und Ingrid, selbst dann noch, als der Song längst zu Ende war und die Band leisere Töne anschlug.

»Meine Freunde in den USA haben mir geschrieben, dass es mit dem Rock 'n' Roll jetzt erst richtig losgeht«, sagte der Bandleader. »Es soll mehrere Sänger geben, die genauso rocken wie Bill Haley bei diesem Song, aber das wisst ihr sicher besser. Wir bleiben am Ball und bringen euch diese Musik nach Germany.« Er blickte seinen Klavierspieler an. »So, und jetzt ein Song zum Schmusen.«

»Mein Fräulein? *You wanna dance?*«

Jule erschrak. Beim Kirchweih-Tanz hatten manche Burschen sie nur aufgefordert, um mit ihr schmusen zu können, und sie hatte die meisten erfolgreich abgewehrt, vor allem den Brunner Hansi, und sie hatte den starken Verdacht, dass Bobby ähnliche Absichten hegte. Dafür waren solche Lieder schließlich da.

Aber es wäre unhöflich gewesen, ihn abzulehnen. »Okay«, sagte sie.

Sie gingen auf die Tanzfläche, wo Ingrid und Jimmy bereits eng umschlungen tanzten. Er legte eine Hand auf ihren Rücken und griff mit der anderen nach ihrer linken Hand. So wie ihre Verwandten auf der letzten Hochzeit den Walzer oder Foxtrott getanzt hatten, nur gefühlvoller und dass hier keine langweilige Tanzkapelle, sondern eine Band spielte. Jule hörte selten Radio, aber eine solche Musik hatte sie im deutschen Radio noch nie gehört. Ganz anders als die schnulzigen Schlager, die dort gespielt wurden, und wie zum Schmusen gemacht.

Bobby versuchte, ihr näher zu kommen, war aber wesentlich zurückhaltender als manche Burschen bei der Kirchweih, die glaubten, ein Anrecht auf die Mädchen des Dorfes zu haben. Sie spürte, wie er versuchte, sie näher zu sich heranzuziehen und seine Wange an ihre zu legen, aber sie widerstand und hielt ihn behutsam auf Abstand. »Bitte nicht«, bat sie ihn, »*not so … not so fast, please*!«

Wenn Bobby verärgert war, zeigte er es nicht. Er war keiner dieser Angeber, die jedem Fräulein nachstiegen, das ihren Weg kreuzte. Dass er versuchte, ihr näher zu kommen, nahm sie ihm nicht übel. So waren sie nun mal, die Männer, und ein Soldat, der die meiste Zeit in der Kaserne oder auf dem Truppenübungsplatz verbrachte und sich nach einer Freundin sehnte, erst recht. Sie war kein koketter Typ wie Ingrid, mochte keine Schmusereien, die zu nichts führten, und war kein strahlender Engel wie sie, die mit ihrer Schönheit so ziemlich alles bekam, was sie sich vorgenommen hatte. Das war schon in der Schule so gewesen, als Ingrid die Lehrer mit ihren blonden Locken und ihrem Lachen verzaubert hatte. Jule war bei Jungen immer zurückhaltend gewesen, auch wenn ihr Vater es anscheinend nicht erwarten konnte, sie mit dem Brunner Hansi zu verheiraten.

Jule hielt tapfer bis zum Ende des Liedes durch, war aber froh, sich danach endlich wieder setzen zu können. Irgendwann würde sie eine Geschichte über die jungen Soldaten in der Micky Bar schreiben, ging es ihr durch den Kopf. Über einen unbekümmerten Draufgänger wie Jimmy und einen eher zurückhaltenden jungen Mann wie Bobby. Eine Geschichte, die ihre

Eltern niemals in die Hände bekommen dürften, weil sie sich sofort ihren Reim darauf gemacht hätten. Sie interessierte eher, welche Probleme diese Männer beschäftigten. War Jimmy tatsächlich so gut gelaunt, wie er tat, oder fühlte er sich einsam so weit von zu Hause entfernt? Träumte Bobby von einem normalen Leben mit Frau und Kindern? Warum waren sie zur Armee gegangen? Um ein Abenteuer zu erleben oder um dem Alltag zu entkommen? Der Korea-Krieg war seit über einem Jahr vorbei, und sie brauchten keine Angst mehr zu haben, in den Krieg ziehen zu müssen. Warteten sie auf den nächsten Kampfeinsatz, bei dem sie ihre Tapferkeit unter Beweis stellen konnten?

Die Zeit verging wie im Flug, ohne dass Jule es merkte. Es ging bereits auf Mitternacht zu, als wieder ein Tusch erklang und eine spärlich bekleidete Dame auf der Bühne erschien. Im Licht eines Scheinwerfers tanzte sie zu schwülstiger Musik über die Bühne, verwöhnte die johlenden Soldaten mit Kusshändchen und schwang ihre wohlgeformten Beine in die Luft. Tosender Beifall begleitete sie.

Jule wusste, was jetzt kam. Sie hatte noch nie einen Striptease gesehen, hatte sich nie vorstellen können, was genau darunter zu verstehen war, außer dass eine solche Entkleidungsshow in vielen Bars und anscheinend auch in Tanzlokalen, in denen viele Männer verkehrten, zum Programm gehörte. Sie war kein Moralapostel, fand es lediglich albern und auch peinlich, wie sich eine Frau auf der Bühne verrenkte und mit übertriebenen Bewegungen ihre Kleider ablegte. Bei dem Gedanken, dass ihr Vater sie beim Zusehen erwischen könnte, wurde ihr beinahe übel. Hatte er sich bei der Wehrmacht auch an nackten Frauen ergötzt?

Jimmy und Bobby fanden nichts Anrüchiges an dem Auftritt, waren längst aufgesprungen und johlten und pfiffen mit den anderen. Selbst Ingrid feuerte die Striptease-Tänzerin an. Jule wollte keine Spielverderberin sein und klatschte mit, stahl sich aber auf die Toilette, als die Tänzerin, nackt bis auf ihr Höschen, von der Bühne trippelte und hinter einem Vorhang verschwand. Der Applaus hielt an, die Männer schrien »Zugabe! Zugabe!« und wurden belohnt. Die Tänzerin, inzwischen im Bademantel, verbeugte sich und ließ noch einmal ihre Brüste blitzen.

Ingrid erschien im Vorraum der Toilette. »Da steckst du! Sag bloß, dir hat der Auftritt eben nicht gefallen. Ist doch alles nur ein Riesenspaß! Männer stehen auf so was, besonders Soldaten! Du hast doch jetzt nicht den Moralischen, oder?«

»Ich bin müde, Ingrid. Ich will nach Hause!«

»Jetzt schon? Morgen ist Sonntag, da kannst du länger schlafen.«

»Das erlaubt mein Vater nicht.«

Ingrid überlegte eine Weile und gab schließlich nach. »Also gut, ich frage Jimmy, ob er uns nach Hause fährt. Er wird nicht gerade begeistert sein. Egal, ich verspreche ihm einen heißen Kuss, und du küsst Bobby zum Abschied, okay?«

»Aber nicht so wie du«, sagte Jule.

1955
Gerda

6

Vor dem sonntäglichen Mittagessen war Hermann Wittmann besonders gereizt. Nach dem Gottesdienst hatte er sich wie fast alle Männer im Wirtshaus zum Frühschoppen eingefunden, mit Bier und Schnaps angestoßen und nicht mit seiner Laune zurückgehalten. Schon wie er die Tür öffnete und hinter sich ins Schloss fallen ließ, jagte Gerda große Angst ein. Sie würde sich nie an seine unbeherrschten Wutanfälle gewöhnen und wäre am liebsten davongerannt, aber dazu fehlten ihr der Mut und die Mittel. Sie verdiente kein Geld, das sie sparen konnte, und hatte nichts gelernt, das ihr bei einer Anstellung helfen könnte. Wohin sollte sie auch gehen? Nach München oder Nürnberg? Allein der Gedanke, sich in einer großen Stadt zurechtfinden zu müssen, ließ sie erschaudern. Sie wäre dort völlig allein.

Ihre Schwester Agnes dachte wie sie, verkraftete die Wutanfälle ihres Vaters aber besser, auch weil sie einige Jahre älter als Gerda war und sich einredete, seine Launen würden sich bessern, sobald ihr Bauernhof wieder Profit abwarf. »Das kommt davon, wenn man die Weiber ranlässt«, hatte er nach seiner Rückkehr aus Russland gesagt, »höchste Zeit, dass hier wieder ein Mann das Sagen hat.« Agnes gab Vater immer recht, tröstete sich insgeheim wohl damit, dass sie bereits mit dem

Nickel Josef verlobt war und zu ihm auf den Bauernhof ziehen würde, sobald sie verheiratet waren. Gerda nahm sich den Streit viel mehr zu Herzen.

Sie war gerade dabei, den Tisch zu decken, als Vater vom Frühschoppen zurückkam. »Der Stettner soll diese Woche entlassen werden«, sagte er. »Wird auch höchste Zeit, wenn du mich fragst. Ein Jahr haben sie ihn eingesperrt, die verdammten Amis, und keiner weiß, was er eigentlich verbrochen haben soll.«

»Ein Kriegsverbrechen«, sagte Gerdas Mutter. Sie stand am Herd und wartete darauf, dass die Knödel fertig wurden. Wie jeden Sonntag gab es Hendl und Knödel und vorher einen Teller Nudelsuppe. »Er muss was Schlimmes getan haben.«

»Ein Kriegsverbrechen?« Der Vater lachte. »Das sagen sie doch immer, wenn sie einem was anhängen wollen. In Nürnberg ging's los, und jetzt stürzen sie sich auf brave Bürger, die nur ihre Pflicht getan haben. Zehn Jahre nach Kriegsende!«

»Ich weiß nur, was beim Kramer geredet wird«, erwiderte die Mutter. »Es heißt, er hätte sicher was Schlimmes getan, sonst hätte man ihn nicht geholt.«

»Nichts hat er getan«, rief der Vater aufgebracht. Der Alkohol hatte sein Blut in Wallung gebracht. »Es war Krieg, verdammt! Da passieren schreckliche Dinge! Stettner war Soldat und zum Gehorsam verpflichtet, wie jeder ordentliche Soldat hat er die Befehle seiner Vorgesetzten ausgeführt. Er wollte ein besseres Deutschland, so wie wir alle, und wenn wir nicht rücksichtslos gegen unsere Feinde vorgegangen wären, hätten sie sich an unseren Frauen und Kindern vergriffen. Ihr seht doch, was die Amerikaner getan haben. Geht mal nach München oder Nürnberg, da liegen heute noch Trümmer rum, von den vielen Opfern ganz zu schweigen. Einen Orden hätten sie dem Stettner Ernst verleihen sollen.«

Sie aßen auch sonntags in der Küche, die gute Stube wurde nur an Feiertagen genutzt oder wenn wichtiger Besuch kam, was selten der Fall war. Der Vater saß an der Stirnseite und begann, seine Suppe zu löffeln, bevor sich die anderen gesetzt hatten. Vom Beten hielt er nicht viel. In der Kirche ließ er sich nur blicken, weil das ganze Dorf getuschelt hätte, wenn er nicht zur Messe gekommen wäre.

Gerda betete still und ohne die Hände zu falten. Sie wünschte sich nichts sehnlicher, als dass sich ihr Vater endlich beruhigte und ihre Eltern sich nicht mehr stritten. Vom Krieg wollte sie nichts mehr hören. Warum konnten sie keine normale Familie sein und so leben, wie es vom Herrgott bestimmt war? Sie war mit ihrer Heimat fest verbunden und lebte gern bei ihren Eltern. Konnte der Herrgott nicht dafür sorgen, dass sie endlich in Frieden leben konnten?

»Ich bin froh, dass der Krieg vorbei ist«, sagte Agnes. In ihrem Sonntagskleid sah sie wie ein kleines Mädchen aus. »Es geht uns doch wieder gut. Und wir sind alle glücklich darüber, dass du gesund aus dem Krieg zurückgekehrt bist, Vater.«

»Der Stettner wird sich wieder einleben, und dann ist alles gut«, sagte die Mutter. »Uns kann es egal sein. Wir haben doch nichts mit ihm zu schaffen.«

»Er ist ein Kamerad!«, brauste Vater auf. »Wir waren nicht in derselben Einheit, aber wir haben beide für ein besseres Deutschland gekämpft und Blut, Schweiß und Tränen vergossen, um unsere Nation vor dem Iwan und anderen Feinden zu retten. Zurzeit sind die Besatzer im Vorteil. Sie denken, wir wären am Boden, aber das stimmt nicht. Der Tag wird kommen, an dem wir uns wieder erheben und einen großen Sieg erringen. Wir sind Deutsche und lassen uns nicht knebeln. Kein Feind ist stark genug, um uns für immer in die Knie zu zwingen.«

»Was musst denn dauernd vom Krieg reden, Vater?«, fragte Agnes. »Die Amis sind doch gar nicht so schlimm. Uns geht's besser als den Menschen im Osten, die wurden beinahe von russischen Panzern über den Haufen gefahren, als sie vor zwei Jahren demonstriert haben. Die Amis sind anders, die wollen uns nichts Böses mehr. Die wollen uns beim Aufbau unseres Landes helfen, Vater.«

»Was redest du da?«

Anstatt ihn zu besänftigen, hatte Agnes ihn noch mehr gereizt.

Gerda hielt sich zurück. In dem Moment konnte sie gar nicht das Richtige sagen.

»Die Amis behandeln uns wie Sklaven. Sie breiten sich immer weiter aus, schnappen sich unsere Frauen und sperren Männer wie den Stettner ein, die nur ihre Pflicht getan haben. Ständig faseln sie von Demokratie, als würden damit alle Menschen glücklich, dabei wollen sie uns nur zwingen, so zu werden wie sie. Wenn wir nicht spuren, nehmen sie uns das bisschen weg, das wir noch haben. Sie könnten uns jederzeit enteignen und uns verhungern lassen. Lass dich nicht von der Schokolade und den Zigaretten blenden, die sie verschenken. Damit wollen sie uns einlullen, damit wir nicht auf dumme Gedanken kommen.«

Gerda wäre am liebsten aufgestanden und hätte ihm von den Amerikanern erzählt, die Ingrid und Jule getroffen hatten, nette Burschen, die nur ihren Spaß haben wollten und sich auf zu Hause freuten. Stattdessen räumte sie die Suppenterrine ab und brachte die Platte mit dem Huhn, das die Mutter bereits zerteilt hatte, die Soße und die Schüssel mit den Knödeln. Vater nahm sich wie immer zuerst und brummte missmutig, als er sich an einem heißen Knödel verbrannte. Minutenlang sprach er kein Wort, fieselte an einem Hühnerbein und starrte ins Leere.

Er spülte einen Bissen mit Bier hinunter. »Dass ihr mir morgen früh munter seid«, sagte er. Er hatte sich einigermaßen beruhigt. »Wir müssen die Kartoffeln ernten, solange es trocken ist. Ich habe vier Burschen eingestellt und jedem einen Sack Kartoffeln versprochen, wenn sie uns helfen. Agnes, du bringst deinen Verlobten mit.« Er wischte sich den Mund ab und erhob sich. »Ich muss später noch mal weg, einige Freunde treffen. Wartet nicht mit dem Abendbrot auf mich.«

Mutter fragte nicht, welche Freunde er meinte. Aber Gerda spürte ihr die Erleichterung an, ihn für einige Stunden los zu sein. Sie würde die Zeit bestimmt nutzen und noch einmal in die Kirche gehen. Das tat sie öfter. Die Kirche war der einzige Ort, an dem sie allein war und in Ruhe nachdenken konnte. Sie war sehr religiös, betete alle paar Stunden einen Rosenkranz und bat den Herrgott um Hilfe. Wahrscheinlich hatte sie beim Beten ganz ähnliche Gedanken wie sie, glaubte Gerda.

Gerda und Agnes kümmerten sich um den Abwasch und genossen das schöne Wetter. In diesem Jahr hatten sie einen herrlichen Altweibersommer, der aber leider sehr trocken war und die Bauern eher verärgerte. Am Mittwoch sollte es nach langer Zeit wieder einmal regnen, hatte der Wettermann im Radio gesagt.

Agnes ging mit ihrem Verlobten spazieren. Gerda stieg auf ihr Fahrrad und fuhr zum Badesee, um ihre Freundinnen zu treffen. Sie verbrachten jeden Sonntagnachmittag am See, auch im Oktober wie jetzt, wenn das Wasser zu kalt zum Schwimmen war. Ingrid und Jule waren schon dort und kicherten um die Wette.

»Unterhaltet ihr euch über eure Liebsten?«, fragte Gerda.

»Über Ingrids Liebsten«, antwortete Jule, »sie hat zwei neue.«

»Zwei?«

»Zu dritt schmust es sich besser«, erwiderte Ingrid. »Frank hab ich in der Micky Bar kennengelernt, und der zweite lief mir auf dem Parkplatz über den Weg. Ein Rauhaardackel. Er gehört dem Angestellten, der mir die MP vom Leib hält.«

»Ein Hund? Und dieser Frank?«

»Lieutenant Frank Willow. Er vergöttert mich und bringt mir jedes Mal Blumen oder Pralinen mit. Er fährt einen neuen Opel Rekord, stellt euch vor. Seine Eltern besitzen eine Fabrik in der Nähe von Pittsburgh, das liegt in Pennsylvania. Sie wohnen in einer riesigen Villa.«

»Dann solltest du ihn dir warmhalten«, sagte Jule.

»Liebst du ihn?«, wollte Gerda wissen.

»Nein, und ich werde ihn auch nicht heiraten. Soweit ich weiß, hat er eine Frau und zwei Kinder. Ist gut so. Wir haben eine Menge Spaß miteinander, und keiner von uns vergießt eine Träne, wenn er in die Staaten zurückbeordert wird.«

Gerda schüttelte den Kopf. »Das könnte ich nicht.«

»Wenn du Erfolg und ein schönes Leben haben willst, musst du auch schauspielern können. Die Wahrheit will keiner wissen. Immer lächeln, auch wenn's dir mal nicht so gut geht. Erfolgreiche Männer wollen kein einfaches Bauernmädchen oder eine graue Maus, die in der Fabrik oder im Büro arbeitet und in ihrem Leben nicht weiter als bis nach Weiden gekommen ist. Die wollen einen Sonnenschein wie Romy Schneider oder eine elegante Frau wie Sonja Ziemann.«

Gerda kannte die Schauspielerinnen aus den Zeitschriften, die Ingrid zum Badesee mitgebracht hatte. Sie glaubte nicht, jemals so schön und elegant wie sie aussehen zu können, selbst wenn sie in einen Kosmetiksalon gegangen wäre.

»Habt ihr ›Ich war ein hässliches Mädchen‹ gesehen? Da verwandelt sie sich von einem hässlichen Entlein in einen prächtigen Schwan. Und schon klappt es mit dem schönen Leben. Männer gewinnen mit Macht, Frauen mit Schönheit.«

»Ich wusste gar nicht, dass du als Philosophin taugst«, neckte Jule sie.

»Ich darf nur ganz selten ins Kino gehen«, beklagte sich Gerda. »Die Arbeit auf dem Acker macht sich nicht von selbst, sagt mein Vater. Heute würden sie sowieso keine anständigen Filme mehr drehen, und es wär doch genug, wenn ich jeden Sonntagabend ein Hörspiel hören dürfte. Diese aufgetakelten Filmstars würden mir nur den Kopf verdrehen.« Das Geständnis war ihr peinlich. »Ich hab ›Die Mädels vom Immenhof‹ gesehen, vor drei Wochen, als ich in Weiden was besorgen musste. Nach Heidi Brühl haben sich auch alle Männer umgedreht.«

Ingrid winkte ab. »Das war doch Kinderkram. Ich meine Romy Schneider in ›Sissi‹ oder Sonja Ziemann in ›Mädchen ohne Grenzen‹, da hat sie eine Stewardess gespielt.« Sie drehte sich in die Sonne und lächelte verführerisch. »Eine Uniform würde mir auch stehen, was meint ihr? Und ein attraktiver Pilot natürlich.«

»Alles erreichst du mit deinem guten Aussehen auch nicht«, sagte Jule.

»Aber vieles«, erwiderte Ingrid. »Ihr werdet sehen, sobald ich dieses müde Nest hinter mir lasse, geht es bergauf. In spätestens einem halben Jahr wird Frank versetzt, und ich bin wieder frei wie ein Vogel. Dann kommt meine große Zeit.«

Jule hatte Zweifel. »Du bist ganz schön eingebildet.«

»Abwarten … bis jetzt hatte ich immer recht, oder?«

»Ich werde wohl hierbleiben«, erwiderte Gerda. »Hier weiß ich wenigstens, woran ich bin, und mein Vater wird nicht ewig so ein Griesgram sein. Meine Schwester bleibt auch hier. Nach der Ernte heiratet sie den Nickel Josef und zieht zu ihm auf den Hof.« Sie fuhr sich mit einer Hand über ihre schwarzen Haare. »So schön wie diese Schauspielerinnen werde ich sowieso nicht, nie im Leben.«

»Unsinn! Ich hab neulich gelesen, ich glaub, es war in der Bunten, dass jede Frau schön sein kann. Es kommt nur darauf an, eine gute Frisur zu haben und das beste Make-up zu benutzen. Fast jede Frau hat schöne Augen, stand da, und es wäre ein Leichtes, sie mit dem richtigen Make-up noch ausdrucksvoller zu machen. Und dann brauchst du natürlich Klamotten, die einigermaßen was hermachen. Langweilige Kleider und die falsche Frisur würden jede Frau in ein hässliches Entlein verwandeln. Ihr müsst an euch arbeiten, sonst wird das nichts!«

»Du hast gut reden mit deinen blonden Locken«, sagte Gerda. Sie hatte Ingrid immer um ihre blonden Locken beneidet, vor allem um ihre souveräne Art, selbst schwierige Probleme zu meistern. Sie ließ sich durch nichts abschrecken, ging so selbstverständlich durchs Leben, als gäbe es keinerlei Hindernisse für sie.

Sie setzten sich auf die Wolldecken, und Ingrid verteilte Kaugummi, den sie von Frank bekommen hatte. Das »Bubble Gum«, wie sie es nannte, schmeckte süß, nach Erdbeeren oder Kirschen. Die Amis hatten Köstlichkeiten, die es in keinem deutschen Restaurant oder Laden gab. Leckere Schokoriegel, zum Beispiel, oder Cheeseburger, mit Hackfleisch und Käse belegte weiche Brötchen.

»Frank will mir nächstes Mal drei Cheeseburger mitbringen«, sagte Ingrid, »wir brauchen sie dann nur noch warm zu machen und Ketchup draufzugeben.«

»Ketchup? Das ist dieses Tomatenzeug, stimmt's?«

»Ganz recht.« Ingrid kaute genüsslich. »Was machen eure strengen Väter?«

»Meiner schimpft den halben Tag und sagt Sachen, die ihn ins Gefängnis bringen würden, wenn Amis dabei wären. Er behauptet, dass wir den Krieg gewonnen hätten, wenn manche Soldaten nicht so feige gewesen wären. Und dass es in jedem Krieg grausam zuginge. Er hätte für ein besseres Deutschland gekämpft. Stattdessen säßen uns jetzt die Amis im Genick. Er hasst Amerikaner.«

»Weil er sie nicht kennt. Er hat nicht mal gegen sie gekämpft.«

»Meiner ist ruhiger geworden«, berichtete Jule. »Mit dem Krieg hat er nichts mehr im Sinn. Er hat nie darüber gesprochen, was er in Jugoslawien alles erlebt hat, und als die Bundeswehr gegründet wurde, hat er nur den Kopf geschüttelt. Er brummt ständig vor sich hin, und manchmal streitet er noch mit meiner Mutter. Ich glaube, er würde sich am liebsten in einem tiefen Loch verkriechen, um nichts mehr hören und sehen zu müssen. Er hat nicht mal mehr was dagegen, dass ich in die Micky Bar gehe.« Sie ging inzwischen gern in die Bar, wie sie Gerda erzählt hatte, hatte aber noch nie etwas mit einem Amerikaner angefangen.

»Und wenn du einen nach Hause bringen würdest?«, fragte Gerda.

»Keine Ahnung. Ich glaube fast, es wäre ihm egal.«

»Und deine Mutter?«

»Die will, dass ich glücklich werde und nicht so viel Pech habe wie sie. Wenn sie könnte, würde sie sich scheiden lassen, aber was soll dann aus ihr werden? Sie hat keinen Beruf erlernt und wüsste nicht, wie sie über die Runden kommen sollte. Meine Oma würde ihr bestimmt nicht beistehen, die hält zum Vater.«

»Weint deine Oma immer noch ihrem toten Mann nach?«

»Tag und Nacht. Wenn es wenigstens ein Grab gäbe. Sie hat damals nur einen Brief, der angeblich vom Führer unterzeichnet war, und seine Hundemarke bekommen.« So nannte man die Erkennungsmarke, die jeder Soldat trug, damit man ihn nach seinem Tod identifizieren konnte. »Und mein Vater ist eine Art Ersatz für ihn geworden. Meine Oma umhegt ihn wie ein Kind. Was meine Mutter dazu sagt, könnt ihr euch ja vorstellen. So bald wie möglich zieh ich aus, das ist sicher.«

Ingrid hielt mit dem Kauen inne. »Du solltest auch von hier weggehen, Gerda. Spätestens, wenn du einundzwanzig bist. Ich weiß, du hängst an der Heimat und allem, was du gut kennst. Aber wenn du so weitermachst, versauerst du. Du heiratest einen Bauern und schuftest dir von morgens bis abends die Hände wund. Und mit vierzig bist du eine alte Frau, und das Leben ist vorbei.«

Gerda musste lächeln. »Auch in Eschenbrunn sind schon Frauen glücklich geworden. Meine Schwester, zum Beispiel, die würde nie woanders hingehen.«

»Weil sie den richtigen Mann getroffen hat … das hoffe ich jedenfalls.«

»Vielleicht treffe ich auch den richtigen.«

»Lass dir doch erst mal den Wind um die Nase wehen! Geh für ein Jahr nach München! Versuch dich in einem Job! Dein Leben lang auf dem Dorf, morgens auf den Acker, mittags kochen, wieder auf den Acker und sonntags in die Kirche gehen und Huhn mit Knödeln essen, das reicht nicht. Deine einzige Abwechslung wäre die Kirchweih, und da kennst du doch auch jeden. Raff dich auf, Gerda!«

»Meine Eltern wollen nicht, dass ich gehe.«

»Aber du hast schon mal daran gedacht.«

»Sicher«, räumte Gerda ein, »aber ich hab's ihnen versprochen.«

»Dann komm wenigstens mal in die Micky Bar mit.«

»Mein Vater würde durchdrehen.«

»Er braucht es ja nicht zu wissen«, sagte Ingrid. »Außerdem bist du achtzehn Jahre alt und kannst gut auf dich selbst aufpassen. Tu uns den Gefallen, Gerda.«

Gerda zögerte lange. »Wann denn?«

»Nach der Kartoffelernte in zwei Wochen?«

»So bald schon?«

»Am besten am Wochenende«, sagte Ingrid. »Frank holt uns mit dem Jeep ab. Keine Bange, wir bleiben in deiner Nähe. Du brauchst nicht mal zu tanzen. Es reicht, wenn du der Band zuhörst. Die Musik ist absolute Spitze, versprochen.«

»Also gut«, antwortete sie nach einer ganzen Weile.

7

Über dem Acker leuchtete die Sonne von einem strahlend blauen Himmel. Der Altweibersommer war besonders schön in diesem Jahr, und die Landwirte klagten nur, weil es wenig Regen während der letzten Monate gegeben hatte und die Ernte nicht so gut wie in den beiden vergangenen Jahren gewesen war. Für die Kartoffelernte war das Wetter jedoch ideal. Gerda erinnerte sich an Ernten, während der sie im tiefen Morast über den Acker gekrochen war. In diesem Herbst störten nur gelegentliche Windböen, die den Staub aus den Furchen trieben.

Der Vater hatte die letzten Wochen damit verbracht, lästige Kartoffelkäfer von den Blättern zu pflücken, und dafür gesorgt, dass die Schädlinge nicht an den Pflanzen knabberten und die wertvollen Knollen beschädigten. Um zu testen, ob die Kartoffeln erntereif waren, hatte er erst vor einigen Tagen eine Pflanze entwurzelt und anschließend entschieden, dass es an der Zeit war. Noch am Wochenende war er mit dem Traktor und ihrem alten Kartoffelroder die Furchen abgefahren. Die Zinken des Roders hatten die Knollen aus der Erde geschleudert.

Wie in jedem Herbst wartete die schweißtreibende Arbeit des »Kartoffelklaubens« auf Gerda und die Helfer. Gebückt, meist sogar auf den Knien krochen sie über den Acker und luden die Kartoffeln in die mitgebrachten Körbe. Einen Teil der Ernte verpackten sie bereits auf dem Acker in Säcke. War der Wagen voll, fuhr der Vater die Kartoffeln auf den Hof und ließ sie über eine Schütte in den Kartoffelkeller rutschen. Mit dem leeren Wagen kehrte er auf den Acker zurück.

Gerda arbeitete schnell und zuverlässig. Sie würde eine gute Bäuerin abgeben, wenn sie erst einmal verheiratet war, und auch in einem Kaff, wie Ingrid es nannte, glücklich werden. Zweifel kamen ihr nur, wenn sie ihre Mutter beobachtete. Von der Furche, in der Gerda arbeitete, sah sie ihr Gesicht in der Sonne leuchten. Die harte Arbeit hatte ihren Tribut gefordert, zahlreiche Falten durchzogen ihr vom Wetter gerötetes Gesicht. Sie arbeitete wie eine Sklavin, erkannte Gerda, stumm und ergeben und mit einem enttäuschten Ausdruck in den Augen, der keine Hoffnung zuließ. Wenn Vater etwas sagte, gehorchte sie wortlos, auch wenn sie mit seiner barschen Art und seinen gelegentlichen Ausbrüchen nicht einverstanden war. Sie lebte nach den Gesetzen, die angeblich Gott den Menschen gegeben hatte, war ihrem Mann untertan, suchte ihr Heil in abendlichen Gesprächen mit Gott und war dankbar, dass Gerda auf dem Hof bleiben würde.

Eine Kartoffel nach der anderen landete in ihrem Korb. Als er voll war, half ihr ein junger Mann, trug die Kartoffeln zum Wagen und kehrte mit dem leeren Korb zurück. Gerda bedankte sich und sah erst jetzt, dass es sich bei dem jungen Burschen um den Benziger Werner handelte, ausgerechnet der aufdringliche Kerl, der ihr schon ein paar Mal nachgestiegen war.

Auch jetzt versuchte er wieder sein Glück. »Wollen wir mal zusammen ins Kino gehen, Gerda?«, fragte er.

»Das erlaubt mein Vater nicht«, antwortete sie, ohne ihre Arbeit zu unterbrechen. Ihr Vater sah es auch nicht gern, wenn jemand bei der Arbeit schluderte.

»Soll ich ihn mal fragen?« Er grinste frech.

»Lieber nicht«, fuhr sie fort, »mein Vater erlaubt nicht, dass ich mit Männern ausgehe. Ich sei zu jung für so was. Er will, dass ich mich für einen erfahrenen Bauern aufhebe, der uns helfen kann, den Hof zu bewirtschaften. Ich hab nichts gegen dich, Werner, aber mein Vater ist ziemlich stur bei so etwas. Außerdem …« Sie blickte ihn an. »Außerdem kribbelt es bei mir nicht, wenn ich dich sehe.«

»Auf einen gestandenen Bauern kannst du lange warten«, erwiderte er, »so einer heiratet doch keine Achtzehnjährige. Du bist doch achtzehn?« Er zog seine Handschuhe zurecht. »Vergiss es! Ich bin auf einem Bauernhof aufgewachsen, hab meinem Vater oft genug geholfen, hab Abitur und in der Stadt gearbeitet, und wenn wir uns erst mal näher kennenlernen, kommt das Kribbeln von selbst.«

»Wir kennen uns doch längst. Lieber nicht, Werner.«

Sie hatten leise gesprochen, damit die anderen sie nicht hörten, aber der Vater war dennoch auf sie aufmerksam geworden und rief: »Was steht ihr da rum und haltet Maulaffen feil? Die Kartoffeln ernten sich nicht von allein. An die Arbeit!«

Gerda arbeitete weiter, reagierte nicht auf den Benziger Werner, der drei Reihen weiter am Arbeiten war und vergeblich versuchte, ihr ein Lächeln zu entlocken. Sie arbeitete so angestrengt, dass ihr nach einiger Zeit die Puste ausging und sie kurz verschnaufen musste. Vater war mit dem Wagen unterwegs. Ihre Mutter legte ebenfalls eine Pause ein und blickte anerkennend in ihren Korb.

»So gefällst du mir«, sagte sie. Sie wischte ihre Hände an der Kittelschürze ab und rückte ihr Kopftuch zurecht. »Was war denn das mit dem Werner eben?«

»Nichts Besonderes«, antwortete Gerda.

»Der Benziger Werner wäre eine gute Partie. Er kommt aus einer Bauernfamilie und weiß, auf was es hier auf dem Land ankommt. Soll ich dem Vater sagen, dass er mal mit seinem Vater reden soll? Du hast den Werner doch gern, oder?«

»Er ist okay, aber ich will ihn nicht heiraten.«

»Okay? Redest du jetzt auch schon wie die Amerikaner?«

»Das sagen doch alle … jedenfalls die jungen Leute.«

»Und warum willst du ihn nicht heiraten?«

»Ich bin noch jung. Ich hab noch Zeit.«

Die Mutter wischte sich den Schweiß von der Stirn. »Warte nicht zu lange mit dem Heiraten, Gerda. Ich war so alt wie du, als ich deinen Vater geheiratet hab, und das war gut so. Das waren bewegte Zeiten damals, die man nur zusammen durchstehen konnte. Eine Frau braucht einen Mann, zu dem sie aufsehen kann.«

»Zum Benziger Werner kann ich nicht aufsehen, der ist noch ein Junge.«

»Warte nicht zu lange, Gerda, sonst kümmert sich der Vater darum.«

»Muss ich denn immer tun, was Vater sagt?« Der Satz war Gerda nur so herausgerutscht, sonst hielt sie sich mit Kritik gegenüber ihren Eltern zurück.

Ihre Mutter reagierte entsprechend. »Was fällt dir ein?«, sagte sie so laut, dass einige Helfer auf sie aufmerksam wurden. »Dein Vater hat das Sagen auf unserem Hof, also benimm dich! Und jetzt arbeite weiter!«

Gerda sparte sich eine weitere Widerrede und bückte sich. Schon bald hatte sie die anderen Helfer wieder eingeholt. Diesmal holte Agnes' Verlobter ihren Korb ab, ein kantiger Bursche mit einem dünnen Oberlippenbart und kräftigen Armen. Es hieß, dass er als Jugendlicher einige Boxkämpfe bestritten hatte.

Vom Benziger Werner hielt sie sich fern. Sie arbeiteten jeden Tag von Sonnenaufgang bis Sonnenuntergang, selbst am Wochenende, falls schlechtes Wetter drohte und sie sich beeilen mussten. Die andere Arbeit durfte nicht liegen bleiben, die Tiere im Stall mussten gefüttert, die Kühe gemolken, die Milch weggebracht und die Hühnereier eingesammelt werden. Abends fiel Gerda todmüde ins Bett, nur die Eltern blieben noch eine Weile in der Küche. Mutter räumte auf, Vater drehte sich eine Zigarette, trank eine Flasche Bier und las in der Zeitung.

Als der Vater seine Stimme erhob, kam Gerda gerade vom Waschen. Sie blieb am Treppengeländer im ersten Stock stehen und lauschte. Die Küchentür war leicht geöffnet, und ihr Vater sprach so laut, dass er leicht zu verstehen war.

»In Ungarn braut sich was zusammen, Ilse«, sagte er. »Die wollen den Iwan loswerden, und einige sagen, bald gäbe es dort einen Aufstand. Zeit wird es, dass sich jemand gegen die Besatzer erhebt. Bei uns wär so was unmöglich. Dazu sind die verzogenen Memmen der neuen Bundeswehr viel zu schwach auf der Brust.«

»Eine neue Armee braucht einen neuen Namen, sagt der Sohn vom Schmidhuber Benno. Er hat sich freiwillig gemeldet. ›Bundeswehr‹ klingt irgendwie friedlicher als ›Wehrmacht‹, sagt er. Aber was versteh ich schon davon?«

»Gar nichts verstehst du«, schaltete Vater schon wieder auf Angriff. »Mit dem neuen Namen haben sie die Wehrmacht in den Schmutz gezogen. Glorreiche Soldaten, die unser Land bis zum letzten Blutstropfen verteidigt haben und selbst in der Niederlage noch heroisch waren. Bundeswehr … dass ich nicht lache!«

»Vielleicht hast du recht, Hermann.«

»Vielleicht?«

Gerda hörte, wie ihr Vater mit der flachen Hand auf den Tisch schlug.

»Natürlich hab ich recht. Wir brauchen eine richtige Armee, keinen Kindergarten wie die Bundeswehr. Mit der kriegen wir die Besatzer nicht aus dem Land. Mal sehen, was der Stettner dazu zu sagen hat. Er soll zum Wochenende nach Hause kommen und hat sicher einige Schweinereien bei den Amis erlebt. Ich werde mich mit ihm und einigen Freunden bei ihm im Wirtshaus treffen, sobald er zurück ist. Er soll wissen, dass wir zu ihm stehen.«

Eine Weile war nichts zu hören und Gerda schon auf dem Weg in ihr Zimmer, als die Stimme ihrer Mutter erklang. »Du darfst die Gerda nicht so hart rannehmen«, sagte sie, »sonst läuft sie uns noch weg. Nicht jeder ist so vernünftig wie unsere Agnes. Die Beck Ingrid will wegziehen, hab ich mir sagen lassen.«

»Wahrscheinlich mit einem Ami«, lästerte Vater, »im Krieg wäre sie dafür als Verräterin erschossen worden. Unsere Töchter sind bodenständig. Die Agnes heiratet einen jungen Bauern, der weiß, worauf es ankommt, so muss es sein. Bleib im Lande und ernähre dich redlich, hieß es in meiner Familie schon vor hundert Jahren. Ein anständiger Mensch verlässt seine Heimat nicht. Ein Bauer hängt an seiner Scholle, und seine Frau oder Tochter sollte gehorchen und es ebenso halten. Ich will nicht, dass die Gerda mit einem Ami abhaut oder einen Stodterer heiratet und nach München oder Nürnberg geht. Nicht meine Tochter!«

»Warum bist du so streng, Hermann?«

»Streng nennst du das? Ich lebe noch so, wie es sich für einen anständigen Deutschen gehört, das ist alles. Für mich zählen noch Begriffe wie Ehre, Treue, Ehrlichkeit, Kameradschaft und die Liebe zur Heimat. Das verlange ich auch von meiner Familie. Die Gerda soll es wie die Agnes machen und einen jungen Mann aus der Gegend heiraten. Einen wie den Benziger Werner, wenn er ein bisschen älter wäre und keine Flausen im Kopf hätte, also den könnte ich schon mögen.«

»Der Werner hat zwei Jahre für eine Zeitung gearbeitet.«

»Er hat ein paar Aufsätze geschrieben, das ist alles. Wenn er die Gerda haben könnte, käme er zu uns auf den Hof oder würde sie auf den Hof seiner Eltern mitnehmen, da bin ich ganz sicher. Halt sie bloß von den Amerikanern fern!«

Gerda hörte die Zeitung rascheln und beeilte sich, in ihr Zimmer zu kommen. Wie alle Zimmer außer der Küche in einem Bauernhaus war auch ihres unbeheizt, ein Grund mehr, in ihr Federbett zu kriechen und sich zu wärmen. Was der Vater gesagt hatte, ging ihr noch lange durch den Kopf. Er brauchte sich nicht zu sorgen. Auch sie liebte ihre Heimat, die ländliche Umgebung, in der sie groß geworden war, die Nähe zu den anderen Bewohnern. Nicht mal nach Weiden wäre sie gern gezogen, selbst wenn dort ein treuer und liebevoller Mann in einer modernen Wohnung auf sie warten würde. Sie brauchte ihre Leute um sich.

Der Vater würde nicht immer so aufbrausen wie in letzter Zeit. Ein Mann wie er, der acht Jahre in russischer Kriegsgefangenschaft verbracht hatte, brauchte sicher länger, um sich an das neue Leben zu gewöhnen. Er lebte immer noch nach den Idealen seiner Soldatenzeit: Ehre, Treue, Ehrlichkeit und Kameradschaft. So stand es auf dem Plakat, das im Schlafzimmer ihrer Eltern hing. Ihre Mutter hatte ihn erfolgreich daran gehindert, es in der Küche oder der guten Stube aufzuhängen. Für Gerda zählten andere Werte, vor allem eine ungetrübte Harmonie, die sie zu Hause viel zu selten erlebte. Nach der Ernte vielleicht, wenn sie erschöpft vom Acker zurückkehrten, wenn sie beim Mittagessen zusammensaßen und sich das Huhn und die Knödel schmecken ließen. Wenn sie mit Ingrid und Jule am Badesee auf einer Decke saß und sie andere Leute beobachteten.

Während der Nacht wurde sie vom Knarren der Treppenstufen geweckt. Sie setzte sich auf und lauschte angestrengt. Das Schlafzimmer ihrer Eltern lag im Erdgeschoss, und weder ihr Vater noch ihre Mutter stiegen nachts ins obere Stockwerk hinauf. Sie benutzten die Toilette am Ende des Flurs.

Ihre Großmutter? Das Knarren kam von unten und immer näher, sie konnte es nicht sein.

Vor ihrem Zimmer erklangen Schritte, und jemand öffnete die Tür. Sie stellte sich schlafend, blinzelte nur kurz und erkannte ihren Vater. Er blickte zu ihr herüber und schloss die Tür wieder. Was hatte er vor? Am ächzenden Knarren der Holzstufen erkannte sie, dass er die steile Treppe zum Speicher hinaufstieg. Neugierig geworden, stieg sie aus dem Bett. Sie öffnete ihre Tür einen Spalt und beobachtete, wie ihr Vater auf dem Speicher verschwand. Mitten in der Nacht!

Sie kroch wieder in ihr warmes Bett und blickte nachdenklich zur dunklen Decke empor. Auf dem Speicher standen ausrangierte Möbel, es gab einen Schrank und eine Truhe mit alten Kleidern, die ihre Mutter irgendwann ändern wollte, zwei ältere Matratzen, ein Kinderbett, Spielzeug und extra Bettzeug für den Winter. Wenn ihr Vater auf den Speicher ging, was selten genug vorkam, sah er vielleicht nach Schuhen oder Kleidungsstücken, die er in seinem Schrank vermisste. Mehr gab es für ihn nicht zu holen. Oder hatte er dort etwas versteckt?

Gerda wartete geduldig, bis Vater ungefähr zwanzig Minuten später wieder nach unten stieg. Vor Aufregung konnte sie sowieso nicht schlafen. Nachdem seine Schritte verklungen waren, stand sie auf und verließ in Nachthemd und Hausschuhen ihr Zimmer. Durch das Fenster im Flur fiel das Licht des fast vollen Mondes, als sie zum Speicher hinaufstieg, die Tür leise hinter sich schloss und die einsame Glühbirne einschaltete, die von einem Deckenbalken herabhing.

Sie öffnete den Schrank mit den Kleidern, strich über den Wintermantel, den sie seit zwei Jahren besaß, und einen Rock, dessen Bund und Saum sie umnähen musste, damit er etwas moderner aussah. Ihr Vater bestand darauf, dass ihre Kleider und Röcke länger waren, als es der aktuellen Mode entsprach, damit nicht die Gefahr bestand, dass der Saum über die Knie rutschte, wenn sie sich setzte. Als sie ihm wenige Tage nach seiner Rückkehr erklärt hatte, wie sie die meisten Frauen inzwischen trugen, hatte sie sich eine Ohrfeige eingefangen. Seitdem richtete sie sich nach seinen Wünschen. »Vergiss nicht, Gerda, der Vater war viele Jahre im Krieg und in Gefangenschaft«, hatte ihre Mutter sie ermahnt, »er braucht noch Zeit.«

Sie ging weiter und hob eine Puppe auf, mit der sie als Kind gespielt hatte. Ihr fehlte ein Arm, und das Strickkleid, das ihre Mutter für sie genäht hatte, war ebenfalls lädiert. »Anna« hatte sie die Puppe genannt. »Tut mir leid, Anna«, sagte sie leise, »ich wollte nicht, dass du einen Arm verlierst. Ich sollte dich zu einem Puppendoktor bringen, aber so was gibt es in Eschenbrunn nicht.« Sie blickte der Puppe in die Glasaugen. »Weißt du, was Vater hier oben gesucht hat?«

Anna drückte sich um eine Antwort und beklagte sich nicht, als Gerda sie wieder in die Schachtel zurücklegte, in der sie die letzten Jahre verbracht hatte.

Auch die Truhe mit der alten Bettwäsche und einigen Kleidern verriet ihr nicht, was Vater gewollt hatte. Sie setzte sich auf einen Hocker unter der schrägen Wand und suchte den Speicher mit ihrem Blick ab. Nichts wies darauf hin, dass ihr Vater noch vor wenigen Minuten unter dem Dach gewesen war. Was wollte sie überhaupt hier? Traute sie ihrem Vater nicht? Warum sollte er irgendetwas hier oben verstecken? Weihnachtsgeschenke für die Mutter, Agnes und sie? Weihnachten war in zwei Monaten, außerdem machte er nie ein Geheimnis um seine Geschenke. Meist gab es etwas Praktisches, neue Hausschuhe oder wollene Strümpfe, nichts, über das man sich wirklich freuen konnte.

Sie erhob sich gähnend und wollte schon das Licht löschen, als ihr eine Schachtel auffiel, die mit einigen anderen in einer dunklen Ecke stand und nicht so fest verschlossen schien wie die anderen. Anscheinend hatte sich ihr Vater daran zu schaffen gemacht. Vor zwei Wochen, als sie sich zum letzten Mal auf dem Speicher umgesehen hatte, waren alle Schachteln fest verschlossen gewesen.

Im Licht der schwachen Glühbirne untersuchte sie den Inhalt. Zu ihrer Überraschung fand sie die Uniform ihres Vaters. Sie breitete die Jacke aus und sah, dass auf den Schulterklappen das Runen-SS der Spezialtruppe stand. Inzwischen wusste man selbst im abgelegenen Eschenbrunn, dass die SS im Krieg besonders rücksichtslos vorgegangen war und zahlreiche Zivilisten erschossen hatte. Sogar im »Neuen Tag« hatte etwas darüber gestanden. Obwohl die Amerikaner zahlreiche SS-Mitglieder verhaftet hatten, entschuldigte man ihr Vorgehen in der Öffentlichkeit, sie hätten wie alle Soldaten nur ihre Pflicht getan. So wie ihr Vater sagte: »Wir haben für ein besseres Deutschland gekämpft.« Gerda wusste zu wenig über Politik und den Krieg, um sich einen Reim darauf zu machen. Sie war gegen den Krieg, egal, was manche Soldaten berichteten, sie wollte dauerhaften Frieden. Und sie zweifelte an den Worten ihres Vaters, der so tat, als wäre der Krieg unausweichlich gewesen und sich alle Soldaten ehrenhaft verhalten hätten.

Unter der Uniform lag ein großer Umschlag. Sie kam sich wie eine Spionin oder Diebin vor, als sie ihn öffnete und einige Fotos und einen Zeitungsausschnitt herauszog. Die Fotos zeigten ihren Vater und andere Soldaten, meist in fröhlicher Runde und bestens gelaunt. Über dem Zeitungsbericht war ein Foto abgedruckt, das deutsche Soldaten bei der Erschießung mehrerer Zivilisten zeigte. Die Zeitung stammte aus Polen, ein Datum fand sie nicht. Sie verstand kein Polnisch, aber im Text tauchte mehrfach der Name »Jedwabne« auf, anscheinend der Name des Dorfes, in dem die Menschen erschossen worden waren.

Voller Entsetzen betrachtete Gerda das Foto. Hatte ihr Vater bei der gefürchteten SS gedient? War er an der Erschießung beteiligt gewesen? Als könnte sie ihren Verdacht damit abwenden, verstaute sie Uniform und Umschlag wieder in der Schachtel, verschloss sie sorgfältig und schlich in ihr Zimmer zurück.

8

Am Freitagabend waren alle Kartoffeln geerntet, und sie kehrten erschöpft vom Acker zurück. Zur Belohnung gab es eine reichhaltige Brotzeit, bei der sogar dem sonst so strengen Vater ein Lächeln das Gesicht erhellte. Die Qualität der Ernte war besser als im Vorjahr, und die Zukunft sah wieder rosiger aus. »Ich sag doch, wenn man uns Deutsche in Ruhe arbeiten lässt, geht es nur noch aufwärts.«

Gerda hatte schon den ganzen Tag wenig gesprochen und schwieg auch jetzt. Sie wagte es nicht einmal, den Vater anzublicken. In Gedanken war sie noch immer auf dem Speicher bei seiner Uniform und dem Zeitungsartikel. Wenn sie sich vorstellte, ihr Vater könnte an einer solchen Schandtat beteiligt gewesen sein, wurde ihr beinahe übel. In den deutschen Zeitungen, die ihr in die Hände gefallen waren, hatte nie etwas über solche Erschießungen gestanden und schon gar nicht, dass jemand aus Eschenbrunn und Umgebung mitgemacht hätte. Aber es hatte sich inzwischen herumgesprochen, dass der Krieg anders verlaufen war, als die meisten Leute geglaubt hatten. Sie wusste es von Ingrid und Jule, die auf der Arbeit mit anderen Leuten zusammenkamen und viel mehr erfuhren als sie.

»Was ist los mit dir, Gerda? Hast du keinen Hunger?«, fragte der Vater.

»Ich bin müde«, antwortete sie.

Ihr Vater lachte. »So ist die heutige Jugend. Kaum wird sie ein bisschen gefordert, geht nichts mehr. Wie soll denn das werden, wenn du verheiratet bist und doppelt so viel Arbeit hast wie jetzt? So was mag einer wie der Benziger Werner nicht. Eine deutsche Bäuerin ist fleißiger als die verwöhnten Stodterinnen, die im Büro oder in der Fabrik arbeiten und sich von ihren Männern aushalten lassen.«

»Die Gerda hat gut gearbeitet«, widersprach die Mutter.

»Dann soll sie nicht jammern.«

Gerda riss sich zusammen, nahm noch eine Scheibe von dem Speck und trank von der frischen Buttermilch, die nur an besonderen Abenden auf den Tisch kam. Sie hörte nur mit halbem Ohr hin, als es Agnes mal wieder schaffte, die Unterhaltung auf harmlose Themen zu lenken, und den Vater beruhigte. Dennoch war sie froh, als Vater den letzten Bissen verschlang, auf die Uhr an der Wand blickte und sagte: »Ich geh nur mal kurz zum Stettner rüber und sag ihm, dass wir uns freuen, ihn wiederzusehen.«

»Er ist tatsächlich zurück?«, fragte Mutter.

»Seit heute Mittag.«

»Weiß man denn inzwischen, warum ihn die Amerikaner festgenommen haben?«, wollte Mutter wissen. »Angeblich soll er ein Verbrechen begangen haben. Hat er sich mit einem Ami angelegt? Oder irgendwas Schlimmes im Krieg getan? Warum sagt denn niemand, was er verbrochen hat?«

»Halt dich da raus!«, sagte Vater. »Davon verstehst du nichts.«

»Nicht mal seine Frau verrät mir, was wirklich dahintersteckt. Sie wüsste auch nicht mehr als wir. Der Stettner wäre ein guter Mann und hätte sich nie was zuschulden kommen lassen. Es gäbe keinen besseren Ehemann und Vater als ihn.«

»Da hat sie ausnahmsweise mal recht.«

»Und wenn er wirklich was verbrochen hat? Sollen wir dann so tun, als wäre nichts passiert, und du weiter ins Gasthaus und ich zum Einkaufen in die Metzgerei gehen? Ich könnte der Stettnerin doch nicht mehr in die Augen schauen.«

Der Vater winkte ab. »Das haben sie sich doch alles aus den Fingern gesogen«, sagte er mit verächtlicher Miene. »Der Stettner ist ein Geizhals, und Freibier gibt's bei ihm nur, wenn wir Weltmeister werden, aber er ist ein guter Deutscher und hat sich nichts vorzuwerfen. Die Amis brauchen Sündenböcke, das ist alles. Es macht ihnen Spaß, unschuldige Männer wie den Stettner zu quälen.«

»Du hast ja recht, Hermann.«

Der Satz, mit dem Mutter die meisten Auseinandersetzungen mit ihm beendete. Aus Angst vor seinen Wutanfällen, wenn etwas nicht so lief, wie er sich das vorgestellt hatte, oder er sich in seiner Ehre verletzt fühlte.

»Komm nicht so spät nach Hause!«, bat sie ihn, als er aufstand.

»Das musst schon mir überlassen«, erwiderte der Vater.

Zu Gerdas Erleichterung hielt sich Mutter nach dieser Antwort zurück, doch ihre Miene verriet, wie unzufrieden sie inzwischen mit ihrem Mann und ihrer Rolle war. Auch sie hatte während des Krieges ungewohnte Verantwortung übernehmen müssen und gelernt, auf eigenen Beinen zu stehen. Vaters Heimkehr hatte sie zurückgeworfen und daran erinnert, dass er das Sagen und sie zu gehorchen hatte. So wie es Kindern, egal welchen Alters, verboten war, sich gegen die Eltern aufzulehnen. So war es Brauch in Eschenbrunn und Umgebung.

»Ich versteh Mutter nicht«, sagte Gerda, als sie zusammen mit ihrer Schwester die Schweine fütterte. Ihre Mutter war zur abendlichen Andacht in die Kirche gegangen und bat den Herrgott wahrscheinlich, über sie zu wachen und dem Vater zu helfen, den Krieg zu vergessen und etwas liebevoller zu sein. Als sie ihn geheiratet hatte, war er sehr viel umgänglicher gewesen. »Warum lässt sie sich alles vom Vater gefallen? Stattdessen geht sie in die Kirche und beichtet oder bittet zum Herrgott um Hilfe. Warum macht sie es nicht wie du und versucht, ihn zu beruhigen, wenn er die Nerven verliert? Dann gäbe es keinen Streit.«

»Für Mutter war es genauso schwierig wie für ihn, sich nach seiner Rückkehr umzustellen. Im Krieg hatte sie das alleinige Sagen, und jetzt ist Vater wieder dran und bestimmt, was auf dem Hof getan wird. Das kostet viel Kraft.«

»Du findest immer die richtigen Worte.«

»Ich weiß, wo mein Platz ist, Gerda. Bei meinem Josef nämlich, aber auch in unserer Familie. Der Vater hat zu bestimmen, so war es vor dem Krieg und so ist es wieder. Auch wenn sich inzwischen einiges geändert hat. Ich gehorche ihm nicht blindlings, sondern versuche, so sanft es geht, ihn auf die richtige Spur zu bringen. Er kann nichts dafür, dass er manchmal so aufbraust. Die Grausamkeiten, die er im Krieg erlebt hat, können wir uns doch gar nicht vorstellen. Ist doch kein Wunder, dass man nach solchen Erlebnissen die Kontrolle verliert. Es ist unsere Pflicht, ihn so weit zu bringen, dass ihm das Leben wieder Spaß macht.«

»Er ist zu streng«, erwiderte Gerda, »besonders zu mir. Er tut so, als wäre ich noch ein kleines Mädchen.« Sie schaufelte gekochte Futterkartoffeln in den Trog und stützte sich auf die Schaufel. »Ich bin achtzehn, Agnes, ich bin kein Kind mehr.«

»Du wirst es ertragen, Gerda. Irgendwann lernst du einen rechtschaffenen Mann kennen, einen wie meinen Josef, dann bewirtschaftest du deinen eigenen Bauernhof, und deine Kinder werden sagen: ›Unsere Mutter ist viel zu streng.‹«

Obwohl Gerda nach der anstrengenden Arbeit hundemüde war, fand sie nur schwer in den Schlaf. Die Worte ihrer Schwester gingen ihr noch lange durch den Kopf, und sie fragte sich, ob eine Frau wie sie damit zufrieden sein musste, ihrem Mann eine gute Ehefrau und ihren Kindern eine gute Mutter zu sein. Hielt das Leben denn nur Pflichten für sie bereit? Durfte sie keinen Spaß haben? War es Frauen verboten, eigene Träume zu haben? Bestand der Alltag einer Frau wirklich nur darin, in der Küche und auf dem Acker zu arbeiten und in die Kirche zu gehen? War die jährliche Kirchweih das einzige Vergnügen, das ihr erlaubt war?

Sie würde sich nicht länger vor einem Besuch in der Micky Bar drücken. Alle jungen Frauen redeten inzwischen über das Tanzlokal und die verrückte Musik, die dort gespielt wurde. Inzwischen sollte es eine ganze Reihe von Liedern geben, die so klangen wie »Shake, Rattle and Roll«. Gerda war begierig darauf, sie zu hören, schon um Ingrid zu beweisen, dass sie nicht hinter dem Mond lebte. Und sie war neugierig auf die amerikanischen Männer, von denen Ingrid behauptete, sie wären viel netter und fröhlicher als die Burschen aus Eschenbrunn.

Mit dem Gedanken, ein großes Abenteuer erleben zu können, schlief sie ein, wurde nur einmal geweckt, als ihr Vater nach Hause kam und geräuschvoll die Haustür öffnete. Er musste betrunken sein. Er hatte sicher die halbe Nacht im Wirtshaus verbracht und mit dem Stettner und anderen Kameraden von den alten Zeiten geschwärmt, als deutsche Tugenden noch etwas gezählt hatten. Dass es dabei nicht bei einem Bier und einem Schnaps geblieben war, verstand sich von selbst.

Am nächsten Morgen verpasste Vater das Frühstück. Als er gegen halb acht in der Küche auftauchte und »Ilse! Mein Frühstück!« rief, hatten Gerda und Agnes bereits die Kühe gemolken und die riesige Milchkanne vor dem Haus abgestellt. Pünktlich um sieben hatte der Fahrer der Molkerei sie mit seinem Lastwagen abgeholt. Vater saß noch am Küchentisch, trank Muckefuck aus seinem Emaillebecher und brummte nur, als Gerda und Agnes mit einem Korb voller frisch gelegter Hühnereier hereinkamen. »Guten Morgen, Vater«, begrüßten sie ihn.

Mutter war dabei, dem Vater einige Eier zu braten, und war offensichtlich erleichtert, sie zu sehen. »Seid bitte leise«, sagte sie, »dem Vater geht es heute nicht besonders.«

Man sah Vater an, dass er bis nach Mitternacht im Wirtshaus gewesen war. Sein Gesicht war zerknittert und er selbst immer noch benommen.

»Was schaut ihr mich so an?«, fauchte er sie an. »Wir haben die Rückkehr vom Stettner gefeiert, das ist ja wohl nicht verboten. Die Amis haben ihm übel mitgespielt. Wie kann man einen Mann bestrafen, der lediglich seine Pflicht erfüllt hat? Einen Orden hätten sie ihm verleihen sollen. Stattdessen haben sie ihn für irgendetwas eingebuchtet, das er gar nicht begangen hat. Das ist Willkür!«

Gerda war die Hetzreden ihres Vaters schon lange leid und freute sich insgeheim, als Vater ankündigte, sich am Abend noch mal mit dem Stettner und anderen Kameraden zu treffen, der Stettner bräuchte gerade alle Hilfe, die man ihm geben konnte, um sich wieder einzugewöhnen. Mutter reagierte kaum darauf. Sie würde den Tag wie immer verbringen, die Küche aufräumen, die Wäsche waschen und zum Trocknen aufhängen und beim Füttern der Tiere und der Stallarbeit helfen. Nachmittags würde sie wahrscheinlich wieder in die Kirche gehen und den Herrgott bitten, sich mehr um ihren Mann zu kümmern.

Je näher der Abend rückte, desto nervöser wurde Gerda. »Ich treff mich heute Abend mit Ingrid und Jule«, sagte sie beinahe beiläufig zu ihrer Mutter. Sie hatte die beiden während der Kartoffelernte kaum gesehen. »Es kann spät werden.«

»Aber nicht zu spät«, mahnte die Mutter. »Du weißt, wie dein Vater reagiert, wenn du zu lange wegbleibst. Was habt ihr denn vor? Wollt ihr zum Badesee?«

»Wahrscheinlich«, log Gerda und rang sich ein Lächeln ab. »Aber nicht zum Schwimmen, dazu ist das Wasser schon zu kalt. Aber wir ratschen eben gern.«

»Ihr geht doch nicht in ein Tanzlokal?«

»Und wenn? Wäre das so schlimm? Ich bin achtzehn.«

»Und immer noch zu jung. Eine anständige Frau treibt sich abends nicht in Lokalen herum, es sei denn, sie hat einen netten Burschen kennengelernt, und er lädt sie ein und stellt sich vorher bei den Eltern vor. So war das zu meiner Zeit, und so ist es immer noch. Auch wenn zu viele Amerikaner glauben, sich nicht an unsere Regeln halten zu müssen, da bin ich mit deinem Vater einer Meinung.«

»Wir tun nichts Verbotenes, Mutter. Außerdem sind wir zu dritt, und die Amerikaner sind gar nicht so schlimm, wie du denkst. Das sagt jedenfalls Ingrid.«

»Und die muss es ja wissen. Keine Dummheiten, Gerda!«

Nach dem Abendessen, das glücklicherweise ohne den Vater stattfand, machte sich Gerda für den Abend zurecht. Sie zog ihr Sonntagskleid und die guten Schuhe an, kämmte ihre Haare und lieh sich von Agnes den Lippenstift und etwas Schminke aus. Sie selbst hatte sich immer nur auf die Natur verlassen.

Ingrid und Jule warteten bereits unter der großen Eiche vor der Kirche, als sie den Marktplatz überquerte. Die Sonne war längst untergegangen, und in den meisten Häusern brannten Lichter. »Gerda! Endlich raffst du dich auf!«, freute sich Jule.

»Täusch ich mich, oder riechst du nach Kuhstall?«, fragte Ingrid.

»Ich hab die Schweine gefüttert, da riecht man so.«

Ingrid reichte ihr ein Fläschchen. »Hier, tupf dir etwas von meinem Duftwasser in den Nacken. Das hab ich von meinem Lieutenant geschenkt bekommen.«

Gerda hatte noch nie Parfüm benutzt, selbst Agnes benutzte es nur, wenn sie mit ihrem Verlobten nach Weiden fuhr, was selten genug vorkam. Der Nickel Josef war Bauer, er wollte nicht, dass seine Braut wie ein Parfümladen roch.

»Das duftet toll«, staunte Gerda. »Das muss ein Vermögen gekostet haben.«

»Frank liebt mich, der würde mir den Mond vom Himmel holen.«

»Ich denke, er ist verheiratet?«

»Aber nett, du wirst ihn ja gleich kennenlernen.«

Lieutenant Frank Willow erschien pünktlich, sportlich wie fast alle Soldaten und mit dauerhafter guter Laune, wie sie anscheinend vielen Amerikanern zu eigen war. Er küsste Ingrid und begrüßte Jule und Gerda lächelnd. »Ah, ich sehe, wir haben Zuwachs bekommen«, sagte er. Er hatte inzwischen etwas Deutsch gelernt. »Gerda, nicht wahr? Ich habe gehört, Sie gehen zum ersten Mal in die Micky Bar.«

»Ich mag Rock 'n' Roll«, erwiderte sie.

»Na, das ist doch ein Anfang … *that's a nice start!*«

Gerda zwängte sich zu Jule auf die Rückbank und hielt sich mit beiden Händen am Vordersitz fest, als Frank anfuhr. Sie war noch nie in einem Jeep gefahren und musste sich erst an die flotte Fahrweise des Lieutenants gewöhnen. Er redete viel, mischte Deutsch und Englisch zu einem Kauderwelsch und flüsterte mit Ingrid. Gerda bewunderte Ingrid, wie locker sie mit ihrer Beziehung umging.

»Mach dir nichts draus«, sagte Jule zu Gerda, als sie vor der Micky Bar parkten, »mir ging's vor einem Jahr genauso. Ich hatte eine Heidenangst, da reinzugehen. Aber keine Bange, es ist alles nicht so wild, wie manche Leute erzählen. Die Micky

Bar ist tausendmal besser als das Tanzlokal in Weiden, in dem ich neulich war. Und die Musik ist besser … hier spielen sie echten Rock ’n’ Roll.«

An diesem Abend war eine Band aus Italien mit dem amerikanischen Namen »The Lollipops« angesagt. Gerda saß mit Ingrid, ihrem Freund und Jule an einem Tisch und trank Sinalco, als sie loslegten.

»Wir sind die Lollipops«, stellten sie sich vor, »und hier ist der Hit, mit dem alles begann. Rock Around the Clock!«

Schon mit den ersten Akkorden war alle Angst verflogen, und sie wurde von der Urgewalt einer Musik eingefangen, die sie beinahe vom Stuhl gerissen hätte. Was für ein Unterschied zu der Musik, die im Radio gespielt wurde! Der hämmernde Rhythmus traf mitten in ihr Herz und ließ sie vor Freude und Begeisterung beben, obwohl sie nur wenig verstand. Aber das war auch nicht nötig. Die Musik sprach für sich, setzte den Rhythmus für den Abend und ließ die Paare in Scharen auf die Tanzfläche strömen. Sie wirbelten lachend über den Holzboden, die Frauen und Mädchen sprangen in die Luft, wurden von ihren Partnern aufgefangen und um die Hüften gewickelt, nur um gleich darauf wieder im Rhythmus aufzugehen und die Musik zu leben, die aus den beiden Lautsprechern schallte.

»Später, *please*!«, sagte Gerda, als sie ein Amerikaner aufforderte. Sie kannte nur die wenigen amerikanischen Wörter, die sie bei Ingrid aufgeschnappt hatte.

»*Later*?« Der Amerikaner trug es mit Fassung. »Später, Fräulein, okay.«

»*Sorry*«, erklärte Gerda.

»*No problem.*«

Gerda trank dankbar von ihrer Sinalco. Sie hatte zum ersten Mal auf Agnes’ Verlobung getanzt, Walzer und so etwas Ähnliches wie Foxtrott, aber der Rock ’n’ Roll war eine Nummer zu groß für sie. Das war alles viel zu wild und kompliziert. »Wo habt ihr das bloß gelernt?«, fragte sie, als Ingrid, Jule und Frank von der Tanzfläche zurückkehrten. Ihre Gesichter glänzten vor Freude und Schweiß. »Ich glaube, ich würde mir bei so einem Tanz beide Beine brechen.«

»Rock 'n' Roll kannst du nicht lernen, den musst du fühlen«, sagte Ingrid. »Geh mit, wenn dich einer auffordert, und lass es krachen … du wirst sehen, du schaffst das. So haben wir's auch gemacht.« Sie küsste Frank. »Stimmt doch?«

Als Gerda das nächste Mal von einem Pete aufgefordert wurde, ging sie mit, warnte ihn aber: »*I cannot Rock 'n' Roll*«, was ihn zum Grinsen brachte.

»*No sweat, Fräulein*«, erwiderte er, »kein Problem. *Just watch the other girls do their steps, and you're fine*. Schau es dir einfach bei den anderen ab.«

Zu ihrer eigenen Überraschung brauchte Gerda nur wenige Minuten, um nicht mehr im Gedränge auf der Tanzfläche aufzufallen. Wenn man einmal den Rhythmus verinnerlicht hatte, schienen die Schritte wie von selbst zu kommen. Sie tanzte zu einem Song, dann zu gleich noch einem und fühlte sich plötzlich frei und ungebunden, als würden die rockigen Klänge wie ein Zaubermittel auf sie wirken.

Sie bat Pete nicht an ihren Tisch, tanzte den nächsten Tanz mit einem anderen und kehrte wieder allein von der Tanzfläche zurück. »Das macht Spaß«, sagte sie. Nach einer kurzen Pause war sie auch beim nächsten rockigen Song dabei und ließ nur die Schmusesongs aus. Sie wollte ihre Partner nicht auf dumme Gedanken bringen. Sie tanzte sich allen Kummer von der Seele, schüttelte den Ärger mit ihrem Vater ab und blickte kein einziges Mal auf die Uhr. Als sie es endlich tat, war es bereits weit nach Mitternacht. »Ach, du liebe Zeit!«, erschrak sie.

»Keine Luft mehr?«, fragte Jule amüsiert.

»Ich muss dringend nach Hause«, sagte Gerda. »Vater reißt mir den Kopf ab, wenn er merkt, dass ich so lange weg war. Kann mich jemand mitnehmen?«

Frank opferte sich gern für sie. Er fuhr Gerda nach Eschenbrunn und setzte sie vor ihrem Haus ab. »Das war nett von dir«, bedankte sie sich. »*Thank you … very nice.*« Sie stieg aus und ging zum Seiteneingang.

Im schwachen Licht der Hoflampe wartete ihre Mutter. Sie hatte die Hände in die Hüften gestützt und anscheinend auf sie gewartet. »Sei froh, dass der Vater seinen Rausch ausschläft«, sagte sie, »sonst hätte es eine ordentliche Tracht Prügel gegeben! Du bist mit einem Jeep gekommen … mit einem Amerikaner?«

»Ingrids Freund. Ich hab nichts mit einem Ami angefangen!«

»Na schön. Wir reden morgen. Und jetzt ab ins Bett!«

1957
Ingrid

9

Ingrid liebte es, mit Frank im offenen Jeep zu fahren, und an den bewundernden Blicken ihres Freundes erkannte sie, wie sehr er es mochte, wenn die Sonne auf ihre nackte Haut brannte und der Wind mit ihren blonden Locken spielte. Sie merkte sehr wohl, dass ihr Kleidersaum im Fahrtwind über ihre Knie rutschte und ihr tiefer Ausschnitt sein Übriges tat, um sie extrem sexy aussehen zu lassen.

Seit über einem Jahr war sie schon mit dem Lieutenant zusammen, und Jule und Gerda fragten sich langsam, ob sie nicht doch in ihn verliebt und sogar bereit war, mit ihm nach Amerika oder in ein anderes Land zu gehen. Offiziere blieben meist länger in Deutschland als gewöhnliche Soldaten, und der Korea-Krieg hatte gezeigt, dass er im Krisenfall auch über Nacht in ein anderes Land versetzt werden könnte. Mit einem Soldaten war man ständig unterwegs.

An diesem Sonntag waren sie nach Waldsassen gefahren, hatten sich dort das Kloster mit seiner eindrucksvollen Bibliothek angesehen und in einem Landgasthof zu Mittag gegessen. Über die Felder der Umgebung wanderten sie zur nahen Kappl, einer barocken Kirche mit drei Türmen, die für die christliche Dreifaltigkeit standen. Frank war beeindruckt von den barocken Bauwerken in Bayern, die er in seiner Heimat vergeblich gesucht hätte, und vom bayerischen Essen, vor allem Brathendln mit Kartoffelsalat und bayerischem Bier in riesigen Maßkrügen.

Sie wanderten nicht zum ersten Mal über die Felder bei Waldsassen, hatten dort sogar schon mal ein Picknick veranstaltet. Jedes Mal waren sie bester Laune gewesen. Diesmal wirkte Frank, der in Zivil gekommen war, seltsam bedrückt und druckste lange herum, bevor er sich aufraffte und sagte: »Wir dürfen uns nicht mehr sehen, Ingrid. Ich muss … *break up with you.* Es tut mir sehr leid.«

»Du willst dich von mir trennen?« Sie war es nicht gewohnt, dass sich ein Mann freiwillig von ihr trennte, und blickte ihn erstaunt an. »Was ist los? Magst du mich nicht mehr? Musst du in die Staaten zurück? Was ist passiert, Frank?«

»Ich werde befördert, Ingrid, und …«

»Und was? Nun sag schon!«, drängte sie.

»Meine Frau und meine Kinder kommen nach Germany.«

»Auf Besuch?«

»Für immer. Wir müssen uns trennen, Ingrid.«

Ingrid blieb stehen und blickte ihn erschrocken an. Seine Ankündigung machte ihr mehr zu schaffen, als sie sich eingestehen mochte. »Das ist schön für dich, Frank. *I'm happy for you.* Ich freue mich für dich. Wann kommen sie denn?«

»*Next week.*«

»Schon?«

»Es ging schneller, als ich dachte.« Er schien genauso unglücklich zu sein wie sie, wusste aber nicht, was er tun oder sagen sollte. »Du bist mir nicht böse?«

Sie zwang sich zu einem Lächeln. »Natürlich nicht, Frank. Warum sollte ich? Es war doch immer klar, dass unsere Beziehung nicht von Dauer sein würde.«

»Wir hatten eine schöne Zeit.«

»Die hatten wir. Bringst du mich nach Hause?«

»Sicher«, sagte er.

Sie wandten sich von der idyllischen Kirche ab und kehrten zum Jeep zurück. Wortlos fuhren sie die wenigen Kilometer nach Eschenbrunn. Vor dem Haus ihrer Mutter blieben sie stehen, nur von einer streunenden Katze beobachtet, die gleich darauf hinter einem Hoftor verschwand. Sie küssten sich ein letztes Mal.

»Ingrid … ich …«

Sie legte einen Finger auf seine Lippen. »Sag jetzt nichts, Frank. Die Erinnerung wird uns immer bleiben. *Farewell* und pass gut auf dich auf, Lieutenant!«

Sie wartete, bis er aus ihrem Leben gefahren war, und ging ins Haus. Ihre Mutter, ebenso blond, aber zwanzig sichtbare Jahre älter als sie, saß am Küchentisch, trank billigen Wein und las rauchend in der Zeitung. Es roch nach Alkohol.

»Ich dachte, ihr bleibt den ganzen Tag weg«, sagte ihre Mutter.

»Wir haben Schluss gemacht, Mama.«

»Einfach so?«

»Seine Frau und seine Kinder kommen aus Amerika … für immer.«

Ihre Mutter lachte kurz. »Nichts dauert ewig.«

Ingrid ging in ihr Zimmer und wischte sich die Schminke vom Gesicht. Sie tauschte ihr modisches Kleid, das sie für Frank getragen hatte, gegen Rock und Bluse und blickte nachdenklich in den Spiegel. Sie hatte schon besser ausgesehen, aber sie weinte nicht, nur der Glanz war aus ihren Augen verschwunden. Ob das schmerzhafte Stechen in ihrer Magengegend bedeutete, dass sie Frank nachtrauerte, oder auf ihren verletzten Stolz zurückzuführen war, wusste sie nicht. Zum Teufel, sie hatte doch gewusst, dass Frank und sie nicht für immer zusammen sein konnten. Was sollte sie bei einem Offizier, der aus einer reichen

Familie stammte, aber vor allem für seine Karriere lebte? Den seine Vorgesetzten wahrscheinlich um den halben Erdball schicken und vielleicht sogar in einen Krieg führen würden? Sie würde die meiste Zeit in irgendeiner Housing Area versauern und sich mit den anderen Offiziersfrauen zum Kaffeeklatsch treffen.

Sie ging zu ihrer Mutter in die Küche und holte sich einen Becher Milch. Der billige Wein hätte ihr nur noch mehr Bauchschmerzen gebracht. Sie trank im Stehen, schüttelte den Kopf, als die Mutter mit einem Kopfnicken auf den freien Stuhl deutete. »Willst du Milch?«, fragte sie. »Besser als dein gepanschter Wein.«

»Mir schmeckt er«, antwortete ihre Mutter.

»Und gegessen hast du wahrscheinlich auch nichts.«

»Ich hab keinen Hunger.«

»Ich hätte auch keinen Hunger, wenn ich den ganzen Tag nur rumsitzen, Wein trinken und eine Zigarette nach der anderen rauchen würde. Was ist los mit dir?«

»Ich hab öfter so Tage«, erwiderte ihre Mutter, »das weißt du doch. Bis morgen früh bin ich wieder einigermaßen nüchtern. Für die langweilige Arbeit in der Fabrik reicht es allemal. Den ganzen Tag an der Nähmaschine zu sitzen ist mindestens genauso nervig, wie Patronen zu schrauben, das schaffe ich sogar im Schlaf.«

»Du brauchst die Arbeit, wenn du mal allein bist.«

»Du willst gehen?«, fragte ihre Mutter.

Besonders aufzuregen schien sie der Gedanke nicht.

»Warum suchst du dir nicht einen neuen Ami und bleibst hier, dann kann er für uns im PX einkaufen, und ich krieg weiter meine Pall Mall.«

»Die deutschen Zigaretten schmecken auch nicht anders.«

»Aber sind doppelt so teuer.«

»Ich kann nicht ewig bei dir bleiben, Mama. Gäb's keine Amis und keine Micky Bar, wäre ich schon längst über alle Berge.« Sie betrachtete ihre Mutter eine Weile. »Warum lässt du dir nicht die Haare machen, kaufst dir Make-up, schneiderst dir ein paar modische Klamotten und suchst dir einen neuen Mann?«

»Das kann ich dem Vater nicht antun.«

»Vater ist in Stalingrad gefallen … vor fünfzehn Jahren! Er hätte bestimmt nichts dagegen, dass du dir einen neuen Mann suchst. Du bist noch keine fünfzig! Noch viel zu früh, um hier zu versauern und die Wochenenden zu vergeuden.« Ingrid blickte in ihren Milchbecher. »Du musst dir auch selbst helfen, Mama. Ich kann nicht mein ganzes Leben bei dir bleiben und Händchen halten. Ich muss raus aus diesem langweiligen Kaff, ich will was erleben. Ich kann dir Geld schicken, falls ich es zu was bringe, aber du kannst das auch ganz allein schaffen.«

»Du klingst wie meine Mutter, der Herrgott hab sie selig.«

Ingrid ahnte, dass ihre Vorschläge auf wenig fruchtbaren Boden gefallen waren, schnappte sich ihre Jacke und verließ das Haus. Obwohl ihre Mutter als Witwe relativ ungebunden war, resignierte sie wie die meisten verheirateten Frauen in Eschenbrunn. Sie hatten sich während des Krieges von ihren Männern entfremdet und hätten am liebsten allein weitergemacht, konnten es sich aber nicht leisten, sich von ihnen zu lösen. Der Preis wäre zu hoch gewesen. Ohne einen Pfennig in der Tasche, von der Kirche verachtet und vielleicht ohne ihre Kinder hätten sie nur schwer Arbeit gefunden. Als geschiedene Frau war man mit einem Makel behaftet und wurde von den meisten Menschen schief angesehen.

Wie selbstverständlich führte Ingrid auch diesmal der Weg zum Badesee. Sie war nicht mehr jeden Sonntag zum Treffpunkt mit ihren Freundinnen gekommen, seit sie mehr Zeit mit Frank verbracht hatte, und Jule und Gerda waren erstaunt, sie zu sehen. Es dämmerte bereits, und außer ihnen waren nur wenige Leute dort.

»Ingrid! Ich dachte, du bist mit Frank unterwegs?«, sagte Jule.

»Dachte ich auch«, erwiderte Ingrid. »Ich hab Schluss gemacht.«

»Du hast was?«, riefen Jule und Gerda im Chor.

»Nun ja, wir haben beide Schluss gemacht. Nächste Woche kommen seine Frau und seine Kinder nach Deutschland und ziehen zu ihm in die Wohnung, dann wäre sowieso nichts mehr gegangen.« Sie lächelte. »Halb so schlimm, Leute. Wenn du glaubst, es geht nicht mehr, kommt von irgendwo ein Lichtlein her.«

»Du hast schon einen neuen?«, wunderte sich Gerda.

Ingrid setzte sich zu ihnen auf einen entwurzelten Baumstamm. »Ich hab genug von den Amis«, sagte sie müde. »Eine Zeit lang war es toll. Ich glaube, es ist jetzt an der Zeit, mir einen reichen Mann zu suchen und von hier zu verschwinden.«

»Du willst uns im Stich lassen?«

»Ihr wisst doch, was ich vorhabe, und ich bin sicher nicht aus der Welt. Aber wenn ich länger hierbleibe, versauere ich wie meine Mutter.« Sie kramte die letzten Kaugummis aus ihrer Manteltasche und gab jeder einen. Sie blickte Gerda an. »Und du willst immer noch hierbleiben? Wie hältst du das nur aus, Gerda?«

Gerda schien es selbst nicht zu wissen. »Vielleicht, weil ich mich inzwischen an die Reden und Wutausbrüche meines Vaters gewöhnt habe. Ich sag mir immer, der Krieg ist schuld, er kann nichts dafür. Und irgendwie käme es mir wie Verrat vor, wenn ich meine Eltern im Stich ließe. Schlimm genug, dass ich den Benziger Werner nicht geheiratet habe. Das nehmen sie mir sicher ewig krumm.«

»Der Werner ist noch zu haben«, sagte Jule.

»Hoffentlich nicht mehr lange. Mein Vater hätte es immer noch gern, wenn ich ihn heiraten würde. Wenn ich Glück habe, nimmt er die Rosi, um die scharwenzelt er sowieso die ganze Zeit herum. Warum nimmst du ihn nicht, Jule?«

Jule lachte. »Ich kann mich beherrschen. Der würde mir genauso wenig passen wie der Brunner Hansi. Ich warte auf den Richtigen, und dann bin ich ebenfalls weg. So wie es aussieht, haben meine Eltern nicht mal was dagegen. Mein Vater wird sowieso immer ruhiger. Der redet nur noch, wenn es gar nicht anders geht.«

»Und deine Mutter?«

»Hält durch.«

»Deine Oma?«

»Führt das große Wort«, sagte Jule. »Am liebsten würde sie meine Mutter rauswerfen und selbst den Haushalt führen. Sie weiß alles besser und macht meiner Mutter das Leben schwer. Sie war schon dagegen, dass mein Vater sie geheiratet hat. Sie würde sich zu oft auf die faule Haut legen und das schwer verdiente Geld meines Vaters verprassen … dabei hab ich noch keine Frau gesehen, die so viel schuftet und so wenig Geld ausgibt wie meine Mutter. Aber die beiden konnten sich noch nie leiden. Als ob meine Mutter was dafürkönnte, dass Omas Mann an der Ostfront ums Leben gekommen ist. Da sind viele Tausend Männer gefallen.«

»Zum Glück bist du den Brunner Hansi los.«

Jule blickte auf einen Käfer, der vergeblich versuchte, über einen kleinen Ast zu klettern. »Der ist glücklich mit seiner Irmi. Ausgerechnet die Tochter des Gastwirts aus dem Nachbarort muss er heiraten. Wahrscheinlich hatte sie die größere Mitgift. Auf dem Acker wird er mit der nicht viel anfangen können.«

»Wo die Liebe hinfällt.«

»Oder das Geld.«

»Warte nicht zu lange mit dem Weggehen«, warnte Ingrid, »sonst bleibst du kleben und kommst nie mehr los. Ich bin auch schon spät dran.« Sie spuckte ihren Kaugummi in den Sand, sie benahm sich nicht immer wie eine Dame. »Aber wie ich mich kenne, brauche ich nicht lange, um mir einen reichen Mann zu angeln. Ich werde mal nach München fahren und mich dort umsehen. Da geht es anders zur Sache als in unserem Nest hier, da warten die interessanten Männer.«

»Willst du bei WittWeiden kündigen? Da verdienst du doch gut.«

»Und da bleibe ich auch, bis ich meinen Goldjungen an der Angel habe. Auf die Jagd nach ihm kann ich auch am Sonntag gehen. Angeblich soll es bald eine Fünf-Tage-Woche geben, dann hätte ich noch mehr Zeit. Ich kriege, was ich will.«

Am Montag begann auch für Ingrid wieder die übliche Routine. Ihre Mutter und sie arbeiteten beide bei WittWeiden. Sie nahmen denselben Bus, sprachen aber kaum miteinander. Sie waren keine Frühaufsteherinnen. Mehr aus Langeweile las Ingrid bei dem Mann, der vor ihr saß, in der Zeitung mit, bis auf den Start eines Satelliten eher langweilige Berichte. Kaum vorstellbar, dass ein von Menschen hergestellter Flugkörper um die Erde kreiste. Eine andere Schlagzeile galt der Gründung einer europäischen Wirtschaftsgemeinschaft. Wozu die gut sein sollte, wusste Ingrid nicht genau.

Ingrid blickte ihre Mutter an. »Geht's dir wieder besser?«

»Wem geht es am Montagmorgen schon gut?«

Für Ingrid war es eine Woche wie jede andere. Sie hatte gleich nach der Schule einen Schreibmaschinenkurs belegt, um abgesichert zu sein, falls es mit dem Traummann nicht klappen sollte, hatte einige Zeit in einem Büro gearbeitet und war danach zu WittWeiden gewechselt. Ihre Arbeit bei der Qualitätskontrolle der Kleidung war besser bezahlt als die ihrer Mutter als Näherin und interessanter, obwohl sie sich nicht vorstellen konnte, bis zur Rente in einer Firma zu bleiben. Sie wusste, sie war zu Höherem berufen.

Als sie am Mittwochabend mit ihrer Mutter nach Hause fuhr und gelangweilt aus dem Fenster blickte, weil sie den Weg schon auswendig kannte, zuckte sie so heftig zusammen, dass ihre Mutter ihr besorgt eine Hand auf die Schulter legte.

»Ist was?«

Ingrid antwortete nicht. Durch das Seitenfenster beobachtete sie, wie ein offener Jeep den Bus überholte, am Steuer ihr Verflossener, neben ihm eine eher bieder aussehende, aber schlanke Frau in einem geblümten Kleid und auf der Rückbank zwei Kinder im Alter von acht und sechs Jahren, wenn sie sich richtig erinnerte.

»Frank!«, flüsterte sie. »Musst du ausgerechnet jetzt hier auftauchen?«

Frank sah sie nicht. Er scherzte mit seiner Frau und den Kindern und schien restlos glücklich zu sein. Sie wischte sich eine versteckte Träne aus den Augen. »Schon gut, Frank. Ich hab es nicht anders gewollt. Ich wünsch dir alles Gute.«

»Mit wem redest du denn da?«, fragte ihre Mutter.

»Ach, nichts«, antwortete sie.

10

Ingrid hatte ihre Mittagspause für einen Spaziergang genutzt und war gerade auf dem Rückweg in die Firma, als ihr bewusst wurde, dass ihre Regel ausgeblieben war. Sie blieb abrupt stehen und wäre beinahe von einer Passantin umgerannt worden, ignorierte ihr vorwurfsvolles »Passen Sie doch auf!« und ging langsam weiter. Der Schock kam so plötzlich, dass sie kaum zu einer Reaktion fähig war.

Sie lehnte sich mit dem Rücken gegen die Wand eines Mietshauses und versuchte, ihr Gleichgewicht wiederzufinden. Sie war unfähig zu reagieren, spürte nur, wie sich Übelkeit in ihr ausbreitete und ihr Magen verkrampfte. Ein Kind von einem verheirateten Amerikaner, einen größeren Skandal konnte es kaum geben. Von ihrer Zukunft, die sich dadurch drastisch ändern würde, ganz zu schweigen. Kein Mann würde eine Frau mit einem Baby heiraten, und wenn sie noch so attraktiv war, und überall, wo sie auftauchte, würde man sie schief ansehen und wie eine Aussätzige behandeln. Es gab genug Beispiele in Grafenwöhr.

Sie wusste, was das bedeutete. Wenn ihre Pläne in Erfüllung gehen sollten, durfte sie das Kind nicht bekommen. Im Gegensatz zu Jule und vor allem Gerda war sie nicht besonders christlich und verdammte auch keine Frau, die aus ihren ganz persönlichen Gründen zu einer Engelmacherin ging. Es gab Frauen, die vergewaltigt wurden und das Kind ihres Peinigers nicht austragen wollten, oder Frauen, die von der Fürsorge lebten und nicht genug Geld hatten, um ein Kind großzuziehen. Dennoch schreckte sie vor einem solchen Eingriff zurück. Auch wenn sie ihn nicht für Mord hielt, würde er sie bestimmt bis an ihr Lebensende quälen.

Sie atmete ein paar Mal tief durch und rechnete angestrengt. Sie hatte mit keinem anderen Mann als Frank geschlafen, das Kind konnte nur von ihm stammen. Was sollte sie bloß tun? Zu ihm gehen und ihm alles beichten? Nie und nimmer! Sie würde ihn ganz aus der Sache heraushalten und ihm weder seine Ehe noch seine Karriere zerstören. Sie hatte gehört, wie empfindlich die US-Army auf solche Besatzungskinder reagierte. Sollte sie schon jetzt aus Eschenbrunn wegziehen und das Kind in einer fremden Stadt austragen? Wie sollte sie es aufziehen, von was sollte sie leben? Oder sollte sie doch zu einer Engelmacherin gehen und das Kind abtreiben lassen? Ihr wurde schlecht bei jedem dieser Gedanken.

Sie würde die Entscheidung verschieben, erst einmal feststellen lassen, ob sie tatsächlich schwanger war. Sobald sie das Ergebnis kannte, war immer noch Zeit genug, eine Lösung zu suchen. Sie musste so bald wie möglich einen Frauenarzt aufsuchen. Auch dieser Besuch musste heimlich stattfinden. Die Ärzte waren zur Schweigsamkeit verpflichtet, aber wenn sie jemand sah oder sie in der Praxis einer Bekannten begegnete, würde bald das ganze Dorf von ihrem Malheur wissen.

Ronny, der Angestellte der Micky Bar, der ihre minderjährigen Freundinnen durch einen Seiteneingang ins Lokal schmuggelte, würde ihr helfen. Er hatte bestimmt schon oft erlebt, wie Soldaten und Fräulein in Schwierigkeiten geraten waren, und kannte sicher einige Ärzte, die ihr helfen konnten. Noch vor dem Wochenende würde sie ihn aufsuchen und um Rat fragen. Er war ein vertrauenswürdiger Bursche, der einen Narren an ihr gefressen hatte und nicht einmal Geld oder etwas anderes für seine Dienste verlangen würde. Einen Kuss vielleicht, aber nicht mehr. Aber an wen sollte sie sich sonst wenden? Ihr fiel niemand ein. Auch ihrer Mutter wollte sie ihren Zustand so lange wie möglich verschweigen.

Im Büro fiel es ihr schwer, einigermaßen gute Laune vorzutäuschen. Sie erledigte ihre Arbeit, so gut es ging, vertippte sich aber einige Male bei der Eingabe von Zahlen und spürte immer wieder diese Übelkeit, die angeblich typisch für eine Schwangerschaft war.

»Ist dir nicht gut?«, fragte eine Kollegin.

»Nur das Falsche gegessen«, antwortete sie.

»Und ich dachte schon, du bist schwanger!«

Die Kollegin ging lachend weiter und sah glücklicherweise nicht, wie Ingrid erblasste und sich mit beiden Händen an der Schreibmaschine festhalten musste. Reiß dich zusammen, ermahnte sie sich in Gedanken, bloß keine Schwäche zeigen. Arbeite ruhig weiter, als wäre nichts gewesen. Wenn du bei einem Arzt gewesen bist, ist immer noch Zeit genug, dich aufzuregen und in Panik zu geraten.

Sie war froh, als ihre Arbeitszeit vorüber war und sie die Firma verlassen konnte. Mit gemischten Gefühlen ging sie zur Bushaltestelle. Das nächste Problem wartete bereits auf sie. Ihre Mutter war schon dort und winkte ihr freundlich zu. Anscheinend hatte sie einen ihrer besseren Tage.

»Alles okay?«, fragte Ingrid.

Ihre Mutter strahlte. »Ich kriege mehr Geld.«

»Eine Gehaltserhöhung?«

»Nicht viel, aber immerhin. Und ich bin eingeladen worden.«

»Von wem denn?«

»Ein Angestellter aus der Buchhaltung, ungefähr mein Alter und immer korrekt gekleidet. Ein netter Mann. Er will mit mir ins Kino gehen. Ich wollte schon ablehnen, aber dann hab ich doch zugesagt und dachte: Versuchst es eben mal.«

»Weil du deine Haare heute besser hast«, sagte Ingrid. »Kleider machen Leute. Hast du doch früher immer gesagt. Als Papa noch am Leben war. Er würde sich bestimmt freuen, wenn er wüsste, dass du wieder ausgehst. Ist er nett?«

»Der Buchhalter? Ziemlich nett sogar, obwohl ich ihm gesagt habe, dass er nicht zu viel von mir erwarten kann. Besser als zu Hause rumsitzen, sagt er.«

»Da hat er recht. Was für einen Film wollt ihr euch denn ansehen?«

»›Dany, bitte schreiben Sie‹, über einen Modeschöpfer und seine Sekretärin. Mit Sonja Ziemann und Gerhard Riedmann. Ich hab Bilder aus dem Film in einer deiner Zeitschriften gesehen.« Sie seufzte. »Mein Gott, wie lange war ich schon nicht mehr im Kino! Ich glaube, beim letzten Mal waren wir noch im Krieg.«

Der Bus kam, und sie stiegen ein. Ingrid freute sich für ihre Mutter. Es wurde Zeit, dass sie aus ihrem Mief herauskam und endlich mal für Abwechslung sorgte. Sie brauchte dringend einen Tapetenwechsel, wenn sie wieder auf die Beine kommen wollte, und wenn es nur eine lockere Bekanntschaft war. Alles besser, als zu Hause auf dem Sofa zu hocken und billigen Wein zu trinken. Sie konnte Vater nicht ewig hinterherweinen, sonst würde sie irgendwann an ihren Tränen ersticken oder zur Trinkerin werden. Ingrid liebte ihre Mutter, auch wenn sie niemals besonders vertraut miteinander gewesen waren. Aber das waren Jule und Gerda auch nicht mit ihren Müttern. Der Krieg hatte vieles zunichtegemacht.

»Und du? Du siehst heute ziemlich fertig aus. Trauerst du noch deinem Ami hinterher?«

»Nein, das ist wirklich vorbei.«

Ihre Mutter nahm es gelassen. »Ist vielleicht auch besser so. Stell dir vor, du würdest ein Kind von ihm kriegen, was das für einen Ärger gegeben hätte. Schnapp dir lieber einen Einheimischen. Im Lager findest du deinen Goldjungen bestimmt nicht.«

»Ich weiß, Mama, deshalb gehe ich ja weg.«

»Meinen Segen hast du, Ingrid. Ich komme allein zurecht.«

»Du bist nicht sauer?«

»Ich komme klar«, sagte ihre Mutter. »Wer weiß, vielleicht heirate ich ja doch noch mal. Mit einem Buchhalter wären zumindest meine Finanzen in Ordnung.«

Es war als Scherz gedacht, ähnlich wie ihre Bemerkung über eine mögliche Schwangerschaft. Nur gut, dass ihre Mutter nicht wusste, wie es wirklich um sie stand. Gegen einen solchen Schock hätte nicht mal eine Flasche Wein geholfen.

Zu Hause teilten sie sich eine Scheibe Leberkäse mit Brot, und ihre Mutter zog sich mit einer Illustrierten auf ihr Sofa zurück. Ingrid zog sich um, richtete ihre Haare und schminkte sich und machte sich auf den Weg. Sie wollte nicht länger warten, wollte so schnell wie möglich wissen, ob Ronny einen vertrauenswürdigen Arzt kannte, der sie untersuchen würde, ohne dass es jemand merkte.

Ohne Frank war sie gezwungen, ihr Fahrrad zu nehmen. Sie brauchte eine gute halbe Stunde bis nach Grafenwöhr und bedauerte ein wenig, nicht mehr mit dem Jeep vorfahren zu können. Die Sonne schien noch, als sie ihr Fahrrad vor der Micky Bar abstellte. Sie nahm den Eingang des angrenzenden Hotelgebäudes, um nicht von den Gästen angestarrt zu werden, die schon in der Bar waren, und fragte den Besitzer nach Ronny.

Auf sein Rufen kam der Angestellte kauend aus einem Nebenraum. »Da will dich eine junge Dame sprechen, Ronny«, sagte der Besitzer.

Ronny, in ihrem Alter und mit kräftigen Oberarmen, war offensichtlich überrascht, sie zu sehen. »Hey, Ingrid! Du bist heute aber früh dran. Es ist noch keine sieben.«

»Ich möchte dich was fragen«, erwiderte sie gerade so laut, dass er sie hören konnte. Sie sah, dass der Besitzer neugierig zu ihnen herübersah. »Gehen wir für ein paar Minuten nach draußen? Braucht nicht jeder zu hören, um was es geht.«

»Du machst es aber spannend.«

Sie gingen nach draußen und liefen über den Parkplatz zu einigen Bäumen.

»Muss was Dringendes sein. Also … was gibt's?«

»Es geht nicht um mich«, log sie, »ich will einer befreundeten Kollegin helfen. Sie steckt mächtig in der Klemme und hat keine Ahnung, wie sie da rauskommen soll. Ich … nein, du bist ihre letzte Hoffnung, sonst wird ihr fristlos gekündigt.«

»Hat sie was verbrochen?«

»Sie ist schwanger … von einem Ami. Das heißt, sie ist sich nicht sicher und will so schnell wie möglich zu einem Frauenarzt. Irgendwo, wo man sie nicht kennt. Ich weiß, dass so was schon öfter vorgekommen ist und du vor einiger Zeit einem anderen Paar geholfen hast. Du hast doch sicher eine Adresse für meine Kollegin.« Sie sah, wie er zögerte. »Sie ist auch bereit, dafür zu bezahlen.«

Ronny überlegte nicht lange. »Ich will kein Geld. Nicht von dir und deiner Kollegin. Aber mein Chef sagt, dass ich auch dafür sorgen soll, dass in der Micky Bar niemand über die Stränge schlägt. Die Amerikaner würden sofort eine Ausgangssperre für ihre Soldaten verhängen, wenn jemand behaupten könnte, dass Amis und Fräulein bei uns nicht nur zum Tanzen zusammenkommen.«

»Dann kennst du jemanden?«, fragte Ingrid hoffnungsvoll.

»Doktor Rolf Schneider«, antwortete Ronny. Er nannte eine Adresse in Schwandorf. »Der hilft auch, wenn eine Frau ihr Kind nicht haben will. Aber er ist nicht billig, und deine Kollegin muss bar bezahlen. Hundert Mark gehen mindestens drauf.« Er senkte seine Stimme. »Immer noch besser als eine Engelmacherin.«

»Danke, Ronny. Du hast einen gut bei mir.« Ingrid wandte sich zum Gehen.

»Bleibst du heute Abend nicht hier?«

»Vielleicht am Wochenende«, sagte sie. »Ich muss morgen früh raus.«

Ingrid wartete einige qualvolle Tage, bis sie den Mut fand, ihren Chef um einen Tag Urlaub zu bitten und eine Fahrkarte nach Schwandorf zu lösen. Ihrer Mutter verschwieg sie den heimlichen Ausflug, fuhr an diesem Tag wie jeden Morgen mit ihr im Bus nach Weiden, aber anstatt in die Firma zu gehen, schlug sie den Weg zum Bahnhof ein, nachdem ihre Mutter außer Sichtweite war.

Mit einem üblen Gefühl stieg sie in den Zug. Das schmerzende Gefühl in ihrer Magengegend begleitete sie bis nach Schwandorf, das sie nach einer guten halben Stunde erreichte. Die Häuser der unscheinbaren Kleinstadt leuchteten in der Sonne. Das schöne Wetter passte so gar nicht zu ihrer miserablen Verfassung.

Sie hatte sich einfacher als sonst gekleidet und einen Teil ihrer blonden Locken unter einem Hut versteckt, nur um die Blicke der anderen Passagiere nicht auf sich zu ziehen und zufällig erkannt zu werden. In ihrer Manteltasche steckten fünfhundert Mark, ihre gesamten Ersparnisse. Wie viel sie davon brauchen würde, wusste sie nicht, sie wusste noch nicht einmal, ob sie tatsächlich zu einer Abtreibung bereit war. Es war etwas anderes, darüber zu reden, als es wirklich zu tun. Sie tröstete sich damit, dass es bei diesem Besuch nur darauf ankam, ihre Schwangerschaft zu bestätigen. Wenn es tatsächlich stimmte, war immer noch Zeit, sich darüber Gedanken zu machen. Sie befürchtete, dass der Arzt zu keiner anderen Diagnose kommen würde. Wunder waren nur höchst selten.

Vor dem mehrstöckigen Haus, in dem Doktor Schneider seine Praxis hatte, blieb Ingrid stehen. Erst nach einigen Minuten gab sie sich einen Ruck und stieg die Treppen in den zweiten Stock hinauf. Eine ältere Arzthelferin im weißen Kittel öffnete ihr und schien sofort zu wissen, weshalb sie gekommen war. »Ich nehme an, Sie haben keinen Termin? Ich verstehe, kommen Sie rein!«

Die Arzthelferin verlangte ihren Namen, wusste anscheinend, dass Ingrid sowieso nicht die Wahrheit sagen würde, und notierte ihn nicht einmal. »Es geht um eine mögliche Schwangerschaft? Nehmen Sie Platz, es kann etwas dauern.«

Ingrid musste ihren Urin abgeben und zwei Stunden warten, bis Doktor Schneider sie endlich in sein Sprechzimmer rief. Er war um die fünfzig, trug einen schmalen Oberlippenbart und wirkte sehr ernst. Kein Wunder bei den Schicksalen, die er sich anhören musste.

»Wie kann ich Ihnen helfen, mein Fräulein?«, fragte er.

Ingrid hatte sich ihre Worte während der vergangenen Tage zurechtgelegt, doch in diesem Augenblick konnte sie sich an keinen einzigen Satz erinnern. Nach einigen Versuchen sagte sie: »Meine Regel ist ausgeblieben. Wahrscheinlich bin ich schwanger, aber ich möchte ganz sicher sein.« Sie hörte die Angst in ihrer Stimme. »Von der Untersuchung darf niemand etwas erfahren.«

»Wir Ärzte unterliegen der Schweigepflicht«, beruhigte er sie.

»Das ist gut. Meine Mutter und ich kämen in große Schwierigkeiten.«

»Wann war die Regel denn fällig?«

»Vor ungefähr einer Woche.«

Doktor Schneider nickte bedächtig. »Sie haben recht, eine ausbleibende Regelblutung deutet üblicherweise auf eine Schwangerschaft hin. Aber endgültige Sicherheit bringt nur der Galli-Mainini-Test. Dazu brauche ich den Urin. Ich spritze eine kleine Menge in den dorsalen Lymphsack eines männlichen Krallenfrosches, falls er drei Stunden später Spermien bildet, sind Sie garantiert schwanger.«

»Einem Frosch?« Sie hatte noch nie etwas von der Methode gehört.

»Ganz recht. Ich würde Sie also bitten, in ungefähr drei Stunden wiederzukommen, dann kann ich Ihnen eine endgültige Auskunft geben. Ich berechne ein Pauschalhonorar von hundert Mark. Ich hoffe, Sie haben so viel Geld dabei.«

Wenn Ingrid bis jetzt nicht gewusst hatte, dass Doktor Schneider das Gesetz missachtete, wusste sie es nun. Er nützte Frauen wie sie, die auf absolute Diskretion achten mussten, gnadenlos aus und würde für eine Abtreibung, die er selbst vornahm oder einer vertrauten Engelmacherin überließ, sicher noch viel mehr Geld verlangen. Ohne eine Gefühlsregung zu zeigen, reichte sie ihm den Hunderter.

»Ich nehme an, Sie brauchen keine Quittung«, sagte er.

Ingrid verabschiedete sich, ohne ihm zu antworten, und verließ die Praxis. Sie wanderte ziellos durch die Straßen, blieb am Ufer der Naab stehen und blickte auf den Fluss hinaus. Was um sie herum geschah, nahm sie kaum wahr. Die Angst stand ihr bis zum Hals, ihr Puls ging rasend schnell, und die Gewissheit, in wenigen Stunden zu erfahren, wie ihre Zukunft aussehen würde, trieb ihr die Tränen in die Augen. Was sollte sie tun, wenn sie schwanger war? Sich einem Arzt oder einer Engelmacherin anvertrauen, die nur ein Geschäft mit ihr machen wollten, oder das Kind austragen und ihre ehrgeizigen Pläne zerstören? Wäre sie stark genug, sich gegen die Widerstände, die auf sie warten würden, zur Wehr zu setzen? Würde sie überhaupt noch einen Mann finden, der sie heiraten würde?

Wie gern hätte sie jetzt Jule und Gerda zur Seite gehabt. Ihre Freundinnen waren Seelenverwandte und hätten sich in sie hineinversetzen können. Gerda wäre entsetzt gewesen, hätte wahrscheinlich nicht verstanden, dass sie mit einem verheirateten Mann geschlafen hatte. Sie wäre dafür gewesen, in die Kirche zu gehen und dem Pfarrer den Fehltritt zu beichten. Vielleicht gab es eine Möglichkeit, ihr zu verzeihen. Jule hätte ihre fehlende Beherrschung verstanden und sich gewundert, dass sie nicht besser aufgepasst hatte. Aber beide hätten zu ihr gehalten.

Nein, es war besser, sie nicht mit hineinzuziehen.

Die Turmuhr einer nahen Kirche schlug zur vollen Stunde, als Ingrid in die Praxis zurückkehrte und erneut lange warten musste, bis Doktor Schneider sie ins Sprechzimmer rief. Er blätterte in einem Schnellhefter mit irgendwelchen Unterlagen, bevor er endlich zur Sache kam. »So«, begann er, »ich habe Ihr Ergebnis vorliegen. Sie haben Glück, der Befund ist negativ. Sie sind nicht schwanger.«

Ingrid brauchte einige Zeit, um sich der vollen Bedeutung seiner Worte bewusst zu werden. »Ich bin nicht schwanger? Sie meinen, ich kriege kein Kind?«

»Der Frosch lügt nicht, mein Fräulein. Ich vermute, Ihre Regel setzt nur verspätet ein, und ihr Ausbleiben hat ganz andere Gründe, die auch psychischer Natur sein können. Aber auch eine Hormonstörung oder eine Fehlfunktion der Schilddrüse kommen infrage. Am besten lassen Sie sich gründlich untersuchen.«

»Vielen Dank«, sagte sie, »Sie haben mir sehr geholfen.«

Der Zug nach Weiden wartete bereits, als sie den Bahnhof erreichte. Sie stieg ein, ließ sich auf eine Sitzbank fallen und schnaufte erleichtert. »Was für ein Tag«, sagte sie. Die anderen Fahrgäste blickten sie verständnislos an.

11

Nur wenige Tage später erhielt Ingrid auch von ihrem Körper die Bestätigung, dass sie nicht schwanger war und lediglich unter vorübergehendem Hormonmangel litt. Ihre Erleichterung zeigte sich in ihrem ständigen Lächeln, das sie noch verführerischer aussehen und Jule erstaunt die Augenbrauen hochziehen ließ.

»Was ist denn mit dir los?«, fragte Jule, als sie sich beim Einkaufen vor dem Kramerladen trafen. »Hast du im Lotto gewonnen? Hast du einen neuen Freund?«

»Weder noch«, antwortete Ingrid. »Mir geht's gut, das ist alles.«

»Und Frank? Macht es dir nichts aus, dass Schluss ist?«

»Man muss nach vorne blicken, Jule. Was bringt es, sich über irgendetwas aufzuregen, das man sowieso nicht ändern kann? Andere Mütter haben auch schöne Söhne, und ich schnappe mir ein Prachtexemplar. Ich hab meiner Mutter schon gesagt, dass ich gehen werde. Arbeit finde ich allemal, als Bedienung in einem Lokal komme ich überall unter. Aber so weit wird es gar nicht kommen.«

»Weil du einen Millionär heiraten wirst?«

Ingrid lachte. »Zumindest einen angehenden. Ich hab einen Blick für Männer, die es zu etwas bringen werden, und weiß, wie man an sie rankommt. In den Restaurants und Bars auftauchen, in denen solche Männer verkehren, auf den Boulevards flanieren … da dauert es nur ein paar Tage, bis du einen Mann findest, bei dem du weiche Knie bekommst. Ohne Gefühl geht es natürlich auch nicht.«

»Auf den Boulevards flanieren? Wo hast du denn das her?«

»Von Romy Schneider. Als sie in Paris war. Stand in der Bunten.«

»Was du so alles liest.«

»Ich brauch den Glamour.« Auch diesen Ausdruck hatte sie aus einer Illustrierten. »Das Leben, das diese Reichen und Schönen führen, ist doch ganz was anderes als der Alltag in unserem Kaff. Solltest du auch drüber nachdenken.«

»Ich will auch weg, aber Glamour ist nichts für mich. Obwohl …« Jule musste lachen. »Horst Buchholz würde ich schon mal gern treffen. Der gefällt mir.«

»Nichts ist unmöglich, Jule. Wie sieht's bei dir aus mit der Liebe?«

Jule wurde nachdenklich. »Ich tue mich schwerer als du. In meinem Bauch muss es kribbeln, wenn ich einen Mann sehe, eher geht bei mir nichts. In der Micky Bar hab ich ein paar nette Amis getroffen, und ein paar wollten auch mit mir ausgehen, aber was Ernstes war nicht dabei. Macht nichts, ich hab noch Zeit. Bevor ich einen wie den Brunner Hansi nehme, bleib ich lieber allein und ledig.«

»Alles oder nichts?«

»Die Liebe ist kein Pokerspiel.«

»Manchmal schon, Jule.«

Ingrids Laune hatte sich nicht geändert, als sie mit einem Netz voller Einkäufe nach Hause ging. Schon seltsam, dass sie sich mit Jule und Gerda so gut verstand. Sie waren grundverschieden, jede hatte einen eigenen Plan und wollte auf andere Weise glücklich werden. Und während beide Freundinnen nur mühsam mit ihren Eltern zurechtkamen und vor allem Gerdas Vater öfter aus der Rolle fiel, hatte sie kaum Probleme mit ihrer Mutter. Außer dass sie den angeblichen Heldentod des Vaters nur schwer verkraftet hatte. Immerhin hatte sie sich wieder mit einem Mann getroffen. Ein Rendezvous, das ihr hoffentlich neuen Mut gab.

»Wie war eigentlich dein Rendezvous?«, fragte Ingrid beim Abendessen.

»Geht so«, antwortete die Mutter.

»Geht so? Hat dir der Film nicht gefallen?«

»Der Film schon.«

»Und dein Buchhalter?«

Ihre Mutter schob den Teller zur Seite und zündete sich eine Zigarette an. »Ein netter Kerl, aber ganz anders als Vater. Peter, so heißt er, war nicht im Krieg. Er hatte einen Büroposten im Wehrersatzamt in Nürnberg und konnte sich rechtzeitig absetzen, als die Alliierten kurz vor Kriegsende die vielen Bomben warfen. Er hat die Front nie gesehen. Als ich ihm von Vater erzählt habe, dass er in Stalingrad gefallen sei, hat er gesagt, Vater sei als Held gestorben.« Obwohl sie kaum geraucht hatte, drückte sie die Zigarette aus. Ihre Hand zitterte. »War niemals an der Front und will mir was über Heldenmut erzählen. Nicht mit mir!« Sie lächelte grimmig. »Keine Angst, ich hab ihn nicht beschimpft, er arbeitet in derselben Firma. Ich hab ihm gesagt, dass wir nicht zueinander passen.«

»Das passiert, Mama. Nicht aufgeben, irgendwann kommt der Richtige.«

»Wer's glaubt.«

Während ihre Mutter sich auf ihr Sofa zurückzog und sich ein Glas Wein einschenkte, erledigte Ingrid den Abwasch. Sie war gerade fertig, als jemand an die Eingangstür klopfte. »Ich mach auf«, rief sie der Mutter zu und öffnete die Tür.

Vor ihr stand die Frau, die mit Frank im Jeep gesessen hatte.

»Ich bin Helen Willow«, sagte sie. »Franks Ehefrau.«

Ingrid wurde blass und wusste nicht, was sie sagen sollte.

»Ich möchte mit Ihnen reden.«

Ingrid fing sich wieder. »Gehen wir ein Stück.« Sie drehte sich zu ihrer Mutter um, rief: »Ich muss noch mal weg, Mama«, und griff nach ihrem Mantel. Sie sah, dass Franks Frau mit einem nagelneuen Volkswagen gekommen war, anscheinend ein Willkommensgeschenk ihres Mannes. Er leuchtete in der Abendsonne.

Helen sprach nur Englisch, und das noch in einem seltsamen Dialekt, aber Ingrid war lange genug mit Amerikanern befreundet gewesen und konnte sich leidlich mit ihr unterhalten. Zusammen gingen sie die Straße hinter der Kirche hinunter. Im Westen über den Feldern färbte sich der Himmel bereits dunkelrot.

Ingrid erwartete eine Strafpredigt und wüste Beschimpfungen, stattdessen sagte Helen: »Mein Mann hat mir gestanden, dass Sie mit ihm zusammen waren.« In ihren Augen spiegelte sich das Abendrot. »Sie sind sehr jung, Ingrid … und schön.«

Ingrid hatte alles erwartet, nur nicht ein solches Kompliment. »Es tut mir leid, Mrs Willow. Es tut mir leid, dass ich Sie verletzt habe. Es lag mir fern … ich …«

»Ich heiße Helen. Lieben Sie ihn?«

»Ich mag … ich mochte ihn sehr.«

»Und jetzt nicht mehr?«

»Mir war von vornherein klar, dass es nicht ewig so weitergehen konnte. Frank hat nie einen Hehl daraus gemacht, dass er eine Familie in den USA hatte. Ich wollte mich nicht zwischen Sie drängen, Helen. Als wir erfuhren, dass Sie und die Kinder nach Deutschland kommen, haben wir sofort Schluss gemacht.«

»Sehr tröstlich«, erwiderte Helen schnippisch.

»Wir haben uns nicht geliebt, Helen. Es war nur …«

»Was?«

Ingrid blieb stehen. »Frank war sehr einsam. Alle Soldaten, die ihre Freundinnen oder Ehefrauen nicht bei sich haben, fühlen sich einsam. Sie sind allein in einem fremden Land, müssen sich von Vorgesetzten anschreien lassen und auf dem Übungsplatz durch den Dreck kriechen. Sie sehnen sich nach etwas Zuneigung. Einige gehen ins Bordell, andere trösten sich mit hübschen Fräulein wie mir.«

»Und Sie?«

»Wir sind es leid, mit einem Bauernjungen verheiratet zu werden, den wir nicht lieben, und auch den Rest des Lebens von morgens bis abends schuften zu müssen. Wir sind hier genauso eingesperrt wie die Soldaten und wollen Spaß.«

»Und zerstören dabei Ehen.«

»Wie gesagt, es tut mir leid. Es war falsch …«

»Es war gegen Gottes Gebot!«

Ingrid schluckte vor Verlegenheit und ging langsam weiter. Der Gedanke, wie Helen reagiert hätte, wenn sie tatsächlich schwanger gewesen wäre, ließ sie erschaudern. Sie hatte mehr Glück als Verstand gehabt, wie man so schön sagte. Und sie konnte froh sein, dass Franks Ehefrau einigermaßen besonnen reagierte und es zu keinem Skandal kam. Helen wusste, dass sie mit einer Scheidung nicht nur seine Karriere, sondern auch ihren Ruf zerstören würde. So war es immer, egal, wer Schuld hatte. Dennoch fragte sie, auch weil sie wissen wollte, was Helen von dem Besuch bei ihr erwartete: »Was werden Sie jetzt tun, Helen?«

»Ich bleibe bei ihm, wie es sich für eine gehorsame Ehefrau gehört. Sie haben ihn mit Ihren großen blauen Augen und Ihrem Engelshaar verführt. Wir haben alle von den deutschen Fräulein gehört, aber dass Sie so verführerisch sein können, wusste ich nicht. Vielleicht kann Ihnen Gott vergeben, ich kann es nicht.«

»Frank liebt Sie«, sagte Ingrid. »Er liebt nur Sie.«

»Ich weiß«, erwiderte Helen, »sonst wäre ich schon weg.«

»Ich wünsche Ihnen beiden alles Gute.«

Helen blickte sie lange an. »Ich glaube, Sie meinen es sogar ehrlich. Aber ich warne Sie: Wenn Sie sich meinem Mann noch einmal nähern, bekommen Sie es mit mir zu tun. Es gibt genug ledige Soldaten, denen Sie sich an den Hals werfen können. Und wenn nicht, halten Sie sich gefälligst an deutsche Männer, okay?«

Das war also der Grund für ihren Besuch. Klare Fronten abstecken. »Okay«, stimmte Ingrid ihr kleinlaut zu.

Sie kehrten zum Haus zurück, und Helen fuhr davon, ohne sich von ihr zu verabschieden. Ingrid war noch einmal mit einem blauen Auge davongekommen. Sie hatte schon gehört, dass amerikanische Frauen extrem eifersüchtig waren, und war erleichtert, dass Franks Ehefrau ihr keine Szene gemacht hatte. Sie hätte alles Recht dazu gehabt, das musste auch Ingrid einräumen. Vielleicht hatte Frank sich die lautere Standpauke anhören müssen, er war schließlich auch beteiligt gewesen. Egal, sagte sie sich, die beiden blieben zusammen und würden das außereheliche Abenteuer mit dem deutschen Fräulein bald vergessen haben.

Ihre Mutter hatte sich kaum bewegt, seit sie gegangen war, saß immer noch auf dem Sofa, trank Wein und blätterte in einer alten Illustrierten. Im Aschenbecher qualmte eine Zigarette. »Lass mich raten«, sagte sie. »Franks Ehefrau?«

»Helen«, bestätigte Ingrid.

»Hat sie dir ordentlich eingeheizt?«

»Das kann man wohl sagen«, gab Ingrid zu. »Sie hat gesagt, ich hätte ihren Mann mit meinen blauen Augen und meinem

Engelshaar verführt. Kalt wie eine Hundeschnauze. Frank kann froh sein, dass sie ihn nicht in die Wüste schickt.«

Ihre Mutter blickte auf. »Wie hab ich immer gesagt?«

»Hände weg von verheirateten Männern.«

»Und du hängst dich an einen Lieutenant mit einer Frau und zwei Kindern. Such dir nächstes Mal einen anderen, sonst gerätst du irgendwann an eine Ehefrau, die es nicht bei einer Strafpredigt belässt. Eine Kollegin, die sich mit einem unserer Abteilungsleiter eingelassen hatte, endete mit einer gebrochenen Nase.«

»Raue Sitten«, sagte Ingrid. »Ich geh schlafen, okay?«

»Okay, okay … bald sprichst du nur noch Amerikanisch.«

Ingrid schlief unruhig. Es fiel ihr schwerer, Frank aus ihren Gedanken zu verdrängen, als sie gedacht hatte, selbst während der Arbeit dachte sie manchmal an ihn. Als ihr Doktor Schneider in einem Albtraum sagte, dass er sich geirrt habe und sie schwanger sei, wachte sie schweißgebadet auf und starrte minutenlang ins Leere, bevor sie wieder in den Schlaf fand. Wie sehr man im Leben doch darauf angewiesen war, sich im rechten Augenblick auf sein Glück verlassen zu können.

Zur Micky Bar ging sie nur noch selten. Frank würde sie dort nicht mehr treffen, kein amerikanischer Offizier würde dort jemals mit seiner Frau auftauchen, doch die Erinnerung an die gemeinsame Zeit mit ihm war dort wesentlich stärker als anderswo. Sie ließ sich nicht einmal in Grafenwöhr blicken, mied die amerikanische Siedlung, wartete ungeduldig darauf, Eschenbrunn verlassen zu können.

Die Arbeit bei WittWeiden war wenig abwechslungsreich und fing an, sie zu langweilen. Die Handgriffe waren immer die gleichen. Doch sie genoss das Gefühl, die verschiedenartigen Stoffe zur Kontrolle in den Händen zu halten, und die Arbeit war immer noch besser als an den Maschinen. Sie trug eine Kittelschürze und hatte ihre Haare hochgebunden, benutzte nur wenig Make-up, um nicht bei ihrem Chef anzuecken. Man sagte ihm nach, dass er während des Krieges als Aufseher in einer Munitionsfabrik gearbeitet hatte.

Dass sie dennoch von dem jungen Mann angesprochen wurde, der kurz vor Feierabend in ihrem Arbeitsraum erschien, lag wohl an den eleganten Stoffen, die sie gerade prüfte, und ihren strahlend blauen Augen.

Er berührte den Stoffballen. »Fühlt sich gut an«, sagte er, »darin würden Sie sicher fantastisch aussehen.«

»Meinen Sie?«, erwiderte Ingrid.

»Ich hab einen Blick für so was.«

Er sah anders aus als die Männer, die sich sonst in ihrer Abteilung sehen ließen, trug weder Anzug noch Krawatte, sondern eine einfache Hose, eine rote Strickjacke und eine dunkle Wollmütze, die er anscheinend auch in beheizten Räumen nicht abnahm.

»Ich bin Pete«, stellte er sich vor, »so nennen mich alle in meiner Branche. »Peter Jordan. Ich bin Fotograf und fotografiere den neuen Katalog. Besonders umfangreich ist er noch nicht, umso wichtiger ist es, besonders attraktive Fotomodelle auf den Bildern zu haben.«

Er musterte sie eingehend, neugierig beobachtet von den anderen Frauen der Abteilung. Ingrid wusste, sie war eine der jüngsten und attraktivsten.

»Sie wären das ideale Fotomodell für die jugendlichen Kleider. Was meinen Sie? Hätten Sie Lust?«

Sie hielt nur mühsam ihre Begeisterung zurück. »Ist das Ihr Ernst?«

»Aber natürlich«, antwortete er. »Sie haben das gewisse Etwas. Von Ihrer Arbeitskleidung lasse ich mich nicht täuschen. Ich kann mir gut vorstellen, wie attraktiv Sie mit Make-up, gemachten Haaren und in einem schönen Kleid aussehen. Warum treffen wir uns nach Feierabend nicht in dem Café gegenüber? Ich spreche inzwischen mit der Chefin und lasse Sie für einige Tage von der Arbeit befreien. Wir machen die Aufnahmen in meinem Atelier, das liegt in Neustadt.«

»Das wäre großartig«, hielt sie sich nicht länger zurück.

»Darf ich noch nach Ihrem Namen fragen?«

»Ingrid Beck.«

»Sie sind volljährig?«

»Ja, seit Kurzem.«

»Dann bis nachher. Versetzen Sie mich nicht!«

Bevor sie das Werk verließ, richtete sie ihre Haare und versuchte, die Müdigkeit nach einem langen Arbeitstag mit dem wenigen Make-up zu vertreiben, das sie bei sich hatte. Im Spiegel begutachtete sie ihr Werk. Sie sah nicht perfekt aus, aber doch einigermaßen vorzeigbar. Hätte sie von dem Angebot des Fotografen gewusst, wäre sie in einem schöneren Kleid in dem Café erschienen, hätte noch am Morgen die Haare gewaschen oder wäre für viel Geld zum Friseur gegangen.

Pete war auch so begeistert. »Genial!«, lobte er sie. »Sie sehen attraktiver aus als die meisten Fotomodelle, die ich kenne. Und ich kenne einige. Aber ein frisches Gesicht ist mir für den Katalog lieber. Sie sind attraktiv und natürlich, das gibt es nicht oft.« Er zeigte auf einen Stuhl. »Aber setzen Sie sich doch. Kaffee?«

»Gern«, erwiderte sie. »Aber ich habe noch nie als Fotomodell gearbeitet.«

»Sie sind ein Naturtalent, glauben Sie mir. Ich hab genug Erfahrung. Ich habe bereits mit Doktor Witt gesprochen. Er ist sehr erfreut, eine seiner Angestellten in seinem neuen Katalog zu sehen, und hat Sie natürlich von der Arbeit freigestellt.«

»Sie waren bei Doktor Witt? Dem Firmenchef?«

»Ich arbeite schon seit über einem Jahr für ihn und komme gut mit ihm aus. Er ist experimentierfreudiger als sein Vater und will die Firma modernisieren. Dazu gehören frische Ideen, auch im Katalog, der ist das Aushängeschild der Firma.«

»Und was muss ich tun?«

»In einigen Kleidern aus der nächsten Sommerkollektion posieren«, erklärte Pete, »und ich bin ziemlich sicher, dass ich Sie auch auf die Titelseite des Katalogs nehme. Eine attraktive Frau kommt auch bei den weiblichen Kunden gut an.« Er nippte an seinem Kaffee, zuckerte nach und trank noch einmal. »Sie wohnen in der Nähe?«

»In Eschenbrunn. Ich komme jeden Morgen mit dem Bus.«

»Brauchen Sie nicht. Ich hole Sie mit dem Wagen ab. Um halb zehn?«

»So spät?«

Pete musste grinsen. »Vor zehn Uhr morgens rühre ich keine Kamera an.«

»Dann hab ich genug Zeit, um mich zurechtzumachen.«

»Eher weniger als zu viel Make-up.« Er betrachtete ihr Gesicht. »Denken Sie daran, dass wir mit dem Katalog alle Frauen ansprechen. Auch eine ganz gewöhnliche Hausfrau muss sich in den Fotos wiedererkennen und denken, wenn ich mir so ein Kleid bestelle, sehe ich genauso hübsch wie die Frau im Katalog aus.« Er trank den restlichen Kaffee. »Das Vertragliche regeln wir dann morgen. Sie bekommen natürlich ein Honorar, und wer weiß, was noch alles für Sie kommt. Wenn ich Sie mir so ansehe, haben Sie eine große Karriere vor sich.«

1958
Jule

12

Am Abend vor ihrem einundzwanzigsten Geburtstag saß Jule in ihrem Versteck auf dem Dachboden und schrieb eine neue Geschichte. Sie kam sich ein wenig albern vor. Eine junge Frau, die im Begriff war, ihre Volljährigkeit zu erlangen, sollte sich nicht mehr vor ihren Eltern verstecken müssen. Aber was hätte es gebracht, sich vor ihren Eltern zu ihrem Hobby zu bekennen? Ihr Vater hätte sie beschimpft, so wie vor einem halben Jahr, als er sie beim Lesen erwischt hatte, und jedes Mal, wenn sie das Radio einschaltete. Ihre Mutter hätte vielleicht den Kopf geschüttelt und sie ermahnt, sich auf die Tätigkeiten einer verheirateten Frau vorzubereiten: »Ein Mann erwartet von seiner Frau, dass sie ständig für ihn da ist.«

Im Geheimen lebte es sich besser. Wenn sie schrieb, tauchte sie in die selbst erschaffenen Welten, sprach mit Menschen oder Tieren, die ihr ans Herz gewachsen waren, und ließ sich auf humorvolle Weise über die Menschen und Geschehnisse ihrer Umgebung aus. In ihrer neuen Geschichte ließ sie ihre drei Helden, Karl, den liebevollen Bären, Fräulein Agathe, die spöttische Ziege, und Friedrich, den arroganten Professor, zum ersten Mal zusammen agieren. Karl war von schießwütigen Jägern durch den Wald gehetzt worden und erst vor ihnen sicher, als er seine verschollene Familie wiederfand. Nach einer Weile stellte er fest, dass ihm seine Verwandten inzwischen fremd geworden waren. Es fühlte sich falsch an, sie zu umarmen, und er zog sich missmutig in eine dunkle Höhle zurück. Fräulein Agathe kicherte schadenfroh, als sie sein Brummen hörte, und rief in die Höhle: »Was ist los mit dir, Karl? Ist dein Fell grau geworden und hast du keinen Mumm mehr?« Karl brummte nur. Was wiederum Professor Friedrich auf den Plan brachte. Er rümpfte angewidert die Nase, als er hörte, was passiert war, und schimpfte: »Die kriegen auch nichts auf die Reihe.«

Mit Karl, dem missmutigen Bären, war natürlich ihr Vater gemeint. Einst liebevoll und fürsorglich, war er als Griesgram aus dem Krieg zurückgekehrt, hatte darauf bestanden, seine Rolle als Familienoberhaupt wieder einzunehmen, und sich geweigert, die Veränderungen anzunehmen, die mit dem Krieg und einer neuen Zeit gekommen waren. Bei ihm sollte alles wie vor dem Krieg sein, und als er sah, dass er damit nicht durchkam, hatte er resigniert und war zu einem missmutigen Brummbären geworden, der manchmal noch aufmuckte, sich bei seiner Mutter ausweinte und seine Frau für alles verantwortlich machte, was ihn bedrückte. Jule wusste nicht, ob Karl jemals aus seiner Höhle herauskommen würde. Ihr Vater eher nicht. Er versteckte sich hinter seiner schlechten Laune.

Ihren Geburtstag feierten sie zu Hause. Er fiel auf einen Sonntag, und die Verwandten rückten am frühen Nachmittag an. Sie hatten zwei Tische mit dem guten Geschirr in der guten Stube gedeckt, es gab selbst gebackene Buttercremetorte, Kaffee und Kakao. Mit dabei waren ihre Eltern, ihre Großmutter und ihr Onkel August und Tante Anneliese, die sich nur blicken ließen, wenn es etwas umsonst gab. Mit Gerda und Ingrid war sie am späten Nachmittag verabredet.

Obwohl Jule jetzt volljährig war, eine junge Frau mit eigenen Plänen und Ideen, kam sie sich im Kreis ihrer Verwandten immer noch wie ein junges Mädchen vor. Jeder war mit einem guten Ratschlag zur Stelle, außer ihrem Vater, der mit grimmigem Gesicht am Kopfende des Tisches saß und noch vor dem Kaffee eine Schnapsflasche öffnete und mit Onkel August anstieß. Ihr Onkel war während des Krieges ebenfalls in Jugoslawien gewesen und einer der wenigen Menschen, mit dem sich ihr Vater verstand. August war Lagerarbeiter in Hütten.

»Herzlichen Glückwunsch!«, wünschte ihr die Mutter lächelnd. Zu einer Umarmung raffte sich weder sie und schon gar nicht ihr Vater und ihre Großmutter auf. Umarmungen waren in ihrer Familie eine Seltenheit, ein Grund dafür, dass sie den liebevollen Bären Karl erschaffen hatte, der nun in ihrer neuen Geschichte eine andere Rolle eingenommen hatte. Lag es nur am Krieg, dass es so wenig Liebe in ihrer Familie gab und so viel gestritten wurde? Der Krieg war seit dreizehn Jahren vorbei, überlegte sie, die Trümmer waren selbst in den großen Städten verschwunden, und doch schien er in den Gedanken vieler Menschen noch präsent zu sein. Mit Deutschland ging es wieder aufwärts, hieß es, aber es gab noch immer Menschen, die mit der neuen Zeit nicht mithalten konnten oder wollten.

»Ich hoffe, du bist dir im Klaren darüber, dass man als volljährige Frau auch mehr Verantwortung übernehmen muss«, sagte ihre Großmutter, die sich ein besonders großes Stück Buttercremetorte genommen hatte. »Deine Mutter hat dir viel durchgehen lassen, zu viel, wenn du mich fragst. Und es liegt jetzt an dir, das zu tun, was man von einer erwachsenen Frau erwartet, einem Mann das Haus zu führen, ihm bei der Arbeit auf dem Acker zu helfen und seine Kinder großzuziehen. Der Brunner Hansi wäre ein idealer Mann für dich gewesen. Warum hast du dich gegen deinen Vater gestellt und ihn abgewiesen? Warum bist du so stur?«

Wer hier stur ist, bist ja wohl du, hätte sie am liebsten geantwortet. Stattdessen sagte sie: »Die Zeiten, dass ein Vater bestimmt, welchen Mann seine Tochter heiraten soll, sind doch wohl längst vorbei, Großmutter. Zumindest dachte ich das. Ich suche mir meinen Mann selbst aus, dann ist die Gefahr, dass wir uns jeden Tag streiten wie … wie so viele andere, nicht so groß.« Sie war erstaunt über ihre eigenen Worte. »Ich bin sicher, der Ehemann, den ich mal nach Hause bringe, wird euch allen gefallen. Mit dem Brunner Hansi hätte es nur Ärger gegeben. Er ist ein Angeber. Soll er doch mit seiner Irmi glücklich werden.«

Ihre Großmutter war nicht begeistert. »Dein Vater hätte dir öfter eins auf die Ohren geben sollen, dann würdest du nicht so einen Unsinn reden. Zu meiner Zeit tat man, was der Vater von einem verlangte. Aber das haben die jungen Frauen von heute wohl nicht mehr nötig. Die hören lieber diese furchtbare Negermusik und treiben sich mit Männern herum. Früher war das alles anders.«

»Früher war Krieg, Großmutter.«

»Jule hat Geburtstag«, mischte sich ihre Mutter mit einem gequälten Lächeln ein, »lasst uns lieber über etwas Schönes reden. Wie gefällt dir denn dein neues Fahrrad, Jule? Der Vater hat es gegen einige Hühner bei einem Händler in Grafenwöhr eingetauscht. Ein guter Tausch, nicht wahr? Das hintere Schutzblech ist etwas verbogen, aber das stört einen kaum beim Fahren. Was sagst du, Vater?«

»Mir ist es lieber, die steuert einen Bulldog.«

»Das tut sie noch früh genug. Lass ihr etwas Zeit, Rudi!«

»Meinetwegen … solange sie kein Auto will.«

»Wenn, dann nur einen Sportwagen«, versuchte sich Jule mit einem Scherz. Er ging genauso in die Hose wie alle anderen Versuche, die Stimmung aufzulockern. Der Nachmittag war gelaufen, und jeder wusste es. Als Jule schon aufstehen und sich aus dem Staub machen wollte, versuchte es ihre Mutter noch mal.

»Es geht wieder aufwärts nach diesem furchtbaren Krieg«, sagte sie. »Das gibt mir Hoffnung, dass Jule es mal besser haben wird als wir. Wir hätten den Krieg gar nicht anfangen dürfen, dann wäre es uns schon früher besser ergangen.«

»Wir haben gekämpft und verloren«, sagte Onkel August. »Wer weiß, was aus Deutschland geworden wäre, wenn wir siegreich gewesen wären. Es war nicht alles schlecht, was der Führer wollte. Er hatte wenigstens noch eine Vision. Ihr seht doch, zu was der Iwan fähig ist, ihr braucht nur in die Ostzone zu schauen.«

Seine Frau berührte ihn an der Schulter. »Nun lass doch mal die Politik beiseite, August! Uns geht es doch nicht schlecht. Du brauchst keine Angst mehr zu haben, im Kampf erschossen zu werden, hast ordentliche Arbeit, und die Amerikaner sorgen dafür, dass die Russen nicht bei uns einmarschieren. Die Amis sind nicht so übel, wie manche Leute behaupten. Sie sorgen für unsere Sicherheit.«

»Seit wann versteht ihr Frauen was von Politik?«, lästerte der Onkel.

»Ich bin froh, dass Frieden ist«, erwiderte Jule. Sie trank ihren Kakao aus und stand auf. »So, jetzt muss ich aber los. Gerda und Ingrid warten sicher schon auf mich. Noch mal danke für das Fahrrad. Das kann ich wirklich brauchen. Mein altes ist so verbogen, dass ich nicht mal mehr zum Badesee damit gekommen wäre.«

Das neue Fahrrad gefiel ihr. Obwohl ihr Vater es gebraucht gekauft und das Schutzblech einige Dellen hatte, kam sie damit wesentlich besser voran als mit ihrem alten, das der Vater aus Versehen mit dem Traktor überrollt hatte. Natürlich hatte er geschimpft, warum stellst du dein Radl ausgerechnet hier ab, aber ein wenig hatte ihn sein schlechtes Gewissen doch gequält, sonst hätte sie bestimmt kein so großes Geschenk bekommen. Sie fuhr an der Kirche vorbei, die an diesem Spätnachmittag im hellen Sonnenlicht lag, und erreichte den Badesee. Der Sommer hatte gerade begonnen, und es waren vor allem junge Leute dort.

Ingrid und Gerda saßen an ihrem Stammplatz auf einer Wolldecke und sprangen auf, als sie vom Fahrrad stieg. »Jule hat heute Geburtstag, Jule hat heute Geburtstag«, stimmten sie an und freuten sich mit ihr. Als Geschenk überreichten sie ihr einen Teddybären mit silbernem Kettchen und einem Amulett, auf dem »Karl, der Bär« stand. »Deine Karl-der-Bär-Geschichten mögen wir am liebsten.«

Jule küsste den Bären und umarmte ihre Freundinnen. »Vielen Dank! Den süßen Kerl werde ich immer bei mir tragen. Zum Glück ist er nicht so groß.« Sie küsste ihn noch einmal und verstaute ihn in ihrer Jackentasche. »Lieb von euch!«

»Und jetzt trinken wir auf dein Wohl«, sagte Ingrid. Sie zog eine Flasche Sekt und drei Wassergläser aus einem Beutel. »Hat mir ein Verehrer in der Firma geschenkt. Er liest mir jeden Wunsch von den Augen ab. Wer will sie aufmachen?«

»Ich hatte noch nie eine Sektflasche in der Hand«, sagte Gerda.

»Und bei uns gibt es so was nur an Silvester. Das macht der Vater.«

»Dann muss ich wohl selbst ran.« Ingrid hatte oft genug zugesehen, wenn eine Sektflasche geöffnet wurde, und es auch selbst schon versucht, sehr zur Freude eines jungen Mannes, der den halben Inhalt ins Gesicht bekommen hatte. Ingrid hatte es ihren Freundinnen selbst erzählt. Diesmal klappte es besser, der Korken schoss knallend in die Luft, und sie vergeudete kaum etwas. Sie schenkte die Gläser voll, und sie stießen lachend an. »Auf die ersten einundzwanzig Jahre, Jule«, rief sie, »und auf eine glorreiche Zukunft!«

Einige Jugendliche hatten sich ihnen neugierig genähert und klatschten Beifall. »Jule ist volljährig geworden!«, rief

Ingrid. »Ein dreifach Hoch auf unser Geburtstagskind! Hoch! Hoch! Hoch!« Alle machten begeistert mit und freuten sich, als Ingrid ihnen die Flasche mit dem restlichen Sekt schenkte. »Auf Jule!«

»Auf Jule!«, kam es von den Jugendlichen. Die meisten hier kannten sie.

Jule zog sich bis auf den Badeanzug aus und setzte sich zu ihren Freundinnen auf die Wolldecke. Sogar die Männer, die sonst immer in Ingrids Nähe zu finden waren, begriffen wohl, dass die jungen Frauen unter sich sein wollten, und kehrten auf ihre Plätze zurück.

»Und wie fühlt man sich als Volljährige?«, wollte Gerda wissen. Sie war drei Monate jünger als sie und würde erst im Spätsommer ihren Geburtstag feiern.

»Wie mit zwanzig«, erwiderte Jule. »Nur dass jeder mich drängt, vor allem meine Großmutter, endlich zu heiraten und das zu tun, was alle anständigen Frauen tun. Meine Eltern glauben noch immer nicht, dass ich wegziehen werde.«

»Mach bloß keinen Rückzieher!«, warnte Ingrid.

»Keine Angst, ich bin fest entschlossen. Und du?«

Ingrid schien nur auf diese Frage gewartet zu haben. »Ich bin schon so gut wie weg.« Sie grinste vielsagend. »Euch kann ich's ja verraten. Ich hab einen süßen Fotografen kennengelernt. Keine Ahnung, ob ich mit ihm was anfange, ich bin nicht mal sicher, ob er das will. Aber er glaubt, dass ich zum Fotomodell tauge.«

»Du wirst Fotomodell?«, erwiderte Jule ungläubig.

»Die erste Session hab ich schon hinter mir. Stellt euch vor, ich komme auf die Titelseite des nächsten WittWeiden-Katalogs. In einem gelben Sommerkleid. Und nächste Woche fahre ich mit ihm nach Düsseldorf, dort hat er sein großes Atelier. Das Atelier in Weiden gehört dem Versandhaus, das will ihn bei der Arbeit für den Katalog in der Nähe haben. Ich soll so bald wie möglich nach Düsseldorf ziehen, sagt er, das wäre die neue Modehauptstadt Deutschlands. Schon mal von der IGEDO gehört? Das ist eine der bekanntesten Modemessen Europas, ach was, der Welt. Und auf der Königsallee veranstalten sie Modenschauen.«

»Du ziehst nach Düsseldorf? Ganz schön weit weg«, sagte Gerda.

Ingrid war begeistert. »Wenn Pete mich tatsächlich zu einem bekannten Fotomodell macht, werde ich überall arbeiten. London, New York, Paris … ich kann's kaum erwarten. Was meint ihr, welche tollen Männer man da kennenlernt!«

»Da bin ich mal gespannt«, sagte Jule. »Heb bloß nicht ab, Ingrid! Nicht dass du wie ein Superstar an uns vorbeiläufst, wenn wir uns später mal wiedersehen.«

»Ach was, dann lade ich euch zu Kaviar und Champagner ein.«

Sie tranken ihren Sekt aus und verstauten die leeren Gläser im Beutel. Obwohl sie sich fast jede Woche am Badesee trafen, gab es immer viel zu erzählen. Gerda war unzufrieden, schimpfte auf ihren Vater, der öfter als früher zum Stettner ging und mit ihm auf die alten Zeiten anstieß. »Er hat noch immer nicht kapiert, dass der Krieg vorbei ist und sich die Zeiten geändert haben, aber ich kann ihn nicht im Stich lassen, schon wegen meiner Mutter. Ich werde wohl irgendwann den Benziger Werner heiraten. Er ist ein lieber Kerl und wird gut für mich sorgen.«

»Du willst klein beigeben? Das darfst du nicht!«, sagte Ingrid.

»Ich gehöre hierher, Ingrid. Ich kann nicht anders.«

»Mein Vater grummelt nur noch leise vor sich hin«, berichtete Jule, »wie Karl der Bär in meiner neuen Geschichte. Der einzige Grund, warum ich noch hier bin, ist meine Mutter. Sie leidet unter meinem Vater und unter meiner strengen

Großmutter. Die Großmutter mag meine Mutter nicht, überredet meinen Vater ständig, den Abend mit ihr zu verbringen, und hätte am liebsten, dass sich mein Vater scheiden lässt und nur mit ihr zusammenlebt. Das hat meine Mutter nicht verdient. Meine Eltern sollten sich nicht alles gefallen lassen, das stimmt, aber mein Vater ist zu schwach und hängt an meiner Großmutter, und meine Mutter schluckt ihren Ärger runter, sie will Frieden. Sie hätte meinen Vater nicht heiraten sollen.«

»Aber du siehst dir das nicht ewig an, oder?«, fragte Ingrid.

»Nein«, antwortete Jule, »auch wenn es etwas besser geworden ist.«

»Was ist? Wollen wir eine Runde schwimmen?«

Sie erfrischten sich im See und hielten sich an einem dicken Schwimmreifen fest, der herrenlos im Wasser schwamm. Das Wasser war kühl, der Sommer war noch jung. Einen jungen Mann, der mit ihnen flirten wollte, verscheuchten sie mit bösen Blicken. »Nun habt euch doch nicht so!«, rief er beleidigt, aber sie ließen sich nicht erweichen. Der Bauernsohn gehörte zur unangenehmen Sorte.

»Schon von Elvis gehört?«, wechselte Ingrid das Thema.

»Elvis Presley, der King of Rock 'n' Roll«, antwortete Jule.

»Elvis … der hat die besten Rock-'n'-Roll-Songs, die ich kenne. Jailhouse Rock, All Shook Up, Hound Dog … da kann man irre gut drauf tanzen.«

Gerda tanzte den Rock 'n' Roll am besten von ihnen. Er lag ihr sozusagen im Blut, behaupteten die meisten Amerikaner, die mit ihr getanzt hatten, wie sie Jule und Ingrid berichtet hatte. Seitdem ihr Vater jeden zweiten Abend beim Stettner hockte, war sie öfter in der Micky Bar, noch öfter als Ingrid und Jule, und dachte sogar daran, an einem Tanzwettbewerb teilzunehmen. Ob sie wirklich so mutig war und riskierte, dass ihr Vater davon Wind bekam, würde sich noch zeigen. Jule wusste, die

Micky Bar war zu einem Zufluchtsort für sie geworden, nur dort und beim Rock 'n' Roll konnte sie wirklich frei sein.

»Wisst ihr, dass Elvis nach Deutschland kommen soll?«, fragte Ingrid.

»Elvis? Nach Deutschland? Nach Grafenwöhr?«

»Ob nach Grafenwöhr, weiß ich nicht, aber Pete, der Fotograf, hat mir verraten, dass er seine Militärzeit irgendwo in Hessen verbringen wird. Irre, was?«

Gerda lachte. »Mein Vater würde durchdrehen, wenn er Elvis sehen würde. Angeblich soll er seinen Hintern so aufreizend bewegen, dass er in manchen Fernsehshows nicht auftreten durfte. Jetzt verkauft er noch mehr Schallplatten.«

»Am Samstag kommen die Lollipops«, wusste Gerda, »die spielen seine Songs rauf und runter. Da müssen wir hin! Wir waren schon lange nicht mehr zusammen tanzen.«

»Ich bin dabei«, sagte Jule.

»Ich auch«, sagte Ingrid, »es sei denn, ich muss nach Düsseldorf. Bei Pete weiß man nie, wann eine Fotosession ansteht. Ich sag euch Bescheid, okay?«

»Fotomodell!«, zog Gerda sie auf.

Sie fuhren gemeinsam nach Eschenbrunn zurück und sangen laut den Refrain des »Jailhouse Rock«, bis sie sich vor der Kirche voneinander verabschiedeten und zu ihren Eltern zurückkehrten. »*Everybody in the whole cell block was dancing to the Jailhouse Rock*«, schallte es noch eine Weile über den Marktplatz.

13

In der Küche brannte Licht, als Jule nach Hause kam. Ihre Mutter saß am Tisch und starrte mit leerem Blick auf die Wand über dem Sofa. Außer dem Kalender der Raiffeisenbank gab es dort nichts zu sehen. Sie hatte Tränen in den Augen und hielt die Hände gefaltet, als würde sie beten. Vor ihr stand ein Glas Radler.

»Weinst du, Mutter?«, wunderte sich Jule. »Was ist los mit dir?«

Die Mutter antwortete nicht. Ihr Schluchzen klang in der Stille lauter, als es wirklich war. Um diese Zeit war Eschenbrunn bereits wie ausgestorben. Lediglich der Hund von gegenüber bellte gelegentlich. Die Sonne war untergegangen.

Jule setzte sich neben ihre Mutter und griff nach ihren Händen. Sie waren kalt. Sie spürte ihr leichtes Zittern und wie sie gegen die Tränen ankämpfte. Ihre Mutter war eine starke Frau und hatte nicht mal beim Tod ihrer Mutter geweint.

»Soll ich dir einen Tee kochen, Mutter?«

»Ich will nichts.« Ihre Stimme klang brüchig.

»Der Vater? Die Großmutter?«

Ihre Mutter brauchte etliche Minuten, bis sie sich wieder gefangen hatte. Sie wischte sich die Tränen mit der Schürze aus den Augen. »Der Vater. Er ist wieder zur Großmutter hoch und hat dort zu Abend gegessen, dabei hatte ich schon eine Brotzeit für ihn hergerichtet. Als er wieder runterkam, hat er nur gesagt, dass er noch was Wichtiges mit dem Stettner zu besprechen hat, und ist in die Wirtschaft gegangen. Er wär ja nicht beim Frühschoppen gewesen.«

»Vater hat es bestimmt nicht böse gemeint.«

Die Augen ihrer Mutter füllten sich erneut mit Tränen. »Ich halt das bald nicht mehr aus, Jule. Er sagt kaum noch was, sitzt beleidigt auf dem Sofa und liest Zeitung, und sobald die Großmutter ruft, steigt er nach oben. Als wäre er mit ihr verheiratet und nicht mit mir. Ich kann nichts dagegen tun. Wenn ich was sage, wird er wütend und schimpft vor sich hin. Ich weiß nicht mehr, was ich tun soll.«

»Der Krieg ist schuld, das sagst du doch selbst.«

Ihre Mutter schwieg eine Weile, dann sagte sie: »Das ist doch kein Leben, Jule. Vater tut so, als wär ich gar nicht da, und die Großmutter hat ständig was an mir auszusetzen und würde mich am liebsten loswerden, damit sie ihren Sohn allein für sich hat. Was soll ich noch hier? Am liebsten würde ich weggehen, aber das geht nicht. Das ist gegen meinen Glauben, und ich würde meines Lebens nicht mehr froh. Außerdem würde Vater das nicht zulassen. Er wäre doch bei den meisten Leuten unten durch. Ich wäre die Hexe, die ihn im Stich lässt, und er der dumme Versager, der es nicht mal schafft, seine Frau zu halten.«

Jule drückte ihre Hände. Ihre Mutter sprach selten so offen zu ihr, ließ ihren Ärger lieber in dem ständigen Streit ab, den sie mit Vater oder Großmutter hatte. Ein Teil riet ihr, mit ihrem Auszug zu warten, bis sich ihre Eltern wieder besser vertrugen, doch sie wusste auch, dass es niemals Frieden zwischen ihnen geben würde. Vielleicht, wenn die Großmutter starb, aber selbst das war nicht sicher. Selbst aus dem Jenseits würde sie sich noch an den Vater klammern.

Ihre Mutter erriet ihre Gedanken. »Du brauchst nicht bei mir zu bleiben, Jule«, sagte sie, »ich komm irgendwie mit Vater zurecht. Mir wär's lieber gewesen, du hättest den Brunner Hansi geheiratet oder würdest dir einen anderen jungen Mann aus dem Dorf aussuchen, aber vielleicht hast du recht und es ist tatsächlich besser, wenn du ausziehst. Du musst dein eigenes Leben leben, Jule.«

Jule blieb noch eine ganze Weile bei ihrer Mutter sitzen, das hatte sie schon seit einigen Monaten nicht mehr getan. Sie tranken Radler, unterhielten sich über alles Mögliche und trennten sich später, als ihre Mutter sonst zu Bett ging. Einigermaßen zufrieden stieg Jule zu ihrem Zimmer hinauf. Aus dem Zimmer ihrer Großmutter drang leises Schnarchen. In ihrem Bett lag Jule noch lange wach und hing ihren Gedanken nach. Auch wenn es ständig Streit gab, konnte sie keinem ihrer Familie böse sein. Der Krieg hatte sie dazu gebracht. Die Angst, die Trennung, der Großvater, der während des Polen-Feldzugs gefallen war.

Ihre Volljährigkeit hatte kaum etwas geändert. Sie war immer noch dieselbe, und ihre Freundinnen und Kollegen behandelten sie nicht anders als zuvor. Bei der nächsten Bundestagswahl würde sie wählen dürfen, obwohl sie nur wenig Ahnung von Politik hatte und nicht wusste, welche Partei sie wählen sollte. Für die Micky Bar war sie endlich erwachsen genug, um von der Einlasskontrolle nicht mehr mit misstrauischen Blicken bedacht zu werden. Sonst war fast alles beim Alten geblieben, vor allem die manchmal langweilige Arbeit in der Fabrik.

Wenn sie es zu etwas bringen wollte, musste sie sich dringend mehr Wissen aneignen. Nur dann würde sie eine Arbeit bekommen, die ihr genug Geld einbringen würde, um sich selbst zu versorgen. Eine Lehre, die sie aus der beinahe verzweifelten Lage ihrer Mutter gezogen hatte. Auch wenn ihre Mutter den Mut aufbrachte, ihren Mann zu verlassen, wäre sie nicht fähig, sich selbst zu versorgen. Jule würde vorsorgen, täglich die

Zeitung lesen und sich jeden Monat ein Buch kaufen. »Lesen bildet« stand auf einem Plakat in der Buchhandlung, in der sie das Englischbuch gekauft hatte. Inzwischen sprach sie zumindest so viel Englisch, um sich einigermaßen unterhalten zu können, auch dank der Amerikaner, mit denen sie getanzt und gesprochen hatte, und weitere Bücher würden ihr helfen, die Welt zu verstehen. Vor ihrem Vater würde sie die Bücher weiter verstecken müssen,

Noch wusste Jule nicht, was die Zukunft ihr bringen würde. Sie hatte keine festen Pläne wie Ingrid oder Gerda, ließ lieber alles auf sich zukommen und vertraute dem Schicksal, ihr den richtigen Weg zu zeigen. Wie so viele Menschen, die den Krieg erlebt hatten oder in diesen Jahren aufgewachsen waren, vertraute sie nicht auf Wunder und wusste, dass sie auch selbst gefragt war, wenn sie im Leben vorankommen wollte. Sie besaß nicht die Genügsamkeit von Gerda, die sich mit einem Mann, den sie vielleicht nicht mochte, und der Hausarbeit zufriedengab, und auch nicht die engelhafte Schönheit von Ingrid, die allein mit ihrem Aussehen und ihrem Lächeln viel Geld verdienen würde. Jule hatte es selbst in der Hand.

Die Woche verlief ohne Zwischenfälle. Ihre Eltern waren anscheinend zu müde zum Streiten, sprachen aber kaum miteinander und gingen sich aus dem Weg. Die Arbeit in der Fabrik war immer noch langweilig. Abends musste sie im Stall arbeiten, noch vor dem Abendessen die Schweine füttern oder Mist schaufeln. Zum Bücherlesen blieb wenig Zeit. Ihre Vorfreude galt vor allem dem geplanten Besuch der Micky Bar am Samstag, doch Ingrid sagte ab, weil Pete sie zu einem Fotoshooting nach München mitnahm, und Gerda hatte Ärger mit ihrem Vater.

Sie kannte inzwischen einige Amerikaner und besaß ihre Nummern, aber ihre Eltern würden erst in einem Monat ihr Telefon bekommen, und sie wollte ein solches Gespräch nicht bei anderen Dorfbewohnern oder in der Post führen. Ihr machte es nichts aus, am Samstagabend mit dem Fahrrad nach Grafenwöhr zu fahren, und hatte sogar Freude daran, sich den kühlen Fahrtwind um die Nase wehen zu lassen. Einige Amerikaner winkten ihr zu, als sie ihr Fahrrad abstellte, und sie machte sich wie immer einen Spaß daraus, sie mit einem bayerischen »Servus« zu begrüßen. Die Männer wussten inzwischen, dass sie keine leichte Beute war und ähnlich wie Gerda darauf achtete, den nötigen Abstand zu halten.

Das klappte gut, vielleicht auch nur, weil die MP vor dem Haus parkte und streng darauf achtete, dass keiner der Soldaten aus der Rolle fiel. Bei der US-Armee herrschten strenge Gesetze. Inzwischen verkehrten auch mehrere deutsche Männer in der Micky Bar, konnten aber nur selten mit den Amerikanern mithalten. Ihnen fehlten die Lockerheit und Lässigkeit der amerikanischen Soldaten.

Im Lokal war noch wenig los. Sie setzte sich an einen leeren Vierertisch und brauchte nicht lange zu warten, bis sich drei junge Männer zu ihr setzten. Zwei Amerikaner, die vorher höflich fragten, und ein Deutscher, der anscheinend zum ersten Mal in der Micky Bar war und sich entsprechend schüchtern benahm. Sie bestellte eine Sinalco und wurde jetzt erst auf das Schild über der Bühne aufmerksam. »Tonight: Elvis Night with The Lollipops« stand in großen Lettern darauf.

»Wow!«, staunte sie. »Soll das heißen, sie spielen heute Abend tatsächlich nur Elvis-Songs? Das wäre ja riesig!«

»Elvis!«, rätselte der Deutsche. »Von dem reden sie jetzt alle, was?«

»*You ain't nothing but a hound dog*«, sang sie.

Die Amerikaner klatschten begeistert, der Deutsche war ein wenig ratlos. »Hab ich schon mal gehört. Und ›Rock Around the Clock‹, das war auch spitze.«

»Aber nicht von Elvis. Das war Bill Haley.«

»Du kennst dich aber aus«, staunte er.

»Ich bin öfter hier.«

Als einer der Amerikaner sie ansprach, ein gewisser Marty, wechselte sie mühelos ins Englische. Mit der Grammatik haperte es noch, und auch ihr Wortschatz war nicht besonders groß, aber sie verstand es, sich auszudrücken, und brachte Hubert, so hieß der Deutsche, vor allem aber die Amerikaner zum Staunen. Sie freute sich selbst, dass es so gut klappte.

Als die Lollipops die Bühne betraten und gleich mit dem »Jailhouse Rock« loslegten, ihrem Lieblingslied, war der Saal bis auf den letzten Platz gefüllt. Jule tanzte mit jedem am Tisch, auch mit Hubert, war aber von keinem so begeistert, dass sie sich auf einen langsamen Song wie »Love Me Tender« eingelassen hätte. Dann lieber »Hound Dog«, das den ganzen Saal zum Brodeln brachte. Der Sänger der Lollipops hatte sich wie Elvis zurechtgemacht, trug enge Hosen, ein schwarzes Hemd und eine Perücke mit der berühmten Haartolle. Er schaffte es sogar, die Stimme des King zu imitieren, obwohl der echte Elvis natürlich besser sang.

In einer Pause ging Jule auf die Toilette und frischte ihr bescheidenes Make-up auf. Etwas Puder, damit die Haut nicht glänzte, die Lippen mit dem Lippenstift nachziehen, die Frisur richten. Mit ihr drängten sich zahlreiche andere Frauen vor dem Spiegel, plapperten durcheinander und lobten die fetzige Musik. Einige schwärmten von den Amerikanern, mit denen sie getanzt hatten, besonders von den Schwarzen, die den neuen Rhythmus im Blut zu haben schienen, einige wenige lästerten über Männer, die zu aufdringlich gewesen waren. Keine trug Stöckelschuhe, die wären beim Rock ’n’ Roll viel zu gefährlich gewesen.

Sie kehrte ins Lokal zurück und war gerade dabei, sich ihre Handtasche umzuhängen, als sie mit einem jungen Mann zusammenstieß. Der hatte zur Bühne geblickt, wo sich die Band zur nächsten Runde aufstellte.

»*I'm sorry*«, sagte er.

»Entschuldigung«, sagte sie.

Er sah nicht wie ein typischer Soldat aus, war eher unscheinbar im Gegensatz zu den anderen. Als sich ihre Blicke trafen, wirkte er fast schüchtern, wie ein Lausbub, hätte ihre Mutter wohl gesagt.

»Eines meiner Lieblingslieder«, sagte sie auf Englisch, als die ersten Akkorde von »Love Me Tender« zu hören waren. »Nicht so wild wie die anderen Songs.«

Hatte sie sich bis jetzt nicht vor langsamen Balladen gedrückt?

Zahlreiche Paare standen auf und eilten auf die Tanzfläche. Wie selbstverständlich griff der junge Mann nach ihrer Hand und führte sie durch das Lokal. Jule kam sich wie in einem Traum vor, als sie zu tanzen begannen und in der Musik aufgingen.

»*Love me tender, love me sweet …*«

»Ich heiße John«, sagte er.

»Jule«, erwiderte sie.

Sie spürte seine Wärme, als er die andere Hand um ihre Hüfte legte, nicht zu fest, aber auch nicht zu sanft, und mit sehr viel Gefühl. Er war keiner, der bei einer Frau, die er kaum kannte, zu aufdringlich wurde. Ein guter Tänzer war er nicht. Er blieb im Takt, trat ihr aber zweimal auf die Füße und entschuldigte sich jedes Mal. Sie quittierte seine Fehler mit einem Lächeln.

»Ich hab dich noch nie hier gesehen«, sagte sie.

»Ich bin noch nicht lange hier«, erwiderte er. »Ich bin ledig und hab am Wochenende oft Dienst.« Er wurde allmählich lockerer. »Ich bin ein *Wheeled Vehicle Mechanic …* ich bin Mechaniker und arbeite die meiste Zeit in der Werkstatt.«

»Jeeps reparieren?«

»Und Trucks und alles, was Räder hat. Du sprichst gut Englisch.«

»Noch lange nicht gut genug. Hab ich mir selbst beigebracht. Eine Kollegin in der Firma hat mir geholfen. Ich arbeite in der Versandabteilung einer Textilfabrik in Weiden.«

»Du hast einen lustigen Akzent.«

»Du auch. Kommst du aus Texas?«

Er trat ihr vor lauter Lachen auf die Füße. »*I'm sorry* … Vielleicht sollten wir etwas frische Luft schnappen, es ist noch warm draußen.«

Normalerweise hatten Männer einen Hintergedanken, wenn sie so etwas sagten, aber bei John hatte sie keine Angst. Er benahm sich wie ein Gentleman. Selbst ihre Eltern hätten ihre helle Freude an ihm gehabt – wenn er Deutscher gewesen wäre. Sie standen den Amerikanern immer noch misstrauisch gegenüber.

Sie gingen unter den Bäumen spazieren. Der Mond war aufgegangen und verbreitete sein blasses Licht. Die Sterne waren teilweise hinter Wolken verschwunden. Der frische Abendwind machte ihnen nichts aus.

»Wie kommst du auf Texas?«, fragte er.

»Ich hab schon mal mit Texanern getanzt«, sagte sie, »sie sprachen langsamer als die anderen und zogen jedes Wort in die Länge. War schwer zu verstehen.«

»Texas Drawl.« Er grinste. »So sprechen alle Südstaatler.«

»Wir Oberpfälzer haben auch unseren eigenen Dialekt, den verstehen nicht mal andere Deutsche.« Sie schwiegen eine Weile. Es war wichtiger, mit einem Mann schweigen, als sich mit ihm unterhalten zu können, hatte sie irgendwo gelesen. »Was machst du in Texas? Ich dachte mal, alle Texaner sind Cowboys.«

Er lachte wieder. »Bei uns gibt's alle möglichen Berufe, aber ich habe tatsächlich als Cowboy gearbeitet. Meine Eltern hatten eine kleine Ranch in der Nähe von San Angelo, das liegt in West-Texas. Mein Vater starb im Krieg, bei der Invasion in der Normandie. Meine Mutter musste die Ranch verkaufen. Sie arbeitet als Krankenschwester im Veteran's Hospital für Männer, die im Krieg verwundet wurden.« Er überlegte. »Gibt es nicht ein deutsches Wort für solche Männer?«

»Kriegsversehrte?«

»Kriegsversehrte«, bestätigte er.

Sie schwieg nachdenklich. »Tut mir leid, das mit deinem Vater. Mein Vater hat in Jugoslawien gekämpft und hatte nur eine leichte Schulterverletzung. Aber er ist nicht mehr wie früher. Der Krieg hat ihn verändert. Er ist verbittert und ungerecht.«

»Jetzt haben wir Frieden … jetzt wird alles anders.«

Sie gingen langsam weiter, begleitet vom frischen Abendwind, der lose Zweige und eine alte Zeitung auf die Wiese neben dem Wald trieb. Im Schutz eines mächtigen Baumes blieben sie stehen. Sie sah ihn an und spürte, dass sie sich gleich küssen würden. Als es geschah, legte sie beide Arme um seinen Hals und genoss die sanfte Berührung seiner Lippen, erkannte, ohne zu wissen warum, dass dies ein süßes Versprechen für die Zukunft war, die es für sie beide geben würde. Ein seltsamer Gedanke, das wusste sie selbst, aber was sie taten, geschah in seltener Harmonie und in dem Wissen, dass dies kein bloßer und gewöhnlicher Flirt war. Wie schwach, aber auch beschwingt fühlte sie sich in diesem Moment.

»Ich mag dich«, sagte sie, »ich mag dich sogar sehr.«

Seine Augen strahlten, er brauchte gar nichts zu sagen, um sie wissen zu lassen, dass er sie auch mochte. »So was ist mir noch nie passiert«, sagte er stattdessen. »Ich dachte immer, Liebe auf den ersten Blick gibt es nur in diesen kitschigen Filmen, die meine Mutter so gern anschaut.«

Er küsste sie auf die Stirn. »Ich bin froh, dass wir uns getroffen haben, Jule. Ich glaube, heute ist mein Glückstag.«

»Dann sehen wir uns wieder?«

»Wenn du willst?«

»Wieder in der Micky Bar?«, fragte sie. »Nächsten Samstag?«

»Wenn du keine Angst hast, dass ich dir wieder auf die Füße steige.«

»Keine Sorge, ich bringe dir das Tanzen schon noch bei.«

Sie blieben bis kurz vor zehn in der Micky Bar, tanzten zu flotten Rock-'n'-Roll-Songs und gefühlvollen Balladen und stießen mit Sinalco und Bier an.

»Ich fahr dich nach Hause«, bot John an.

»Ich hab mein Fahrrad dabei.«

»Kein Problem.«

Kurze Zeit später fuhr er mit einem rostigen Pick-up vor und wuchtete ihr Fahrrad auf die Ladefläche. »Ist kein Cadillac, aber bis zu dir schaffen wir es.«

In Eschenbrunn hielten sie vor der Kirche. Sie küssten sich zum Abschied, und er versprach ihr, sie am nächsten Samstag abzuholen. »Habt ihr Telefon?«

»Nächsten Monat«, antwortete sie.

Er gab ihr die Nummer des Stützpunktes. »Lass dich mit der Werkstatt verbinden, aber nur in dringenden Fällen, sonst bekomme ich Ärger.« Er zögerte mit dem Aussteigen. »Meinst du, deine Eltern gewöhnen sich an einen Texaner?«

»Lass mich nur machen. Du darfst ihnen nicht böse sein.«

»*Never mind*, meine Mutter wäre auch misstrauisch, wenn ich mit einer Freundin aus *Bavaria* bei ihr auftauchen würde. Ich weiß, wir gehen die Sache vielleicht zu stürmisch an, aber ich habe im Gefühl, dass wir uns gut verstehen.«

»Ich auch, John.«

Sie stiegen aus, und John hob das Fahrrad vom Pick-up. »Danke für den wundervollen Abend«, sagte er. »Ich hole dich am Samstag um sieben Uhr abends ab, okay? Wenn du willst, sag ich deinen Eltern Hallo und verspreche ihnen, dass ich es ehrlich meine, aber vielleicht ist es besser, wir warten damit noch eine Weile.«

»Hier vor der Kirche ist es besser«, sagte sie. »Ich freue mich.«

14

Mit John kam neuer Schwung in ihr Leben. Sehr zur Verwunderung ihrer Eltern wirkte sie plötzlich seltsam beschwingt, beinahe schwerelos, und hätte sich am liebsten auf den Marktplatz gestellt und hinausgeschrien, wie glücklich sie war. »Liebe auf den ersten Blick« war auch für sie nur eine Floskel gewesen, so unwahrscheinlich wie ein Lotteriegewinn, und doch genoss sie dieses berauschende Gefühl gerade in vollen Zügen. Noch vor wenigen Wochen hatte sie befürchtet, einen wie den Brunner Hansi heiraten zu müssen, und plötzlich stand ein Mann vor ihr, wie sie ihn sich in ihren kühnsten Träumen nicht besser ausmalen konnte.

In die Freude mischten sich gelegentliche Zweifel. Sie war nicht naiv, wusste auch, dass der erste Eindruck täuschen konnte. Auf die erste Euphorie des Verliebtseins folgte oft der große Katzenjammer. Eine Kollegin hatte tagelang begeistert von einem Mann berichtet, den sie beim Tanzen kennengelernt hatte, ein Traummann, der zum ersten Rendezvous gar nicht erschienen war, sie nicht einmal angerufen oder ihr eine Nachricht hatte zukommen lassen. John war anders. Seine Gefühle für sie waren echt. Er würde sie nicht enttäuschen. Sie hatte sich nur selten in einem Menschen geirrt und war sicher, dass er es ehrlich meinte. Wäre er nur auf ein schnelles Abenteuer aus gewesen, hätte er anders reagiert.

Die Woche verging quälend langsam. Als sie Gerda beim Einkaufen traf, gelang es ihr nur mühsam, ihre Gefühle unter Kontrolle zu halten und ihr nichts von John zu erzählen. Dafür blieb noch genug Zeit, nachdem sie ihn besser kennengelernt hatte. »Mir geht's gut«, sagte sie, wenn sich jemand über ihre gute Laune wunderte. Nur ihre Mutter schien zu ahnen, was geschehen war. Sie hielt sich ebenfalls im Zaum und ließ sich auch vor Vater nichts anmerken. Warum einen Streit heraufbeschwören, wenn noch gar nicht feststand, wie es mit John und ihr weiterging? »Sei vorsichtig«, warnte sie, »mach uns bloß keinen Kummer, Jule!«

Ihr erstes Rendezvous oder Date, wie die Amerikaner sagten, war noch harmonischer als ihr Kennenlernen. Ihre Bekannten, mit denen sie in den vergangenen Wochen getanzt hatte, mussten sich mit der Zuschauerrolle begnügen, wenn sie auf die Tanzfläche gingen, und waren vielleicht ein wenig neidisch, freuten sich aber, dass einer von ihnen Jules Herz erobert hatte. Natürlich fielen Sprüche wie »Seid ihr schon verlobt?«, die Jule und John erröten ließen, aber auch eine schöne Bestätigung dafür waren, wie gut sie zusammenpassten. Jule beeindruckte die Amerikaner vielleicht noch mehr als Ingrid und andere Fräulein, die bei der Kleidung und dem Outfit maßlos übertrieben. Jule gab sich so, wie sie war.

In der Micky Bar machte man keinen Unterschied zwischen Deutschen und Amerikanern, Weißen und Schwarzen, einfachen und höhergestellten Soldaten, von wenigen Ausnahmen abgesehen. Auch in der Öffentlichkeit hatte sich das Verhältnis zu den Amerikanern verbessert, sie waren nicht mehr die Besatzer, gegen die man Krieg geführt hatte, doch im Dorf würde man sicher noch die Nase rümpfen, wenn eine Deutsche mit einem Amerikaner ging und womöglich noch ans Heiraten dachte. Aber genauso wenig waren die meisten Dorfbewohner damit einverstanden, dass einer aus der Stadt ein Bauernmädchen umgarnte, und völlig ausgeschlossen war, dass eine Katholische einen Evangelischen umgarnte.

Jule tanzte mit John bis zur Erschöpfung. Mit dieser Wucht erlebte Jule die Liebe zum ersten Mal. Ihr Herz sprang vor Freude, wenn sie mit John zusammen war, und sie spürte dieses seltsame Kribbeln im Bauch, wie sie es in manchen Träumen erlebt hatte, in denen sie einem Prinzen auf weißem Pferd begegnet war. Jedes Mal, wenn sie ihn küsste, durchlief sie ein angenehmer Schauer, und sie glaubte zu sehen, wie die Sterne noch heller als sonst am Himmel funkelten.

»Wie lange bleibst du in Grafenwöhr?«, fragte sie.

»Bis zum Frühjahr nächstes Jahr«, antwortete er.

»Und dann?«

»Geht meine Armeezeit zu Ende, und ich gehe nach Texas zurück. Ich gehe entweder aufs College oder suche mir einen Job in einer Werkstatt oder als Truck-Fahrer. Andere ehemalige Rancher fahren auch Truck.«

»Texaner sind stolz auf ihr Land, das habe ich schon oft gehört.«

»Mächtig stolz«, sagte er. »Ich könnte mir nicht vorstellen, woanders zu leben, das heißt … mit dir wäre es überall schön. Am besten wäre es, wenn ich dich nach Texas mitnehmen könnte. Hast du schon mal einen Western gesehen? So sieht es in Texas aus. Nicht so eng wie in Europa, alles ist viel größer in Texas. Wir haben viel Platz, wir sind der größte Staat der USA. In West-Texas, wo ich lebe, kannst du bis zum Horizont blicken, so weit und endlos ist das Land dort.«

»Und du wohnst in einem Ranchhaus? Auf einer Farm?«

»Eine Farm ist ein Bauernhof, so wie hier. Auf einer Ranch werden Rinder und Pferde gezüchtet, die brauchen viel Platz. Auf manchen Ranches brauchst du länger als einen Tag, um von einem Ende zum anderen zu reiten. Nein, das Haus hat meine Mutter mit der Ranch verkauft. Und ich habe noch gar keine Bleibe.«

Jule war tatsächlich schon mal in einem Western gewesen, zusammen mit ihren Freundinnen. »12 Uhr mittags« oder »High Noon«, wie sie von Amerikanern gehört hatte, aber der hatte in einer Stadt gespielt, und man hatte nicht viel von den weiten Ebenen gesehen. Auch in der Oberpfalz gab es Natur und Wälder und Weiden, aber nicht so groß, dass man länger als einen Tag brauchte, um sie zu durchqueren. Nicht einmal die zahlreichen Äcker der reichen Brunner-Familie.

Zwei Wochen vergingen, ohne dass jemand merkte, dass sie in einen Amerikaner verliebt war. Gerda ließ sich kaum noch blicken, sorgte sich anscheinend um ihre Mutter, die immer öfter in die Kirche lief und den Herrgott und die Mutter Gottes um Beistand bat. Ihr Mann war jähzorniger als früher, rastete schon aus, wenn man ihn nur kritisch anblickte, und schwärmte immer öfter von der »guten alten Zeit«, als in Deutschland noch die nötige Ordnung herrschte. Jule ahnte nichts von dem Geheimnis, dem ihre Freundin auf die Spur gekommen war, aber nicht daran dachte, es gegen ihren Vater auszuspielen. »Der Vater geht fast jeden Abend zum Stettner und trinkt«, sagte sie, als Jule sie nach ihm fragte.

Jeden Sonntag nach der Kirche fand Jule die Gelegenheit, mit Gerda zu sprechen, aber ihr Vater sah es nicht gern und ermahnte sie jedes Mal, bei ihrer Familie zu bleiben. Jule war so manches Mal versucht, sich gegen ihn zu stellen, hielt sich aber zurück. Ein Streit vor der Kirche, in Reichweite des Pfarrers, hätte zu einem Eklat geführt und sie unmöglich aussehen lassen. »Heute Nachmittag am Badesee«, flüsterte Jule ihrer Freundin zu, bevor sie ihren Eltern nach Hause folgte. Vater ging schon seit einiger Zeit nicht mehr zum Frühschoppen. »Der Stettner und der Hermann reden doch nur noch vom Krieg und wie wir die alten Zeiten zurückholen können«, sagte er, »mit denen will ich nichts mehr zu tun haben.«

Von Ingrid hörte man wenig. Im Bus nach Weiden erfuhr Jule von der Mutter ihrer Freundin, dass sie sich immer noch in Düsseldorf aufhielt und auch so schnell nicht zurückkommen würde. Ingrids Mutter hatte gerade erst ihr Telefon bekommen und eigentlich gehofft, dass ihre Tochter öfter anrufen würde. »Sie hat viel zu tun«, wiederholte sie, was Ingrid gesagt hatte, »dieser Fotograf macht gleich mehrere Aufnahmen von ihr, um sie verschiedenen Agenturen anzubieten. Sie wohnt in einem vornehmen Hotel und arbeitet von morgens bis abends, sagte sie.«

Am Badesee waren Jule und Gerda endlich wieder unter sich. Ohne Ingrid mit ihrem Engelshaar hielt sich das Interesse der jungen Männer in Grenzen, und sie waren relativ ungestört. Sie redeten lange über Ingrid, zerbrachen sich den Kopf darüber, ob sie in Düsseldorf mit Pete zusammenlebte, um ihrer beginnenden Karriere den nötigen Schub zu geben, und ob sie tatsächlich das Zeug dazu hatte, auf den Titelseiten der großen Illustrierten zu landen. Sie gönnten ihr den Ruhm, wussten aber auch, dass sie kaum noch Zeit finden würde, nach Eschenbrunn zurückzukehren und den Sonntagnachmittag mit ihnen am Badesee zu verbringen.

»He«, sagte Jule, »hast du nächste Woche nicht Geburtstag?«

»Ich werde volljährig. Keine große Sache bei uns.«

»Bestes Heiratsalter«, sagte Jule.

»Hast du einen Freund?«, fragte Gerda unvermittelt.

»Wie kommst du denn darauf?«

»Du siehst in letzter Zeit so glücklich aus. Immer gut gelaunt.«

Jule zögerte nur einige Sekunden, dann seufzte sie. »Ja, ich geb's zu. Ich hab mich verliebt, Gerda! In meinen Traummann! Ich hätte nie gedacht, dass es so schnell passiert. Er stand plötzlich vor mir, und ich wusste sofort, dass wir zusammengehören. Und er denkt genauso.«

»Liebe auf den ersten Blick? Ich dachte, so was gibt's gar nicht.«

»Dachte ich auch … bis jetzt.«

»Wie heißt denn der Glückliche?«

»John.«

»Ein Ami?«

»Er heißt John und ist Corporal bei der Siebten Armee. Er arbeitet in der Werkstatt und repariert Jeeps und Lastwagen. Mir egal, dass er Amerikaner ist.«

»Aber deinen Eltern nicht, oder?«

»Sie werden sich daran gewöhnen müssen. John ist der Richtige, da bin ich ganz sicher. Einen anderen will ich nicht. Wer weiß, vielleicht heiraten wir sogar bald.« Sie lächelte zufrieden, als sie an John dachte. »Es ist beinahe so wie in einem kitschigen Liebesfilm.«

»Das klingt toll. Pass trotzdem auf! Oft kommt es anders, als man denkt.«

»Nicht mit John!«, war sie überzeugt. »Uns bringt nichts auseinander!«

»Und wenn er nach Amerika zurückgeht?«

»Gehe ich mit. Ich wollte sowieso nicht hierbleiben.«

»Du würdest nach Amerika gehen? So weit weg von zu Hause?«

»Wer nicht wagt, der nicht gewinnt«, zitierte Jule ein altes Sprichwort. »Aber noch ist es nicht so weit. Zuerst muss er mir einen Antrag machen. Da nehmen es die Amerikaner noch genauer als wir. Aber ich bin sicher, das geschieht bald.«

»So mutig wie du wäre ich nicht«, gab Gerda zu.

»Warte mal, bis der Richtige kommt. Dann sprechen wir uns wieder.«

Auch an diesem Abend traf sich Jule mit John, und alles war so wie am ersten Tag. Sie waren füreinander geschaffen, und doch vermieden sie es, ihrer Leidenschaft nachzugehen, zogen sie den Augenblick hinaus, sich dem anderen körperlich ganz hinzugeben. Nicht aus religiösen Gründen oder weil Jule sich vor der anschließenden Beichte fürchtete. Sie gingen beide in die Kirche, lebten aber nicht streng nach der Bibel oder den Geboten ihres Glaubens. Es geschah mehr aus Respekt, auch Vorsicht und um die Vorfreude auf den magischen Augenblick hinauszuschieben. Allein durch sein verantwortungsvolles Verhalten zeigte John, wie ernst er ihre Beziehung nahm und wie ehrlich seine Liebe war.

In der Micky Bar herrschte große Unruhe. Rasend schnell hatte sich das Gerücht verbreitet, Elvis Presley wäre im benachbarten Hotel der Micky-Bar-Besitzer abgestiegen. Jeder wusste, dass der Superstar seinen Wehrdienst im deutschen Friedberg ableistete und zu einem sechswöchigen Manöver nach Grafenwöhr abkommandiert worden war, aber die Armee hatte ihm angeblich befohlen, sich nicht zu oft in der Öffentlichkeit blicken zu lassen, weil man befürchtete, es könnte zu einem Massenauflauf von kreischenden Jugendlichen kommen.

Ronny, der sie früher durch den Seiteneingang in die Micky Bar gelotst hatte, wusste es besser. »Hey«, begrüßte er Jule im Gang zu den Toiletten. »Hast du eine Ahnung, warum Ingrid nicht mehr kommt? Ich hab sie lange nicht gesehen.«

»Sie ist in Düsseldorf und macht Karriere als Fotomodell.«

»Hab mir immer gedacht, dass sie mal berühmt wird.«

Jule blickte auf ein Foto von Elvis, das zwischen den Bildern anderer Künstler an der Wand hing. Erst bei genauerem Hinsehen erkannte sie im Halbdunkel des Ganges sein Autogramm. »Sag bloß, Elvis wohnt tatsächlich bei euch!«

»Soll ich dir einen Tipp geben?«, fragte er.

»Ich bin gespannt.«

»Komm am Dienstagabend her, dann kannst du ihn sehen.«

»Dienstagabend? Ich denke, da habt ihr geschlossen«, wunderte sie sich.

»Vertrau mir! Ich warte am Hintereingang, zwischen sechs und sieben.«

»In Ordnung. Ich bring meinen Freund mit, okay?«, sagte Jule.

»Wenn du Ingrid sagst, dass ich sie vermisse?«

»Mach ich«, antwortete sie.

»Und das mit Elvis bleibt unter uns!«

»Versprochen.«

John war ebenso neugierig wie sie und holte sie am Dienstagabend ab. Jule hatte auf das Abendessen verzichtet, ihren Eltern nur gesagt, dass sie mit einer Kollegin verabredet war, und war gegangen, bevor sie jemand aufgehalten hatte. John war früh genug aus dem Lager gekommen und ebenfalls pünktlich.

Wie verabredet wartete Ronny an der Seitentür. John hatte ihm verbotenerweise eine Stange Zigaretten aus dem PX besorgt, schärfte ihm aber ein, niemandem etwas davon zu sagen. Unter dem Elvis-Foto im Flur blieben sie stehen.

»Also«, flüsterte Ronny, »Elvis hat während der letzten zwei Wochen fast jeden Tag bei uns übernachtet, vor allem, weil ihm die Chefin jeden Abend eines ihrer berühmten Schnitzel mit Bratkartoffeln serviert hat. Ein Fahrer hat ihn abends gebracht und frühmorgens wieder abgeholt. Neulich wollte er seine Rechnung bezahlen, aber die Wirtin sagte nur: ›Das haben wir doch gern gemacht.‹ Elvis hat geantwortet: ›Okay, trommle am Dienstagabend alle Angestellten zusammen, damit ich mich bei ihnen mit einigen Songs bedanken kann. Aber nur, wenn es ein Geheimnis bleibt. Niemand darf davon erfahren.‹ Sein Manager hat ihm nämlich verboten, in Deutschland aufzutreten. Seitdem hängt das Schild mit ›Dienstag aus privaten

Gründen geschlossen‹ an der Eingangstür. Egal, ihr bleibt in einem unserer Lagerräume und kommt erst raus, wenn alle Angestellten hier sind und ihr Musik hört. Dann fallt ihr nicht mehr auf. Alles klar so weit?«

Jule und John blieben fast eine Stunde in dem dunklen Nebenraum. Sie hatten eine Bank gefunden und umarmten und küssten sich, bis sie Schritte und dumpfes Stimmengewirr hörten. Jemand klimperte auf dem Klavier auf der Bühne.

Ihr Signal. Sie verließen den Raum und gesellten sich zu den ungefähr dreißig Angestellten. Einige blickten sie verwundert an, sagten aber nichts. Zu aufregend war das, was sich in diesem Augenblick auf der Bühne abspielte. Elvis sah schneidig aus, wie er so in Uniform am Klavier saß, der berühmte Elvis Presley, den sie bisher nur von Fotos kannten.

»Ich möchte mich bei euch bedanken«, sagte er auf Englisch, »für euren tollen Service und das erstklassige Essen, das ich bei euch bekommen habe. Und für das Bier«, fügte er mit einem Augenzwinkern hinzu. »Wie wär's mit einem Hit? Kennt ihr den hier?« Er hämmerte auf die Tasten ein, stand auf, spielte im Stehen weiter und sang: »*You ain't nothing but a hound dog, cryin' all the time …*«

»Hound Dog«, »Jailhouse Rock«, »All Shook Up«, dann schlug er leisere Töne an. »Mein letzter Song ist allen Verliebten unter euch gewidmet. Haben wir ein Liebespaar hier?« Er blickte suchend im Raum umher und entdeckte Jule und John, die eng umschlungen an der Wand lehnten. »Ihr da, kommt nach vorn!«

Sie bahnten sich zögernd einen Weg zur Bühne und blieben stehen, darauf vorbereitet, dass man sie gleich aus dem Lokal werfen würde. Aber sie hatten Glück. Keiner sagte etwas, und selbst die beiden Besitzer griffen nicht ein.

»Wie heißt ihr beiden?«, fragte Elvis.

»Jule und John«, antwortete John.

»Ihr arbeitet hier?«

»Wir haben uns reingeschlichen«, gestand John.

»Das ist okay, einem verliebten Pärchen wie euch kann man nicht böse sein. Also, ihr beiden, hier ist ein Song, der auch zu meinen liebsten Liedern zählt.«

Und dann sang er: »*Love me tender, love me sweet …*«

15

Jule ahnte, dass John etwas Wichtiges sagen wollte, als sie im Januar des folgenden Jahres am Ufer des Sinterweihers spazieren gingen. Sie begegneten einigen Anglern, die am Ufer des kleinen Sees standen und darauf warteten, dass ein Fisch anbiss, winkten ihnen zu und folgten dem Uferweg unter den Bäumen. John war ungewöhnlich nervös, blickte sich immer wieder um, als hätte er Angst, dass jemand in der Nähe war.

»Du bist so still heute«, sagte sie.

»Ich … ich …«, stammelte er, zog etwas aus seiner Jackentasche und sank auf die Knie. »Jule«, begann er noch einmal, »ich weiß, wir kennen uns noch nicht lange, und ich habe mich noch nicht bei deinen Eltern vorgestellt, aber ich liebe dich sehr und … Willst du meine Frau werden?«

Jule hatte schon seit einiger Zeit auf einen Antrag gehofft, war aber dennoch überrascht, als sie den Verlobungsring in dem Kästchen sah, das er in einer Hand hielt. Der Diamant glitzerte im Sonnenlicht, ein Versprechen für die Ewigkeit.

»Ja, ich will«, erwiderte sie. Als sie ihre linke Hand ausstreckte und er den Ring auf ihren Finger schob, zitterten sie beide, und sie weinte vor Glück. Sie zog ihn vom Boden hoch und sie hielten sich lange in den Armen und küssten sich, sahen die Tränen in den Augen des anderen und spürten die Freude, die beide in diesem Augenblick empfanden. Ein neuer Lebensabschnitt begann, und obwohl sie um die Hindernisse wussten, die es noch zu überwinden galt, waren beide zuversichtlich, sich für den einzig richtigen Weg entschieden zu haben.

»Ich liebe dich«, sagte John.

»Ich liebe dich auch«, sagte Jule.

Sie betrachtete den Verlobungsring an ihrer Hand. Sie wusste längst, dass amerikanische Frauen einen Verlobungsring mit einem Edelstein oder Diamanten trugen, zu dem bei der Hochzeit ein goldener Ehering kam. Ein sichtbarer Unterschied zur katholischen Kirche, bei der ein Ehering während der Hochzeit von der linken an die rechte Hand gewechselt wurde. Sie würde zwei Ringe zum Zeichen ihrer Verbundenheit mit John tragen, einen Diamantring und einen Ehering.

»Der Ring ist wunderschön«, sagte sie.

»Ich werde dich nicht enttäuschen, Jule«, versprach er.

Sie gingen einige Schritte und setzten sich auf einen entwurzelten Baum, der während eines Unwetters vom Blitz getroffen worden war. Über den Weiher strich frischer Wind, ein Fisch sprang aus dem Wasser und tauchte wieder unter.

»Du musst dich meinen Eltern vorstellen und um meine Hand bitten«, sagte sie, »so ist es üblich bei uns. Ich spreche heute Abend mit ihnen, dann ist die Überraschung nicht so groß. Ich sage ihnen, dass du morgen Abend kommst.«

»Morgen Abend schon?«, erschrak er.

»Je eher, desto besser, dann haben wir's hinter uns.«

»Meinst du, sie werden mich mögen?«

Sie war nicht sicher, zeigte es aber nicht. »Du bist nicht der erste Amerikaner, der eine Deutsche heiratet. Aber es wird wohl einige Zeit dauern, bis sie sich an dich gewöhnt haben. Und daran, dass ich mit dir ins ferne Texas auswandere.«

»Du hast doch keine Angst?«

»Vor Texas? Nur ein bisschen«, räumte sie ein.

»Du wirst Texas mögen«, sagte er. »Natürlich wird es ein wenig dauern, bis du dich an das weite Land gewöhnt hast, daran müsste sich selbst ein Amerikaner aus Florida oder Kalifornien gewöhnen, aber wenn du dich erst mal eingewöhnt hast, willst du nicht mehr weg. Der Wilde Westen ist lange vorbei. Es gibt keine schießwütigen Cowboys und keine blutdürstigen Comanchen mehr. Die Indianer leben in Reservaten, und Cowboys sind die friedlichsten Menschen der Welt.«

»Wenn ich mit dir zusammen sein kann, ist es egal, wo wir leben.«

»Du wirst sehen, in ein paar Jahren bist du eine waschechte Texanerin.«

»Aber geheiratet wird in Eschenbrunn«, erwiderte sie. »Zum Glück bist du katholisch, sonst würde es schwierig. Bei uns bestehen vor allem die Alten darauf, dass man jemanden mit dem gleichen Glauben heiratet. Mir wäre es egal. Ich gehe in die Kirche und hab Ehrfurcht vor Gott und Jesus Christus, aber es fällt mir schwer zu glauben, dass Evangelische weniger wertvolle Menschen sind. Ein wahrer Christ schätzt alle Menschen. Aber so haben wir es natürlich einfacher.«

»So denke ich auch«, sagte er, »ich würde dich immer lieben.«

Sie verabredeten sich für den nächsten Abend, aber die größere Herausforderung für Jule war das Gespräch mit ihren Eltern. Sie war auf alles gefasst, als sie nach Hause kam und ihrer Mutter half, den Tisch für das Abendessen zu decken. Es gab Hühnerbrühe und Brot mit Wurst und Schmalz.

»Du gehst heute nicht tanzen?«, wunderte sich ihre Mutter.

»Ich möchte euch was sagen. Vater, dir auch!«

»Ach ja?« Der Tonfall ihrer Mutter verriet, dass sie das Schlimmste befürchtete.

»Ich werde heiraten!«

»Du wirst … was? Wen?«

»John … John Campbell.«

»Einen Amerikaner?«

»Das musste ja so kommen«, brummte der Vater.

Jule zeigte ihnen die Hand mit dem Verlobungsring. »Wir haben uns heute verlobt, und morgen Abend kommt er und hält bei euch um meine Hand an.«

»Ein Ami? Gibt es in Eschenbrunn nicht genug anständige Burschen?«, fragte ihr Vater. Zum ersten Mal seit einigen Wochen brummte er nicht nur missmutig, und der Ausdruck in seinen Augen verriet, dass er emotionaler reagierte, als es den Anschein hatte. »Ist er wenigstens weiß und katholisch? Ein Neger kommt mir nämlich nicht ins Haus!« Sein grimmiger Tonfall schien nicht widerzuspiegeln, was wirklich in ihm vorging.

»Ich kann dich beruhigen, er ist weiß und katholisch.« Sie ließ sich nicht aus der Ruhe bringen. »Aber das spielt keine Rolle. Er ist ein guter Mann, und ich liebe ihn, das ist doch die Hauptsache. Oder wollt ihr nicht, dass ich glücklich werde?«

»Natürlich«, beschwichtigte die Mutter. »Es kommt nur … nur so plötzlich.«

Jule konnte sich vorstellen, wie ihre Mutter sich fühlte. »Ich kenne ihn schon seit einigen Monaten, Mutter, und habe mir alles gründlich überlegt. Ich hätte euch früher Bescheid sagen sollen, ich weiß, aber ich wusste ja, wie ihr reagieren würdet. Ich hatte Angst, dass ihr wütend werden würdet. Dabei ist er wirklich nett!«

»Sag bloß, du gehst nach Amerika mit ihm«, sagte Vater.

»Nach Texas. Es wird mir dort gefallen, sagt er.«

»So weit«, klagte die Mutter.

»Mit dem Flugzeug ist man in zwei Tagen hier«, erwiderte Jule. »Wenn wir genug Geld verdienen, kommen wir euch besuchen. Und ihr kommt mal zu uns.«

»Nach Texas? Ich steig in kein Flugzeug!«, sagte Vater.

»Ihr werdet John mögen«, versprach Jule.

»Ich weiß nicht …«, sagte die Mutter.

Jule beeilte sich, an diesem Abend ins Bett zu kommen, wollte weiteren Diskussionen, die sowieso zu nichts führen würden, aus dem Weg gehen. Stattdessen schützte sie vor, schon schlafen zu gehen, und verschwand in ihrem Versteck auf dem Dachboden. Sie würde eine neue Geschichte schreiben, über Karl, den Bären, der sein Leben lang nur gebrummt und geschimpft hatte und inzwischen so heiser war, dass er sich nicht mehr in der Lage sah, seine Tochter zurechtzuweisen, als sie mit einem streunenden Jungbären nach Hause kam. Er zog sich beleidigt in seine Höhle zurück und wartete darauf, dass seine Stimme zurückkehrte. Wie die Geschichte enden würde, wusste sie noch nicht.

Den ganzen nächsten Tag war sie so nervös, dass sie sich mehrmals vertippte und sich eine Ermahnung ihres Vorgesetzten einhandelte. Sie war froh, als sie endlich Feierabend hatte und in den Bus nach Eschenbrunn steigen konnte. Ihren Verlobungsring hatte sie tagsüber abgelegt, um ihre Kolleginnen nicht auf ihre Verlobung aufmerksam zu machen. Sie wollte abwarten, bis John um ihre Hand angehalten hatte und alles offiziell war. Sie ahnte, was für einen Trubel ihre Verlobung mit einem Amerikaner auch in der Firma auslösen würde.

Sie war kaum zu Hause, als John in seinem Pick-up vorfuhr. Er trug Zivilkleidung, auch um ihren Vater nicht zu erschrecken, und hatte Blumen für ihre Mutter dabei. Jule öffnete ihm die Tür, flüsterte ihm »Das wird schon!« zu und führte ihn in die Küche. »Mutter! Vater!«, stellte sie ihn mit heftig klopfendem

Herzen vor, »das ist John. John Campbell. Er ist Corporal bei der Armee in Grafenwöhr.«

»Sehr erfreut, Sie kennenzulernen«, sagte John auf Deutsch und mit starkem Akzent. Er reichte Mutter die Blumen. »Jule hat mir viel von Ihnen erzählt.«

Mutter nahm verwundert die Blumen in Empfang und erwiderte den Gruß. »Mein Mann Rudolph. Und ich bin die Thekla. Wir sind die Bergmüllers.«

Sie setzten sich an den Küchentisch, Vater auf seltsame Weise abwesend, Mutter erst, nachdem sie Kaffee eingeschenkt und einige Stücke von dem Marmorkuchen gebracht hatte, den sie am Vortag gebacken hatte. Jule hatte John schon vor ihrem Kaffee gewarnt, der stärker als der amerikanische Kaffee war.

»John möchte euch was sagen«, begann Jule und nickte John zu.

»*I love your daughter very much*«, kam er gleich zur Sache. Er blieb beim Englisch, und Jule übersetzte. »Wir lieben uns sehr und möchten heiraten. Wie Ihre Tochter Ihnen schon erzählt hat, haben wir uns gestern bereits verlobt.« Jule zeigte ihren Verlobungsring, während sie weiter übersetzte. »Ich werde in wenigen Monaten aus der Armee entlassen, dann wollen wir nach Texas gehen, nach San Angelo, wo ich groß geworden bin, und uns dort eine neue Zukunft aufbauen. Ich verspreche Ihnen, dass ich gut für Ihre Tochter sorgen und alles für sie und unsere Kinder tun werde. Ich habe kein flüchtiges Vergnügen gesucht. Wir sind uns zufällig begegnet und wussten gleich, dass wir zusammengehören.«

»Sie wollen nach Amerika zurück?«, meldete sich Vater.

»Mit Ihrer Tochter.«

»Und von was wollen Sie leben?«

»Ich bin Mechaniker bei der Army, ich repariere Jeeps, Trucks und andere Fahrzeuge. Wenn ich entlassen werde, bekomme ich etwas Geld von der Army für den Start, und dann werde ich in einer Werkstatt oder als Cowboy arbeiten.«

»Cowboy? Ich dachte, die gibt's nur im Kino.«

John musste lächeln. »Wir werden immer noch gebraucht, Sir.«

»Und Sie sorgen wirklich gut für unsere Jule?«, fragte Mutter.

»Machen Sie sich keine Sorgen, Ma'am. Ich bin wahnsinnig dankbar, dass mich eine so schöne und kluge Frau wie Jule liebt, und werde sie wie eine Prinzessin behandeln. Wir heiraten natürlich hier. So wie es bei Ihnen Brauch ist.«

»Das ist gut«, sagte die Mutter. »Willkommen in unserer Familie!«

Der Vater brummte nur.

Jule seufzte erleichtert und war froh, dass ihr Vater keinen Streit vom Zaun gebrochen hatte und einverstanden war. Ihre Mutter begleitete sie zur Tür. »Er ist ein netter Mann«, flüsterte sie, »und so höflich. Ich wünsche euch nur das Beste.«

Zwei Tage später bestellten sie das Aufgebot beim Standesamt. Erst nachdem John bei seinem Vorgesetzten vorgesprochen und seine Fragen beantwortet hatte, das übliche Vorgehen bei einer Heirat mit einer Deutschen, hatte er das Okay der Armee und einen Morgen für den Behördengang freibekommen. Die nötigen Papiere hatte er dabei. Der Standesbeamte, ein Mann um die sechzig, zeigte sich immer noch verwundert über eine Heirat zwischen einer Deutschen und einem Amerikaner, sagte aber nichts und reservierte einen Termin an einem Freitag.

Anschließend hatten sie einen Termin beim Pfarrer der Kirche in Eschenbrunn. Auch er war um die sechzig, hatte bereits schlohweißes Haar und befragte sie so gründlich, als würde er ihrer Liebe nicht trauen. Ihr Glück war, dass sie beide katholisch waren, aber würden sie auch ihre Kinder in diesem Glauben erziehen, nach Gottes Willen leben und die Sakramente der katholischen Kirche heilig halten? Jule war einmal kurz davor, aufzustehen und ihm vorzuwerfen, sich wie ein Staatsanwalt vor Gericht zu benehmen, beherrschte sich aber. Er meinte es sicher gut mir ihr, hatte sie schon als Kind gekannt und wollte nur ihr Bestes.

Die Kunde von ihrer bevorstehenden Hochzeit verbreitete sich in Windeseile und stieß bei zahlreichen Eschenbrunnern auf harsche Kritik. Schon wieder eine, die sich mit einem Ami einließ und das Weite suchte. Wie konnte man sich nur mit einem Ami einlassen? Man wusste doch, was die wollten, die jungen Frauen schwängern und sich dann aus dem Staub machen. Tatsächlich war das schon einige Male passiert. »Sich mit einem Ami ins Bett zu legen, ist Verrat«, schimpfte Gerdas Vater, und der Brunner Hansi lästerte: »Mit einem Ami? Das hält nicht lange.«

Zuspruch erhielt sie nur von Gerda. »Ich freue mich für dich«, sagte ihre Freundin und umarmte sie, als sie sich vor dem Kramerladen trafen. »Du bist sehr mutig. Ich hätte Angst, nach Texas auszuwandern. Ich hab keine Ahnung, wie es dort aussieht, aber sicher anders als hier. Und die Leute, außer John kennst du doch keinen einzigen Menschen dort. Ich würde sicher Heimweh bekommen.«

»Solange John bei mir ist, werde ich immer zu Hause sein, Gerda.«

»Du liebst ihn sicher sehr. Ich bin fast ein bisschen neidisch auf dich.«

Die standesamtliche Hochzeit war eher ein bürokratischer Akt, die eigentliche Feier fand am Sonntag in der Kirche statt. Sie hatten einmal geprobt, vor allem wegen John, der aus Amerika einen ganz anderen Ablauf gewohnt war. Dort gab es kein Standesamt, und die Trauung fand nur in der Kirche statt. Der Vater führte die Braut zum Altar, und die Braut und der

Bräutigam lasen ihr Ehegelübde vor, in dem sie ihre Liebe und den Willen ausdrückten, ihr ganzes Leben mit ihrem Partner zu verbringen. Der Rest der Zeremonie verlief ähnlich. Auch John wusste, was der Pfarrer sagte. John hatte ihm schon bei der Probe erklärt, wie ungefähr der Wortlaut während der Zeremonie war und was er zu tun hatte.

Jule fühlte sich wie eine Prinzessin in ihrem weißen Kleid. Es war mit Spitze besetzt, und der Schleier, in den winzige Blüten eingenäht waren, reichte bis auf den Boden. Ihre Eltern hatten sich nicht lumpen lassen und einen Teil ihrer Ersparnisse für das Kleid geopfert, wohl auch, um die Hochzeitsgäste beeindrucken zu können. John trug einen schwarzen Anzug, für den seine Mutter das Geld nach Deutschland geschickt hatte. Auch sie hatte ihre Altersvorsorge angezapft und bedauert, dass sie bei der Hochzeit nicht dabei sein konnte. John hatte ihr ein Foto von Jule geschickt und ihr versprochen, auch in San Angelo eine Feier zu organisieren. »Du wirst Jule mögen«, hatte er hinzugefügt, »sie ist ein Engel!«

Jule erlebte die Hochzeit wie in einem Traum. Der Pfarrer ermahnte sie besonders nachdrücklich, das Sakrament der Ehe ernst zu nehmen und die Kinder im rechten Glauben zu erziehen. Immerhin lächelte er, als er sie zu Mann und Frau erklärt hatte und sie die Ringe austauschten. Als Jule ihrem John danach in die Augen blickte, sah sie ein Versprechen, das sich nur schwer in Worte kleiden ließ und ihr verriet, dass sie den richtigen Mann geheiratet hatte. Sie erwiderte sein Lächeln und drückte seine Hand mit dem Ehering.

Unter Orgelklängen verließen sie die Kirche. Wie es in ihrer Gegend üblich war, warfen sie Kleingeld unter die Schaulustigen vor der Kirche, über das sich eine lärmende Schar Kinder hermachte, postierten sich unter der Linde für den Fotografen und nahmen die Glückwünsche der Hochzeitsgäste entgegen. Ihre Mutter umarmte sie, das erste Mal seit langer Zeit, und selbst ihr Vater hatte ein Lächeln auf den Lippen. Der Pfarrer reichte ihnen die Hand und beglückwünschte sie.

Von der Kirche zogen sie mit den anderen Hochzeitsgästen zum Stettner in den geschmückten Nebenraum. Auf einem Tisch stapelten sich Geschenke, darunter auch ein kostbarer Seidenschal von Ingrid und Pralinen von Gerda. Von ihren besten Freundinnen konnte nur Gerda bei der Feier dabei sein, und obwohl ihr Vater sicher zu viel trinken und wieder ausfällig werden würde, auch ihre Eltern. In weiser Voraussicht hatte Jules Mutter sie weit ans Tischende gesetzt.

Bevor Jule und John den Festsaal betraten und die Torte anschnitten, zogen sie sich in eine dunkle Ecke zurück, und John sagte: »Ich liebe dich, Jule! Ich werde versuchen, dir stets ein guter Ehemann zu sein, und für dich sorgen und dich beschützen, bis der Tod uns scheidet. Ich habe die beste Frau der Welt geheiratet!«

»Ich liebe dich!«, sagte Jule.

1959
GERDA

16

Gerda saß in ihrer Winterjacke am Badesee und beobachtete zwei junge Männer, die ein Gummiboot ins Wasser schoben und über den See ruderten. Der Wind brachte feinen Nieselregen mit und kündigte den bevorstehenden Winter an. Früher hatte sie sich mit ihren Freundinnen auch bei Schnee und Eis am Badesee getroffen, in ihre Mäntel und Decken gehüllt hatten sie sich Schokoladenkekse und heißen Tee aus Ingrids Thermosflasche geteilt. Jetzt war sie allein. Ingrid war nach Düsseldorf gezogen und bastelte an ihrer Karriere als Fotomodell, und Jule und ihr Amerikaner waren bereits auf dem Sprung nach Amerika. Sie hatte immer gewusst, dass sie als Einzige in Eschenbrunn zurückbleiben würde, und empfand das herbstliche Wetter als passende Kulisse für ihre trüben Gedanken.

Die Erinnerung an die Nachmittage mit ihren Freundinnen trieben ihr Tränen in die Augen. Sie blickte zum Himmel, in der Hoffnung, der Nieselregen würde mit ihren Tränen auch den Kummer vertreiben, und senkte enttäuscht den Kopf, als sie merkte, dass sich nichts veränderte. Selten hatte sie sich so einsam gefühlt. Jule und Ingrid waren ihre einzigen Vertrauten gewesen. Mit ihren Eltern konnte sie sich nicht unterhalten, mit ihrer Schwester Agnes nur bedingt, seit sie mit ihrem Mann auf dessen Bauernhof wohnte. Nicht einmal ihr Hofhund gesellte sich zu ihr, er jagte lieber Hühner und wollte mit den Menschen wenig zu tun haben.

Ein Grund mehr, ihren Heimatort zu verlassen und woanders ihr Glück zu versuchen, hätten Jule und Ingrid gesagt. Manchmal dachte sie genauso, hatte sich eine Münchner Zeitung besorgt und sich die Stellenangebote angesehen. Viel Auswahl gab es nicht für eine ledige Bauerntochter. Sie hatte nichts gelernt, so wie die meisten Mädchen und jungen Frauen auf dem Land. Warum sollte sie einen Beruf erlernen, wenn sie einen Bauern heiratete und alle Hände auf dem Hof gebraucht werden würden? In München könnte sie als Hilfskraft arbeiten, als Putzfrau oder Küchenhilfe, und sie bezweifelte, dass der karge Verdienst ausreichen würde, um ein angenehmes Leben zu führen. Das ging nur, wenn sie einen Mann kennenlernte, und wer heiratete in der Stadt schon eine Bauerntochter? Einen Prinzen, der Aschenputtel heiratete, gab es nur im Märchen.

Niedergeschlagen kehrte sie nach Hause zurück. Vater war nach dem Frühschoppen zum Mittagessen nach Hause gekommen, hatte kaum ein Wort mit ihnen gewechselt und war gleich wieder gegangen, angeblich um etwas Wichtiges mit dem Stettner zu besprechen. Das sagte er immer, wenn er sich mit seinen Freunden traf und die alten Zeiten hochleben ließ. Es gab nur noch wenige Menschen in Eschenbrunn, die dem Dritten Reich nachtrauerten, die Mehrheit setzte nach der Rückkehr der letzten Kriegsgefangenen aus Russland auf die Zukunft.

Schon einige Male hatte Gerda darüber nachgedacht, ihren Vater mit seiner Vergangenheit als SS-Mann zu konfrontieren, hielt sich aber jedes Mal zurück. Auch wenn sie ihrem Vater nicht besonders nahestand und es wahrscheinlich war, dass er im Krieg schlimme Taten begangen hatte, wollte sie nicht, dass man ihn verhaftete und ihn wie den Stettner im Gefängnis schmoren ließ. Für sie war der Krieg vorbei, und sie wollte nichts mehr über diese Zeit hören, auch nicht von ihrem Vater.

Beim Stettner hatte es sogar eine Rauferei gegeben, als sich jüngere Gäste mit dem Stettner und ihrem Vater angelegt hatten. Ihr Vater war mit einer blutigen Nase nach Hause gekommen. »So weit sind wir Deutschen also gesunken«, hatte er geschimpft. »Wir kuschen wie Feiglinge vor dem Iwan und den Amis!«

Eine Woche später schneite es, und kalter Wind trieb durch Eschenbrunn, aber Gerda ging wie jeden Sonntag zum Badesee, auch wenn das Wetter dort besonders ungemütlich war. In ihrem dicken Wintermantel, ein Erbstück ihrer Großmutter und alles andere als modern, stand sie am Seeufer und blickte in das Schneetreiben. In der Kirche hatte sie Gott gebeten, ihren Vater wieder in die rechte Spur zu bringen und dafür zu sorgen, dass aus ihnen wieder eine glückliche Familie wurde, eine Bitte, die sich kaum erfüllen würde. Was willst du denn noch, hatte sie mit dem Blick auf den gekreuzigten Jesus über dem Altar gefragt. Ich bleibe in der Heimat, lebe bei meinen Eltern, arbeite auf dem Acker mit und helfe im Haushalt … warum schickst du mir keinen netten Mann, der etwas Licht in mein Leben bringt? Was muss ich noch tun? Hab ich denn kein Glück verdient?

Mit gerötetem Gesicht lief sie nach Eschenbrunn. Ihr Fahrrad hatte sie wegen des Schnees zu Hause gelassen. Als sie den Marktplatz überquerte, sah sie einen jungen Mann neben seinem Moped unter der Linde stehen. Offensichtlich hatte er eine Panne. Sie ging auf ihn zu und sagte: »Das sieht nach einem Platten aus.«

Der junge Mann blickte sie an. Er war vielleicht vier oder fünf Jahre älter als sie, aber das erkannte man nur, wenn man direkt vor ihm stand. Seine blauen Augen waren ungewöhnlich hell und klar und unter seiner schwarzen Wollmütze ragten einige Strähnen seines blonden Haares hervor. Ein stattlicher Mann, wie man ihn sich wünschte, wenn man zum Tanzen aufgefordert wurde.

»Auf der Straße lagen Nägel« erwiderte er. »Gibt's hier eine Werkstatt, in der ich den Reifen flicken lassen kann? Ich bin technisch leider etwas unbedarft.«

»Heute ist Sonntag.«

»Sie kennen doch sicher jemanden, der mir helfen kann.«

»Na ja«, überlegte sie, »ich könnte den Bauer Sepp überreden, Ihren Reifen zu flicken, ihm gehört die Werkstatt. Sein Haus liegt an der Straße hinter der Kirche.« Sie deutete auf die Straße, an der Ingrid gewohnt hatte. »Ich zeig's Ihnen.«

»Das ist nett«, sagte er. »Matthias … ich komme aus Weiden.«

»Gerda … ich wohne hier.«

Gerda verspürte ein seltsames Gefühl, als sie den jungen Mann begleitete. Die beiden schwiegen, bis sie zur nahen Werkstatt abbogen und anklopften.

Der Bauer Sepp, noch im Trainingsanzug, weil er gerade erst vom Sportplatz zurückgekehrt war, öffnete kauend. »Gerda! Wo brennt's denn?«, fragte er.

»Tut mir leid, dass wir stören, Sepp«, sagte sie, »das ist Matthias aus Weiden. Sein Moped hat einen Platten, und ich dachte, du könntest vielleicht den Reifen flicken. Es ist Sonntag, ich weiß, und die Werkstatt ist geschlossen, aber …«

Sepp kaute immer noch. »Dein Freund?«

Sie errötete. »Nein, wir sind uns zufällig begegnet.«

»Ihr habt Glück«, erwiderte er. »Wir haben heute 3:0 gewonnen, und ich hab gute Laune.« Er drehte sich um. »Ich bin mal kurz in der Werkstatt!«, rief er seiner Frau zu. »Leg mir noch was von dem Presssack raus und mach ein Bier auf!«

Sie folgten dem Bauer Sepp in die Werkstatt.

»Eine DKW-Hummel«, stellte er fest, als Matthias ihm das Moped übergab, »das haben wir gleich.« Er hob das Moped auf einen Ständer und fixierte es, schraubte das Rad ab, löste den Mantel und zog den Schlauch heraus. »Was bringt Sie nach Eschenbrunn?«, fragte er. »Haben wir neuerdings was zu bieten?«

Matthias grinste. »Ich hab das Moped erst ein paar Wochen und fahre gern spazieren. Grafenwöhr, Pressath, Schwarzenbach und zurück nach Weiden. Ich hab eine Tante in Pressath, die backt den besten Streuselkuchen der Welt, da leg ich meist eine Pause ein. Daraus wird wohl heute nichts mehr. Warum muss ich auch über einen Nagel fahren! Ich hab nicht mal was gemerkt.« Er sah zu, wie Sepp das Loch versiegelte und den Schlauch zurückschob. »Ist es schlimm?«

»Keine große Sache, das haben wir gleich.«

»Das ist nett von dir, Sepp«, sagte Gerda. »Er wär ziemlich dumm dagestanden, wenn du ihm nicht geholfen hättest. Er hätte sein Moped schieben müssen.«

Der Bauer Sepp verlangte nicht mal Geld, als er fertig war, gab Matthias nur den guten Rat mit auf den Weg, künftig an Nägeln vorbeizufahren. Matthias bedankte sich überschwänglich, schob sein Moped auf die Straße hinaus und schüttelte auch Gerda dankbar die Hand.

»Sie haben mir sehr geholfen, Gerda«, bedankte er sich. »Darf ich Sie als kleines Dankeschön nächsten Sonntag ins Café Fissl einladen? Da gibt es die besten Torten der Gegend.«

»Gern«, erwiderte sie, ohne zu überlegen.

»Wie wär's, wenn ich Sie um drei bei Ihnen zu Hause abhole?«

»Wir treffen uns besser vor der Kirche.«

Er blickte sie fragend an, sagte aber: »Um drei vor der Kirche, geht klar.« Er gab ihr einen Zettel mit seiner Telefonnummer. »Meine Nummer … für alle Fälle.«

Gerda war versucht, ihn auf die Wange zu küssen, hielt sich aber zurück. Stattdessen sagte sie: »War nett, Sie zu treffen, Matthias. Bis nächsten Sonntag.«

Die Woche verging viel zu langsam für Gerda. Auf den Äckern gab es um diese Zeit nichts zu tun, und auf dem Bauernhof teilte sie sich die tägliche Arbeit wie das Füttern der Tiere, das Melken der Kühe und das Ausmisten der Ställe mit ihren Eltern. Ihre Gedanken waren bei Matthias, der einen so starken Eindruck bei ihr hinterlassen hatte, dass sie sich selbst wunderte. Was war an dem jungen Mann so besonders, dass es ihr nicht gelang, ihn aus ihren Gedanken zu verdrängen? Und woher kam dieses zufriedene Lächeln, wenn sie in den Spiegel blickte?

Sie dachte an Ingrid, für die ein solches Gefühl beinahe alltäglich gewesen war. Wenn sie einen Mann toll gefunden hatte, war es ihr leichtgefallen, ihn zu verführen und an sich zu binden. Bei ihrem Aussehen genügte ein ermunterndes Lächeln, um einen Mann um den Verstand zu bringen. Jule empfand tiefer, hatte ihren Amerikaner sogar geheiratet und war so verliebt, dass sie sogar mit ihm nach Texas ziehen würde. Einen solchen Mut würde Gerda niemals aufbringen. Sie schaffte es ja nicht mal nach Nürnberg oder München. Oder würde sie sich doch eines Tages trauen?

Ihren Eltern verschwieg sie ihr erstes richtiges Rendezvous. Und Agnes, die ihr sofort auf die Schliche gekommen wäre, ließ sich nur am Wochenende blicken, wenn sie sich von der Arbeit auf dem Hof ihres Mannes losreißen konnte.

Nur einmal, als Gerda sich beim Mistschaufeln auf die Mistgabel stützte und nachdenklich in die Ferne blickte, erwischte sie ihr Vater und rief: »Schlaf nicht ein, Gerda! Die Arbeit erledigt sich nicht von selbst. Deine Mutter braucht deine Hilfe im Kuhstall.«

Am Sonntagnachmittag wartete sie, bis ihr Vater zum Stettner gegangen war, und brachte ihrer Mutter bei, dass sie zum Tanzen in die Micky Bar gehen würde. Ihre Eltern hatten sich inzwischen daran gewöhnt, dass sie dort verkehrte, auch wenn ihr Vater jedes Mal meckerte, wenn er davon Wind bekam. »Komm mir bloß nicht mit einem Ami heim!«, schimpfte er. »Du heiratest einen anständigen Bauern aus dem Dorf. So halten es die Wittmanns, solange ich denken kann.« Sie hätte ihn gern gefragt, was an Amerikanern unanständig war, ließ es aber. Nur in Gedanken malte sie sich aus, was er antworten würde, wenn sie ihn nach dem Anstand der Totenkopf-SS fragte. Im Dorf wurde gemunkelt, dass die SS-Soldaten Tausende Juden hingerichtet hatten. »Alles Lügen!«, tönte der Stettner.

Vor der Kirche hörte sie das Knattern des Mopeds, bevor Matthias unter der Linde hielt und sie aufsteigen ließ. »Keine Angst, du fällst nicht runter. Halt dich an mir fest, dann kann gar nichts passieren! Ich fahre langsam.« Er half ihr mit einer Hand auf den Rücksitz und sagte: »Ich darf doch du zu dir sagen, oder?«

»Ich bitte darum«, erwiderte sie.

Sie schlang ihre Arme um seine Hüften und genoss das Gefühl, ihm nahe zu sein. Sich mit dem Kopf an ihn zu lehnen, erschien ihr noch zu kühn. Als er anfuhr, unterdrückte sie nur mühsam einen Schrei. Sie war noch nie auf einem Moped mitgefahren und fühlte sich an ein Karussell auf der Kirchweih erinnert.

»Na, wie war die Fahrt?«, fragte er, als sie das Café erreichten.

»Besser als ein Ritt auf einem wilden Mustang«, erwiderte sie.

Im Café setzten sie sich an einen der runden Tische und bestellten Kaffee und Käsekuchen. Gerda hatte sich schon lange nicht mehr so wohlgefühlt, und der schmackhafte Kuchen tat sein Übriges, um sie in Feierlaune zu versetzen. Normalerweise war ein Cafébesuch eher etwas für ältere Damen. Die Jugend feierte in der Micky Bar oder anderen Tanzlokalen. Für Matthias und sie war das Café nun aber gerade richtig, dort fanden sie die Ruhe, um sich kennenzulernen.

»Wie soll ich dich nennen?«, fragte Gerda. »Bei uns wärst du der Hias.«

»Hias?« Er lachte und zeigte zwei winzige Grübchen neben seinen Mundwinkeln. »Matthias ist mir lieber. Meine Mutter hat mich nach einem stolzen Rittmeister in einem Roman benannt, der ließ sich auch mit vollem Namen anreden.«

»Ich weiß nicht, warum ich Gerda heiße.«

»Ihr habt einen Bauernhof?«

»Nichts Besonderes. Zwei Äcker, ein paar Kühe und Schweine. Und du?«

»Ich arbeite beim Seltmann … als Buchhalter.« Die Porzellanfabrik war neben WittWeiden der größte Arbeitgeber der Region. »Ich kann gut mit Zahlen umgehen, und beim Seltmann brauch ich keine Angst vor einem Konkurs zu haben.«

»Und deine Eltern?«

»Mein Vater arbeitet bei der Sparkasse, der kann auch mit Zahlen.«

Gerda fühlte sich wohl in der Gegenwart von Matthias. Er war kein rauer Bursche wie so viele andere Männer aus der Gegend, und ihr Vater hätte ihn wahrscheinlich einen »typischen Stodterer« oder »verweichlichten Büromenschen« genannt, aber ihr gefiel seine zurückhaltende und bedachte Art. Für sie musste ein Mann kein kühner Draufgänger sein.

»Du bist sehr nett«, sagte er, »und hübsch.«

Sie errötete. »Meinst du das im Ernst?«

»Mit so was mach ich keine Witze.«

»Du bist auch sehr nett. Ganz anders als die meisten Männer.«

Sie tranken beide von ihrem Kaffee.

»Wollen wir heute Abend tanzen gehen?«, fragte Matthias geradeheraus.

»In die Micky Bar? Ich liebe Rock 'n' Roll!«

»Du kannst Rock 'n' Roll tanzen?«

»Einigermaßen. Soll ich's dir beibringen?«

»Und wenn ich dir auf die Füße trete?«

»Schreie ich laut um Hilfe! Du hast doch keine Angst?«

Wenn er Angst hatte, zeigte er sie nicht. Genauso wenig wie sie sich beschwerte, als er etwas schneller fuhr und sie Angst hatte, vom Sitz hinter ihm zu rutschen. Bis es in der Micky Bar losging, war noch etwas Zeit, die sie mit einem Spaziergang an der Grenze zum Truppenübungsplatz verbrachten. Nicht gerade die ideale Umgebung für einen romantischen Spaziergang, denn selbst sonntags fuhren dort Panzer und es wurde scharf geschossen, aber das war ihnen egal.

»Beim Seltmann hatte ich mit Amis zu tun«, sagte er.

»Meine Freundin hat einen geheiratet und geht mit ihm nach Texas.«

»Ehrlich? Das könnte ich nicht. Ich bin in der Oberpfalz aufgewachsen und würde woanders nur Heimweh bekommen. Nicht mal für das doppelte Gehalt.«

»So geht's mir auch. Ich fühl mich hier wohl.«

Sie blieben stehen und kamen sich langsam näher. Gerda wusste später nicht, wie sie dieses einmalige Gefühl beschreiben sollte, als sich ihre Lippen berührten. Aber dass sie sich bei ihrem Kuss nicht einmal durch das Ballern auf dem Truppenübungsplatz stören ließen. Obwohl sie seit einem Jahr volljährig war, erlebte sie zum ersten Mal, wie es war, von einem Mann geküsst zu werden, der sie wirklich mochte. So würde es bestimmt mit keinem anderen sein.

17

Der Tag mit Matthias endete so schön, wie er begonnen hatte. Auch wenn er sich beim Rock 'n' Roll noch schwerer als erwartet tat und nur langsam in Gang kam, hatten sie ihren Spaß und kehrten erst um Mitternacht nach Eschenbrunn zurück. Gerda verabschiedete sich mit einem sanften Kuss von Matthias und sagte: »Ich freu mich schon auf nächsten Sonntag. Wieder um drei unter der großen Linde?«

Diesmal warteten weder ihr Vater noch ihre Mutter mit einer Strafpredigt auf sie. Sie ertrugen ihre abendlichen Ausflüge nur widerwillig, ihr Vater ermahnte sie beim Frühstück erneut, auf keinen Fall mit einem Amerikaner nach Hause zu kommen, ging aber nicht so weit, ihr das abendliche Ausgehen zu verbieten. Auch ein Verdienst von Agnes, die dem Vater auf ihre freundliche Art ins Gewissen geredet und ihn daran erinnert hatte, dass Gerda bereits volljährig war.

Über Matthias verlor Gerda kein Wort. In ein paar Wochen, wenn feststand, ob ihre Beziehung hielt, war noch Zeit genug. Ihre Eltern taten sich schwer, sie als erwachsene Frau zu akzeptieren, sahen sie immer noch als ihre kleine Tochter, die bedingungslos zu gehorchen hatte und keinen eigenen Willen zeigen durfte. Sobald sie ihren eigenen Willen kundtat, regte sich ihr

Vater auf und beschwor den familiären Zusammenhalt, für den er selbst am wenigsten tat, und Mutter begann zu jammern oder flüchtete in die Kirche. Jule und Ingrid hatten recht, eigentlich hätte sie schon längst von zu Hause weggehen sollen, aber dazu war sie nicht fähig. Sie hing an ihren Eltern und an ihrer Heimat, trotz allem.

Ihr sonntägliches Rendezvous mit Matthias bildete den Höhepunkt jeder Woche. Jedes Mal, wenn sie ihn sah, vergaß sie für einige Stunden alle ihre Sorgen. Ein Leben mit ihm stellte sie sich wunderbar vor, schon jetzt, da sie sich erst wenige Wochen kannten. Für ihn würde sie ihre Eltern sofort verlassen. Weiden war nicht weit, und sie wären nur wenige Minuten von Eschenbrunn und ihrer Familie entfernt. Doch auch sie wusste, dass man scheinbar ungetrübtem Glück niemals trauen durfte, zu wankelmütig zeigte sich das Schicksal, wenn man sich ihm zu blauäugig auslieferte.

Als sie an einem Sonntagnachmittag spazieren gingen und am Ufer der Waldnaab stehen blieben, spürte sie, dass Matthias ihr etwas sagen wollte. Sie hatte schon seit einiger Zeit den Verdacht, er würde mit einem Geheimnis hinter dem Berg halten. Sein bedrückter Blick verriet ihr, dass es etwas Unangenehmes war.

»Willst du mir etwas sagen, Matthias?«, fragte sie ihn geradeheraus.

»Ich bin geschieden«, antwortete er ebenso direkt. »Ich weiß, das sieht man auf dem Land nicht so gern, und ich bin sicher, nur wenige Frauen würden sich mit einem Geschiedenen einlassen. Deshalb hab ich auch so lange nichts gesagt. Ich war dumm. Ich bin auf eine junge Frau reingefallen, die mit einem Verlobungsring bei ihren Freundinnen angeben wollte. Sie wollte die Erste sein, die heiratet, und dachte wohl, eine Ehe wäre etwas, das man beliebig eingehen und beenden konnte. Ich hab mich von ihrem Äußeren blenden lassen. Sie war sehr hübsch und hat mir schöne Augen gemacht … und ich bin auf sie reingefallen.«

Seinem Geständnis folgte minutenlange Stille. Gerda brauchte lange, um seine Worte zu verarbeiten, und wusste nicht, was sie sagen sollte. Sie dachte daran, wie ihre Eltern auf die Nachricht reagieren würden, wusste nur zu gut, wie man nicht nur in katholischen Familien über eine Scheidung dachte. Menschen, die sich scheiden ließen, brachen ein Versprechen, das sie vor Gott gegeben hatten. Die Ehe war ein Sakrament. Selbst Ehepaare, die sich zerstritten hatten und keine gemeinsame Zukunft mehr sahen, ließen sich nicht scheiden.

»Und warum habt ihr euch scheiden lassen?«, fragte sie deshalb auch.

»Es war nichts mehr zu retten«, antwortete er. »Wir hatten beide eingesehen, dass wir einen Fehler begangen hatten und es keinen Zweck gehabt hätte, weiterzumachen. Es verlief alles ganz friedlich. Wir haben weder schmutzige Wäsche gewaschen noch vor Gericht um irgendwelche Besitztümer gekämpft. Ich habe die Schuld auf mich genommen. Da wir keine Kinder hatten, war es auch völlig egal, wer schuldig war. Wir waren beide schuldig. Und viel zu jung für die Ehe.«

»Ich glaube dir und mache dir auch keine Vorwürfe«, sagte Gerda. »Ich habe selbst schon erlebt, dass im Leben nicht alles nach Plan verläuft. Ich weiß, dass du ein guter Mensch bist und es dir bestimmt nicht leicht gemacht hast.« Ihre Augen wurden feucht. »Das einzige Problem sind meine Eltern und die Leute im Dorf. Sie betrachten einen Geschiedenen als Sünder, egal, ob er schuldig ist oder nicht. Wir wären das Hauptthema im Dorf.«

»Gilt das auch für Evangelische?«

»Du bist evangelisch?«, fragte sie entsetzt.

»Noch ein Minuspunkt, oder?«

Gerda fühlte, wie ihre Kehle trocken wurde. Geschieden, evangelisch ... hatte sie irgendwas verbrochen, dass ihr das Schicksal so mitspielte? Für einen Städter aus München oder Nürnberg mochte es paradox klingen, aber auf dem Land galten andere Gesetze, war man gebrandmarkt, wenn man aus der Reihe tanzte und nicht so dachte und handelte wie die anderen Bewohner seit mehreren Hundert Jahren.

Sie stand wie erstarrt, blickte ins Leere und fühlte sich schrecklich einsam. Sie ahnte jetzt schon, was geschehen würde, dass sie viel zu schwach sein würde, um sich gegen ihre Eltern und das ganze Dorf aufzulehnen. Wusste sie denn, ob der Herrgott nicht auch gegen eine solche Verbindung war?

Sie lehnte sich an Matthias und legte einen Arm um seine Hüften. »Ich spreche mit meinen Eltern«, sagte sie nach einer längeren Pause. »Wenn ich ihnen sage, dass deine Ehe nur eine Sünde war, wie du mittlerweile eingesehen hast, und sich die Evangelischen von den Katholischen kaum unterscheiden, geben sie vielleicht nach und lassen uns zusammen ausgehen. Dass wir für immer zusammenbleiben wollen, sagen wir ihm später. Mein Vater hat einiges zu sagen in unserem Dorf, vielleicht belehrt er die Leute eines Besseren.«

»Ich meine es ehrlich mit dir«, betonte Matthias. »Ich glaube sogar, dass geschiedene Männer besser wissen, was gut für eine Beziehung ist. Sie haben am eigenen Leib erlebt, was man alles falsch machen kann, und wollen alles besser machen, wenn sie eine zweite Chance bekommen. Ich will dich nicht verlieren!« Er blickte sie fragend an. »Soll ich mit deinen Eltern sprechen?«

»Lieber nicht«, sagte sie.

»Wir schaffen das, Gerda! Sobald mich deine Eltern näher kennengelernt haben, werden sie merken, dass sie sich keine Sorgen zu machen brauchen. Was ist schon dabei, wenn ich evangelisch bin? Und geschieden? Ist es vielleicht keine Sünde, verheiratet zu bleiben, wenn man genau weiß, dass die Heirat ein Fehler war? Wenn wir Kinder gehabt hätten, wäre es was anderes. Aber unsere Ehe scheiterte, bevor wir Kinder in die Welt hätten setzen können. Wahrscheinlich ahnten wir damals schon, dass wir zu schnell geheiratet hatten. Dass wir eine jugendliche Liebelei hatten, aber weiter auch nichts. Inzwischen ist die Rosi längst wieder verheiratet und sehr glücklich, soweit ich weiß. Die Scheidung war kein Fehler.«

»Rosi? So hieß deine Frau?«

»Rosi … eigentlich Roswitha.« Matthias war nachdenklich geworden. »Ich bringe dich nach Hause, Gerda. Du kriegst das mit deinen Eltern hin. Wenn du mich brauchst, sagst du mir Bescheid. Du weißt, wo ich wohne, und kennst meine Telefonnummer. Ich rede gern mit deinen Eltern.«

Auf der Rückfahrt sprachen sie kein Wort und nicht nur wegen des Motorenlärms. Sie war lange nicht so optimistisch wie Matthias, kannte ihre Eltern gut genug, um zu wissen, dass zumindest ihr Vater nicht von seiner starren Haltung abzubringen war. Der Gedanke, ihn mit seiner Beteiligung an einer Massenhinrichtung im Krieg zu erpressen, flackerte nur kurz in ihr auf, würde aber nichts bringen. Er hätte sie ausgelacht und als Lügnerin beschimpft. Die einzige Möglichkeit wäre gewesen, ihre Eltern im Stich zu lassen und mit Matthias durchzubrennen. Ein Schritt, den sie niemals gehen würde. Nicht einmal ihre Zuneigung zu Matthias war groß genug, um das Band zwischen ihren Eltern und ihr zu zerreißen. Wer sagte ihr denn auch, dass Matthias neue Arbeit finden würde, wenn er Weiden verließ?

Vor der Kirche in Eschenbrunn verabschiedete sie sich von Matthias. Es war ihr egal, dass die Gmeinerin aus dem Fenster blickte und sie beobachtete. In Gedanken war sie bereits zu Hause und erzählte ihren Eltern von Matthias. Kalter Schweiß bedeckte ihre Haut, als sie den Marktplatz überquerte und nach Hause lief. Auch wenn Matthias zurückhaltend war und ihr noch gar keinen Heiratsantrag gemacht hatte, würde es Schwierigkeiten geben. Wenn es nach ihrem Vater ging, traf man sich mit einem Lutherischen oder Geschiedenen nicht mal auf einen Kaffee.

Ihre Eltern saßen beim Abendessen in der Küche. Im Herd brannte Feuer und verbreitete angenehme Wärme. Sie zog ihre Jacke aus, holte einen Teller und ein Messer aus dem Küchenschrank und setzte sich zu ihnen. Ihr Herz klopfte bis zum Hals, als sie sich etwas Brot und eine Scheibe vom Geselchten abschnitt.

»Gehst du zur Abwechslung mal nicht zum Tanzen?«, fragte ihr Vater. Der vorwurfsvolle Ton in seiner Stimme war nicht zu überhören. »Oder hat der Schuppen, in dem sie diese furchtbare Negermusik spielen, heute geschlossen?«

»Ich möchte mit euch reden«, sagte sie.

»Über was denn? Die Amis, mit denen du rummachst?«

»Hermann!«, ermahnte ihn die Mutter.

»Ist doch wahr! Anständige Töchter bleiben zu Hause.«

Anständige Väter auch, hätte sie beinahe gesagt. »Ich mache nicht mit Amerikanern rum«, erwiderte sie, »außerdem sind die auch nicht anders als wir.« Sie kaute eine Weile und trank einen Schluck Wasser, um das Unabwendbare noch einmal hinauszuschieben. »Ich habe einen Freund! Nein, keinen Amerikaner … jemanden aus der Gegend. Wir mögen uns sehr, und es ist gut möglich, dass irgendwann mehr daraus wird. Er wohnt in Weiden und arbeitet als Buchhalter beim Seltmann. Kein Bauer, das stimmt, aber er wird euch gefallen.«

»Einen Freund? Hast du den in einem Tanzschuppen kennengelernt?«

»Hier in Eschenbrunn. Sein Moped hatte einen Platten.«

»Und du hast gleich mit ihm angebandelt?«

»Ich hab ihn zum Bauer Sepp gebracht. Ist das so schlimm?«

»Natürlich nicht«, griff ihre Mutter ein. »Ist er ein guter Katholik?«

»Er ist evangelisch, Mutter. Und geschieden.«

Ihre Eltern blickten sie entsetzt an. Bei einem Eingeborenen aus einem fernen Land oder einem dreißig Jahre älteren Mann hätte ihre Überraschung nicht größer sein können. Ihr Vater schnappte nach Luft, ihre Mutter schlug ein Kreuz.

»Der Unterschied zwischen Evangelischen und Katholischen ist doch gar nicht so groß«, sagte Gerda schnell. »Und seine Ehe war ein Irrtum, eine Jugendsünde. Seine damalige Frau und er haben eingesehen, dass sie ein großer Fehler war, und sich ohne Streit getrennt. Er ist ein guter Mann, einen besseren könnte ich nicht finden.«

»Heilige Mutter Gottes!«, flüsterte ihre Mutter.

Der Vater war rot angelaufen und musste Dampf ablassen. »Ein Lutherischer, der unsere Mutter Maria verleugnet? Ein Geschiedener, der nichts von unseren heiligen Sakramenten hält und sich dem Teufel in die Hände gegeben hat?«

»Du siehst das falsch, Vater!«

Der Vater schlug mit der Faust auf den Tisch. »Widersprich mir nicht! Mag sein, dass du volljährig bist, aber du bist immer noch meine Tochter, und solange du deine Beine unter meinen Tisch stellst, habe ich hier das Sagen, also halt gefälligst deinen Mund! Du wirst diesen Mann weder heiraten noch mit ihm ausgehen! Ein Lutherischer in unserer Familie, das fehlt mir gerade noch! Und geschieden noch dazu! So eine Schande! Was meinst du, was die Leute sagen? Wir wären unten durch! Alle würden uns schief ansehen, als wären wir Aussätzige! Und wer weiß, ob uns der Pfarrer noch in die Kirche ließe! Du heiratest einen von hier, keine Widerrede!«

Die Mutter war der gleichen Meinung, drückte sich nur anders aus. Als religiöse Frau, die Gott blind vertraute und ihn mehrmals in der Woche anrief, appellierte sie an Gerdas

Glauben. »Du würdest dich versündigen, Gerda! Wie kannst du auch nur daran denken, gegen Gottes Gesetze zu verstoßen und dich mit einem Lutherischen und Geschiedenen abzugeben. Das wäre eine schwere Sünde!«

»Warum sollte Gott einen guten Mann wie Matthias ablehnen?«

»Die Bibel lügt nicht.«

»Und wo steht, dass Gott keine Geschiedenen und Evangelischen mag?«

»Der katholische Glaube ist der einzig wahre.«

»Widersprich uns nicht dauernd!«, brauste der Vater erneut auf. »Du wirst dich von diesem Ungläubigen fernhalten und dich wie eine gehorsame Tochter benehmen. Und jetzt geh in dein Zimmer und rühr dich nicht vom Fleck! Morgen wirst du in die Kirche gehen und die Beichte ablegen. Du hast es bitter nötig! Glaub ja nicht, dass du hier machen kannst, was du willst! Wir sind ein gottesfürchtiges Haus!«

Gerda hatte längst erkannt, dass sie gegen ihre Eltern nicht ankommen würde. Sie waren genauso starrsinnig wie alle anderen Einwohner von Eschenbrunn. Was vor hundert Jahren gut gewesen war, würde auch in der Gegenwart seine Gültigkeit behalten, so dachte sie ja selbst manchmal. Was modern oder anders war, musste nicht unbedingt besser sein. Aber einen guten Mann wie Matthias konnte man doch nicht mit allen Evangelischen und Geschiedenen über einen Kamm scheren. Man musste ihm doch wenigstens die Gelegenheit geben zu zeigen, dass die Vorurteile bei ihm nicht zutrafen. Und außerdem liebte sie ihn!

Ihre Eltern machten Ernst. Sie ignorierten ihre Tränen und überwachten jeden ihrer Schritte, ließen sie keinen Moment aus den Augen. Mit dem Füttern der Tiere, dem Melken, dem Einsammeln der Eier und dem Ausmisten der Ställe war sie den ganzen Tag beschäftigt. Ihre einzige Hoffnung war ihr neues

Telefon im Flur. Sie kannte die Nummer von Seltmann Weiden und Matthias' eigene Nummer und war mehrmals versucht, dort anzurufen, doch schon wenn sie sich dem Apparat näherte, kam ein ruppiges »Das wirst du schön bleiben lassen, Gerda!«.

Einmal versuchte sie es nachts. Kaum waren ihre Eltern im Schlafzimmer verschwunden, schlich sie die Treppe hinunter und rief Matthias an. Ihre Eltern gingen früh zu Bett, und sie hoffte, dass er noch auf war. Nach dem dritten Klingeln unterbrach sie die wütende Stimme ihres Vaters: »Was fällt dir ein? Kannst du nicht hören?« Bevor sie sich versah, bekam sie eine schallende Ohrfeige. Sie schrie vor Schmerz. Der Telefonhörer fiel zu Boden und riss den Apparat mit.

Entsetzt griff sie sich an ihre brennende Wange. Ihr Vater hatte sie seit Jahren nicht mehr geschlagen, und sie war viel zu geschockt, um zu weinen oder irgendetwas zu sagen. Die Ohrfeige war kein harmloser Klaps gewesen, eher ein Ausdruck seiner Wut, die sich gegen alles richtete, was nicht mehr so wie früher war. Der Krieg hatte ihm die Würde genommen, vermutete Gerda. Wer geholfen hatte, hilflose Zivilisten zu töten, hatte die Fähigkeit verloren, mit Menschen auszukommen, die nicht seiner Meinung waren, und wenn es seine eigene Tochter war.

Ihre einzige Möglichkeit, mit anderen Menschen in Kontakt zu treten, war der Kirchgang am Sonntag. Schon während der Messe nahm sie Blickkontakt mit Jule auf und versuchte, ihr durch Gesten beizubringen, dass sie unbedingt mit ihr sprechen musste. »Gerda, lange nicht mehr gesehen! Wo warst du denn die ganze Woche?«, rief die Stettnerin, als Gerda nach der Messe zum Ausgang drängte. »Viel Arbeit«, antwortete sie. Sie schüttelte dem Pfarrer die Hand und beeilte sich, aus der Kirche zu kommen. Ihre Eltern waren nur wenige Meter hinter ihr.

Jule wartete unter der Linde. »Was gibt's denn?«, fragte sie neugierig.

»Mein Vater«, begann sie. Sie berichtete ihrer Freundin in wenigen Worten, was geschehen war, und ließ auch die Ohrfeige nicht aus. Sie griff sich an die Wange. »Du musst mir helfen, Jule. Habt ihr schon euer Telefon bekommen?«

»Letzte Woche«, erwiderte sie. »Du hast einen Freund?«

»Matthias. Er ist … er ist einfach wunderbar!«

»Und deine Eltern machen Ärger?«

»Evangelisch und geschieden war zu viel für sie. Du hättest meinen Vater sehen sollen, der ist fast an die Decke gegangen. Matthias wäre ein Sünder. Ich musste sogar zum Beichten gehen und was weiß ich wie viele Vaterunser beten.«

»Meine Eltern wären auch nicht begeistert. Was meinst du, wie die damals geschluckt haben, als ich ihnen von John erzählt habe. Zum Glück ist mein Vater nicht mehr so verbittert wie früher. Er ist mittlerweile sogar einverstanden, dass ich mit John nach Texas gehe. Die Großmutter findet es weniger lustig. Die würde niemals auswandern.«

»Ich auch nicht, Jule. Es sei denn …«

»Wie kann ich dir helfen, Gerda?«, fragte Jule.

»Ruf Matthias an! Heute noch!« Sie hatte die Nummer bereits auf einen Zettel geschrieben. »Sag ihm, was passiert ist und dass mich meine Eltern auf Schritt und Tritt überwachen! Ich würde mich melden, sobald sie sich beruhigt haben.«

Jule nahm den Zettel. »Mach ich!«

»Ich liebe ihn! Ich liebe ihn wirklich!«

»Ich weiß, wie das ist«, sagte Jule.

Aus den Augenwinkeln beobachtete Gerda, wie ihre Eltern nach ihr Ausschau hielten. Sie wurde nervös. »Gerda! Wo bleibst du?«, hörte sie ihren Vater rufen.

»Warum hast du's denn so eilig, Vater?«, erwiderte sie trotzig.

18

Gerda fütterte gerade die Schweine, als sie die wütende Stimme ihres Vaters hörte. Wahrscheinlich stritt er wieder mit Mutter, oder er schimpfte auf die Regierung, weil sie zu wenig für die Heimatvertriebenen tat und vor Nachbarländern wie Polen und der Tschechoslowakei in die Knie ging. Er fand es unmoralisch von den Ländern, die sich die deutschen Ostgebiete einverleibt hatten und die Heimführung der deutschen Siedler erschwerten. »Es wird langsam Zeit, dass sich jemand um diese armen Leute kümmert«, sagte er immer, wenn die Sprache auf die Heimatvertriebenen kam, »wir hätten diese Leute nicht im Stich lassen dürfen.«

Sie stellte die leeren Eimer ab und trat in die schmale Einfahrt, die am Haus entlang bis zu den Ställen führte. Ihr Vater stand an der halb geöffneten Tür im Bretterzaun und stritt mit jemandem, den sie vom Stall aus nicht sehen konnte.

»Ich hab Ihnen doch gesagt, es ist vorbei. Gerda ist eine gottesfürchtige Frau. Sie würde niemals einen Lutherischen heiraten und erst recht keinen Geschiedenen. Wir sind ein sauberes Dorf. Wir lassen keine Sünder rein! Schlimm genug, dass die Amerikaner hier sind. Wenn wir den Krieg gewonnen hätten …«

Er ließ den Satz unvollendet und sagte: »Scheren Sie sich zum Teufel, junger Mann!«

»Matthias!«, flüsterte Gerda. Sie war so entsetzt, dass sie sekundenlang zu keiner Bewegung fähig war. Erst als sie das Moped knattern hörte, reagierte sie. »Matthias!«, schrie sie. »Matthias!« Sie rannte zum Tor, riss die Tür auf und sah gerade noch, wie er mit seinem Moped vom Marktplatz fuhr und verschwand.

»Gerda! Komm rein!«, herrschte ihr Vater sie an.

Mit Tränen der Wut und Verzweiflung in den Augen ging Gerda auf ihn los. Es hätte nicht viel gefehlt, und sie hätte mit den Fäusten auf ihn eingeschlagen. »Was hast du getan, Vater?«, schrie sie. »Warum nimmst du mir den Mann, den ich über alles liebe? Ist doch egal, ob er evangelisch und geschieden ist. Was macht denn das für einen Unterschied? Immer noch besser, als jeden Tag mit seiner Frau zu streiten und so zu tun, als würde man sie lieben. Warum, Vater?«

»Komm ins Haus!«, sagte ihr Vater. Er packte sie am Oberarm und zog sie in die Küche, wo ihre Mutter ebenfalls weinend am Fenster stand. Er schob Gerda auf einen Stuhl. »So, und jetzt beruhige dich erst mal. Es bringt doch nichts, einem Mann hinterherzuweinen, der weder zu dir passt noch dir ein Zuhause und ein anständiges Leben bieten kann. Der ist doch nicht ohne Grund geschieden. Typen wie er wollen doch nur das eine. Und wenn sie erreicht haben, was sie wollen, lassen sie die Frauen wieder fallen. Du wärst nicht die Einzige, der so was passiert. Ich brauche dem Kerl nur in die Augen zu schauen und weiß, was in ihm vorgeht. Und dann noch ein Lutherischer! So einer passt nicht zu uns!«

Sie hatten sich beide etwas beruhigt. Vater war zufrieden, den ungeliebten Matthias vertrieben zu haben, und sie war erschöpft vom vielen Weinen und kaum noch fähig, klar zu denken. Mutter wusste anscheinend nicht, was sie sagen sollte.

»Matthias ist ein anständiger Mann!«, betonte Gerda noch einmal. »Er arbeitet als Buchhalter beim Seltmann, er verdient genug Geld, um mich zu versorgen, und ich bin bereit, uns den Haushalt zu führen und unsere Kinder großzuziehen.«

»Die sollen auch lutherisch werden?«

»Ich würde dem Pfarrer versprechen, sie katholisch zu erziehen. Außerdem glauben wir an denselben Gott, oder haben die Lutherischen einen eigenen Gott? Was die Leute sagen, ist mir egal. Mir reicht es, wenn Matthias zu mir hält.«

»Du wirst diesen Mann nicht mehr wiedersehen ... und damit Schluss!«, sagte der Vater.

Gerda sprang wütend auf.

»Sei doch vernünftig, Gerda!«, beruhigte sie ihre Mutter. »Wir wollen doch nur dein Bestes. Du glaubst, du hättest dich verliebt, aber wahre Liebe muss wachsen. Mit einem Mann wie Matthias kommt nur Unruhe in dein Leben. Such dir einen Mann von hier, einen gottesfürchtigen Katholiken, der seine Äcker bestellt und so lebt, wie wir alle leben. Einen Mann wie den Benziger Werner. Der arbeitet inzwischen für die Zeitung und wohnt in Pressath, ist aber auf einem Bauernhof in Eschenbrunn aufgewachsen und wartet immer noch auf dich. Du wirst sehen, eine Ehe mit ihm bringt dir wahres Glück. Hör auf mich, Gerda!«

Gerda war kurz davor, mit dem Fuß aufzustampfen. »Ich heirate Matthias«, erwiderte sie trotzig, »und wenn ihr das nicht wollt, gehe ich eben nach Weiden.«

Ihr Vater lachte. »Mal sehen, wie weit du kommst ... ohne Geld!«

Gerda lief aus der Küche und flüchtete in ihr Zimmer. Sie weinte, bis keine Tränen mehr kamen, und schnäuzte sich geräuschvoll. Mit dem Taschentuch in der Hand blieb sie auf dem Bettrand sitzen und starrte ins Leere. Warum waren ihre Eltern so halsstarrig? Die Lutherischen in Eschenbrunn waren doch nette Leute, die meisten jedenfalls, beteten zum selben Gott, trauerten am Karfreitag und feierten Weihnachten und Ostern. Und wer sagte denn, dass Geschiedene nicht aufrichtig lieben und treu sein konnten? War die Ehe ihrer Eltern nicht missglückt, obwohl sie die vermeintlichen Standards erfüllte?

Gerda musste unbedingt zu Matthias und mit ihm reden. Gemeinsam würden sie eine Lösung finden, hoffte sie. Sie wollte ihre Eltern nicht verlassen, und sie hing an Eschenbrunn. Ein wenig konnte sie ihre Eltern sogar verstehen. Als Lutherischer und Geschiedener war man nicht nur in Eschenbrunn ein Aussätziger. Schlechter erging es nur noch einer ledigen Mutter. Man war wesentlich besser mit einem einheimischen Mann wie dem Benziger Werner dran, wenn man in die Kirche ging, sich mit den anderen Frauen gut stellte und wie alle anderen lebte.

Doch die Aussicht, Matthias zu verlieren, nur weil ihre Eltern darauf beharrten, sie mit einem Einheimischen zu verheiraten, lähmte ihre Gedanken und brachte sie schon am nächsten Morgen dazu, einen Rucksack mit einigen Kleidern zu füllen und die Geldbörse mit ihrem mühsam Ersparten, das sie in einer dunklen Ecke ihres Kleiderschranks versteckt hatte, in ihre Manteltasche zu stecken.

Sie würde ihre Eltern verlassen, auch wenn es ihr im Herzen wehtat, und den ersten Bus nach Weiden nehmen. Matthias würde wissen, was zu tun war. Es musste einen Weg geben, ihre Eltern zu versöhnen und eine Möglichkeit zu finden, wie sich eine Ehe mit Matthias mit ihren Ansichten vereinbaren ließ. Während sie die Schweine fütterte, wuchs ihre Entschlossenheit, einen solchen Weg zu finden. Vielleicht konnte der Pfarrer vermitteln, obwohl sie bezweifelte, dass er eine Ehe mit Matthias guthieß. Oder sie einigte sich mit ihren Eltern darauf, dass sie mit ihm in Weiden wohnte und sie verschwiegen, dass er nicht dem Idealbild eines Ehemannes entsprach. Es musste irgendeine Möglichkeit geben. Ohne weiter zu überlegen, ging sie ins Bad, machte sich einigermaßen zurecht, schlüpfte in ihren Mantel und schnallte den Rucksack um. Sie wartete bis wenige Minuten vor der Abfahrt des Busses. Er war meistens sehr pünktlich. So leise, wie das bei der alten Treppe möglich war, stieg sie ins Erdgeschoss hinab.

»Gerda! Wo willst du denn hin?«, hörte sie ihre Mutter rufen, aber da war der Bus schon heran. Sie stieg ein und blickte nicht zurück, als der Fahrer die Tür schloss und weiterfuhr. Als sie Jule, die bereits auf dem Weg zur Arbeit war, auf einem der hinteren Plätze sitzen sah, ging sie zu ihr und setzte sich neben sie. »Ich glaube, ich hab Mist gebaut«, sagte sie.

»Bist du ausgerissen?«, fragte Jule leise.

»Es ging nicht anders«, erwiderte Gerda.

Jule ignorierte die neugierigen Blicke einiger anderer Fahrgäste, die in Eschenbrunn zugestiegen waren, und beugte sich zu Gerda hinüber. »Ich hab deinen Freund angerufen«, sagte sie, »ein paar Mal. Er hat sich nicht gemeldet.«

»Er war gestern Abend bei uns.«

»Und?«

»Mein Vater hat ihn vertrieben. Ein Lutherischer und Geschiedener hätte auf unserem Hof nichts zu suchen. Ich würde nichts mehr von ihm wissen wollen.«

»Was nicht stimmt.«

Gerda fiel es schwer, leise zu sprechen. »Wir haben uns gestritten wie die Kesselflicker. Meine Eltern wollen, dass ich den Benziger Werner heirate. Ich hab nichts gegen ihn, er ist ein lieber Kerl, aber heiraten möchte ich ihn nicht.«

»Und jetzt brennst du mit dem Matthias durch?«

»Ich muss unbedingt mit ihm sprechen«, sagte Gerda. Sie fühlte sich miserabel, steckte in einer Sackgasse, die ins Dunkel führte und aus der es kein Entrinnen zu geben schien. »Vielleicht weiß er einen Ausweg. Es muss einen Ausweg geben. Meine Eltern können mir doch nicht einen Mann verbieten, nur weil er ein Lutherer und geschieden ist. Warum wollen sie nicht wahrhaben, dass Matthias der einzig richtige Mann für mich ist? So herzlos können sie doch nicht sein.«

Jule wusste es besser. »Sie werden sich nicht ändern, Gerda. Ich hatte Glück, dass meinem Vater inzwischen egal ist, was um ihn herum geschieht, und meine Mutter klein beigegeben hat. Aber dein Vater ist ein anderes Kaliber, der will heute noch nicht wahrhaben, dass sich die Welt nach dem Krieg verändert hat. Er will, dass alles wieder so wird wie früher. Das sagen alle im Dorf. Und deine Mutter tut, was er sagt. Es gibt eine Möglichkeit, wie du den Matthias heiraten könntest.«

»Ja?« Gerda blickte ihre Freundin erwartungsvoll an.

»Du sprichst nicht nur mit Matthias, sondern heiratest ihn heimlich, in Weiden, wo dich niemand kennt. Und dann ziehst du zu ihm in die Stadt. Deine Eltern werden einen Aufstand machen, dich enterben und sonst was tun, aber irgendwann werden sie sich daran gewöhnen und mit der neuen Lage zurechtkommen. Sie können dich schließlich nicht mit Gewalt von ihm wegzerren.«

»Ich weiß nicht«, sagte sie, »das kann ich meinen Eltern nicht antun.«

»Du musst auch an dich denken, Gerda! Sprich mit Matthias, der hat sicher auch keine andere Idee. Mit Worten kannst du deinen Vater nicht überzeugen.«

Gerda blickte eine Weile aus dem Fenster, sah bereits die ersten Häuser von Weiden vorbeifliegen. »Und du? Fliegst du wirklich bald nach Texas?«

»John hat sein Ticket schon, ich brauche noch die Papiere, die er organisiert, damit ich nachkommen kann.«

»Und du hast keine Angst?«

»Ein bisschen schon«, gab Jule zu, »aber mehr vor Amerika. Auf Bildern sieht es toll aus, da ist alles nicht so eng wie in Eschenbrunn, und die Leute sollen auch nett sein, sagt John.

Aber sie sind anders, alles in Amerika ist anders, und es dauert sicher einige Wochen oder Monate, bis ich mich daran gewöhnt habe.«

»Und du arbeitest bis zum letzten Tag?«

»Bis drei Tage vor meinem Abflug, wenn John alles in Texas geregelt hat. Wir brauchen jeden Dollar.«

»Das ist so mutig von dir«, sagte Gerda.

Sie hatten die Endstation erreicht und stiegen aus. Gerda verabschiedete sich von ihrer Freundin und wartete, bis kaum noch jemand an der Haltestelle war. Die Morgensonne war über den Häusern emporgestiegen, spiegelte sich in den Fenstern des Busses und schien ihr ins Gesicht. Sie wusste, wo Matthias wohnte, hoffte nur, dass er noch nicht zur Arbeit gegangen war. Bis zu seiner Wohnung waren es höchstens zehn Minuten. Sie schulterte ihren Rucksack und ging los.

»Gerda!«, rief eine vertraute Stimme. »Steig ein, Gerda!«

Sie drehte sich zu der Stimme um und erschrak. Gegenüber von der Bushaltestelle parkte der Stettner mit seinem Lieferwagen und winkte sie durch das heruntergekurbelte Seitenfenster heran. »Stettner? Was suchen Sie denn hier?«

»Komm schon! Wir müssen uns beeilen!« Er klang besorgt.

»Was gibt's denn, Stettner? Ich hab eigentlich keine Zeit.«

»Beeil dich! Deiner Mutter geht es nicht besonders!«

Sie schnallte ihren Rucksack ab und stieg ein. »Was hat sie denn?«, fragte sie besorgt. »Was Ernstes? Heute Morgen ging es ihr doch noch gut. Ist es ernst?«

»Keine Ahnung«, antwortete er, »ich weiß nur, dass der Krankenwagen kam und ein Arzt bei ihr ist. Dein Vater hat mir gesagt, dass du mit dem Bus nach Weiden gefahren bist und ich dich so schnell wie möglich zurückholen soll.«

Der Stettner fuhr so schnell, dass sich Gerda mit beiden Händen an ihrem Sitz festhielt. Ihr schlechtes Gewissen meldete sich. War ihre übereilte Flucht daran schuld, dass ihre Mutter zusammengebrochen war? Hätte sie versuchen sollen, noch mal mit ihren Eltern zu reden, bevor sie davongelaufen war? Sie machte sich große Vorwürfe, hatte jetzt schon Angst, ihrem Vater unter die Augen zu treten. Er würde sie für den Zusammenbruch verantwortlich machen. Bitte, bitte, lass ihr nichts Schlimmes zugestoßen sein! Bitte kein Herzanfall! Lass sie nicht sterben!

Vor Aufregung vergaß sie, sich zu bedanken, als sie Eschenbrunn erreicht hatten. Sie sprang aus dem Wagen, lief an dem parkenden Krankenwagen vorbei ins Haus und ihrem Vater in die Arme. Auch Agnes und ihr Mann waren da. »Was ist mit Mutter?«, rief Gerda. »Nun sag schon, Vater! Was ist mit ihr?«

»Warum bist du weggelaufen?«, fuhr der Vater sie an. »Etwa wegen dieses hergelaufenen Stodterers? Warum nimmst du keine Rücksicht auf deine Mutter?«

»Geht es ihr gut?«, fragte Gerda mit hochrotem Gesicht.

Die Antwort kam von dem Arzt, der sie untersucht hatte. Er trat aus dem Schlafzimmer und beruhigte die Wartenden: »Keine Angst, es geht ihr schon wieder besser. Eine Panikattacke. Es muss etwas passiert sein, das sie wahnsinnig aufgeregt hat. Ich habe ihr eine Beruhigungsspritze gegeben. Bis spätestens übermorgen sollte sie wieder wohlauf sein. Aber halten Sie bitte möglichst alle Aufregung von ihr fern. In ihrem Zustand braucht sie ein harmonisches Umfeld.«

Gerda wartete nicht, bis der Arzt verschwunden war, eilte ins Schlafzimmer und setzte sich auf den Bettrand. Die Augen ihrer Mutter waren geöffnet und füllten sich mit Tränen, als sie ihre Tochter erkannte. »Gerda! Ich habe gebetet, dass du umkehren würdest. Jetzt, wo ich dich bei mir sehe, geht es mir gleich wieder besser.« Ihre Stimme war schwach, und sie war nur schwer zu verstehen.

»Mutter!« Gerda griff nach ihrer Hand. »Tut mir leid, dass ich davongelaufen bin. Tut mir furchtbar leid. Ich wollte … ich wollte dir auf keinen Fall wehtun.« Ihre Kehle wurde eng, und über ihre Wangen liefen Tränen. »Ich … ich hoffe, du wirst bald wieder gesund! Du brauchst keine Angst mehr zu haben, dass ich …«

Ihre Mutter lächelte versöhnlich. »Ich wusste, dass du mich nicht im Stich lassen würdest, Gerda.« Ihre Stimme war etwas fester geworden. »Wir gehören doch zusammen … die ganze Familie. Was willst du denn in der Fremde? Mit einem Mann, der schon mal eine Frau verlassen hat und unsere Heiligen nicht respektiert? Du gehörst hierher! Zu einem Mann, der weiß, auf was es uns ankommt.«

Durch einen Spalt im zugezogenen Vorhang fiel Sonnenlicht herein und zauberte helle Flecken auf das Bettzeug. Gerda drückte vorsichtig die Hand ihrer Mutter. Deren Haut war immer noch blass, und ihre Lippen zitterten.

»Ich passe auf dich auf«, sagte Gerda, »und gehe noch heute in die Kirche und bete für dich. Ich hoffe, der Herrgott hört mich an und hilft dir, bald wieder gesund zu werden. Wir alle kümmern uns um dich, der Vater … Agnes und ihr Mann … wahrscheinlich kommt das halbe Dorf vorbei, wenn es dir besser geht.«

Ihre Mutter lächelte zufrieden. Die Beruhigungsspritze schien zu wirken, sie wirkte schläfrig, und es fiel ihr schwer zu sprechen. »Jetzt … wo du wieder da bist … jetzt wird alles wieder gut. Versprich mir, dass … du bei uns bleibst!«

»Ich verspreche es, Mutter. Ich laufe nicht mehr weg.«

Vater betrat das Schlafzimmer, und sie lief rasch davon, wechselte kein Wort mit ihrer Schwester und ihrem Schwager. In ihrem Zimmer warf sie sich aufs Bett und weinte. Noch war ihr nicht klar, was sie mit ihrem Versprechen angerichtet hatte, dass sie eine Zukunft mit Matthias gegen ein Verbleiben in Eschenbrunn und eine Ehe mit dem Benziger Werner aus einem Nachbardorf eingetauscht hatte. Im Traum begegnete sie Matthias, während sie angezogen in ihrem Bett schlief. Sie sah, wie er ihr einen Ring an den Finger steckte, und spürte, wie seine Lippen ihre Wangen berührten. »Es wird alles gut«, versprach er.

1959
Ingrid

19

Ingrid war mit sich und der Welt zufrieden. Für ihre Fotos im Katalog von WittWeiden hatte sie nur Lob bekommen, sogar der Firmenchef hatte sich gemeldet und ihr eine große Schachtel Pralinen geschickt. Weil sie offiziell noch immer in Eschenbrunn wohnte, waren sie bei ihrer Mutter gelandet, die gleich darauf von ihrem neuen Telefon angerufen hatte. »Behalte die Pralinen, Mama«, sagte sie, »ich halte mich mit dem Essen zurück. Für die Fotos muss ich schlank sein.«

Ihre Mutter lachte. »Ich hab sowieso schon davon genascht. Du lebst doch nicht etwa mit diesem Pete zusammen? Willst du ihn heiraten? Ein Fotograf wie er, der jeden Tag mit schönen Frauen zu tun hat, taugt sicher nicht zur Ehe.«

»Keine Angst, Mama! Ich wohne zur Untermiete bei ihm.«

»Und er lässt dich in Ruhe? Ist er etwa …«

Ingrid sagte ihr nicht, dass Pete schwul war. In der Szene, in der sie jetzt verkehrte, war das nichts Besonderes. Einige Fotografen waren schwul, und niemand störte sich daran, Ingrid sowieso nicht. Sie verhielten sich oft höflicher und Ingrid musste keine Angst haben, von ihnen angebaggert zu werden. Pete blickte nicht mal auf ihre Beine, wenn ihr das Kleid zufällig hochrutschte. Und wenn sie sich für ein neues Foto umzog, blieb er im Zimmer und verzog keine Miene.

»Er will dich nicht mal küssen?«

»Er hat mehrere Freunde«, erwiderte sie, »die meisten sind Künstler. Fotografen, Schriftsteller, Musiker. Alle sind freundlich zu mir. Ich darf bei Pete wohnen, er hat zwei Gästezimmer für seine Models eingerichtet. Er ist erfolgreich.«

»Und hat Geld?«

»Reichlich, sonst könnte er sich so eine Wohnung gar nicht leisten. Er hat Verträge mit fünf Fotomodellen und kassiert Prozente von ihnen. Ich hab den Vertrag noch nicht unterschrieben. Vielleicht kommt ja noch was Besseres.«

»Überspann den Bogen nicht! Und besuch mich mal!«

»Ich melde mich, Mama.«

Der Katalog, für den Ingrid posierte, erschien in einer riesigen Auflage und machte ihr Gesicht vor allem in Süddeutschland bekannt. Und die Fotos, die Pete an einflussreiche Redakteure bei Illustrierten und Zeitungen verschickte, taten ein Übriges. »Neues Fotomodell begeistert nicht nur modebewusste Frauen« stand über der Pressemitteilung, die Pete mit den Fotos verschickte. Ein geschickter Schachzug, wie sich herausstellte, als sich die Redaktion der Zeitschrift Quick aus München meldete.

»Gute Nachrichten!«, empfing sie Pete, als sie von einem Einkaufsbummel auf der Königsallee zurückkehrte. Die pastellfarbenen Schuhe hatten ein halbes Vermögen gekostet. »Gerade hat die Quick angerufen. Sie wollen dich für eine Titelgeschichte über das deutsche Fräuleinwunder. Ich hab ihnen gesagt, du wärst die Idealbesetzung, du hättest das Fräuleinwunder in Grafenwöhr selbst erlebt.«

»Fotografierst du?«

»Nein, das macht ein Fotograf der Quick. Die haben fest angestellte Leute für so was. Mir reichen die Prozente, die ich von dir bekomme.« Er tätschelte ihr die Wange in beinahe fürsorglicher Manier. »Ich hab hier genug Arbeit. Ich darf bei einer großen Modenschau auf der Kö fotografieren. Du kommst allein zurecht?«

»Aber sicher.« Ingrid war in letzter Zeit noch selbstbewusster geworden. »Wo wollen sie denn fotografieren? In einem Studio? Doch nicht in Grafenwöhr?«

»In München, da gibt's eine große Kaserne.«

»Und da dürfen wir rein?«

»Natürlich nicht«, erwiderte Pete. »Sie haben einen Jeep aufgetrieben und fotografieren vor der Kaserne. Ein Schauspieler posiert als Amerikaner. Das Shooting dauert einen Tag. Die Quick bezahlt ein fürstliches Honorar, bringt dich in einem guten Hotel unter und ersetzt die Fahrtkosten.«

»Klingt gut. Wann soll's denn losgehen?«

»Du fährst morgen Nachmittag. Die Fahrkarte liegt im Reisebüro am Hauptbahnhof. In München holt dich eine Betreuerin der Quick ab und bringt dich zum Hotel. Du schläfst im Bayerischen Hof, dem besten Hotel in ganz München.«

Die Fahrt nach München dauerte fast einen Tag, war aber in der ersten Klasse leicht zu ertragen. Sie hatte sich die neue Quick gekauft und sah sich vor allem die Bilder an, eine gelungene Mischung aus aktuellen Fotos und mit einer größeren Reportage über Conny Froboess und Peter Kraus, den beiden Schlagerstars, die inzwischen auch Filme drehten. Am meisten aber freute sie sich über Nick Knatterton, einen Meisterdetektiv der gleichnamigen Bildergeschichte auf einer der letzten Seiten. Über eine halbe Million Auflage sollte die Quick schon haben.

In München wartete eine junge Mitarbeiterin der Illustrierten, hieß sie im Namen der Chefredaktion herzlich willkommen und fuhr sie in einem Dienstwagen zum Hotel. Es ging vorwärts, freute sie sich, als sie die herrschaftliche Hotelhalle betrat. Die Angestellte sagte ihr, dass sie im Restaurant bereits einen Platz für sie reserviert hatte und sie die Rechnung für das Essen auf die Zimmerrechnung schreiben lassen konnte. Sie würde sie am nächsten Morgen um acht abholen.

Ingrid genoss ihren Aufenthalt in dem Hotel in vollen Zügen. So wollte sie immer leben, umgeben von Luxus und architektonischer Pracht. Alle Gäste mussten wohlhabend sein, bewegten sich mit einer Arroganz, wie man sie von den Reichen und Schönen erwartete, und schienen in ihrer eigenen Welt zu leben. Ingrid wollte zu dieser Welt gehören, so berühmt werden, dass man sich neugierig und anerkennend nach ihr umdrehte, und mit einem reichen Gentleman zum Fünf-Uhr-Tee in die Lobby gehen und von sündhaft teuren Spezialitäten naschen. Die Fotoreportage in der Quick würde ihr Zugang zu dieser besonderen Welt verschaffen, glaubte sie.

Die Aufnahmen mit Pete hatten ihr bereits gezeigt, wie anstrengend die Arbeit als Fotomodell sein konnte. Man stand viel herum, musste aber hellwach sein, wenn man an der Reihe war und im Scheinwerferlicht stand. Die Aufnahmen fanden vor der Kaserne statt, vor einem großen Schild in englischer Sprache und in einem Jeep, den die Armee ausrangiert hatte. Der Schauspieler, der die Rolle des Amerikaners übernahm, fluchte die ganze Zeit über seine Uniform, die nicht richtig passte, und versuchte nach den Aufnahmen, sie zu einer gemeinsamen Nacht zu überreden. »Tut mir leid«, sagte Ingrid, »ich muss morgen früh raus.«

Am Abend aß sie wieder im Hotel und zog die Blicke aller Männer auf sich, selbst die der verheirateten, die mit ihren Frauen am Tisch saßen, und ließ sich zu einem spöttischen Lächeln hinreißen. Die Aufnahmen waren gut gelaufen. Der Fotograf wirkte professioneller und vor allem abgezockter als Pete auf sie, verlor nur einmal die Beherrschung, als die Visagistin ihr Make-up übertrieben hatte, und bedankte sich mit einem Küsschen bei Ingrid. »Sie werden es weit bringen, meine Liebe«, sagte er, »Sie machen das routinierter als manche

Hollywood-Größe, die ich schon vor der Linse hatte. Das wird eine tolle Reportage.«

Zufrieden trat sie die Rückreise an. In Düsseldorf wurde sie von Pete mit dem Auto abgeholt, und sie feierten den Erfolg mit Champagner in seiner Wohnung. Auch er hatte einen erfolgreichen Fototermin hinter sich, die Modenschau eines aufstrebenden Modeschöpfers aus Paris, die ihm außerdem einen lukrativen Vertrag mit einem der Mannequins eingebracht hatte. In einer Woche würde er nach Paris fliegen und den Vertrag mit ihr unter Dach und Fach bringen. Bald würde sie auch so weit wie diese französischen Mademoiselles sein. Davon war sie überzeugt. Ob als Mannequin, Fotomodell und als Schauspielerin, wer wusste das schon? Sie hatte einen Lauf und traute sich alles zu, sie war endgültig auf dem Weg nach oben.

Tatsächlich war die Reportage in der Quick ein Riesenerfolg. Sogar bei ihrem Friseur lag die Illustrierte aus, und man begegnete ihr mit der Bewunderung und dem Respekt, wie sie ihn im Bayerischen Hof erlebt hatte. Zahlreiche Angebote flatterten herein, so viele, dass sie genüsslich und nach dem zu erwartenden Verdienst auswählen konnte. Sie war stolz auf ihren Aufstieg, wusste aber auch, dass man als Frau nur für eine bestimmte Zeit erfolgreich sein konnte, selbst Marilyn Monroe würde sich nur einige Jahre auf dem Treppchen halten. Ohne einen erfolgreichen Mann an der Seite lebte man immer in der Gefahr, wieder in der Bedeutungslosigkeit zu versinken. Vielleicht würde sich das irgendwann ändern, aber nicht jetzt. Das würde noch eine ganze Weile dauern. Es hatte immer schon Bestrebungen von einzelnen Frauen gegeben, ihre Stellung in der Gesellschaft zu verbessern, aber die Zeit war noch nicht reif, und Ingrid hatte für sich entschieden, das Leben mit den Waffen einer Frau zu meistern: mit attraktivem Aussehen, verführerischem Sex-Appeal und dem Gefühl für den richtigen Zeitpunkt.

Von ihrer Mutter hatte sie die Telefonnummer von Jule und Gerda bekommen und rief bei beiden an. Gerda war nicht zu Hause. Jule war gleich am Apparat.

»Ingrid! Ich werd verrückt!«

»Wie geht's dir, Jule? Schon auf dem Sprung?«

»In zwei Wochen geht's los! Endlich kann ich John nach Texas folgen!«

»Und Gerda? Ich hab sie nicht erreicht.«

»Du wirst es nicht glauben«, sagte Jule, »sie hatte ihren Traummann gefunden. Leider war er geschieden und lutherisch. Als sie zu ihm durchbrennen wollte, bekam ihre Mutter einen Herzanfall ... sagt sie jedenfalls. Jetzt bleibt die Gerda.«

»Einen Herzanfall vorgetäuscht? Ehrlich?«

»Ich bin sicher. Aber die Gerda glaubt ihr. Jetzt heiratet sie bestimmt den Benziger Werner, der wohnt inzwischen in Pressath und arbeitet für die Zeitung. Aber seine Eltern haben einen Bauernhof, da werden sie wohl aushelfen müssen, zumindest bei der Ernte.« Sie seufzte. »Und bei dir läuft's gut? Ich hab die Fotos in der Quick gesehen. Jetzt kann ich sagen, dass ich ein berühmtes Fotomodell kenne.«

»Warte ab«, sagte Ingrid, »das wird noch besser.«

»Kommst du mal wieder nach Eschenbrunn?«

»Wenn ich hier mal wegkomme, hab ich meiner Mutter versprochen. Keine Ahnung, wann das sein wird. Hier geht es drunter und drüber. Eine Anfrage nach der anderen, aber so wollte ich es ja haben.« Sie lachte kurz. »Und weil du sicher gleich fragen wirst: Einen Traummann hab ich noch nicht gefunden. Pete ist nicht mein Fall, und sonst tut sich wenig.« Sie lachte wieder. »Hast du schon gepackt?«

»So ziemlich. Karl der Bär kommt auch mit.«

»Ich seh dich schon das Lasso schwingen.«

»Wer weiß? Ich lass alles auf mich zukommen.«

Ingrid legte auf und dachte über ihre Freundinnen in Eschenbrunn nach. Sie vermisste die beiden und ihr wöchentliches Treffen am Badesee. Sie hatten viel Spaß miteinander gehabt, und es tat ihr weh, dass sie jetzt in alle vier Winde verstreut waren. Bei aller Sympathie hätte sie mit keiner der beiden tauschen wollen. Irgendwo in der Prärie in Texas zu versauern und den Cowboys beim Rinderhüten helfen, war nicht ihr Ding. Und wie Gerda klein beigeben und wegen ihrer Eltern auf einen geliebten Mann zu verzichten und in Eschenbrunn zu versauern, erst recht nicht. Sie ging zum Fenster und blickte auf die Straße hinab. Wahrscheinlich dachten Jule und Gerda genauso über sie. Die Karriere, die sie gerade erlebte, und der Trubel, der damit verbunden war, hätten sie nur erschreckt.

Anfang Mai kehrte Pete von einem Fototermin zurück. Er schenkte sich ein Glas Rotwein ein, erntete ein Kopfschütteln, als er ihr ebenfalls eines anbot, und begrüßte sie mit einem Kuss auf die Wange. Sie spürte, dass er etwas auf dem Herzen hatte, und glaubte auch zu wissen, was es war.

»Hast du schon mal über unseren Vertrag nachgedacht?«, fragte er. »Es wäre gut, wenn wir bald etwas Längerfristiges ausmachen könnten. Mit dem Vorvertrag hängen wir beide in der Luft. Denk an die Aufträge, die ich dir besorgt habe. Ohne meine Fotos hättest du die nie bekommen, jedenfalls nicht so schnell.«

Sie hatte sich schon gedacht, dass er sie darauf ansprechen würde. »Das weiß ich doch, Pete, und ich bin dir auch dankbar, aber in letzter Zeit ging alles sehr schnell, und ich brauche noch etwas Zeit, bis ich mich endgültig entscheide.«

»Wir arbeiten doch gut zusammen«, sagte er, »so einen raketenhaften Aufstieg hatte ich noch mit keiner meiner Klientinnen. Bist du nicht zufrieden mit mir?«

»Es geht doch nicht gegen dich, Pete. Ich muss mir noch ein bisschen klarer über meine Zukunft werden, das ist alles. Gib mir bitte noch zwei Wochen, ja?«

Pete gelang es nicht, seine Enttäuschung zu verbergen. »Wenn du meinst. Aber du bist ein perfektes Fotomodell und Mannequin. Etwas anderes kann ich mir für dich kaum vorstellen. Du musst auch nicht bei mir wohnen. Du verdienst jetzt genug Geld, um dir eine schöne Wohnung leisten zu können. Sei nicht dumm, Ingrid. Du hast einen großen Schritt getan, als du dein Dorf verlassen hast. Zögere nicht zu lange, einen weiteren zu tun. Dann gehört dir die Zukunft.«

»Bis Ende des Monats sag ich dir Bescheid, okay?«

»Meinetwegen, auch wenn ich dich nicht verstehe.«

Warum Ingrid so lange zögerte, wusste sie selbst nicht genau. Weil Pete zwar einen Ruf als erstklassiger Fotograf hatte, als Agent aber lange nicht so erfolgreich war? Seine Angebote kamen fast alle aus Deutschland, in Frankreich besaß er nur wenige Kontakte und in Amerika gar keine. Weil sie hoffte, noch ein besseres Angebot zu bekommen? Weil sie ihren Traum, in der Gesellschaft eines reichen Mannes den sozialen Aufstieg zu schaffen und mit den oberen Zehntausend mithalten zu können, nicht aufgeben wollte? Eigentlich hatte sie ihre Arbeit als Fotomodell nur als Übergangslösung verstanden, um die Aufmerksamkeit wohlhabender Männer zu erlangen und in ihrer Gesellschaft verkehren zu können. Als unverheiratetes Fotomodell oder Mannequin kam man nicht weit, auch wenn man modische Kleidung tragen und in luxuriösen Hotels übernachten durfte, und nach wenigen Jahren war man verbraucht und fiel in die Anonymität zurück. Nur an der Seite eines erfolgreichen Mannes gelang der soziale Aufstieg.

Ausgerechnet als Pete einige Tage in Hamburg verbrachte und dort eine Geschichte für die Zeitschrift Stern fotografierte, kam ein Anruf, der ihrem Leben eine neue Wendung geben würde. Der Veranstalter einer großen Modenschau im Kaufhaus Haffner, einem neuen Luxustempel in Frankfurt, meldete sich und bot ihr eine so große Summe für ihre Teilnahme an, dass sie nicht lange zu überlegen brauchte.

»Die Modenschau findet schon am kommenden Samstag statt, und man legt großen Wert auf Ihre Teilnahme. Ein sehr kurzfristiger Termin, ich weiß, aber eher ging es leider nicht. Sie fahren erster Klasse mit dem D-Zug nach Frankfurt und wohnen im Frankfurter Hof. Nehmen Sie ein Taxi, die Kosten werden Ihnen natürlich ersetzt. Am Abend nach der Modenschau sind Sie zu einem Gala-Dinner im kleinen Kreis eingeladen. Wir schicken Ihnen eine telegrafische Zusage.«

Pete war noch in Hamburg, als sie mit dem Taxi zum Bahnhof fuhr und den Zug nach Frankfurt bestieg. Erster Klasse reiste es sich wesentlich besser als mit der Bimmelbahn oder dem Bus von Eschenbrunn nach Weiden. Sie kam ausgeruht in Frankfurt an, staunte über den riesigen Bahnhof mit seinen gewölbten Dächern und nahm ein Taxi zum Frankfurter Hof. Das Hotel wirkte noch luxuriöser als der Bayerische Hof in München, und die Suite, in der sie wohnen durfte, bot allen nur erdenklichen Luxus. Warum man ihr diesen außergewöhnlichen Service anbot, wusste sie nicht. Sie war bekannt, aber doch kein Hollywoodstar.

Allein das Bett war so bequem, dass sie am liebsten bis in den späten Morgen hinein geschlafen hätte, aber sie wurde um neun Uhr nach einem exquisiten Frühstück von einem Chauffeur abgeholt und bis zum Kaufhaus Haffner an der Zeil gefahren. Ein Neubau, nur wenige Häuser vom Kaufhof entfernt und mit mehreren Schaufenstern, die mit der neuesten Mode aus Paris und weiteren Luxusgütern aufwarteten. Weil es nicht nur reiche Kunden in Frankfurt gab, auch wenn es mit der Wirtschaft seit einigen Jahren stetig bergauf ging, hatte man ein Schaufenster mit preiswerten Waren und Schnäppchen dekoriert. »Luxus, der sich lohnt«, der Werbespruch des Kaufhauses, prangte in goldenen Lettern über dem Eingang.

Eine Angestellte wartete bereits vor dem Personaleingang, begrüßte Ingrid überschwänglich und fuhr mit ihr in den vierten Stock. Das Areal, auf dem die Modenschau stattfinden würde, war von Blumenkästen eingerahmt, ein Laufsteg führte durch die Stuhlreihen mit den Zuschauern. In einem durch dunkle Vorhänge abgetrennten Bereich würden sich die Mannequins umziehen. Außer ihr waren noch zwei professionelle Mannequins dort, die sie abschätzend und auch ein wenig neidisch betrachteten. Anscheinend bekam sie, ein bekanntes Fotomodell, aber als Mannequin noch relativ unerfahren, einen besseren Service als sie.

»Dies ist keine gewöhnliche Modenschau«, erklärte die Angestellte. »Wir veranstalten sie für einen exklusiven Kreis von Kunden, die nicht unbedingt auf jede Mark schauen müssen. Elitär, ganz sicher, aber wir haben nun mal Besserverdienende im Sinn, und davon wird es in den nächsten Jahren sicher einige geben.«

Der Modeschöpfer, der die meisten der neuen Modellkleider entworfen hatte, ein gewisser Jacques, war persönlich anwesend und informierte sie über den Ablauf der Modenschau. Er bestimmte auch, welche Kleider welches Mannequin vorführen durfte. Die neue Mode war nicht extravagant, eher gediegen und von einer Qualität, die man von der Stange nicht bekommen konnte. Nach einem Mittagessen, das lediglich aus einem Salat mit Thunfisch, Eiern und Oliven bestand, hatten sie Zeit, sich etwas auszuruhen, dann füllten sich die Sitzreihen und die Modenschau begann. Ingrid beobachtete durch einen Spalt im Vorhang, wie ein Conférencier das erlesene Publikum begrüßte und den Modeschöpfer vorstellte.

Ingrid hatte den Beruf eines Mannequins nicht erlernt. Ein erfahrenes Mannequin aus Petes illustrem Kreis hatte ihr beigebracht, wie man über den Laufsteg ging und ein Kleid präsentierte, und ihr einige Tipps mitgegeben, aber gegen die beiden Mannequins, die mit ihr verpflichtet worden waren, hatte sie doch einen gewissen Nachholbedarf. Dafür hatte sie Charisma, hatte ihr Pete versichert. Und einen natürlichen Sexappeal, der ein Kleid gleich noch viel besser aussehen ließ. Dennoch wunderte sie sich, vom Veranstalter so auffällig bevorzugt zu werden.

Die Modenschau war ein voller Erfolg. Sie hatte sich bereits umgezogen, als die Angestellte, die sie empfangen hatte, bei ihr auftauchte und sagte: »Fräulein Beck? Ich würde Sie gern jemandem vorstellen. Würden Sie mir bitte folgen?«

20

Ingrid war nicht gerade begeistert, hätte sich lieber noch etwas ausgeruht, bevor es zum Gala-Dinner ging. Aber sie konnte sich schlecht weigern. Die Angestellte führte sie in ein herrschaftliches Büro mit einem großen Schreibtisch aus poliertem Eichenholz, bequemen Ledersesseln und einer eingebauten Bar. Durch das Fenster blickte man auf die Zeil hinab, Frankfurts bekannteste Einkaufsstraße.

Der Mann, der sie begrüßte, war mehr als zehn Jahre älter als sie und trug einen maßgeschneiderten Anzug und italienische Schuhe. Für solche Details hatte Ingrid einen Blick. Seine Armbanduhr musste ein Vermögen gekostet haben. Er hatte ein markantes Gesicht mit ausdrucksstarken Augen, seine Haut war leicht gebräunt, als hätte er Make-up benutzt, und seine Fingernägel waren so makellos geschnitten, wie es nur bei einer Maniküre gelang.

Sein Lächeln wirkte ehrlich und sympathisch. »Alexander Haffner«, stellte er sich vor. »Sagen Sie Alex zu mir. Mir gehört das Kaufhaus … unter anderem.«

»Ingrid Beck«, erwiderte sie.

Sie gingen zu der Sitzecke neben dem Fenster und setzten sich. Eine Sekretärin brachte ungefragt Kaffee und Plätzchen.

Ingrid verbarg ihre Nervosität hinter einem Lächeln. Sie hatte keine Ahnung, was ein Mann wie Haffner mit ihr zu besprechen hatte. Sie hatte schon von ihm gehört. Er war ein wohlhabender Geschäftsmann, der seine Geschäfte vom Vater übernommen hatte, erfolgreich im Immobiliengeschäft tätig war und mit dem Kaufhaus in einem neuen Geschäftszweig erfolgreich sein wollte. Darüber, wie sein Vater an sein Vermögen gekommen war, gab es nur Gerüchte. Angeblich durch einen lukrativen Schwarzhandel nach dem Krieg und zweifelhafte Geschäfte, aber das konnte niemand beweisen, und er selbst schwieg dazu. Er wohnte mit seiner Frau in der Toskana.

»Ich habe mich persönlich für Ihren Auftritt bei der Modenschau eingesetzt«, sagte er. »Zugegebenermaßen aus sehr egoistischen Motiven. Die Fotos in der Quick haben mich so beeindruckt, dass ich Sie unbedingt persönlich kennenlernen wollte. Sie sind eine außergewöhnlich attraktive Frau, Ingrid, wissen Sie das?« Er lächelte. »Natürlich wissen Sie das. Ich darf Sie doch Ingrid nennen?«

»Natürlich … sehr gern. Und danke für das Kompliment.«

Alex Haffner passte genau in ihr Beuteschema. Er sah fantastisch aus, war wohlhabend und verkehrte in den besten Kreisen. Und er war ledig, wie sie aus der Zeitung wusste. »Frankfurts begehrtester Junggeselle« hatte dort gestanden.

»Ich habe Ihre Karriere genau verfolgt«, gestand er. »Ob Sie's glauben oder nicht, ich bin durch den Katalog von WittWeiden auf Sie aufmerksam geworden, der lag auf dem Schreibtisch meiner Sekretärin, und Ihr Foto fiel mir sofort ins Auge. Genau die richtige Frau für eine Kampagne für unser neues Kaufhaus, dachte ich mir und ließ sofort bei Ihnen anrufen. Aber das ist noch nicht alles.«

Ingrid kam sich vor, als hätte sie gerade einen dicken Fisch an der Angel, und blickte ihn erwartungsvoll an. Er gefiel ihr auch als Mann, vielleicht ein wenig zu glatt und von sich überzeugt, aber sympathisch. Sie erkannte ihre Chance, schlug die Beine übereinander und ließ ihr Kleid eine Handbreit nach oben rutschen. Einer ihrer wirkungsvollsten Tricks, der bei fast allen Männern aufging, egal, wie alt sie waren. Alex machte keine Ausnahme. Sein Blick wanderte zu ihren Beinen, und es hätte nicht viel gefehlt und er hätte einen anerkennenden Pfiff ausgestoßen. »Ich bin sehr gespannt«, erwiderte sie siegesgewiss.

»Ich würde Ihnen gern ein Angebot machen«, fuhr er fort. »Sie werden das Gesicht unserer Kampagne für das Kaufhaus sein und treten auch in unseren Werbefilmen für Kino und Fernsehen auf. Im Fernsehen senden bald mehrere Sender solche Reklame, und wir wollen bei den Ersten sein. Den Vertrag würde die Agentur Petra Schirner mit Ihnen abschließen. Petra ist eine Freundin, die sich inzwischen auch um die Vermittlung von Schauspielern kümmert. Ich bin an ihrer Agentur beteiligt. Zusammen sind wir beide ein unschlagbares Team.«

»Das klingt sehr vielversprechend, Alex.« Ingrid trank von ihrem Kaffee, eine alltägliche Handlung, die bei ihr wie eine verführerische Geste wirkte und etwas bei ihm auslöste. Er errötete, eine Reaktion, die er sicher nicht gewöhnt war.

»Darf ich fragen, was für einen Vertrag Sie mit Pete Jordan haben?«

»Nur einen Vorvertrag«, erwiderte sie. »Ich wollte mich nach meiner Rückkehr aus Frankfurt entscheiden, wie es weitergehen soll. Ehrlich gesagt, war ich mir nicht sicher, ob mir Pete auch weiterhin bei meiner Karriere helfen kann. Er ist ein guter Fotograf, aber ihm fehlt, glaube ich, der Blick für das große Ganze.«

»In der Hinsicht sind wir uns einig, Ingrid. Wie sagt man so schön: Schuster, bleib bei deinem Leisten. Ich bin lediglich ein Investor, deshalb habe ich auch keine eigene Agentur gegründet, sondern mich an einer bereits bestehenden beteiligt.«

Alex trank ebenfalls einen Schluck und überlegte. »Ich würde vorschlagen, Sie kündigen Ihren Vorvertrag mit Jordan. Das wird seiner großartigen Arbeit nicht gerecht, das ist mir klar, aber ich werde ihm zusätzlich eine Abfindung von, sagen wir, zweitausend Mark zahlen, um ihm einen gewissen Ausgleich zu gewähren. Sie würden diesen Schritt nicht bereuen. Petra Schirner hat gute Verbindungen.«

»Und wie regeln wir das Finanzielle, Alex?«

Alex verzog die Mundwinkel zu einem leichten Grinsen. »Ich sehe schon, Sie haben einen Blick fürs Wesentliche, der fehlt manch anderen Frauen.« Er nannte Bedingungen und Zahlen, die alles übertrafen, was sie sich jemals erhofft hatte, und fügte hinzu: »Am wichtigsten erscheint mir aber etwas anderes. Bei Petra können Sie vom Fotomodell zur Schauspielerin aufsteigen. Ein Schauspiellehrer, der ebenfalls bei Petra unter Vertrag ist, würde Ihrem Naturtalent den letzten Schliff geben und einige Probeaufnahmen mit Ihnen drehen, die Ihnen innerhalb kürzester Zeit eine Rolle einbringen könnten. Ich sehe Sie als Schauspielerin, Ingrid, die in ihren Rollen begeistert und zum Publikumsliebling wird.«

»Ganz in meinem Sinne, Alex. Ich bin zu allem bereit.«

»Sehr schön«, zeigte er sich zufrieden, »dann sind wir uns also einig. Ich schlage vor, Sie sprechen nach Ihrer Rückkehr mit Jordan und teilen mir so bald wie möglich mit, wie er sich entschieden hat. Über die Abfindung spreche ich telefonisch mit ihm. Wenn alles so läuft, wie wir es gerade besprochen haben, kommen Sie nächsten Samstag nach Frankfurt und unterschreiben den Vertrag mit Petra Schirner. Ich lasse eine Angestellte unserer Immobilienfirma inzwischen nach einer kleinen Wohnung in Frankfurt und Umgebung suchen. Die Kosten für die Wohnung übernehmen natürlich wir.« Er trank einen weiteren Schluck von seinem Kaffee und wirkte plötzlich gar nicht mehr so selbstsicher. »Sie fragen sich bestimmt, warum ich Ihnen ein so attraktives Angebot unterbreite, nicht wahr?«

»Das stimmt. Und haben Sie eine Erklärung?«

»Allerdings«, antwortete er. »Dass Sie fantastisch aussehen und ein natürliches Talent besitzen, habe ich Ihnen schon gesagt.« Er zögerte. »Ich mag Sie, Ingrid. Hübsch und klug, eine solche Frau findet man nicht oft.«

»Ich fühle mich sehr geehrt, Alex. Wir sehen uns beim Gala-Dinner?«

»Ich treffe Sie um neunzehn Uhr in der Lobby des Frankfurter Hofs.«

Ingrid verabschiedete sich mit einem Lächeln und hätte am liebsten schon im Aufzug laut gejubelt. Sie wartete damit, bis sie in ihrem Hotelzimmer war und niemand sie hören und für verrückt halten konnte. Sie stand an der Schwelle zum großen Durchbruch. Mit ihrer Karriere, die eine unerwartete Wendung genommen hatte und ihr ungeahnte Möglichkeiten eröffnen würde. Und auch privat, wenn sie daran dachte, wie Alex sie angesehen und welche Gefühle diese Blicke in ihr ausgelöst hatten. Vor ihr lagen rosige Zeiten, wenn sie es richtig anstellte.

Pete würde dabei auf der Strecke bleiben, aber so war das Geschäft nun mal. Die Abfindung würde seinen Kummer etwas versüßen. Sie würde in Zukunft in einer anderen Liga spielen und es, wenn das Glück ihr hold war, bis nach Hollywood schaffen. Die Knef war dort zum Star geworden und spielte sogar am Broadway. Ingrid hatte sich längst entschieden, Alex' Angebot anzunehmen, beschloss aber, noch ein, zwei Tage zu warten, bis sie ihm ihre endgültige Zusage gab. Was für ein Tag, dachte sie, als sie sich umzog, ihr Make-up auffrischte und in die mondäne Lobby des Frankfurter Hofs hinabfuhr.

Alex wartete bereits auf sie und empfing sie mit einem warmen Lächeln. Er trug einen dreiteiligen Maßanzug mit Krawatte und einem Einstecktuch in der gleichen Farbe und hochwertige Schuhe. »Sie sehen bezaubernd aus, Ingrid!«, lobte er sie, als sie aus dem Aufzug trat, »eine bessere Begleitung hätte ich mir für dieses Gala-Dinner nicht wünschen können.« Er reichte ihr einen Arm und führte sie in einen kleinen Ballsaal, in dem für zwanzig Personen gedeckt war.

Alex hatte die Platzkarten so verteilen lassen, dass Ingrid zwischen ihm und Petra Schirner zu sitzen kam, der Agentin, bei der sie in einer Woche unterschreiben sollte. Sie war um die fünfzig, trug ein tailliertes Kostüm und auffällige Ohrringe. Ihre lockigen Haare ließen sie jünger aussehen, ihre wachen Augen ließen erkennen, wie unternehmungslustig und dynamisch sie war. Während der Modenschau am Nachmittag hatte sie in einer der vordersten Reihen gesessen.

»Ingrid, nicht wahr?«, begann sie. »Ich bin Petra Schirner. Ich hab gehört, Sie könnten sich vorstellen, schon in Kürze bei uns zu unterschreiben. Ich würde mich sehr freuen, wenn Sie sich dazu entschließen könnten. Ich kann Ihnen nicht garantieren, Sie nach Hollywood zu bringen, aber ich schätze Ihre Chancen sehr hoch ein. Sie haben Talent, dafür habe ich ein Gespür. Schon beim Studieren Ihrer Fotos konnte ich Ihre Ausstrahlung spüren und bei der Modenschau heute Nachmittag … Ihr Blick und Ihre Bewegungen erinnern mich an die Monroe.«

»Vielen Dank, Frau …«

»Petra … nur Petra.«

»Ich melde mich, sobald ich mit Pete gesprochen habe.«

Zwei Kellner servierten die Vorspeise, die als »Penne alla Vodka« auf der Speisekarte stand. Penne rigate mit Pancetta, Kapern, Asiago-Käse und einem Schuss Wodka. Außer Wodka kannte Ingrid keine der Zutaten. Die Penne waren Röhrennudeln, der Pancetta erinnerte sie an Bauchspeck, die Kapern schmeckten seltsam. Der Asiago-Käse kam auch aus Italien, wie sie erfuhr.

Der Salat, der als Zwischenmahlzeit serviert wurde, war mit gerösteten Zucchini, Haselnüssen, Ziegenkäse und einer Sherry-Vinaigrette verfeinert und wesentlich schmackhafter als der saure Salat, den sie aus Eschenbrunn kannte.

»Sie kommen aus einem kleinen Dorf?«, fragte Petra.

»Eschenbrunn«, antwortete sie, »in der Oberpfalz. Eine einsame Gegend bis auf den Truppenübungsplatz der Amerikaner. Hier gefällt es mir viel besser. Frankfurt ist eine richtige Stadt! Hier spürt man, dass sich was verändert. Neulich war ich in München zu Aufnahmen, da war es gemütlicher ... und langweiliger.«

»Das stimmt, hier tut sich einiges. Ich komme aus Berlin, hab dort lange für die Ufa gearbeitet, als dort noch keine russischen Panzer rumfuhren. Zarah Leander, Marika Rökk, Johannes Heesters ... ohne den verdammten Krieg wäre die Ufa heute noch weit vorn. Aber wir lassen uns nicht unterkriegen. Sie werden sehen, wir haben bereits neue Stars, und in einigen Jahren werden neue dazukommen. Einer dieser neuen Sterne am Schauspielerhimmel werden Sie sein, Ingrid!«

Ingrid hatte keine Ahnung, woher die Agentin ihre Überzeugung nahm, aber das Lob einer Frau mit ihrer Erfahrung bedeutete einen großen Ansporn für sie. Vielleicht schaffte sie ja beides, ein Star zu werden und mit einem Mann wie Alex Haffner auch gesellschaftlich ganz nach oben zu kommen. Als alleinstehende Frau hatte man es selbst als Star nicht leicht, außerdem war es angenehmer, mit einem weltgewandten Mann wie ihm durchs Leben zu gehen.

Während des Hauptgangs, es gab Rinderfilet mit Kartoffelpüree, erhob Alex sein Rotweinglas und sagte: »Lassen Sie uns auf Ingrid Beck trinken, die attraktive Frau zu meiner Rechten, deren Namen man bald überall kennen wird. Sie wird unser nächster Superstar, davon bin ich fest überzeugt.« Er wandte sich an Ingrid, die leicht errötet war und seine Worte erfreut entgegennahm. »Liebe Ingrid, hier sind heute alle wichtigen Vertreter unseres Konzerns und einige schillernde Figuren«, er grinste fröhlich, »der Filmwelt versammelt. Lassen Sie sich bitte von diesen ganzen wichtigen Menschen nicht einschüchtern, sie kochen auch nur mit Wasser.« Alle lachten, auch Ingrid. »Willkommen in Frankfurt!«

Der Abend war unterhaltsam und abwechslungsreich. Sie sprach mit vielen interessanten Leuten, ließ sich bewundern und fragte sich immer wieder, welches günstige Schicksal sie in diesen erlauchten Kreis getrieben hatte. Selbst ihre Beziehung mit Alex schien plötzlich eine Richtung einzuschlagen, die sie nicht vermutet hatte. In seinen Augen war Zuneigung zu erkennen, und sie selbst verspürte das Kribbeln, von dem Jule nach ihrem ersten Rendezvous mit John gesprochen hatte. Sie fühlte sich zu Alex hingezogen, folgte ihm willig, als er sie auf die überdachte Terrasse führte. Sie blieben an der Balustrade stehen.

»Sehen Sie den Mond?«, fragte Alex, obwohl er deutlich sichtbar zwischen einigen Wolken aufgegangen war. »Eines Tages werden Menschen auf seiner Oberfläche landen. Die Sputniks, die seit zwei Jahren durch das All fliegen, sind nur der Anfang. Sobald die Amerikaner nachziehen, geht es richtig los.«

»Auf dem Mond? Das wird noch Jahrzehnte dauern«, sagte Ingrid.

»Aber irgendwann wird es passieren«, war Alex fest überzeugt. »Daran glaube ich so fest wie an den Erfolg unserer Zusammenarbeit. Wer nicht nach den Sternen greift, wird niemals Erfolg haben. Die gleiche Entschlossenheit sehe ich bei dir, sonst wärst du jetzt nicht hier.« Er war ohne Ankündigung zur vertrauten Anrede übergegangen, und sie akzeptierte es mit einem Lächeln. Sie mochte Männer wie ihn, die es nicht nötig hatten, ihr mit hochrotem Gesicht zu folgen, sie voller Ehrfurcht anstarrten und kaum einen Satz herausbrachten. Die wussten, was sie wollten, und keine Angst hatten, sich ihr zu erklären. Ein Mann wie Alex. Doch er war mehr, löste etwas in ihr aus, das sie bisher nicht gekannt hatte.

Er legte einen Arm um ihre Hüften und küsste sie auf die Wange, doch mehr war nicht an diesem Abend. Er war ein Gentleman und wusste, dass es verkehrt gewesen wäre, ihr jetzt schon näherzukommen und sie mit Zärtlichkeiten zu überhäufen. Ingrid glaubte, jeden seiner Gedanken lesen zu können, und spielte mit, ermunterte ihn nicht, obwohl sie nichts dagegen gehabt hätte, mit ihm die Nacht zu verbringen. Sie hätten sich keinen Gefallen damit getan, auch das spürte sie. Sie genoss es, die Spannung aufrechtzuerhalten, dieses Kribbeln und die nagende Sehnsucht bis zu ihrem nächsten Treffen in einer Woche. Sie stießen mit ihren Weingläsern an und kehrten zu den anderen in den kleinen Ballsaal zurück.

Gegen Mitternacht begleitete Alex sie bis zu ihrer Zimmertür. Beide wussten, dass sein Weg bis hierhin und nicht weiter führen durfte. »Danke für den wundervollen Abend, Alex!«, sagte sie, und er erwiderte: »Es war mir eine Freude!«

Sie gestattete ihm einen flüchtigen Kuss auf den Mund und verschwand anschließend rasch in ihrem Zimmer, bevor sie schwach wurde und es sich anders überlegte. Sie lehnte sich mit dem Rücken gegen die Tür und schnaufte. »Wow!«, sagte sie. Sie stieg aus den hochhackigen Schuhen. »Das war knapp!«

21

Pete saß im Wohnzimmer und trank Rotwein, als Ingrid nach Hause kam. Sie erkannte bereits an seiner Miene, dass er schlechter Laune und nicht besonders erfreut über ihre Reise nach Frankfurt war. »Bin in Frankfurt bei einer Modenschau«, hatte sie ihm auf die Rückseite eines Briefumschlags geschrieben. »Komme Sonntag zurück. Ingrid.« Der Umschlag lag zerknüllt auf dem Tisch.

»Du hättest dich mit mir abstimmen sollen«, sagte er. »Wo warst du überhaupt? Bei der Kaufhaus-Einweihung dieses Investors? Das bringt doch nichts.«

»Doppelt so viel wie die Modenschau in Düsseldorf«, erwiderte sie. »Und anrufen konnte ich nicht, weil ich gar nicht wusste, wie ich dich erreichen kann.«

Er trank sein Weinglas leer. »Trotzdem, Ingrid. Wir müssen strategisch vorgehen, wir dürfen nicht jedes x-beliebige Angebot annehmen. Wenn du bei jeder unbedeutenden Modenschau auftauchst, senkst du deinen Marktwert. Lass mich das alles machen. Tut mir leid, dass ich dir keine Nummer hinterlassen habe, über die du mich erreichen kannst. Das werde ich in Zukunft tun, und du wirst nur bei Terminen auftreten, die du mit mir abgesprochen hast. Einverstanden?«

Sie zog ihren Mantel aus und setzte sich ihm gegenüber. Es half nichts, den unangenehmen Moment weiter hinauszuschieben, sie musste ihm gleich ihre Entscheidung mitteilen. »Schenkst du mir auch ein Glas ein, Pete?«, bat sie. Und nachdem sie einen Schluck genommen hatte: »Ich muss dir was sagen, Pete.«

»Ach, ja?« Er tat so, als könnte ihn nichts mehr überraschen.

»Ich kann deinen Vertrag nicht unterschreiben. Du hast viel für mich getan, und ohne dich hätte ich es vielleicht niemals zum Fotomodell und Mannequin gebracht, aber ich habe in Frankfurt ein Angebot bekommen, das ich leider nicht ablehnen kann. Ich werde bei der Agentur Petra Schirner unterschreiben.«

»Petra Schirner? Vermittelt die nicht Schauspieler?«

»Ich will Filmschauspielerin werden, Pete.«

»Filmschauspielerin? Sind dir denn die Aufmerksamkeit und das Geld, das du bei mir verdienst, nicht genug? Willst du jetzt nach den Sternen greifen?«

»Ich muss es versuchen, Pete. Das bin ich meinem Ehrgeiz schuldig.«

Er war nicht wütend, eher traurig und auch ein wenig beleidigt. Am liebsten hätte er wohl losgeheult. »Und was ist mit den Terminen, die ich bereits für dich ausgemacht habe? Willst du die etwa verfallen lassen? Das wäre rufschädigend.«

»Die werde ich natürlich alle erfüllen. Außerdem ist Alex bereit, dir eine stattliche Abfindung zu zahlen, obwohl er das gar nicht müsste. Zweitausend Mark!«

»Alex?«

»Alex Haffner, der Investor. Ihm gehören das Kaufhaus, für das ich aufgetreten bin, und Anteile der Agentur Schirner. Er hält große Stücke auf mich, Pete.«

»Du hast ihn verführt.« Es klang mehr wie eine Feststellung.

»Ich mag ihn.«

»Ich hab über Alex Haffner in irgendeinem Klatschblatt gelesen«, sagte er, »der Kerl sammelt junge Blondinen wie andere Briefmarken. Der verspricht dir das Blaue vom Himmel und lässt dich danach wie eine heiße Kartoffel fallen.«

»Die Klatschblätter erzählen viel. Außerdem war ich nicht mit ihm im Bett, wenn du das meinst. Er findet mich hübsch und begehrenswert, das tun viele Männer, aber darum geht's doch gar nicht. Er hat Geld, sonst wäre er kein Investor, und besitzt die nötigen Verbindungen. Petra Schirner ist eine erstklassige Agentin, die mich weiter nach vorn bringen wird. Ich werde sogar Schauspielunterricht bekommen, stell dir vor. Das alles tut Alex doch nicht, um mich zu beeindrucken. Er sieht, dass ich Talent habe und Profit bringe, dazu ist er Investor.«

»Wenn du meinst. Aber sag später nicht, ich hätte dich nicht gewarnt.«

Ingrid war erleichtert, dass Pete weder einen Wutanfall bekam noch sie auf Knien und unter Tränen bat, bei ihm zu bleiben. Er war zu solchen Gefühlsausbrüchen fähig. Es half sicher, dass er schwul war und kein persönliches Interesse an ihr hatte, sonst hätte ihr Geständnis wohl schlimmere Folgen gehabt. Aber er war beleidigt und fühlte sich in seiner Ehre gekränkt, was genauso schlimm war.

Ingrid wartete, bis Pete am nächsten Morgen zu einem Fototermin unterwegs war, und rief erst dann bei Alex an. »Ich habe Pete gesagt, dass ich dein Angebot annehmen und bei Petra Schirner unterschreiben werde«, sagte sie. »Er war nicht gerade begeistert, macht aber keine Schwierigkeiten. Ich gebe ihm deine Nummer, damit er dich wegen der Abfindung anrufen kann. Ich denke, er nimmt dein Angebot an. Bist du denn immer noch daran interessiert, mich zu verpflichten?«

»Mehr denn je, ich setze große Hoffnungen in dich.«

»Vielen Dank.« Sie war froh, dass er ihr zufriedenes Grinsen nicht sah.

»Meine Sekretärin hat bereits eine schöne Wohnung für dich gefunden. Wenn du willst, besichtigen wir sie übermorgen. Morgen bin ich geschäftlich unterwegs, aber wenn du schon am Mittwoch kommen könntest? Den Schauspielunterricht hat meine Sekretärin auch schon mit Petra vereinbart. Toby … Tobias Kerner, ihr Schauspiellehrer, freut sich auf dich. Du kannst sofort durchstarten.«

»Ich bin bereit, Alex. Wenn ich den Frühzug am Mittwoch nähme, wäre ich gegen Mittag in Frankfurt, könnte mir die Wohnung ansehen und hätte noch einige Zeit, um einiges für die Wohnung einzukaufen und mich vorzubereiten.«

»Dann hole ich dich am Bahnhof ab, und wir machen das gemeinsam.«

»Hast du denn so viel Zeit?«, wollte sie wissen.

»Ich habe gute Mitarbeiter und nehme mir sie einfach.«

»Ich freue mich, Alex!«

Der Umzug nach Frankfurt war keine große Sache. Ihr Besitz passte in die beiden neuen Lederkoffer, die sie in einem Kaufhaus in Düsseldorf gekauft hatte. Am Mittwoch in aller Herrgottsfrühe rief sie ein Taxi, klopfte an Petes Schlafzimmertür und verabschiedete sich von ihm. Er war so verschlafen, dass er kaum reagierte. »Ich hab dir die Nummern von Alex Haffner und Petra Schirner auf den Küchentisch gelegt … wegen der Abfindung und falls es etwas wegen der noch ausstehenden Termine zu besprechen gibt.« Sie zögerte einen Augenblick und fügte hinzu: »Danke für alles, Pete! Du hast mir sehr geholfen. Vielen Dank!«

Während der langen Zugfahrt nach Frankfurt hellte sich ihr Gesicht auf. Sie hatte Alex noch einmal angerufen und ihm die genaue Ankunftszeit mitgeteilt, und wie vereinbart holte er sie pünktlich am Bahnhof ab. Er hatte sich sogar eine Bahnsteigkarte gekauft, um sie direkt am Zug treffen zu können. Ingrid umarmte ihn flüchtig und küsste ihn auf die Wange. »Dass du mich wirklich persönlich abholst …«

»Ist doch Ehrensache.«

Er rief einen Gepäckträger herbei, der die zwei Lederkoffer auf seinen Wagen lud und zum Parkplatz neben dem Bahnhof rollte. Alex fuhr einen weißen Mercedes 190 SL mit offenem Cabrio-Verdeck. Der Gepäckträger wuchtete die Koffer in den Kofferraum, kassierte ein Trinkgeld und kehrte in den Bahnhof zurück.

»Ein schönes Auto«, staunte Ingrid beim Anblick des Mercedes. »Nicht mal der Chef von WittWeiden hatte einen solchen Wagen. Und rote Ledersitze!«

Alex hielt ihr die Tür auf und wartete, bis sie eingestiegen war. »Normalerweise nehme ich den 220er«, sagte er, als er im Wagen saß, »der wirkt gediegener. Aber bei dem schönen Wetter ist mir das Cabrio lieber. Hast du Hunger?«

»Großen Hunger, wenn ich ehrlich bin.«

»Dann fahren wir in eines meiner Lieblingslokale in Königstein. Du glaubst ja nicht, wie viele erstklassige Restaurants es dort gibt. Königstein war immer schon ein beliebtes Ziel, aber wenn ich sehe, wie viele bekannte Geschäftsleute und Prominente in das Städtchen ziehen, glaube ich, dass es dort steil bergauf geht.« Er ließ den Motor an und fuhr los. »Deine Wohnung liegt auch in Königstein. Sie ist erst vor wenigen Wochen fertig geworden, und ich bin froh, dass wir sie noch nicht vermietet haben. Sie ist voll möbliert … ich hoffe, sie gefällt dir.«

Der Taunus gefiel Ingrid wesentlich besser als die Oberpfalz. Vielleicht lag es daran, dass Alex neben ihr saß und sie in einem offenen Mercedes 190 SL durch eine anmutige Landschaft fuhr, über sich der blaue Himmel, so blau, wie man ihn im Rhein-Main-Gebiet auch im Mai nur selten sah, den lauen Wind in ihren lockigen Haaren. Selten hatte sie sich so leicht und beschwingt gefühlt, so glücklich, die ersten Stufen auf ihrem Weg in eine bessere Welt geschafft zu haben. Noch ahnte sie nicht, dass ihre ersten Wochen auch mit anstrengender Arbeit verbunden waren.

Sie blickte Alex an. Er war wie immer korrekt gekleidet, trug einen leichten Anzug mit Krawatte und strahlte beides aus: die Seriosität eines erfolgreichen Geschäftsmannes und die jugendliche Unbeschwertheit eines jungen Mannes. Kaum zu glauben, dass er mehr als zehn Jahre älter war als sie. Ob sie sich tatsächlich in ihn verliebt hatte, wusste sie nicht. Sie fand ihn unsagbar nett und liebevoll, auch sexy, und in seiner Nähe war sie seltsam aufgeregt und sehnte sich nach seiner Berührung. War das Liebe? Sie wollte nicht darüber nachdenken und verdrängte den Gedanken, genoss den magischen Augenblick mit ihm in vollen Zügen.

Die Straße nach Königstein führte durch Felder und Wiesen und Dörfer mit malerischen Fachwerkhäusern. In der Ferne ragte der Feldberg empor, keine tausend Meter hoch, aber der höchste Berg des Taunus. Von Königstein sah sie zuerst die Burgruine auf einer Anhöhe inmitten grüner Wälder und die Villa Andreae, ein markantes Bauwerk mit spitzen Türmen inmitten der Stadt. Sie hielten vor einem Restaurant mit wenigen Tischen im Freien, hatten Glück, dass gerade einer frei wurde, und setzten sich. Der Wirt, ein weißhaariger Mann mit erstaunlich guter Laune, begrüßte sie mit einem höflichen Diener und umarmte Alex wie einen Freund. »Gekochte Eier mit Bratkartoffeln und grüner Soße wie immer?«

»Grüne Soße?«, wunderte sich Ingrid.

»Mit sieben verschiedenen Kräutern. Eine hessische Spezialität.«

Ingrid ließ sich darauf ein und wurde nicht enttäuscht. Die kalte Soße passte hervorragend zu den Eiern und den heißen Bratkartoffeln. »Schmeckt gut«, sagte sie. Und nach einigen

Bissen: »Ich hoffe, ich kann die Erwartungen, die du in mich setzt, auch erfüllen. Zur Schauspielerei muss man geboren sein, oder?«

»Und das bist du, Ingrid«, erwiderte er. »Mit so einem hübschen Gesicht und so einer Figur muss man vor die Kamera. Ein Blick hat genügt, und ich wusste, dass du unser Kaufhaus erfolgreich vertreten würdest. Als Fotomodell sowieso, aber auch im Fernsehen. Nur schade, dass man dich dort nur in Schwarz-Weiß sehen kann, aber wir werden die Filmchen auch im Kino laufen lassen, da wirst du richtig Eindruck machen. Und Petra ist überzeugt, dass du es auch als Schauspielerin schaffen wirst. Die Conny Froboess hat es auch geschafft, von der Schlagersängerin ins große Kino. So wie du, als Fotomodell auf die große Leinwand.«

Nach dem Essen fuhren sie zu ihrer neuen Wohnung. Sie lag im ersten Stock eines quaderförmigen Neubaus und gefiel ihr auf Anhieb. Zwei Zimmer, Wohnküche, ein geräumiges Bad und zweckmäßig eingerichtet, mehr brauchte sie nicht, zumindest nicht am Anfang ihrer Karriere. Was dann kommen würde, wagte sie noch nicht zu Ende zu denken. Vor wenigen Wochen noch hatte sie nur davon geträumt, sich einen reichen Mann zu angeln und an seiner Seite das süße Leben zu genießen. Inzwischen hatte sie ein gütiges Schicksal zu einem reichen Mann geführt, für den sie tatsächlich etwas empfand und der ihr die Chance bot, als Fotomodell und Schauspielerin auch selbst reich und berühmt zu werden.

»Eine schöne Wohnung«, sagte sie. »Und was kostet die?«

»Die ist in deinem Verdienst drin, genauso wie die Schauspielausbildung und der Chauffeur, der dich zu deinen Terminen abholt und danach wieder nach Hause fährt. Falls du den Führerschein machst, das dürfen Frauen ja inzwischen, bekommst du einen Dienstwagen gestellt. Was du sonst verdienst, hab ich dir schon gesagt. Darin enthalten sind alle Fototermine und alle Auftritte in unserer Fernseh- und Kinoreklame. Die Gagen als Schauspielerin gehen natürlich extra.«

»Das ist sehr großzügig von dir, Alex«, erwiderte sie.

»Und irgendwie auch selbstsüchtig, denn du wirst unseren Umsatz beträchtlich steigern, da bin ich sicher. Ich hole dich am Montagmorgen selbst ab, dann bringen wir das Geschäftliche im Büro hinter uns.« Er winkte ab. »Aber lass uns heute nicht vom Geschäft reden. Ich möchte dir sagen, dass ich nicht nur froh bin, dich als Fotomodell und Schauspielerin für meine Firma gewonnen zu haben. Ich habe noch nie eine Frau getroffen, die … mir fehlen die Worte, Ingrid.«

Er küsste sie stattdessen, und sie hatte so sehr darauf gewartet, dass sie beide Arme um seinen Hals schlang und sich fest an ihn drückte. Er küsste wundervoll, ganz anders als die jungen Männer aus der Micky Bar, die lediglich ihre Lippen auf ihre gepresst hatten. Alex war gefühlvoller, wurde eins mit ihr und stieß auf keine Gegenwehr, als er sie ins Schlafzimmer führte und mit ihr auf das frisch bezogene Bett sank. Erst gegen Abend holte Alex ihre Koffer aus dem Wagen.

Sie erlebten zwei Tage, wie es sich Ingrid in ihren Träumen immer ausgemalt hatte. Allein schon in einem weißen Mercedes 190 SL mit roten Sitzen über einsame Landstraßen zu fahren, beflügelte sie. Ein Wagen, von dem viele Menschen schwärmten und selten aus der Nähe zu sehen bekamen. Der Sex mit Alex war fantastisch gewesen und hatte alles in den Schatten gestellt, was sie jemals mit Männern erlebt hatte. Obwohl bei diesem Wetter zahlreiche Ausflügler den Taunus bevölkerten, schienen sie die einzigen Menschen auf der Welt zu sein, umgeben von einem unsichtbaren Schutzschirm, unter dem nur die Liebe regierte.

Der Alltag kehrte nach ihrer Vertragsunterzeichnung ein, war aber nicht minder erfolgreich. Am Anfang stand ein Fototermin mit einem Frankfurter Fotografen, der sie in einigen Kleidern der Modenschau ablichtete. Die vergrößerten Fotos sollten in den Schaufenstern und den Verkaufsräumen für die neuen Kollektionen werben. Einen Tag später holte sie der Fahrer zur Schauspielschule hinter dem immer noch zerbombten Opernhaus ab, und sie lernte Toby Kerner kennen, einen Lehrer, der seine Arbeit ernst nahm und nicht mit Kritik sparte. Dennoch zeigte er sich erfreut über ihr offensichtliches Talent und ihre Weiterentwicklung.

Sie musste Monologe sprechen, in Szenen mit anderen Schauspielern auftreten und einmal wie Marilyn Monroe in »Niagara« laufen, eine legendäre Szene, wie sie von Tony erfuhr, in der die berühmte Schauspielerin sekundenlang beim Überqueren einer Straße zu sehen war. So sexy und aufreizend wie sie lief keine andere Frau, aber Ingrid kam ihr zumindest nahe. Ebenso überzeugend war sie in einer Liebesszene, vielleicht weil sie während der Aufnahme ständig an Alex dachte. »Sie machen das sehr gut, Ingrid!«, lobte Tony. »Weiter so, dann sehen wir Sie bald auf der Leinwand. Eine deutsche Monroe wäre nicht übel.«

Alex sah bei einer der ersten Stunden vorbei und ging anschließend mit ihr essen, und einmal besuchte er sie zu Hause, und sie schliefen miteinander, aber während der folgenden zwei Wochen machte er sich rar und rief nur einmal an. »Tut mir leid, mein Schatz«, sagte er, »ich hab gerade viel zu tun und kann im Augenblick leider nichts mit dir unternehmen, aber das wird sich ändern, das verspreche ich dir. Nächste Woche hab ich wieder Zeit für dich, einverstanden?«

»Ich vermisse dich, Alex.«

»Ich vermisse dich auch. Wie kommst du mit der Arbeit voran?«

»Alles bestens, Alex. Toby hat mich gelobt.«

»Wunderbar. Die neuen Fotos habe ich gesehen … einsame Spitze!«

Mehr hörte sie nicht von ihm. In der Firma sagten sie, das sei nichts Besonderes, er hätte jetzt viel in Paris zu tun, wo er Verhandlungen mit mehreren Mode- und Kosmetikfirmen führte, deren Produkte er exklusiv für sein Kaufhaus haben wollte. Einige grinsten dabei, vor allem seine Sekretärin, die ihn wahrscheinlich am besten kannte und auch ein wenig eifersüchtig auf sie zu sein schien. »Wer würde nicht gern länger in Paris bleiben?« Ihr Augenaufschlag sprach Bände.

Ingrid machte sich bereits Gedanken, dachte an die Gerüchte, die sie auch gehört hatte, dass er ein Frauenheld war und Frauen wie Briefmarken sammelte. Unsinn, sagte sie sich immer wieder, dazu war er viel zu beschäftigt. Doch die Gedanken blieben, ganz gegen ihren Willen und entgegen ihrer ursprünglichen Absicht, sich einen reichen Mann zu angeln, ihn an sich zu binden und sich nicht darum zu kümmern, was er sonst noch trieb. Was war plötzlich mit ihr los?

Das bittere Erwachen kam einige Zeit später, als sie während eines abendlichen Stadtbummels an dem Lokal vorbeikam, in dem sie mit Alex gewesen war, und ihn mit einer wesentlich jüngeren Frau an einem der Tische im Freien sitzen sah. Eine hübsche Frau oder ein Mädchen, gerade mal volljährig. Er hielt ihre Hände und lächelte sie liebevoll an. Eine neue Freundin? Noch jünger als sie?

Einem ersten Impuls folgend, wollte sie ihn zur Rede stellen, überlegte es sich aber anders und lief davon. Sehr zu ihrer Überraschung begann sie zu weinen.

1959
Jule

22

Seit John nach Amerika zurückgekehrt war, schien eine Ewigkeit vergangen zu sein. Er wollte die Vorbereitungen für ihre Einreise treffen, auf seine Entlassungspapiere warten und sich um Arbeit kümmern, bevor er sie nachkommen ließ. Er hatte ihr die Papiere geschickt, die sie für die Einreise benötigte, und ihre Flüge von Frankfurt nach New York und weiter nach San Angelo gebucht. Sie brachte ihr Erspartes, die Aussteuer von ihren Eltern und die Geldgeschenke, die sie von ihren Eltern und Verwandten zur Hochzeit bekommen hatten, in die Ehe mit.

Der Flug nach New York war ein Abenteuer. Die Super Constellation, eine viermotorige Propellermaschine, reagierte sensibel auf Turbulenzen und brauchte über siebzehn Stunden nach Amerika, einschließlich zweier Tankstopps in Irland und Island. Das gute Essen und der exzellente Service versöhnten sie mit den Anstrengungen der langen Reise. Über dem Atlantik schaffte sie es, drei Stunden am Stück zu schlafen und in New York einigermaßen munter aufzuwachen. Wesentlich unangenehmer waren die Kontrollen durch die Einwanderungsbehörde und den Zoll, die viele Fragen stellten und sogar den Teddybären, den sie von Gerda und Ingrid zum

Geburtstag bekommen hatte, eingehend untersuchten. Sie war froh und erleichtert, als sie endlich im Flugzeug nach Texas saß.

Während der letzten Stunden war sie nicht mehr fähig, die Augen zu schließen. Zu stark klopfte ihr Herz, zu groß waren ihre Aufregung und die Vorfreude, John endlich wieder in die Arme zu schließen. Die Maschine landete sicher in San Angelo, eine gefühlte Ewigkeit, nachdem sie in Frankfurt eingestiegen war. Mit ihrem Handgepäck folgte sie den anderen Passagieren über die Gangway ins Freie und ins Flughafengebäude. Es war bereits Abend, am Himmel zeigten sich die ersten Sterne, und sie war so erschöpft, dass sie mehrmals stolperte, bis sie John vor dem Ausgang stehen sah, ihm entgegenlief und sich in seine Arme warf.

»Jule!«, flüsterte er. »Endlich!« Mehr brachte er nicht heraus.

»John! John!«, sagte sie und begann zu weinen.

Die anderen Passagiere waren längst gegangen, als sich Jule und John zur Gepäckausgabe aufmachten und ihren Koffer abholten. Mehr hatte sie nicht dabei. Ihre Aussteuer hatte aus Hundert-Mark-Scheinen bestanden, und für Möbel, Geschirr und alle anderen Dinge würden ihre Schwiegereltern und sie selbst mit ihren Ersparnissen sorgen. »Mom wartet schon auf uns«, sagte er, als sie in seinem Pick-up saßen, »wie ich sie kenne, hat sie noch ein dickes Sandwich für dich vorbereitet.«

Jule war nicht nach Essen zumute, sie wollte nur schlafen und sich von dem langen Flug erholen, aber was blieb ihr anderes übrig? Sie wollte sich mit ihrer Schwiegermutter gut stellen und Eindruck bei ihr schinden. Als junge Frau, die zum ersten Mal im Ausland war, war sie auf ihre Hilfe angewiesen.

Während der Fahrt lehnte Jule ihren Kopf an Johns Schulter und wäre beinahe eingeschlafen, so eintönig verlief die etwa halbstündige Fahrt in den Vorort, in dem John mit seiner Mutter wohnte. Es tat gut, wieder seine Wärme zu spüren und seine Stimme zu hören. »Sei nicht überrascht«, sagte er, »bis wir einen eigenen Trailer bekommen, wohnen wir im Trailer meiner Mutter. Ein eigenes Haus werden wir uns erst leisten können, wenn wir genug Geld gespart haben. Der Trailer ist nicht so wohnlich wie euer Haus in Eschenbrunn, aber preiswert, und wir haben unsere eigene Schlafecke. Ein Jahr lang bekomme ich Geld von der Armee, das wird uns helfen, auf einen grünen Zweig zu kommen. Außerdem arbeite ich gelegentlich für eine Ranch westlich von San Angelo. Du könntest dort im Haushalt arbeiten und ein paar Dollar dazuverdienen. Du wirst sehen, in einem Jahr geht es uns schon besser, und wir können ein eigenes Haus anzahlen.«

Jule hörte kaum hin, und es war ihr auch egal. Solange sie mit John zusammen sein durfte, nahm sie alle Widrigkeiten in Kauf. Sie blickte aus dem Fenster. Von der Stadt war kaum etwas zu sehen, die Sonne war längst untergegangen, und der Horizont lag hinter einer schwarzen Wand verborgen. Sie fuhren über flaches Land, dann über eine Schotterstraße, die bis zu dem Trailer-Park führte. Eine Ansammlung von Wohnwagen und Mobile Homes, die in Reih und Glied zu beiden Seiten der Zufahrt standen. »Mobile Homes« waren schmucklose Fertighäuser, die mit Trucks von einem Trailer-Park zum anderen gefahren werden konnten.

Vor einem großen Trailer ohne Räder, den man auf Betonblöcken aufgebockt hatte, stiegen sie aus. Johns Mutter, eine stämmige Frau mit blond gefärbten Haaren, kam aus dem Trailer und begrüßte sie mit einem kräftigen Handschlag. »Jule?« Sie sprach es kaum verständlich aus. »Willkommen in San Angelo! Ich bin Rose Campbell, Johns Mutter. Nenn mich Rose oder Mom … wie du willst.«

»Hi, Rose«, erwiderte sie. Das »Mom« hob sie sich für später auf.

»Kommt rein! Ich hab Tuna Salad Sandwiches und frischen Kaffee.«

Sie trugen ihr Gepäck in den Trailer, wuschen sich die Hände in dem kleinen Bad und setzten sich an den Klapptisch im vorderen Bereich. Rose holte die Sandwiches aus dem Kühlschrank und schenkte Kaffee in die klobigen Becher. Anscheinend benutzten sie keine Tassen in Amerika. Jule sah sich im Trailer um. Er war geräumiger, als es von außen den Anschein hatte, und alle Schränke und auch die Betten waren so gebaut, dass sie möglichst wenig Platz wegnahmen. Auf der Anrichte neben der Spüle tönte ein Kofferradio, ein Sender mit Country Music.

Die Thunfischbrote schmeckten herrlich, so üppig belegte Sandwiches hatte Jule noch nie gegessen. Dass die Amerikaner nur Weißbrot aßen, hatte sie schon von John erfahren. Dazu gab es Kartoffelchips, die sie aus der Micky Bar kannte, und frischen Kaffee. Der Kaffee war gewöhnungsbedürftig und dünner als der Bohnenkaffee, den es zu Hause gegeben hatte. Es würde viele Dinge geben, an die sie sich erst gewöhnen musste, Brot und Kaffee waren da bestimmt noch die geringsten.

»Die Tuna Salad Sandwiches schmecken sehr gut«, sagte Jule.

»Meine Spezialität«, erwiderte sie. »Du bist auf einer Farm aufgewachsen?«

»Einem Bauernhof«, benutzte sie das deutsche Wort. »Wir haben Schweine, Kühe und Hühner zu Hause und bauen vor allem Kartoffeln und Getreide an. Ich soll dir schöne Grüße von meinen Eltern ausrichten, sie würden sich freuen, dich einmal persönlich kennenzulernen. Aber Texas ist weit, und sie sind noch nie aus ihrem Dorf herausgekommen. Ich glaube, sie hätten Angst vor dem langen Flug.«

»Wir hatten keine Farm, aber eine große Ranch«, sagte sie. »Mein Mann und ich haben Rinder gezüchtet. Herefords … eine widerstandsfähige Rasse. Leider ist mein Mann während der Invasion in der Normandie gefallen. Ein Kamerad hat mir gesagt, dass er von einem deutschen Scharfschützen erschossen wurde.«

»Das tut mir leid, Rose. Ehrlich leid. Mein Vater war auch im Krieg, in Jugoslawien, er hat dort gegen Partisanen gekämpft. Er mochte den Krieg nicht. Er wäre am liebsten desertiert, aber dann hätte man ihn erschossen. *I'm sorry, Rose*!«

Eine Weile herrschte unangenehme Stille, dann sagte Jule: »Ich glaube, ich gehe jetzt besser schlafen. Ich bin müde und kann mich kaum noch auf den Beinen halten. Ich weiß nicht mal mehr, wann ich zum letzten Mal geschlafen habe.«

Jule schlief nicht sofort ein. Obwohl ihr gleich, nachdem sie zu Bett gegangen war, die Augen zufielen, bekam sie noch mit, was John und seine Mutter sprachen, nachdem sie den Vorhang zugezogen hatte. Nicht jedes Wort, dazu waren ihre Stimmen zu leise und zu undeutlich, aber laut genug, um sie zu beunruhigen.

»Und du bist sicher, sie ist die Richtige?«, fragte Rose.

»Ich liebe sie über alles, Mom.«

»Ein Deutscher hat deinen Vater erschossen.«

»Das weiß ich, und ich vermisse ihn sehr, aber damals war Krieg, und der Schütze befolgte einen Befehl. Wenn er nicht geschossen hätte, wäre er vors Kriegsgericht gekommen. Ich war lange genug in Deutschland stationiert, um zu wissen, dass nicht alle Deutschen so schlecht waren, wie sie jetzt gemacht werden. Sie sind diesem Hitler auf den Leim gegangen, das stimmt, aber der Krieg ist seit fast fünfzehn Jahren vorbei, und es hat sich viel geändert. Glaub mir, du hättest keine bessere Schwiegertochter als Jule finden können, auch in Texas nicht.«

»Sie ist so ... so anders«, sagte Rose.

»Das würdest du auch über eine Frau aus Boston sagen«, erwiderte John. »Du wirst sehen, in ein paar Wochen wirst du sie kaum von einer waschechten Texanerin unterscheiden können. So wie ich es geschafft habe, mich an Deutschland zu gewöhnen, wird sie hier zurechtkommen. Du musst ihr etwas Zeit geben.«

»Wenn du meinst.« Sie seufzte leise. »Und wie soll eure Zukunft aussehen?«

»Das hab ich dir doch schon hundertmal erklärt, Mom. Ich bekomme eine monatliche Pension von der Armee, nur ein Jahr lang, aber immerhin. Ich arbeite den Sommer über für die Hammond Ranch, mache bei den Round-ups mit und suche mir für den Winter einen Werkstatt-Job in der Stadt. Sobald wir genug Geld für eine Anzahlung gespart haben, kaufen wir ein Haus, in dem wir alle Platz haben. Wenn du dich auch beteiligst, sind wir in ein, zwei Jahren so weit.«

»Und so lange sollen wir alle in diesem Trailer leben?«

Dieselbe Frage hätte Jule auch gestellt. Die Aussicht, länger als ein paar Wochen mit der Mutter unter einem Dach zu leben, machte ihr Angst. Mit einer Schwiegermutter gab es immer Reibereien. Ihre Mutter war das beste Beispiel.

»Wir mieten uns einen eigenen Trailer. Bob will mir den Wohnwagen geben, der seit einigen Monaten leer steht.«

Bob war der Besitzer des Trailer-Parks, nahm Jule an.

»Kostet mich gerade mal ein paar Dollar. Die verdiene ich immer. Wir hätten nur ein paar Schritte zu dir und könnten trotzdem zusammen essen und Fernsehen schauen. Ist vielleicht das Beste, bis wir uns aneinander gewöhnt haben.«

Jule war schon eingeschlafen, als John zu ihr ins Bett kroch, wachte aber noch mal auf und lächelte zufrieden, als er sie in die Arme nahm und ihr Gesicht mit Küssen bedeckte. »John!«, flüsterte sie. »Ich liebe dich so sehr!« Er flüsterte ihr ebenfalls etwas ins Ohr, aber ihre Augen waren bereits geschlossen und sie verstand es nicht mehr. Ihr zufriedenes Lächeln blieb bis in den Morgen hinein.

Als sie erwachte, brauchte sie einige Zeit, um sich daran zu erinnern, wo sie sich befand. Bei ihrem geliebten Mann, fand sie heraus, als er sie küsste. In einem Wohnwagen irgendwo in der Einöde, erkannte sie spätestens in dem kleinen Bad beim Duschen und Abtrocknen. Beim Frühstück verriet ihr Rose, dass sie meist den Duschraum hinter dem Office des Trailer-Parks benutzte. »Kann ich helfen?«, fragte Jule. Doch Rose hatte bereits gedeckt und stellte eine Schüssel mit Rührei und Speck auf den Tisch. Dazu gab es gebutterten Toast und Kaffee.

Rose hatte es eilig und aß nur wenig. Sie war in Gedanken schon bei ihren Patienten im VA Hospital, einem Krankenhaus für Kriegsveteranen in San Angelo. Als Krankenschwester ohne mehrjährige Ausbildung verdiente sie weniger als eine »Registered Nurse«, war aber dankbar für die Arbeit. Die Stellen für alleinstehende Frauen und Witwen waren dünn gesät. Zu Lebzeiten ihres Mannes hatte sie auf der Ranch und während des Krieges in einer Munitionsfabrik gearbeitet.

»Ich spüle das Geschirr und räume auf«, versprach Jule, als Rose ging.

John wartete, bis sie in ihrem klapprigen Ford weggefahren war. »Mom muss sich erst an dich gewöhnen«, sagte er. »Für sie bist du eine Exotin. Das war ich für deine Mutter doch auch. Sie hat keine Ahnung von Deutschland und hat mich sogar gefragt, ob es in Deutschland auch Fernseher und Waschmaschinen gibt.«

»Gibt es, aber wir hatten weder das eine noch das andere.«

»Ich weiß«, sagte er, »hier im Trailer-Park gibt es zwei Waschmaschinen neben den Duschräumen. Den Fernseher …«, er deutete auf den kleinen Apparat neben einem der Fenster, »den hat meine Mutter vor drei Jahren gekauft. Sie sieht gern ›Perry Mason‹, der Anwalt hat noch keinen Fall verloren.« Er lachte.

Nachdem Jule abgespült und sauber gemacht hatte, schlug John vor, ihr die Gegend zu zeigen und zur Hammond-Ranch hinauszufahren. »Ich habe heute frei, und du sollst erst am

Montag anfangen, aber es schadet sicher nichts, die Leute, für die du als Haushälterin arbeiten wirst, schon mal kennenzulernen.«

»Eine gute Idee.« Sie verbarg ihre Enttäuschung nur mühsam. Eigentlich hatte sie gehofft, schon jetzt in eine Wohnung oder ein Haus ziehen zu können, er würde auf der Ranch oder in einer Werkstatt arbeiten und sie ihm den Haushalt führen und hoffentlich schon bald seine Kinder großziehen. Aber sie war ihm nicht böse und mehr als bereit, ihm beim Sparen zu helfen. Umso schöner würde der Augenblick, wenn es für eine Anzahlung reichte und sie einziehen konnten.

Mit zwei Flaschen Wasser stiegen sie in den Pick-up und fuhren los. »Ohne Wasser fährt hier niemand über den Highway«, erklärte John. »Selbst im Frühjahr staubt es hier manchmal so stark, dass man was zu trinken braucht. Sogar die Comanchen vor hundert Jahren hatten immer Wasserbehälter dabei.«

»Comanchen? Das waren Indianer, oder? Die lebten hier?«

»Die gingen bei jedem Vollmond auf den Kriegspfad und kamen immer hier durch. ›Comanche Moon‹ nannten die Weißen den Vollmond damals. Sie überfielen Farmen und raubten Frauen und Kinder und verkauften sie an Comancheros, das waren Banditen, die sie für viel Geld an die Mexikaner weitergaben.«

»Und jetzt ist alles friedlich?«

»Comanchen gibt es immer noch. Sie leben in einem Reservat in Oklahoma und führen keinen Krieg mehr. Aber die Gegend ist nicht ungefährlich, besonders wenn du allein unterwegs bist. Es gibt kein einsameres Land als West-Texas.«

»Das sind ja schöne Aussichten.«

»Keine Angst. Wenn du hier erst mal heimisch bist, kann gar nichts passieren.«

Jule lehnte sich zurück und ließ die Landschaft auf sich wirken. Alles war hier größer und weiter als in der heimischen Oberpfalz, die Wälder und die Wiesen und sogar der Himmel, der sich scheinbar endlos über dem weiten Land wölbte. Die Sonne war aufgegangen und brannte wie ein Leuchtfeuer zwischen den vereinzelten Wolken. Die Weite war scheinbar grenzenlos, der Horizont nicht zu erkennen, verschwand in dem hellen Flimmern, das im äußersten Osten glomm.

Sie wähnte sich in der Wüste eines fernen Planeten, so fremdartig erschienen ihr die weiten Ebenen. Rotbraune Felsformationen ragten aus der Ebene, Salbei, Mesquite und Kreosotbüsche klammerten sich an den trockenen Boden, vereinzelte Kakteen säumten die einsame Straße. Riesige Weideflächen, teilweise künstlich bewässert, und ausgedörrte Wüste wechselten sich ab, je nachdem, wie viel Wasser in der Nähe war. Ein trostloses und doch faszinierendes Land, das seltsame Gefühle in Jule weckte. Eine gewisse Angst vor der Übermacht der Natur und eine tiefe Zufriedenheit, in einem Land sein zu dürfen, in dem man die Freiheit mit allen Sinnen spüren konnte. Hier konnte man stundenlang über einsame Highways fahren, ohne einen anderen Menschen zu Gesicht zu bekommen, und sie hätte sich nicht gewundert, wenn sich in den zerklüfteten Canyons noch Comanchen versteckt gehalten hätten. Dieses Land war zeitlos, hatte sich in hundert Jahren kaum verändert und würde in ferner Zukunft noch genauso aussehen.

Je näher sie der Ranch kamen, desto mehr Rinder waren auf den Weiden zu beiden Seiten der Straße zu sehen. »Herefords«, erklärte John, »die fühlen sich in dieser Gegend am wohlsten und haben das beste Fleisch. Die Rancher im Wilden Westen hatten Longhorns, die Rinder mit den langen Hörnern, wie man sie in Westernfilmen sieht.« Er kurbelte sein Fenster herunter und blickte sie an. Erst jetzt schien ihm einzufallen: »Kannst du reiten? Hast du einen Führerschein?«

»Außer auf einem Ackergaul hab ich noch nie auf einem Pferd gesessen.«

»Das kriegen wir auch noch hin«, erwiderte er amüsiert, »und einen Führerschein bekommst du bei uns schnell. Ohne Auto bist du hier ziemlich verloren.«

Sie lachte. »Ich sehe schon, da kommt einiges auf mich zu.«

Das Ranchhaus erreichten sie über eine Schotterstraße, die durch einen Torbogen mit der Aufschrift »Hammond Ranch« führte. Vom Highway bis zum Haus, einem lang gestreckten Blockhaus mit rotem Giebeldach, waren es ungefähr zwei Meilen. Die Ranch war größer als jeder Bauernhof in Eschenbrunn. Eine Viertelmeile vom Wohnhaus der Familie entfernt gab es ein Bunkhouse, in dem die Cowboys schliefen, zwei Koppeln für Rinder und Pferde, einen Stall, eine Sattelkammer und mehrere Schuppen, auf dem Hof liefen Hühner herum.

Das Bellen des zottigen Hofhundes brachte auch den Rancher nach draußen, einen sehnigen Mann in den Fünfzigern in Jeans, Hemd und Cowboyhut. Er berührte seine Hutkrempe und empfing sie gut gelaunt. »Howdy!«, begrüßte er sie im texanischen Cowboyslang. »Du musst Jule sein.« Er sprach ihren Namen wie Johns Mutter aus. »Herzlichen Glückwunsch zur Hochzeit, John! Sieht so aus, als hättest du das schönste Fräulein aus Germany entführt.« Er blickte Jule an. »Ich bin Buck Hammond, und im Haus wartet Mary-Beth mit frischem Kaffee. Kommt rein! Keine Angst vor dem Hund, Jule! Der tut nur so, als wäre er gefährlich.«

Jule mochte den Rancher auf Anhieb. Sie folgte ihm und John ins Haus und wurde von seiner Frau ebenso herzlich empfangen. »Sie sind ja noch hübscher, als John gesagt hat«, rief sie. »Nennen Sie mich Mary-Beth, das tut hier jeder!«

Jule atmete auf. Der Empfang war noch herzlicher, als sie gehofft hatte. Dann stimmte wohl, was John mal gesagt hatte: »Du wirst dich wohlfühlen bei uns!«

23

Von außen eher einfach und bescheiden, bot der Wohnraum des Ranchhauses einen abenteuerlichen Anblick. Über einem offenen Kamin aus Natursteinen und an den Wänden hingen Jagdtrophäen und Ölbilder mit Szenen aus dem Wilden Westen, es gab eine Sitzgruppe aus braunen Ledermöbeln, einen massiven Esstisch, ein Regal mit goldenen Pokalen, einen Fernsehapparat und eine Bar.

»Die Pokale hat Buck beim Rodeo gewonnen«, erwiderte Mary-Beth, »damals war er noch jünger. Den Titel als ›All-Around Cowboy‹ hat er nur verpasst, weil er eingezogen wurde und im Südpazifik gegen die Japaner kämpfen musste.«

Der Kaffee bei den Hammonds war wesentlich stärker als der von Johns Mutter. »Cowboy-Kaffee«, erklärte Buck grinsend, »der muss stark genug sein, um einen toten Indianer vom Skalp bis zu den Füßen erzittern zu lassen.« Ein geflügelter Satz im Cowboyland, wie Jule noch feststellen sollte. Die meisten Cowboys waren humorvolle Burschen, schreckten auch vor derben Scherzen nicht zurück. Nur in der Gegenwart von Frauen waren sie zurückhaltend, benahmen sie sich beinahe schüchtern. Ganz anders als manche Soldaten, die sie in der Micky Bar kennengelernt hatte. Und lange nicht so forsch wie die

Cowboys in einem Westernfilm. Sie hatte nur zwei gesehen, »12 Uhr mittags« und »Johnny Guitar«.

»Wir sind eine kleine Ranch«, berichtete Buck, »dreihundert Rinder, und du brauchst keine Woche, um von einem Ende zum anderen zu reiten wie weiter südlich auf der King Ranch. Wir haben unser Auskommen und hatten Glück, einen Teil unseres Landes an eine Ölfirma verkaufen zu können. Ohne das Geld wären wir vor ein paar Jahren pleitegegangen wie so viele andere.« Er drehte sich eine Zigarette und rauchte nachdenklich. »Regnet es in Deutschland viel?«

»Wir können uns nicht beklagen«, erwiderte Jule. »Nur während der Kartoffelernte können wir Regen nicht gebrauchen, zu viel Wasser verdirbt die Ernte.«

»Hier in West Texas hatten wir die größte Trockenheit seit mehr als hundert Jahren. Über sieben Jahre haben wir keinen einzigen Tropfen gesehen. Ich weiß nicht, wie viele Rinder zugrunde gingen, sicher tausende. Ein Drittel aller Ranches und Farmen ging bankrott. Erst seit letztem Jahr geht es wieder bergauf.«

Jule musste daran denken, wie schwer es ihre Mutter während des Krieges gehabt hatte. Regen hatte es genug gegeben, aber die Arbeit war ihr über den Kopf gewachsen, und ohne den französischen Kriegsgefangenen, der ihnen zugeteilt worden war, hätte sie den Bauernhof nicht halten können. Jule war damals noch ein Kind gewesen, erinnerte sich aber daran, wie Mutter abends erschöpft vor dem Herd gesessen und geweint hatte. Das waren schlimme Zeiten gewesen.

»Sie wollen meiner Frau im Haushalt helfen?«, fragte Buck. »Wir wissen, wie dringend man Geld braucht, wenn man geheiratet hat und auf die Anzahlung eines Hauses spart. John hat mir erzählt, wie fleißig Sie sind. Und die Deutschen sollen ja sehr ordentliche und pflichtbewusste Menschen sein.« Er tauschte einen Blick mit seiner Frau. »Mary-Beth hat es leider mit dem

Rücken und kann nicht mehr so arbeiten wie früher. Haben Sie zu Hause auch im Haushalt geholfen?«

»Ich habe im Büro gearbeitet«, erwiderte sie, »ich hab Schreibmaschine gelernt. Und ich habe auf dem Acker und im Stall und abends und an den Wochenenden meiner Mutter im Haushalt geholfen. Bei Ihnen ist sicher einiges anders, das Essen, die Geräte, aber ich lerne schnell und werde Sie nicht enttäuschen.«

»Davon bin ich überzeugt«, sagte er, »sonst hätte ich Sie nicht eingestellt. Eine Frau, die mit John verheiratet ist, muss in Ordnung sein.« Kein kritisches Wort über die Deutschen oder den Krieg, er wusste anscheinend, dass nicht jeder Deutsche ein Nazi war. »Bei uns beurteilt man einen Menschen nach seinen Taten«, verriet ihr John später. »Cowboy-Ehre. Was früher war, zählt nicht mehr.«

»Kommen Sie, Jule! Ich zeige Ihnen das Haus«, sagte Mary-Beth.

Jule folgte ihr in die geräumige Küche, ungefähr doppelt so groß wie ihre Küche in Eschenbrunn, mit praktischen Einbauschränken, einem modernen Gasherd und einem Tisch für vier Personen. Am meisten aber beeindruckte sie der riesige Kühlschrank. Ihre Eltern hatten erst vor wenigen Jahren einen gekauft, nur ungefähr halb so groß wie dieser und lange nicht so modern. Auf der Arbeitsplatte unter einem der Einbauschränke stand eine brandneue Küchenmaschine, die anscheinend rühren und kneten konnte und Mary-Beth sicher viel Arbeit abnahm.

»Wow!«, staunte Jule. »So eine moderne Küche habe ich noch nie gesehen!«

Ebenso angetan war sie von der Waschmaschine, die in einem Nebenraum stand. Mary-Beth zeigte ihr, wie man die Geräte bediente, und versprach ihr, bei der Zubereitung bestimmter amerikanischer Gerichte wie Eggs Overeasy, Hash Browns oder Tuna Casserole zu helfen.

»Alles kein Hexenwerk«, sagte sie, »nach einmal kochen wissen Sie, wie es geht. Die Waschmaschine und den Staubsauger zu bedienen, ist noch einfacher. Hatten Sie auch einen Staubsauger zu Hause?«

»Nur einen gewöhnlichen Besen und einen Schrubber.«

Sie kehrten zu Buck und John zurück, die sich angeregt über das letzte Round-up unterhielten. »Im Frühjahr suchen wir das Vieh zusammen und schicken es auf die Sommerweide. Wir lassen die Rinder von einem Tierarzt auf Krankheiten untersuchen und bränden die Kälber. Im Herbst sortieren wir die Mastrinder aus und schicken die Herde auf die Winterweide. Wir sind eine kleine Ranch, wir brauchen nur ein paar Tage, um unsere Rinder zusammenzutreiben. Im Herbst werden Sie auch dabei sein, Jule, als Gehilfin unseres Kochs.«

»Am Lagerfeuer?«

»Wir haben einen Chuckwagon.«

»Chuckwagon?« Das Wort hatte sie noch nie gehört.

»Die erste rollende Einbauküche der Welt«, erklärte er. »Cactus, unser Koch, wird Ihnen alles zeigen. Sie haben noch nie auf einem Pferd gesessen, hab ich mir sagen lassen. Das lässt sich ändern. Wir bringen Ihnen das Reiten bei, zumindest so weit, dass Sie nicht aus dem Sattel kippen. Sie werden sehen, in spätestens einem halben Jahr sind Sie ein vollwertiges Cowgirl, dann stelle ich Sie vielleicht als Cowgirl ein und lasse die Hausarbeit von einer anderen erledigen.«

»Ich bin Ihnen sehr dankbar, dass ich für Sie arbeiten darf.«

Er deutete auf ihr Kleid und die flachen Schuhe. »Aber zuerst müssen Sie sich ein anständiges Outfit zulegen. Jeans, Stiefel … hast du noch den Cowboyhut, den du auf der letzten County Fair gewonnen hast? Der wär doch was für Jule.«

Mary-Beth lief ins Schlafzimmer und kehrte mit einem dunkelbraunen Stetson zurück. Das Hutband bestand aus bunten Perlen. Jule setzte ihn auf. Er passte genau. Ein dünnes Lederband hielt ihn unter dem Kinn zusammen.

»Großartig«, freute sich John. »So wählen sie dich zur Rodeo Queen!«

»Und Sie können den Hut wirklich entbehren?«, fragte Jule.

Mary-Beth ließ keinen Zweifel daran. »Mir steht er sowieso nicht, ich trage lieber meine Baseballkappe, wenn ich draußen bin. Aber Ihnen steht er perfekt. Betrachten Sie ihn als unser Einstandsgeschenk.« Sie streckte beide Hände nach ihr aus. »Willkommen auf der Hammond-Ranch! Auf gute Zusammenarbeit!«

Auf dem Rückweg hielten Jule und John vor einem Western Store am Stadtrand von San Angelo und kauften zwei Paar Jeans, zwei Blusen und Westernstiefel. »Es dauert eine Weile, bis du die Stiefel eingelaufen hast, aber ohne geht es nicht. Stiefel gehören zu einem Cowgirl wie Ketchup zu einem Cheeseburger.«

Als sie den Western Store verließen und zu ihrem Pick-up gingen, kamen sie an einem Ramschladen vorbei. Im Schaufenster stand eine Schreibmaschine, nicht gerade das neueste Modell, aber wohl funktionsfähig. »$ 30« stand auf dem Preisschild. Sie blieb stehen und überlegte angestrengt. Die Schreibmaschine sah verlockend aus, und in ihrem Geldbeutel steckte noch ein 20-Dollar-Schein.

»Was willst du denn mit einer Schreibmaschine?«, fragte John.

Jule konnte nicht anders als lächeln. »Du weißt doch, ich schreibe Geschichten«, sagte sie. »Über Karl den Bären, Agathe, die Ziege, und Professor Friedrich. Mit Schreibmaschine auf weißem Papier sähen sie noch viel besser aus, und ich könnte mich auch mal an anderen Geschichten versuchen. Krimis und Liebesgeschichten, wie ich sie in der Quick und Revue gesehen habe. Mit etwas Übung könnte ich vielleicht eine verkaufen und noch ein bisschen Geld dazuverdienen.«

»Ich möchte nicht, dass du nur ans Arbeiten denkst«, sagte John. »Ich möchte, dass du in spätestens einem Jahr überhaupt nicht mehr arbeitest, dann wirst du mit unserem Haushalt und deinem ersten Kind genug zu tun haben.« Er grinste lausbübisch. »Das hoffe ich jedenfalls. Zurzeit haben wir doch genug Arbeit.«

»Schreiben ist keine Arbeit«, widersprach sie. »Ich schreibe aus Spaß!«

Ihr angeborener Charme half ihr, den Ladenbesitzer auf fünfzehn Dollar herunterzuhandeln. Sie bekam sogar einen Stapel weißes Papier dazu und trug den Einkauf zum Pick-up und verstaute ihn auf der Rückbank. John wirkte etwas skeptisch, wagte aber nicht, ihr zu widersprechen. Er spürte offensichtlich, wie ihr die Umstellung auf ein anderes Land und andere grundverschiedene Menschen, anderes Wetter, andere Arbeit, anderes Essen und nicht zuletzt das Zusammenleben mit ihrer Schwiegermutter auf engstem Raum schon genug zu schaffen machten. Zumindest das letzte Problem löste er, als er schon am Wochenende den leer stehenden Wohnwagen vom Besitzer des Trailer-Parks bekam. Hier waren sie ungestört, was vor allem abends von Vorteil war, wenn sie sich in den Armen lagen und nicht mehr darauf achten mussten, kein verräterisches Seufzen oder Stöhnen hören zu lassen.

Die Arbeit bei den Hammonds ließ sich gut an. Sie unterschied sich kaum von dem, was sie zu Hause getan hatte, nur dass sie auf der Ranch keine Schweine füttern, Kühe melken und Ställe ausmisten musste. Bauern oder Farmer, wie sie in Amerika hießen, standen den ganzen Tag im Schmutz, der einzige warme Raum war die Küche, und abends war man meist so müde, dass man beinahe im Stehen einschlief. Jule hatte sich nie beklagt, merkte aber erst jetzt, wie beengt ihre Welt auf dem heimatlichen Bauernhof gewesen war, während man hier dieses Gefühl der Freiheit spürte, das Texanern besonders wichtig war.

Jule fühlte sich regelrecht beschwingt, wenn sie vor die Tür trat und über das scheinbar endlose Weideland blickte, die Sonne am fernen Horizont auf- oder untergehen sah und sich frei wie der Wind fühlte, der unentwegt über die weiten Ebenen strich.

Nach einer kurzen Eingewöhnungszeit wurde die Hausarbeit zur Routine. Mit den Geräten kam sie zurecht, und das Haus war nicht so groß, dass sie sich besonders anstrengen musste. Der Staubsauger erwies sich als geniales Hilfsmittel und ersparte ihr viel Arbeit. Sie wusste schon bald, wie man Sandwiches belegte, Chili con Carne kochte oder Hash Browns und Eier Overeasy briet, und dass die Hammonds gern gebackene Bohnen und gebratenen Speck zum Frühstück aßen.

Nach dem Mittagessen und dem Abwasch, wenn Mary-Beth sich für zwei Stunden hinlegte und ihren lädierten Rücken pflegte, brachte ihr Buck das Reiten bei. Er wirkte ungewöhnlich vital und kraftvoll für einen Fünfzigjährigen und ritt besser als die meisten jungen Cowboys. Er trat lediglich wegen seiner Frau etwas kürzer, wollte in ihrer Nähe sein, wenn sie wieder mal unter Schmerzen litt. »Die Bandscheiben«, hatte der Arzt gesagt, »eine Operation könnte den Schaden unter Umständen beheben, aber garantieren kann man das leider nicht.«

Ein Quarter Horse, wie die wenigen Cowboypferde genannt wurden, war etwas anderes als der müde Ackergaul, den sie geritten hatte, bevor ihre Eltern den Traktor gekauft hatten. Nur einem solchen Pferd gelang es, ein oder mehrere Rinder durch geschickte Bewegungen im Zaum zu halten und zu verhindern, dass es sich in eine unerwünschte Richtung bewegte. Es war ungewöhnlich schnell, schaffte es, auf der Stelle zu drehen, auf einem »Nickel«, einem Fünf-Cent-Stück, wie die Cowboys sagten, und war es gewohnt, abrupt anzuhalten und nicht den Boden unter den Hufen zu verlieren, wenn sein Reiter ein Lasso warf. Die meisten Quarter Horses waren klüger als die Menschen, die im Sattel saßen, sagte man.

Auch ihrem Pferd, einer Fuchsstute mit dem bezeichnenden Namen »Lightning«, war es zu verdanken, dass Jule nach einigen Stunden schon einigermaßen sicher im Sattel saß und sogar schon galoppiert war. Ein leichter Schenkeldruck genügte, um die Stute in die gewünschte Richtung zu bringen, und jedes Mal, wenn sie abstieg und ihr einen Apfelschnitz zu fressen gab, schnaubte das Tier zufrieden. In einem Westernsattel saß man bequem, und in den Cowboystiefeln, die sie täglich trug, fand sie guten Halt in den Steigbügeln. Am liebsten hätte sie sofort als Cowgirl angefangen, aber dafür fehlten ihr noch ein paar Lektionen und die Erfahrung, über die zahlreiche Cowboys der Hammond-Ranch verfügten.

Ihre neue Schreibmaschine weihte sie mit einem Bericht über ihre ersten Erfahrungen als Cowgirl ein. Sie hatte die Maschine auf eine gefaltete Decke gestellt, um beim abendlichen Tippen keine Nachbarn zu stören, und bereitete ihre Erlebnisse humorvoll auf. Jedes Kapitel behandelte eine Stunde und vermittelte auch, welche Gefühle eine junge Frau aus dem fernen Europa bewegten, die nach West Texas kam und dort mit einer für sie vollkommen fremden Kultur konfrontiert war. »Am ersten Tag fühlte ich mich wie ein Mensch, der einen fremden Planeten betritt und durch die magische Kraft eines anderen zu einem neuen Menschen wird. Die unendliche Weite des Landes veränderte mich, machte mir klar, wie intensiv das magische Gefühl der Freiheit auf einen wirken kann. Obwohl ich von einem Bauernhof komme und dort abgeschirmt von vielen Problemen lebte, genoss ich den Wind der Freiheit wie eine liebevolle Umarmung.«

Jule trug die frisch getippten Seiten in ihrer Umhängetasche herum, um sie jederzeit griffbereit zu haben, und las sie den Hammonds und John während einiger ruhiger Minuten auf der Veranda des Ranchhauses vor. John hatte ihr Englisch, das sie inzwischen einigermaßen fließend beherrschte, korrigiert und um einige Redewendungen ergänzt, aber gerade weil sie die Sprache nicht studiert hatte, wirkte der Text besonders sympathisch und ehrlich. John kannte die Kapitel schon auswendig, hörte aber wieder zu und schien sehr stolz auf sie zu sein.

»Großartig!«, lobte Buck. »Besser hätte es ein waschechter Texaner auch nicht sagen können. Was meinst du, Mary-Beth? Wär das was fürs Livestock Journal?«

»Unbedingt«, erwiderte seine Frau. »Elmer wollte morgen sowieso vorbeikommen und dir einige Fragen zur neuen Entwicklung auf dem Viehmarkt stellen. Warum rufen wir Jule nicht dazu und lassen sie ihm ein Kapitel vorlesen? Wenn ich Elmer meinen guten Pecan Pie hinstelle, läuft er bestimmt nicht weg.«

Elmer Pratt war der Herausgeber des Livestock Journal, einer regionalen Zeitung, die sich mit ihren Berichten vor allem an die Rancher und Farmer in West Texas wandte. Elmer hatte selbst jahrelang als Cowboy gearbeitet, bis er bei einem Autounfall verletzt worden war und seitdem auf Krücken ging. Er war um die fünfzig, trug Jeans, Hemd, Stetson und Cowboystiefel wie so ziemlich jeder im westlichen Texas und hatte ständig einen erloschenen Zigarillo im Mund.

Er hatte schon von Jule gehört. Die Ankunft des hübschen Fräuleins, das so ganz anders als die Fräulein in den Filmen war, hatte sich in Windeseile herumgesprochen. Eine Auswanderin, die sich nach West Texas verirrte, war selten.

Buck hatte ihn bereits eingeweiht, und er hörte aufmerksam zu, als Jule ihr erstes Kapitel vorlas und er sein zweites Stück Pecan Pie aß. Nachdem sie geendet hatte, wischte er sich den Mund ab und nickte anerkennend. »Große Klasse!«, lobte er. »Das hätte mein Vater nicht besser gekonnt, und der hatte mehr Humor als Will Rogers.« Will Rogers war ein bekannter Komiker gewesen, und Elmers Vater hatte für bekannte Zeitungen in Dallas, Austin und San Antonio gearbeitet.

»Sie kann was«, sagte Buck. Der Rancher mochte sie.

Elmer nippte an seinem Kaffee und überlegte eine Weile. »Wie viele Kapitel haben Sie denn schon geschrieben, Ma'am?« Sie hielt die beschriebenen Seiten hoch. »Ich würde gern eine ständige Rubrik für Sie einrichten. ›A Fräulein's View‹ oder so ähnlich. Unter der Überschrift könnten Sie alle zwei Wochen eines Ihrer Kapitel veröffentlichen. Viel kann ich nicht zahlen, sagen wir zehn Dollar pro Artikel.« Er reichte ihr eine Visitenkarte. »Wenn ich die ersten Kapitel gleich mitnehmen dürfte? Ich habe noch Platz in der nächsten Ausgabe. Einverstanden?«

»Natürlich«, sagte sie mit Tränen in den Augen. »Das ist … wunderbar!«

24

Die Artikelserie im Livestock Journal war ein voller Erfolg. Die wenigen nötigen Korrekturen übernahm nun Elmer Pratt in der Redaktion. Auch durch das Foto, das neben »A Fräulein's View« abgebildet war, vor allem aber wegen ihrer Begeisterung für Texas und das Cowboyleben, so gewöhnungsbedürftig beides auch war, wurde sie schon bald zu einem beliebten Gesprächsthema in West Texas.

Dass sie auch zwei Kurzgeschichten an die Quick geschickt hatte, verriet sie niemandem, auch John nicht. Sie wollte keine übertriebene Hoffnung auf einen Zusatzverdienst wecken. Die Chance, dass eine Illustrierte die Geschichten einer Anfängerin kaufte, war nicht besonders groß, und sie würde ihr Geheimnis nur lüften, wenn sie Erfolg hatte. Eine Geschichte war ein Krimi und handelte von einer jungen Frau, die ahnungslose Männer verführte und mit ihren Brieftaschen verschwand, die zweite eine Liebesgeschichte über einen Mann, der sich in die Stimme einer Nachrichtensprecherin verliebte und sie persönlich kennenlernte.

Einige Monate waren seit ihrer Ankunft in Texas vergangen. Sie hatte sich gut eingelebt, und ihr texanischer Akzent war bereits stärker als ihr deutscher. Das Leben auf der Ranch gefiel ihr. Die Hausarbeit war abwechslungsreich, und es blieb ihr genug Zeit, mit Lightning auszureiten, die nähere Umgebung zu erkunden und ihre Reitkünste zu verbessern. Dass die Arbeit eines Cowboys so anstrengend, aber auch interessant war, hätte sie nicht gedacht. Von den Westernfilmen, die sie gesehen hatte, und den Serien im Fernsehen hatte sie eine vollkommen andere Vorstellung gehabt. Moderne Cowboys trugen keine Revolver.

Erst vor Kurzem hatte sie einen langen Brief an ihre Eltern geschrieben und einige Fotos beigelegt, auch an Gerda einige Abzüge geschickt und sie gebeten, den Brief an Ingrid weiterzuschicken, da sie ihre Adresse nicht habe. »Ich habe mich schneller und besser eingelebt, als ich dachte«, schrieb sie. »Die Menschen hier sind sehr freundlich, selbst meine Schwiegermutter, die anfangs ein wenig skeptisch war. Vor allem aber John, der mir jeden Wunsch von den Augen abliest und der beste Ehemann ist, den man sich vorstellen kann. Er arbeitet auf der Ranch eines Freundes, und stellt euch vor, auch ich habe dort Arbeit als Haushälterin gefunden. Ich kann schon ein wenig reiten, und den Führerschein habe ich auch gemacht, das geht hier viel einfacher als bei uns. Und das Allerbeste …« Sie berichtete von ihrer Artikelserie im Livestock Journal und ihrer Bekanntschaft mit Ranchern und Cowboys. »West Texas ist eine andere Welt, nicht so grün wie die Oberpfalz, aber weiter und eindrucksvoller. Alles in Texas ist größer, sagen sie hier.« Sie schloss mit den Worten: »Und wie geht es euch? Machst du jetzt Karriere, Ingrid? Was macht die Liebe? Bleibst du tatsächlich in Eschenbrunn, Gerda? Heiratest du tatsächlich den Benziger Werner? Liebe Grüße, Eure Jule.«

Ein paar Tage vor dem Round-up hatte es geregnet. Ein Segen für das ganze Land. Als Jule und John am frühen Morgen vor dem Ranchhaus aus ihrem Pick-up stiegen, blickten sie lächelnd zum verhangenen Himmel empor und atmeten den würzigen Duft von Greasewood und Salbei. Jule fühlte sich an zu Hause erinnert, wo die Bauern ebenfalls nervös wurden, wenn es lange nicht geregnet hatte. Während man in den Städten über das schlechte Wetter klagte, freute man sich auf dem Land über den Regen, ohne den auf den Feldern nichts gedieh. Der Wetterbericht war wichtiger als alle anderen Nachrichten, wenn morgens das Radio lief.

Der untersetzte Koch, der mit dem Chuckwagon auf die Weide fuhr, wurde Cactus gerufen. Mittlerweile wusste Jule, dass man ihn so nannte, weil er so grimmig werden konnte, besonders wenn sich einer der Cowboys über den Kaffee oder das Essen beklagte. Jule begleitete ihn in einem Pick-up der Ranch. Er war trotz seiner Größe einfach zu fahren, man brauchte nicht zu schalten und hatte vor allem auf der offenen Weide genug Platz. Sie folgte Cactus zur Winterweide, wo die Cowboys ihr Lager aufgeschlagen hatten und er ein Feuer entfachte und Kaffee in einer großen Kanne kochte. Kaffee war das Allerwichtigste für Cowboys und beeinflusste ihre Laune für den ganzen Tag.

Die Arbeit hatte sich in beinahe hundert Jahren kaum verändert. Der Chuckwagon oder Küchenwagen bildete den Mittelpunkt des Lagers, in seiner Nähe hatten die Cowboys ihre Decken für die Nacht ausgerollt. Geschlafen wurde im Freien, in einem Zelt fühlte sich ein Cowboy in seiner Freiheit bedrängt. Nachdem der Kaffee fertig war, kochte Cactus seine Spezialität, einen kräftigen Bohneneintopf mit Fleisch, das Essen für die nächsten Tage, dazu gab es Biskuits.

Jule schälte Kartoffeln und kümmerte sich um die Biskuits, und wie jeder Hilfskoch war sie nach dem Essen zum Geschirrspülen eingeteilt. Jule machte es nichts aus, sie hatte genug Geschirr in ihrem Leben gespült und fand es in dieser Umgebung sogar erträglich. Cactus hatte die Angewohnheit, während des Kochens zu singen, traditionelle Cowboylieder wie »Home on the Range«, und rühmte sich, bei einem der letzten Rindertreiben in den Zwanzigerjahren dabei gewesen zu sein. Ob es stimmte, wusste niemand. Übertreibungen gehörten bei so manchem Cowboy dazu, in dieser Hinsicht standen sie Jägern und Anglern in nichts nach.

Ihren Ehemann bekam Jule meist erst abends zu Gesicht, doch wenn sie nichts zu tun hatte, ging sie ein paar Schritte und blickte zu den Cowboys auf der nahen Weide hinüber. Wie eine Insel breitete sich die Weide zwischen dem Concho River und einigen schroffen Felsen aus, eine mit Gras bewachsene Ebene, die im Winter vor dem kalten Nordwind geschützt war und es den Rindern etwas einfacher machte. Das Gras war nach dem trockenen Sommer braun, und alle hofften, dass es nach dem Regen der letzten Tage noch einmal aufblühte. Die Herde wuchs ständig, wurde von den Cowboys manchmal meilenweit über offenes Land getrieben, bis sie die Weide erreichten. Einer der Männer hatte ein versprengtes Kalb über dem Sattel liegen und brachte es zu seiner Mutter zurück.

John war bei den Männern, die eine stattliche Anzahl von Rindern für den Transport in die Schlachthöfe aussonderten. Es war spannend, ihn dabei zu beobachten, wie er die gemästeten Rinder mit seinem Quarter Horse von der Herde trennte und in einen Corral aus Holzzäunen trieb. Eines der Rinder wollte fliehen, aber das Quarter Horse war schneller und geschickter, stellte sich dem Rind bei jedem Fluchtversuch in den Weg, bis es sich ergab und erschöpft in den Corral lief. Nur erfahrene Cowboys mit Quarter Horses schafften solche Manöver.

Abends ritten Jule und John in eine Senke außerhalb des Lagers und sahen sich den Sonnenuntergang an. Die Abende im westlichen Texas waren besonders farbenprächtig und begeisterten selbst einheimische Cowboys wie John. Die Weide schien unter den letzten Sonnenstrahlen zu glühen und glänzte in einem geheimnisvollen Zwielicht, als die Sonne hinter den

Bergen versank. Der Wind wurde frischer, wirbelte losen Sand auf und spielte mit den Mähnen ihrer Pferde.

»Weißt du, was wir glauben?«, sagte er. »Dass wir nach dem Tod in den Sonnenuntergang reiten und dort ein Paradies mit Rindern und Pferden, saftigen Weiden und unseren Freunden finden. Unser Leben dort wird nicht anders sein, nur wird es keinen Ärger und keine Sorgen mehr geben. Wäre das nicht schön?«

»Wunderschön«, antwortete sie. »Uns wurde gesagt, dass die Braven im Himmel zu Engeln werden, auf einer Wolke sitzen und ›Hosianna!‹ singen. Die Bösen kommen in die Hölle und müssen dem Teufel beim Kohleschippen helfen.«

John lachte. »Du bist doch jetzt schon ein Engel.«

»Meine Eltern sagen was anderes.«

»Weil du einen Texaner geheiratet hast?« Er griff sich an den Kopf.

»John?«, erschrak sie. »Was ist mit dir?«

»Nur ein bisschen schwindlig«, erwiderte er. »Muss am Wetter liegen. Ich war wohl zu lange in Deutschland und bin das Texas-Wetter nicht mehr gewöhnt.«

»Oder du hast zu hart gearbeitet.« Sie beugte sich aus dem Sattel und küsste ihn sanft. »Lass uns zurückreiten! Sonst werden die anderen noch eifersüchtig.«

Sie kehrten ins Camp zurück und winkten den Männern zu, die für die erste Nachtwache eingeteilt waren. Im Lager schliefen einige Männer schon, das Schnarchen des Kochs tönte weit auf die Weide hinaus. Niemand sang fröhliche Lieder oder spielte Karten wie in den Westernfilmen, dazu waren die Cowboys nach der anstrengenden Arbeit viel zu erschöpft. Einige Nachtvögel krächzten.

Jule übernachtete auf der Pritsche des Chuckwagons und war schon nach wenigen Minuten eingeschlafen. Als sie erwachte, war es noch dunkel. Sechs Uhr früh, höchste Zeit, die restlichen Biskuits vom Vortag aufzuwärmen und Cactus beim Kaffeekochen zu helfen. Cowboys waren früh auf den Beinen. Zum Frühstück gab es Rührei mit Speck, nur mit einer kräftigen Mahlzeit ließ sich die anstrengende Arbeit angehen. Es mussten noch einige besonders störrische Rinder aus den Felsen auf die Winterweide getrieben werden, darunter auch mehrere Rinder, die für die Schlachthöfe in den Corral getrieben werden mussten. Alle Reiter trugen Chaps, lederne Überhosen, die gegen Kakteen und Dornenbüsche schützten.

Die Schreckensnachricht erreichte Jule gegen Mittag. Einer der Cowboys kam ins Camp geritten und zügelte vor Cactus und Jule sein Pferd. »John!«, rief er. »John ist vom Pferd gestürzt! Bei den Felsen, ungefähr zwei Meilen von hier!«

Jule schaltete sofort. »Wie schlimm ist es? Er ist doch nicht …«

»Sein rechtes Bein ist gebrochen! Er muss dringend ins Krankenhaus!«

»Ich mach das«, sagte Jule. »Ich nehm den Pick-up.«

»Ich komme mit.« Cactus holte seinen Erste-Hilfe-Kasten aus dem Chuckwagon. »Wir verarzten ihn notdürftig und fahren ihn ins Shannon.« So nannte jeder in San Angelo und Umgebung das Shannon Memorial Hospital. »Zum Haus fahren und einen Krankenwagen rufen, dauert viel zu lange.« Einem Cowboy rief er zu: »Du übernimmst meinen Job, Rusty. Du brauchst den Eintopf nur aufzuwärmen. Kaffee wirst du ja wohl hinkriegen. Bis heute Abend bin ich zurück.«

Jule überließ dem Koch das Steuer. Er kannte sich besser auf der Weide aus als jeder andere und kannte den schnellsten Weg zur Unfallstelle und zum Krankenhaus. Der Cowboy, der sie alarmiert hatte, folgte ihnen mit seinem Pferd.

Sie brauchten keine Viertelstunde bis zu dem felsigen Hang, auf dem John lag. Ein anderer Cowboy hatte seine Jacke unter Johns Kopf gelegt und redete beruhigend auf ihn ein. Jule rannte zu ihnen und ging neben ihrem verletzten Mann in die Knie. »John!«, rief sie. »Mein Gott, John! Ist es schlimm?« Sie legte eine Hand auf seine Wange und begann zu weinen, als sie die zahlreichen blutigen Schrammen auf seinem Gesicht entdeckte. Sein Mund und die Nase waren blutverschmiert, anscheinend war er vornüber auf den felsigen Boden geprallt.

»Jule!«, brachte er mühsam hervor. »Tut mir leid, Jule!«

»Du wirst wieder«, tröstete sie ihn. »Wir bringen dich ins Krankenhaus.«

»Aber zuerst schienen wir dein Bein«, sagte Cactus, »sonst weckst du mit deinem Geschrei noch die Kojoten.« Er öffnete seinen Erste-Hilfe-Kasten und nahm zwei Schmerztabletten aus einer Dose. »Hier … gegen die Schmerzen! Es wird ein bisschen wehtun.« Er flößte ihm die Tabletten mit Wasser aus seiner Feldflasche ein. »Blue«, sagte er zu dem Cowboy, »such mir einen Ast oder so was!«

Blue lief zu einem einsamen Cottonwood-Baum und kehrte mit einem abgebrochenen Ast zurück. »Was Besseres gab's nicht. Ist es arg schlimm, Cactus?«

»John ist hart im Nehmen. Stimmt's, John?«

Jule und Blue warteten abseits, während Cactus den Verletzten versorgte. Der Schrei, den John ausstieß, als der Koch sein Bein richtete, ging ihnen durch Mark und Bein. »Schon erledigt«, sagte Cactus und fixierte den Ast mit Klebeband.

John hatte das Bewusstsein verloren und stöhnte leise.

Jule holte einige Wolldecken von der Rückbank des Pick-ups, bereitete ein einigermaßen bequemes Lager auf der Ladefläche und half den Männern, John nach oben zu hieven. »Ich bleibe bei ihm«, sagte sie. »Nimm keine Rücksicht auf mich, Cactus, ich falle schon nicht runter. Er braucht so schnell wie möglich einen Arzt. Falls er innere Blutungen hat, kommt es vielleicht auf jede Minute an.«

Sie verabschiedeten sich von Blue, der mit Johns Pferd zum Camp zurückkehren würde, und fuhren los. Jule wurde unsanft angehoben und hielt sich gerade noch rechtzeitig fest. Mit der freien Hand und ihren Beinen sorgte sie dafür, dass John nicht über die Ladefläche geschleudert wurde. Während der Fahrt über die offene Weide wurde es nicht besser. John konnte froh sein, dass er bewusstlos blieb und kaum etwas davon merkte. »Halt durch, John! Gleich wird es ruhiger.«

Jule seufzte dankbar, als sie den Highway erreichten und endlich Asphalt unter den Rädern hatten. Gegen die holprige Fahrt über die Weide war der letzte Teil der Strecke die reinste Erholung. Sie parkten vor der Notaufnahme des Memorial, und Cactus hupte zweimal, aber man hatte sie bereits gesehen, und zwei Pfleger und ein Arzt eilten mit einer Trage auf Rollen herbei. »Mein Mann«, rief Jule ihnen zu. »Er ist vom Pferd auf einen felsigen Hang gestürzt. Sein rechtes Bein ist gebrochen.« Jule wunderte sich selbst, wie klar sie noch denken konnte.

Cactus wollte mitkommen, aber Jule hielt ihn zurück. »Ich schaff das auch allein, Cactus. Du wirst auf der Weide gebraucht. Sag den Hammonds, was passiert ist und wo ich bin, und fahr ins Camp zurück! Die Cowboys brauchen dich.«

Im Krankenhaus brachte sie eine Schwester in den Wartebereich. »Es kann etwas dauern, Ma'am«, sagte sie. »Wenn Sie lieber nach Hause gehen wollen …«

»Ich bleibe hier«, erwiderte sie.

Erst jetzt wurde ihr bewusst, was eigentlich passiert war. Das Adrenalin, das ihr geholfen hatte, die Situation einigermaßen nüchtern zu meistern, ließ nach und trieb ihr Tränen in die Augen. Sie schniefte so laut, dass eine Schwester auf sie aufmerksam wurde und ihr einen Tee brachte. »Ein Tee hilft immer«, sagte sie mitfühlend. »Ich nehme an, es geht um den Cowboy mit dem gebrochenen Bein, den sie gerade in den OP gebracht haben. Er ist in guten Händen, Ma'am.«

Zwei Stunden später, draußen wurde es bereits dunkel, kam ein Arzt und sagte: »Mrs Campbell? Ihrem Mann geht es den Umständen entsprechend. Die Prellungen und Schürfwunden sind kein Problem, aber der Bruch ist leider etwas kompliziert. Es besteht die Gefahr, dass sich die Wunde entzündet. Wir müssen ihn ein paar Tage hierbehalten, bis sich zeigt, wie die Medikamente anschlagen.«

»Kann ich ihn sehen?«

»Noch nicht, Ma'am. Wir mussten ihm schwere Schmerzmittel geben, und er wird frühestens übermorgen wieder ansprechbar sein. Wir rufen Sie an, okay?«

Jule gab ihm ihre Telefonnummer, die sie erst vor wenigen Tagen für ihren neuen Anschluss bekommen hatte, und fügte sich widerwillig. »Mein Mann wird doch wieder gesund?«, hakte sie nach. Die Diagnose hatte sie nervös gemacht.

»Die OP ist gut verlaufen, Ma'am, aber wir wollen ganz sichergehen.«

Auf dem Weg nach draußen begegnete sie den Hammonds und ihrer Schwiegermutter. »Kein Grund zur Sorge«, sagte sie, obwohl der Arzt sie eher nervöser gemacht hatte. »Die OP ist gut verlaufen, aber der Bruch war kompliziert, und er hat starke Schmerzmittel bekommen. Der Arzt ruft mich an, wenn wir ihn besuchen können.« Sie merkte nicht, dass ihr wieder Tränen über die Wangen rannen.

»Wie ist das bloß passiert?«, fragte Rose. Sie war genauso betroffen wie Jule und die Hammonds. »Ein erfahrener Cowboy wie er fällt doch nicht vom Pferd?«

»Blue … der Cowboy, der bei ihm war, wusste es auch nicht«, erwiderte Buck. »Er nimmt an, dass Johns Pferd vor einer Klapperschlange gescheut hat. Ist mir auch mal passiert, als ich noch jünger war. Zum Glück bin ich in weichen Sand gefallen.« Er wandte sich an Jule. »Du kannst dir natürlich ein paar Tage freinehmen. Und John bekommt diesen Monat weiter seinen vollen Lohn. Das dürfte euch ein bisschen helfen. Ich hoffe, er kommt bald wieder auf die Beine.«

Jule fuhr mit ihrer Schwiegermutter nach Hause. Mit dem großzügigen Angebot der Hammonds würden sie über die Runden kommen. Wenn es zu gefährlich für ihn würde, als Cowboy zu arbeiten, weil der Heilungsprozess zu lange dauerte, konnte er immer noch in einer Werkstatt anheuern. An den schlimmsten Fall, dass die Verletzung doch schlimmer als erwartet war und er monatelang arbeitsunfähig war, wagte sie gar nicht zu denken. Sie hatten keine Versicherung abgeschlossen. In Amerika kostete vieles Geld, was in Deutschland von der Krankenkasse abgedeckt wurde.

Den nächsten Tag nutzte Jule für einen Besuch bei ihrem Frauenarzt, von dem sie sich in regelmäßigen Abständen untersuchen ließ. Ihre Regel war ausgeblieben. Sie schob es auf ihre Hochzeit und ihre Auswanderung nach Amerika, sehr viel Aufregung, die ein Ausbleiben der Regel verursachen konnte. Doch diesmal fühlte sie sich anders, und sie wollte Bescheid wissen, bevor sie John besuchte, auch wenn ihnen ein Kind in ihrer Situation eigentlich nicht gelegen käme. Aber was waren schon finanzielle Sorgen gegen das Glück, ein Baby zu bekommen?

Mit einem Lächeln im Gesicht kehrte Jule in den Trailer-Park zurück. Rose wartete mit einem Brief aus Deutschland auf sie. »Kam heute Morgen mit der Post«, sagte sie. Auf dem Umschlag war das rot-weiße Logo der Quick zu sehen.

Jule öffnete den Umschlag und traute ihren Augen nicht. Der Verlag hatte ihr einen Scheck über mehrere hundert D-Mark geschickt. In dem Begleitbrief stand: »… freuen wir uns, Ihnen mitteilen zu können, dass uns Ihre Geschichten sehr gefallen haben. Wir werden sie in nächster Zukunft veröffentlichen. Anbei ein Scheck mit dem in unserem Verlag üblichen Honorar für Kurzgeschichten. Wir sehen der Übersendung weiterer Geschichten gern entgegen und verbleiben …«

»Wow!«, sagte sie und überraschte Rose mit der anderen Nachricht.

Als zwei Tage später eine Schwester anrief und Jule ins Krankenhaus fuhr, kam ihr der Arzt entgegen. »Ich komme gerade von Ihrem Mann, Mrs Campbell«, sagte er. »Ich habe gute Nachrichten. Wir behalten ihn, um ganz sicherzugehen, noch bis Samstag hier, dann kann er gehen. Bitte achten Sie darauf, dass er sich noch so lange schont, bis er sich einigermaßen schmerzlos mit Krücken bewegen kann. Männer wie er überschätzen sich gern. Versprechen Sie mir das?«

»Natürlich, Doc. Ich werde ihn wie eine Glucke bewachen.«

Der Arzt nickte. »Dann steht seiner baldigen Entlassung nichts im Wege. Sorgen Sie bitte dafür, dass er regelmäßig zu den Nachuntersuchungen kommt.«

»Mach ich, Doc.«

Mit einem Lächeln im Gesicht ging sie zu John, der aufrecht im Bett saß und sich am Haltegriff festhielt. Er wirkte nicht wie jemand, der gerade erfahren hatte, dass man ihn in wenigen Tagen entlassen würde. Er war noch etwas schläfrig. »Jule!«, sagte er. Die Schmerzmittel wirkten noch immer, und er konnte nur leise sprechen. »Es tut mir leid, Jule. Ich hätte besser aufpassen sollen.«

Jule setzte sich auf den Bettrand, und sie küssten sich behutsam. Sie lächelte noch immer. »Ja, hast du denn nicht gehört? Du wirst am Samstag entlassen!«

Er schien sie nicht verstanden zu haben, wirkte beinahe verzweifelt. »Aber bis mein Bein wieder ganz okay ist und ich wieder reiten darf, kann es noch Wochen dauern. Von was sollen wir denn jetzt leben? Hammond bezahlt mir nur noch einen Monatslohn, und als seine Haushälterin verdienst du leider nicht genug.«

Jule küsste ihn wieder. »Kein Problem«, sagte sie und dachte an die Honorare, die sie für ihre Kurzgeschichten bekam. »Ich habe gute Nachrichten, John.«

1959
Gerda

25

Ihre Hochzeit würde Gerda niemals vergessen. Sie mochte den Benziger Werner, sie mochte ihn wirklich, und sie glaubte inzwischen daran, mit ihm glücklich werden zu können, doch ihre Bedenken hatten sich schon während der Trauung zurückgemeldet. Sie hatte den Bruchteil einer Sekunde zu lange gezögert, ihm das Ja-Wort zu geben, als der Pfarrer sie gefragt hatte, aber sofort gelächelt und die Hochzeitsgäste glauben lassen, ihr hätte es vor Aufregung die Sprache verschlagen. Bei der anschließenden Hochzeitsfeier hatte sie zu viel Sekt getrunken und die Hochzeitsnacht angezogen auf ihrem Bett verschlafen. Am nächsten Morgen hatte sie sich kleinlaut bei Werner entschuldigt.

Während der folgenden Tage bemühte sich Gerda, besonders freundlich zu ihrem Mann zu sein. Sie half ihm bei der Arbeit im Stall, wenn er von seiner Zeitungsarbeit nach Hause kam, achtete beim Kochen mit ihrer Mutter darauf, dass er öfter seine Lieblingsspeisen vorgesetzt bekam, besonders seinen geliebten Leberkäs, den er abends mit Brot und süßem Senf verschlang. Sie brachte ihm Bier vom Stettner, schimpfte nicht, wenn er mit ihrem Vater ins Wirtshaus ging und erst spätabends zurückkehrte, und wehrte sich nicht, wenn er aufdringlich wurde, ihr seine Bierfahne ins Gesicht blies und ihren Körper mit Küssen bedeckte. Nur zum Letzten war sie nicht bereit. »Sei mir nicht böse, Werner«, sagte sie, »gib mir noch etwas Zeit. Es … es kommt alles so plötzlich.«

Er ließ wütend von ihr ab. »Was ist los mit dir?«, fuhr er sie an. »Warum wehrst du dich jedes Mal, wenn ich was von dir will? Willst du keine Kinder?«

An Kinder hatte sie überhaupt noch nicht gedacht. Der Gedanke, dass sie seine Kinder großziehen würde, erschreckte sie, und das Bibelwort »Liebet und vermehret euch!« machte ihr plötzlich Angst. Hatten Jule und Ingrid recht gehabt? War es falsch gewesen, dem Wunsch ihrer Eltern zu folgen und einen Mann zu heiraten, bei dessen Anblick sie nicht das berühmte Kribbeln verspürte?

Anscheinend hatte sich Werner beklagt, denn ungefähr zwei Wochen später stellte sie ihr Vater im Stall zur Rede und sagte: »Der Werner war bei mir. Er sagt, du würdest deinen ehelichen Pflichten nicht nachkommen. Stimmt das?«

Gerda errötete. Sie war es nicht gewohnt, über intime Themen mit ihrem Vater zu reden. »Ich versuche, ihm eine gute Ehefrau zu sein, Vater. Aber es ging alles sehr schnell, und ich muss mich erst an ihn gewöhnen. Ich hab ihm gesagt, er soll mir nicht böse sein und dass ich noch etwas Zeit brauche.« Sie unterbrach ihre Arbeit und stützte sich auf die Mistgabel. »Hat sich der Werner beschwert?«

»Was denkst du denn?«, erwiderte er. »Jeder Mann würde sich beschweren, wenn sich seine Frau ihm verweigert. Also tu gefälligst, was von einer guten Ehefrau erwartet wird. Deine Mutter wartet sehnsüchtig auf einen Enkel. Die Agnes hat zehn Monate nach der Hochzeit ihr Kind bekommen. Nimm dir ein Beispiel an ihr, oder willst du dich zum Gespött der ganzen Familie machen?«

»Ich will's versuchen, Vater.«

»Versuchen?«, brauste er auf. »Er ist dein Mann, vergiss das nicht!«

Sie wohnten im Haus von Gerdas Eltern, mit dem Einverständnis seiner Eltern, die ihren Bauernhof aufgegeben hatten und in Pressath eine Baumschule betreuten. Sein Vater war wegen einer Lungenentzündung nicht im Krieg gewesen, und auch seine Mutter war angeschlagen und zu schwach für die anstrengende Arbeit einer Bäuerin. Werner wollte beides tun, für die Zeitung als Lokalreporter arbeiten und seinen Schwiegereltern auf dem Bauernhof helfen. Gerdas Vater wäre es lieber gewesen, er wäre als Jungbauer bei ihm eingestiegen, aber Werner wollte auf seine Arbeit als Reporter nicht verzichten und hatte seinen Schwiegervater überzeugt, indem er ihm seine monatliche Gehaltsabrechnung gezeigt hatte.

Nach seiner Ermahnung raffte sich Gerda auf und fand wider Erwarten einigen Gefallen daran, mit ihm zu schlafen. Sie fühlte sich ausgeglichener und ruhiger, wenn sie sich ihm hingegeben hatte, vielleicht auch, weil sie dabei an Matthias dachte. Ganz würde es ihr wohl nie gelingen, ihren ehemaligen Freund aus dem Gedächtnis zu tilgen. Mit Werner lief es jedoch immer besser, auch er wirkte jetzt ausgeglichener und ließ sich sogar zu Komplimenten hinreißen. Vielleicht würde sie ihn niemals lieben können, aber sie wäre schon zufrieden, wenn sie es schafften, sich liebevoll zu begegnen, zu ehren und gegenseitig zu respektieren.

Sie hatten bereits die Ernte eingefahren, als sich Gerdas Vater während der abendlichen Brotzeit an Werner wandte. Wie die meisten Väter sprach er nur mit seinem Schwiegersohn, selbst wenn es um Gerdas Zukunft ging und sie mit am Tisch saß.

»Ich hab dir einen Vorschlag zu machen, Werner«, sagte er. »Wenn ich nicht mehr bin, sollst du unseren Hof übernehmen. Du hast Ahnung von der Landwirtschaft, das hast du schon bewiesen, und wirst ein würdiger Nachfolger sein. Die Gerda wird dir dabei helfen. Ist vielleicht noch ein bisschen früh, um darüber zu reden, aber ich denke gern voraus. Ihr vertragt euch, wie ich sehe, und wir brauchen uns keine Sorgen mehr zu machen. Hab ich recht?«

»Alles, wie es sein soll«, sagte Werner.

»Davon gehe ich aus«, antwortete Gerdas Vater. Er klang mürrisch wie eh und je. »Deshalb war ich auch einverstanden, dass du deine Arbeit bei der Zeitung behalten willst, zumindest für die nächsten paar Jahre. Sie bringt gutes Geld und wird dir helfen, das Haus zu finanzieren, das du für deine Familie bauen wirst.«

Werner blickte ihn zweifelnd an. »So ein Haus kostet viel Geld.«

»Nicht wenn du es auf unserem Grundstück baust, das ist groß genug, und ihr braucht nichts für den teuren Grund eines anderen zu bezahlen.« Er deutete aus dem Fenster. »Hinter den Schuppen ist genug Platz. Was meinst du, Werner?«

»Das ist ein großzügiges Angebot.«

Der Vater grinste. »Das will ich doch meinen. Darauf müssen wir trinken!« Er ging zu einem der Wandschränke, holte eine Schnapsflasche und zwei Gläser heraus und schenkte ein. Sie hoben die Gläser. »Auf euer neues Haus! Prost!«

Gerda wunderte sich ein wenig. Ihr Vater hatte sie weder um ihre Meinung gefragt noch wurde sie in das Gespräch miteinbezogen. Sie hatte zu tun, was er von ihr verlangte. Eine Rolle, die ihr nicht gefiel, aber so war es immer gewesen und nur starke Frauen wie Jule und Ingrid lehnten sich dagegen auf. Sie ließ es geschehen und war ihrem Vater nicht einmal böse. Es gab Dinge, die nur von Männern entschieden wurden. Welche Partei eine Frau wählte, ob sie arbeiten durfte, ob man sich ein Auto oder einen Fernseher anschaffte, wie viel Geld man ausgeben konnte. Das Gleichstellungsgesetz, oder wie immer es hieß, würde daran wenig ändern.

Alles Dinge, die Gerda gern den Männern überließ. Aber warum ihr Vater einen Verehrer vom Hof gejagt hatte, nur weil er evangelisch und geschieden war, verstand sie nicht. Sicher, eine Scheidung war ein Makel, und die Kirche verbot einem Geschiedenen, noch einmal kirchlich zu heiraten, aber ein solcher Mensch war doch kein Verbrecher, und die Lutherischen glaubten an denselben Gott. Sie war immer noch der Meinung, eine Heirat mit Matthias hätte sie glücklicher gemacht. Aber die Entscheidung war längst gefallen, und sie tat gut daran, auch Werner eine gute Ehefrau zu sein. Vielleicht behielt ihre Mutter doch recht, und sie würde sich irgendwann in ihn verlieben.

Obwohl Jule und Ingrid das Dorf längst verlassen hatten, fuhr Gerda sonntags gern mit dem Fahrrad zum Badesee, wenn Werner mit ihrem Vater beim Frühschoppen war, und erinnerte sich an die unbeschwerten Stunden, die sie hier mit ihren Freundinnen verbracht hatte. Seltsamerweise waren die ersten Jahre nach dem Krieg die schönsten gewesen. Erst mit ihren Männerbekanntschaften hatten Jule und auch Gerda einige Probleme bekommen. Gerade in einem Dorf wie Eschenbrunn, das in unmittelbarer Nähe einer amerikanischen Garnison lag und jeder Veränderung skeptisch gegenüberstand, hatten es junge Menschen besonders schwer. Einige wie Jule und Ingrid brachen aus, andere wie Gerda blieben und versuchten, sich dem Klammergriff ihrer Eltern auf andere Weise zu entziehen.

Einmal hatte Gerda versucht, mit Werner über diese Probleme zu reden, aber der war fest in der Tradition seiner Heimat verankert. »Was willst du denn?«, entgegnete er. »Es ist doch alles gut. Warum soll denn plötzlich schlecht sein, was bisher immer funktioniert hat? In Eschenbrunn haben die Eltern immer die Ehemänner für ihre Töchter ausgesucht. In einer Ehe geht es nicht nur um Liebe, sondern auch darum, eine Frau gut versorgt zu wissen.« Es klang wie auswendig gelernt. »So wie es in der Bibel steht. Wir leben nach Gottes Geboten, der Mann verdient das Geld, und die Frau sorgt sich um die Kinder. Du wirst mir einen Sohn schenken, der ebenso leben und unseren Namen ehrenvoll vertreten wird.«

Sie setzte sich auf den Felsbrocken, auf dem sie mit ihren Freundinnen so oft gesessen hatte, und blickte auf den See hinaus. Leichter Regen kräuselte das Wasser. Es wurde Herbst, und nur hartgesottene Badegäste taten sich noch das kühle Wasser an. Der Wind blies die ersten gefallenen Blätter über den Boden.

In Texas war es um diese Zeit sicher sommerlich warm. Sie erinnerte sich an Jules Brief und die Fotos. Wie sie im Sattel eines gescheckten Pferdes saß und ein Lasso in der Hand hielt, wie John ein wildes Pferd einritt, wie einige Männer über die Prärie dem fernen und kaum sichtbaren Horizont entgegenritten. Jule sah glücklich aus, hatte ihr Glück in weiter Ferne gefunden. Wie sie sich so schnell an Texas gewöhnen konnte und es schaffte, gegen ihr Heimweh anzukämpfen, verstand Gerda nicht. Sie könnte sich in einem fremden Land niemals wohlfühlen.

Auch Ingrids Weg hätte sie niemals einschlagen können. Von ihr brauchte sie keinen Brief, um zu erfahren, wie es um sie stand. In fast jeder Illustrierten war jetzt ein Foto von ihr, und man munkelte bereits, dass sie einer Ruth Leuwerik oder Sonja Ziemann den Rang ablaufen würde. In Alexander Haffner hatte sie anscheinend den perfekten Mann gefunden, den reichen und attraktiven Unternehmer, den sie sich immer gewünscht hatte, und sie wohnte jetzt in Frankfurt, einer riesigen Stadt, die Gerda genauso erschreckt hätte wie der mehr als zehn Jahre ältere Haffner.

Auf dem Rückweg vom Badesee begegnete sie Jules Mutter, die gerade von einem Besuch von ihrer Schwester zurückkehrte.

»Gerda! Warte mal!«, rief die Bäuerin. Sie trug ihr feinstes Sonntagskleid und hatte ihre Handtasche dabei.

Gerda stieg vom Rad. »Bergmüllerin! Was gibt's denn?«

»Magst auf einen Kaffee mitkommen? Ich hab Apfelkuchen gebacken, der schmeckt dir bestimmt.« Sie überquerten gemeinsam den Marktplatz. »Wir sind allein«, sagte sie, als wäre das wichtig. »Mein Mann ist unterwegs, und die Großmutter kommt nicht mehr aus ihrem Zimmer. Du hast doch ein wenig Zeit?«

»Sicher, Bergmüllerin.«

Jules Mutter wartete, bis sie in der Küche waren und sie Kaffee und Kuchen gebracht hatte. Sie zog die Fotos, die Jule geschickt hatte, aus ihrer Kittelschürze und legte sie auf den Tisch. »Hast du auch einen Brief von der Jule bekommen?«

Gerda trank einen Schluck vom Kaffee und deutete auf die Fotos. »Sie hat mir die gleichen Fotos wie Ihnen geschickt.« Sie sah den Zweifel und auch ein wenig Verzweiflung in den Augen der Bäuerin. »Stimmt was nicht, Bergmüllerin?«

»Die Frau auf dem Pferd … ist das wirklich meine Tochter?«

»Natürlich«, erwiderte Gerda, verwundert darüber, dass die Bäuerin ihre eigene Tochter nicht zu erkennen schien. »Sie sieht anders aus mit dem Cowboyhut, nicht wahr? So laufen sie in Texas anscheinend alle rum. Wegen der vielen Sonne. Die Stiefel tragen sie gegen Schlangen und Skorpione und weil man damit einen festeren Halt in den Steigbügeln hat. Weiß ich von einem Amerikaner.«

»Und Hosen, sie trägt Hosen!«

»Nur beim Reiten, Bergmüllerin. Mit einem Kleid oder Rock könnte man sich viel zu leicht verheddern. Aber sie reitet nicht viel. Hat sie Ihnen nicht geschrieben, dass sie als Haushälterin für den Rancher und seine Frau arbeitet? Dabei sieht sie auch nicht anders aus als hier. John arbeitet als Cowboy auf der Ranch.«

»Das hat sie mir auch geschrieben. Was ich nicht verstehe …«

Gerda aß ein Stück vom Kuchen und nickte anerkennend. Die Bergmüllerin war bekannt für ihren guten Apfelkuchen, und manche Leute machten sich lustig über sie, weil ihr Mann keinen Kuchen mochte und auch die Mutter ihres Mannes eine deftige Brotzeit bevorzugte. Ihren Kuchen teilte sie mit Nachbarn und Bekannten, wenn ihr Mann nicht zu Hause war und die Großmutter schlief.

»Was ich nicht verstehe«, setzte sie erneut an und betrachtete das Foto, das Jule und John vor ihrem Trailer zeigte. »Warum wohnen sie wie die Zigeuner in diesem fürchterlichen Wohnwagen? Haben die in Amerika denn keine Häuser?«

Gerda hatte in der Micky Bar mit einem Amerikaner getanzt, dessen Eltern ebenfalls in einem Trailer-Park wohnten. »Das ist dort ganz normal und vor allem viel preiswerter. So fällt es ihnen leichter, für ein Haus zu sparen. Mir hat Jule geschrieben, dass sie spätestens in einem Jahr im eigenen Haus wohnen wollen.«

»Und wo sollen die stehen?« Jules Mutter kannte Amerika nur von gelegentlichen Bildern in Illustrierten. »Mir kommt es so vor, als gäbe es dort nur trockenes Weideland und diese Wohnwagensiedlung. Schau dir das Foto doch an!« Sie griff nach dem Foto, das Jule auf der Weide aufgenommen hatte, um ihren Eltern einen Begriff von der scheinbar endlosen Weite zu vermitteln. »Nicht mal Wälder gibt es dort, auf so einem unfruchtbaren Land kann man doch nicht siedeln.«

»Den Ranchern gefällt es«, erwiderte Gerda. »Auf den Ranches gibt es keine Felder und wenn, dann höchstens einen Küchengarten, aber die Kornfelder liegen ganz woanders. Im Mittelwesten, hab ich gehört, mitten in Amerika. In Texas geht es um Rinder und Pferde. Die Herden auf den Ranches sollen riesig sein.«

»Und du glaubst, Jule ist dort glücklich?«

»Sie ist bei dem Mann, den sie liebt, Bergmüllerin, da ist man immer glücklich. Und sie hat sich in das Land verliebt, schreibt sie. In Texas würde man sich wirklich frei fühlen. Da wäre es nicht so eng wie hier in Eschenbrunn.« Sie wischte sich Sahne von der Oberlippe. »Sie brauchen sich keine Sorgen zu machen. Jule geht es gut. Sie fühlt sich bei John wie im Paradies.«

Auf dem Heimweg kamen Gerda ihre eigenen Worte in den Sinn. Sie ist bei dem Mann, den sie liebt, da ist man immer glücklich. Warum hatte sie nicht den Mut besessen, sich von ihren Eltern zu lösen und mit Matthias ihr Glück zu suchen? Es war nicht gegangen, war die Antwort. Ihre Eltern kämen, anders als die Bergmüllers, nie darüber hinweg. Und sie wäre vielleicht während der ersten Tage oder Wochen glücklich gewesen, aber dann wäre das Heimweh gekommen, die Sehnsucht nach der Geborgenheit, die sie trotz allem in Eschenbrunn empfand. Der Wunsch, nahe bei ihren Eltern zu wohnen, um im Alter für sie sorgen zu können. Sie mochte ihre Eltern, auch ihren Vater, selbst wenn er im Krieg ein Verbrechen begangen hatte. War denn irgendjemand, der an der Front gewesen war, frei von Schuld?

Werner war in ihrem Zimmer, als sie nach Hause kam. Er stand am Fenster und hatte anscheinend den Teil des Grundstücks im Blick, auf dem sie ihr Haus bauen würden.

»Das geht schneller, als man denkt«, sagte er. »Ich kenne eine ganze Reihe von Leuten, die uns helfen würden, auch einen Maurer und einen Zimmermann.« Er drehte sich zu ihr um. »Warst du wieder an diesem Badesee?«

Gerda nickte. »Als Jule und Ingrid noch hier waren, gehörte der Nachmittag am Badesee zu unseren Ritualen. Und danach war ich bei der Bergmüllerin.«

»Was will die denn von dir?«

»Sie macht sich Sorgen um ihre Tochter«, sagte Gerda. »Texas wäre so anders, und sie würde in einem Wohnwagen leben, da könnte sie nicht glücklich sein.«

»Hat sie nicht recht?« Er legte seine Hände auf ihre Schultern. »Ich würde die Oberpfalz auch nicht verlassen. Sei froh, dass dich deine Eltern davon abgehalten haben, etwas Dummes zu tun. Wir beide werden sehr glücklich sein, Gerda.«

»Meinst du wirklich?«

Er schien zuversichtlich. »Du wirst es gut bei mir haben. Ich werde immer für dich sorgen. Und nächstes Jahr ziehen wir in unser eigenes Haus. Ist das nichts?«

»Vielleicht hast du recht«, sagte sie und ließ sich von ihm küssen.

26

Gerda gewöhnte sich an ihren Mann. Er benahm sich liebevoll, aber auch so bestimmt, dass nicht einmal ihr Vater etwas an ihm auszusetzen hatte, und war nicht besser oder schlechter als die meisten anderen Ehemänner in Eschenbrunn. Er verstand etwas von der Landwirtschaft, ließ sich bei der Arbeit nicht hängen und war auch als Reporter erfolgreich. Oftmals war er tagelang auf Recherche, wie er das nannte, berichtete über das, was die Menschen in der Oberpfalz bewegte, und tat sich vor allem mit Artikeln über die »kleinen Leute« hervor. Den Pfarrer, der sich um Kriegerwitwen und ihre Kinder kümmerte, den Bau einer Wohnsiedlung, das erste Spiel eines neuen Fußballvereins, eine neue Buslinie.

Werner war ein Mann, um den sie einige Frauen beneideten, vielleicht, weil er so herrlich normal schien. Einer, der so lebte wie sein Vater und sein Großvater, alles Neue kritisierte und sich an den Traditionen seiner Vorfahren orientierte. Beim Essen saß er neben dem Vater und bekam sein Essen nach ihm, noch vor Gerda und ihrer Mutter. Er trug Gerda auf, zusammen mit ihrer Mutter den Haushalt zu führen und ihr bei der Stallarbeit zu helfen, und er entschied, wann sie sich einen freien Nachmittag gönnen und sich erholen durfte. Er sagte ihr sogar, wen sie wählen sollte. Die CSU natürlich, sie stand für die konservativen Werte, die er und die meisten Einwohner von Eschenbrunn vertraten. »Ein Sieg der SPD wäre der Untergang Deutschlands«, zitierte er Bundeskanzler Adenauer.

Gerda fand nichts Verwerfliches daran. Sie interessierte sich nicht für Politik, wünschte sich aber sehnlichst, dass es keinen Krieg mehr gab und alle Menschen in Frieden leben konnten. Sie hatte den Krieg als junges Mädchen erlebt und genug von dem Leid mitbekommen, das ihre Heimat und die ganze Welt erschüttert hatte. Wenn sie an die Erschießung dachte, bei der ihr Vater dabei gewesen war, zog sich alles in ihr zusammen. Bei Werner fühlte sie sich sicher. »Die Männer bestimmen halt gern«, hatte die Mutter ihr mal erklärt. »Das ist wie in der Natur, die Männer haben das Sagen, und die Frauen müssen sich fügen. Aber sie fahren nicht schlecht dabei. Dass sich die Herren der Schöpfung dabei aufspielen, muss man in Kauf nehmen.«

Tief in ihrem Inneren beneidete Gerda ihre Freundinnen. Den Mut von Jule, die ins ferne Amerika ausgewandert war, und die Leichtigkeit, mit der Ingrid das Leben anging, dank ihrer Schönheit alles bei den Männern erreichte und sie schon vor Jahren an der Nase herumgeführt hatte. Doch ihr Festhalten an Traditionen war stärker. Sie hieß nicht gut, dass ihre Eltern ihr verboten hatten, mit Matthias zusammen zu sein, sehnte sich nach dem Glücksgefühl, das sie in seiner Gegenwart empfunden hatte, würde es aber niemals wagen, das Leben ihrer Mutter zu gefährden. Der Herzanfall machte der Mutter jetzt noch zu schaffen.

Seitdem Gerda mit Werner verheiratet war, konnte ihre Mutter wieder lächeln. Ihre Augen strahlten wieder und drückten aus, wie sehr ihr das Wohl ihrer Tochter am Herzen lag. Jetzt hatte alles seine Ordnung. Werner würde irgendwann seine Arbeit bei der Zeitung aufgeben und den Vater als Bauer beerben, und die Nachbarn würden neidisch auf ihre Familie blicken. Gerda hatte keine Ahnung, ob ihre Mutter etwas von dem Verbrechen wusste, das Vater im Krieg begangen hatte. Wahrscheinlich würde sie sagen, der Krieg sei grausam, und ein Soldat müsse Befehle befolgen, die er am liebsten verweigert hätte.

Mit dem Hausbau ging es stetig voran. Werner hatte einige seiner Freunde und Bekannten mobilisiert, die ihm tatkräftig halfen und zusammen mit einer Baufirma dafür sorgten, dass man schon wenige Monate nach Baubeginn das Richtfest feiern konnte. Gerda war dabei, kam aber kaum zu Wort und rückte nur einmal in den Mittelpunkt, als einer der Freunde fragte, ob denn schon ein Kind unterwegs sei. Sie lief rot an, hätte sich am liebsten verkrochen und antwortete mit einem verlegenen Lachen. Die Wahrheit konnte sie schlecht sagen, dass sie jedes Mal während ihrer fruchtbaren Tage unter fürchterlichen Kopfschmerzen litt oder über eine beginnende Erkältung klagte und alles tat, um nicht mit ihm schlafen zu müssen. Irgendetwas hielt sie zurück. Die Erkenntnis, dass sie das Kribbeln noch immer nicht spürte, wenn sie mit Werner zusammen war? Die Angst, dass ihre Ehe deswegen doch noch scheitern könnte und sie als geschiedene Frau mit einem Kind der Verachtung ihrer Nachbarn ausgesetzt wäre, egal, wer Schuld an dem Scheitern hätte?

Während er mit seinen Freunden auf dem Bau zusammen war, ging eine Veränderung in ihm vor. Er war weniger aufmerksam, sprach kaum mit ihr und wälzte sich sofort auf die Seite, nachdem er mit ihr geschlafen hatte. »Du darfst das nicht auf die Goldwaage legen«, sagte ihre Schwester, als Gerda sie beim Einkaufen im Kramerladen traf, »sobald sich die Männer einer Frau sicher sind, tun sie nicht mehr so verliebt wie früher. Das ist ganz normal. Der Josef bringt mir nur noch selten Blumen, seit wir verheiratet sind, aber das ist nicht schlimm.

Ich bin ihm deswegen nicht böse. Wichtig ist doch, dass man zusammenhält.«

Ihre Schwester sah sie kaum noch. Agnes und ihr Mann hatten viel zu tun auf ihrem Bauernhof und arbeiteten von frühmorgens bis spätabends auf dem Acker. Agnes erwartete bereits ihr zweites Kind, war im dritten Monat schwanger und schien zufriedener als je zuvor. Sie verstand sich mit ihrem Josef. Er war ein aufrichtiger Mann, der nichts anderes im Sinn hatte, als es anderen Bauern nachzutun, die schon zufrieden waren, wenn sie es schafften, eine gute Ernte einzubringen und ihre Familie zu ernähren. Das war nicht immer einfach in der Oberpfalz. In dem steinigen Boden wuchsen vor allem Kartoffeln und allein das Wegräumen der vielen Steine machte viel Arbeit. »Steinpfalz« wurde die Oberpfalz auch genannt. Wie die meisten Oberpfälzer sehnten sie sich nach einer fruchtbareren Umgebung, würden ihre Heimat aber niemals verlassen. Josef hatte verächtlich den Mund verzogen, als er von den Plänen von Jule und Ingrid erfahren hatte.

Gerda wäre gern so zufrieden wie ihre Schwester gewesen. Eine innere Unruhe, die sich nicht genau bestimmen ließ, hinderte sie daran. Vielleicht war es eine Vorahnung, denn Gerda war längst aufgefallen, dass Werner immer öfter in einem Hotel übernachtete, wenn er wegen eines Artikels unterwegs war. Obwohl ihm seine Zeitung einen Dienstwagen, einen neuen Volkswagen, zur Verfügung stellte, mit dem man jeden Ort in der Oberpfalz in wenigen Stunden erreichte.

»Ich sitze oft abends mit den Leuten zusammen, wenn ich auf Recherche bin«, sagte er, als sie ihn darauf ansprach. »Da kommt man um das eine oder andere Glas nicht herum. Oder soll ich im Suff einen Unfall riskieren?«

Als sie nach einer solchen Fahrt seine Schmutzwäsche sortierte und seinen Anzug ausbürstete, fielen ihr zwei Quittungen in die Hände, beide für jeweils zwei Personen in Gasthöfen in

Neumarkt und Schwarzenbach. Eine Szene wie in einem der Kitschromane, die sie früher gern gelesen hatte. Sie verdrängte die quälenden Gedanken und sagte sich, dass er mit einem Geschäftspartner zu Abend gegessen hatte. Er verfügte über ein bescheidenes Spesenkonto bei seiner Zeitung. Kein Grund, sich zu beunruhigen. Werner war zwar nicht der strahlende Prinz, der ihr auf sein weißes Pferd half und mit ihr davonritt, aber er war grundehrlich und nicht der Typ, der fremdging und sich mit anderen Frauen vergnügte.

Oder doch?

Gerda vergaß die Quittungen. Viel aufregender war die Nachricht, dass sich der Stettner anschickte, der Deutschen Partei beizutreten, und ihr Vater beim Frühstück laut darüber nachdachte, es ihm gleichzutun.

»Nichts gegen die CSU«, wetterte er, »aber wer setzt sich denn für ehemalige Wehrmachtsangehörige und Heimatvertriebene ein? Die DP. Noch besser wäre eine Partei, die unsere deutschen Werte wieder in den Mittelpunkt stellt, aber die ist leider nicht in Sicht.«

»Willst du dir das wirklich antun?«, fragte Mutter. »Einer Partei beitreten? Du hättest noch mehr Arbeit und würdest dich nur kaputtmachen. Überleg's dir lieber noch mal. Denk auch daran, was der Stettner für einen Ruf hat, seit er ...«

»Seit er zu Unrecht verhaftet wurde«, fiel ihr der Vater ins Wort, »sag's ruhig. Als ob wir im Krieg nur Gewalt und Verderb gesät hätten. Wir hatten das Recht auf unserer Seite. Wir wollten eine Welt, die unseren Idealen entsprach und von der Herrschaft eines wahren Führers geprägt war. Stattdessen haben wir uns den Amis unterworfen.«

Wenn Vater in Rage geriet und von der alten Zeit und den deutschen Idealen zu schwärmen begann, klang er wie ein Marktschreier.

»Willst du die NSDAP zurückhaben?«

»Unsinn! Ich will was Neues und viel Größeres.«

Manchmal hatte Gerda den Eindruck, seine Einsätze im Krieg hätten ihrem Vater den Verstand geraubt und ließen ihn von einem neuen Krieg gegen den Rest der Welt träumen. Eine Partei, die für so etwas eintrat, gab es nicht. Obwohl Gerüchte im Umlauf waren, es wäre eine neue nationalsoziale Partei im Anmarsch. So hatte es zumindest in einem Artikel gestanden, den sie gelesen hatte.

Sie ließ die Reden und Schwüre ihres Vaters über sich ergehen, dachte aber jedes Mal, wenn er eine Rede schwang, daran, dass in einer Schachtel auf dem Speicher seine Uniform mit dem Totenkopfemblem lag. In einem Traum setzte er sich in dieser Uniform an den Frühstückstisch und grüßte sie mit »Sieg Heil!«.

Am besten war es, so zu reagieren, wie es ihre Mutter tat. Die hörte sich seine Wutreden an, versuchte gelegentlich, ihn auf den rechten Weg zu bringen, und fand sich resignierend damit ab, dass er sich wohl nicht mehr ändern würde. Nur ihre Angst, dass man ihn wie den Stettner verhaften könnte, machte ihr zu schaffen. »Pass bloß auf, dass sie dich nicht einsperren!«, warnte sie ihn eindringlich.

Die Ausbrüche ihres Vaters gerieten in den Hintergrund, als Gerda das Haus betrat und zufällig mitbekam, wie ihr Mann im ersten Stock telefonierte. Sie hatten einen eigenen Anschluss, um jederzeit für die Zeitung erreichbar zu sein. Als sie die Stimme ihres Mannes hörte, blieb sie auf halber Treppe stehen und lauschte.

»Ich hab dich doch gebeten, nicht bei uns anzurufen«, sagte er.

Die Antwort hörte sie nicht.

»Schon gut«, erwiderte er, »ich bin allein. Was gibt's denn?« Eine Pause und dann: »Natürlich bleibt es bei morgen Abend.

Um sechs im Goldenen Löwen in Schwandorf. Ich hab auf Herrn und Frau Gruber reserviert. Wie?«

Einen Augenblick war es so still, dass Gerda schon Angst hatte, man könnte sie atmen hören.

»Nein, Gerda weiß von nichts. Ich sag ihr, dass ich für zwei Tage nach Schwarzenbach muss, um für eine Geschichte zu recherchieren.«

Gerda hielt sich am Geländer fest.

»Ich liebe dich auch, mein Schatz.«

Gerda riss sich zusammen und trat besonders fest auf, als sie die Treppe in den ersten Stock hinaufstieg. Sie war froh, dass es im Flur einigermaßen düster war und er ihre Miene nicht sah. »Hast du gerade telefoniert?«, tat sie unschuldig.

Er erschrak. »Die ... die Zeitung«, stammelte er. »Ich muss morgen Nachmittag nach Schwarzenbach, für einen Artikel recherchieren. Ich werde wohl im Hotel übernachten müssen.« Er fing sich langsam. »Hast du deinen Vater schon gefragt? Wegen dem Wald, den er für uns verkaufen will? Das Haus verschlingt mehr Geld, als ich dachte, und ich könnte den Zuschuss jetzt gut gebrauchen.«

»Haben wir denn nichts mehr auf dem Konto?«

»Doch, doch ... aber was wir brauchen, kostet viel Geld.«

»Ich muss einen günstigen Zeitpunkt abpassen. Du weißt doch, wie der Vater reagiert, wenn er schlechte Laune hat. Er hat zurzeit eine Menge Ärger am Hals.«

»Vergiss es nicht.«

Beim Abendessen und vor dem Einschlafen sprachen sie kaum miteinander. Werner gab vor, den ganzen Nachmittag an einem besonders schwierigen Artikel gearbeitet und anschließend noch im Stall geholfen zu haben, sie redete sich mit angeblichen Kopfschmerzen heraus und stellte sich schlafend. Nichts von dem, was ihre Eltern gesagt hatten, war eingetreten. Mit ihrer Ehe war es bisher ständig bergab gegangen. Zwischen ihnen würde es keine Liebe geben. Dass er sie mit einer anderen Frau betrog, hätte sie allerdings nicht vermutet.

Doch auch wenn es wehtat, wollte sie sichergehen und sich selbst von seinen betrügerischen Absichten überzeugen. Nachdem er gefahren war, gab sie vor, sich mit einer Freundin in der Stadt zu treffen, stieg in den Bus nach Weiden und nahm den Zug nach Schwandorf. Bis zum Goldenen Löwen war es nicht weit. Vor dem Eingang sah sie den Volkswagen ihres Mannes am Straßenrand stehen.

Warum sie ihn auf frischer Tat ertappen wollte und ihn nicht zu Hause zur Rede stellte, wusste sie selbst nicht genau. Um zu vermeiden, dass er sich mit einer geschickten Lüge herausredete? Um sich selbst zu beweisen, dass es keinen Sinn ergab, noch länger in dieser Ehe zu verharren? Mit leichtem Herzklopfen betrat sie das Hotel und meldete sich am Empfang. Eine hübsche Angestellte in ungefähr ihrem Alter begrüßte sie: »Herzlich willkommen im Goldenen Löwen!«

»Guten Abend. Ich möchte zu Herrn und Frau Gruber.«

»Soll ich Sie anmelden?«

»Nicht nötig, ich möchte sie überraschen.«

»Zimmer achtzehn im ersten Stock«, sagte die Angestellte.

Gerda stieg die gewundene Treppe hinauf und atmete tief ein, bevor sie an die Tür von Zimmer achtzehn klopfte. Das Gemurmel, das bisher zu hören gewesen war, verstummte. Werner und seine Geliebte schienen erstarrt zu sein. Sie klopfte erneut, diesmal heftiger. »Das Zimmermädchen«, rief sie mit verstellter Stimme.

Wieder verging einige Zeit, dann wurde die Tür geöffnet, und Werner blickte sie entsetzt an. Er trug lediglich eine Unterhose und hielt sich ein Hemd vor die Brust. »Gerda!«, brachte er fassungslos hervor. »Was machst du denn hier?«

»Das könnte ich dich genauso fragen«, erwiderte sie. Ihre Stimme klang hart. »Ich wollte nur mal sehen, was du so treibst, wenn du nicht zu Hause bist.« Sie drängte ihn zur Seite und betrat das Zimmer.

Seine Freundin war blond, schlank und ein paar Jahre jünger als sie. Werner konnte von Glück sagen, wenn sie schon volljährig war. Sie lag auf dem zerwühlten Bett und hielt sich die Decke vor den nackten Oberkörper. Auf dem runden Tisch am Fenster neben dem Bett stand eine Flasche Sekt mit zwei Gläsern.

Als sie aufspringen und ins Bad flüchten wollte, hielt Gerda sie zurück. »Bleiben Sie ruhig liegen, wie immer Sie heißen! Keine Angst, ich will Ihnen nichts tun. Wenn Sie meinen Mann unbedingt haben wollen, dann behalten Sie ihn!«

Werner hatte die Szene mit weinerlicher Miene beobachtet. »Es ist nicht so, wie du denkst«, sagte er. »Wir haben nur … es war vollkommen harmlos, Gerda!«

»Das sehe ich, Werner.«

»Du wirst doch deinem Vater nichts verraten?«

»Ich sage dir, was du machen wirst«, erwiderte sie kalt. »Du wirst selbst zu meinem Vater gehen und ihm sagen, dass du dich in eine andere verliebt hast. Und dann wirst du die Scheidung einreichen und verschwinden. Verstanden?«

»Aber ich liebe dich, Gerda! Das mit Jutta war nur ein Ausrutscher …«

»Ach, ja?«, mischte sich Jutta ein.

»Du liebst mich nicht, und ich liebe dich auch nicht, Werner. Ich habe dich nie geliebt. Es war ein Fehler zu heiraten.« Sie zögerte kurz. »Und wenn du gedacht hast, dich bei uns ins gemachte Nest zu setzen, hast du dich geschnitten. Du wirst die Schuld auf dich nehmen. Ich weiß, ich war keine vorbildliche Ehefrau, aber ich habe dich niemals mit einem anderen betrogen. Leb wohl!«

Sie verließ den Raum und blickte nicht mehr zurück. Erst auf dem Weg zum Bahnhof brach sie in Tränen aus und musste sich an einem Baum abstützen. Als keine Tränen mehr kamen, ging sie zum Bahnhof, wusch sich auf der Toilette das Gesicht und nahm den nächsten Zug nach Weiden. Der Bus nach Eschenbrunn wartete schon. Obwohl sie die meisten Fahrgäste zumindest vom Sehen kannte, unterhielt sie sich mit keinem. Es war bereits dunkel, aber der Mond und die Sterne hielten sich bedeckt, als wüssten sie um ihre Stimmung.

Ihre Eltern saßen in der Küche, als sie nach Hause kam.

»Wo warst du denn die ganze Zeit?«, hielt ihr der Vater vor.

»Erzähle ich euch morgen«, sagte sie. In ihrer jetzigen Stimmung wäre es sicher zu einem heftigen Streit gekommen, und sie war viel zu müde und erschöpft, um noch mit ihren Eltern zu diskutieren. »Mir geht's nicht besonders.«

Sie beeilte sich, in ihr Zimmer zu kommen, schloss hinter sich ab und legte sich schlafen. Als jemand an ihre Tür klopfte, rief sie aufgebracht: »Lasst mich in Ruhe! Lasst mich doch endlich in Ruhe!«, und zog sich die Decke über den Kopf.

27

Gerda hatte bereits die Schweine gefüttert, als sie zum Frühstück in der Küche erschien. Mutter hatte Kaffee gekocht und war gerade dabei, für jeden eine Scheibe Brot abzuschneiden. Auf dem Tisch standen frische Butter, ein Krug mit heißer Milch und Pflaumenmarmelade.

Ihr Vater hatte nicht mit dem Essen gewartet, hatte sich bereits ein Brot geschmiert und sagte: »Da bist du ja endlich!«

»Mir geht's nicht besonders.«

»Was gibt's? Was willst du uns sagen?«

Gerda nippte am Kaffee und suchte nach den passenden Worten. Sie entschied sich, gleich zur Sache zu kommen. »Werner hat mich mit einer Jüngeren betrogen«, sagte sie. »Er muss sich schon eine ganze Weile mit dieser Jutta treffen. Ich hab ihn auf frischer Tat ertappt. Ich hab ihm gesagt, er soll die Scheidung einreichen.«

Ihre Eltern reagierten fassungslos. Vater hörte auf zu kauen und schien Schwierigkeiten zu haben, ihre Worte zu verstehen. Mutter, die gerade Kaffee eingeschenkt hatte, ließ beinahe die Kanne fallen und blickte sie entsetzt an.

»Er nimmt die Schuld auf sich«, sagte Gerda. »Und dann wird er hoffentlich aus dieser Gegend verschwinden. Alles andere soll er dir gefälligst selbst erzählen, dann werdet ihr merken, warum eine Scheidung das Beste für uns beide ist.«

»Kommt nicht infrage!«, erwiderte Vater.

Sein Gesicht hatte sich gerötet, und in seinen Augen flackerte das Feuer, das sich vor jedem seiner gefürchteten Ausbrüche entzündete. »In unserer Familie lässt sich keiner scheiden! Du hast schon genug Schande über unsere Familie gebracht, als du dich mit den Amis in dieser Micky Bar herumgetrieben hast. Noch so einen Skandal dulde ich nicht!«

»Was für eine Schande?«, widersprach sie. »Alle jungen Leute gehen in die Micky Bar, da ist doch nichts Schlimmes dabei. Und an den Amerikanern können sich einige unserer Burschen eine Scheibe abschneiden, die sind lange nicht so aufdringlich wie manche Oberpfälzer. Oder meinst du, die Jule wäre mit einem Amerikaner nach Texas gegangen, wenn er sich danebenbenommen hätte?«

»Die kommt bald wieder zurück«, sagte der Vater.

»Sie hatte mehr Glück als ich. John ist ein anständiger Kerl, der liest der Jule jeden Wunsch von den Augen ab.« Sie blickte ihn wütend an. »Was man von Werner nicht gerade sagen kann. Er ist ein Ehebrecher, er hat gegen eines der Zehn Gebote verstoßen. Und ich soll Schande über unsere Familie bringen?«

Ihr Vater ließ sich nicht beirren. »Du wirst bei ihm bleiben!«

»Ich lasse mich nicht umstimmen, Vater. Ich würde den Werner, selbst wenn er auf Knien angekrochen käme, nicht mehr nehmen. Er betrügt mich doch schon die ganze Zeit. Wenn jemand Schande über seine Familie bringt, dann nur er.«

Ihre Mutter saß mit Tränen in den Augen neben ihr und hatte die Hände wie zum Gebet gefaltet. »Überleg dir das noch mal, Gerda!«, bat sie. »Du weißt nicht, was du dir und unserer Familie antust, wenn du dich scheiden lässt. Erinnerst du dich noch an die Waltraud? Die hat ihren Mann auch beim Fremdgehen erwischt und wollte sich scheiden lassen. Als sie gemerkt hat, dass sie sich damit ins eigene Fleisch schneidet und bettelarm dagestanden hätte, hat sie es sein lassen. Sogar der Pfarrer hat ihr ins Gewissen geredet. Eine Frau gehört zu ihrem Ehemann, hat er damals gesagt, alles andere wäre gegen die Natur und den Willen Gottes.«

»Es geht nicht anders, Mutter. Ich hätte ihn nicht heiraten dürfen. Ich habe ihn nie geliebt, und wenn er ehrlich ist, war ich für ihn auch nicht die Traumfrau.«

»Darum geht's nicht«, sagte der Vater.

Noch behielt er sich einigermaßen unter Kontrolle, aber lange würde er sich nicht mehr bezähmen können. Doch Gerda war nicht bereit, nachzugeben, nicht mehr. Sie hatte den Mut aufgebracht, sich gegen den Vater zu stellen, und wollte nicht mehr zurückweichen. Zu lange hatte sie getan, was er von ihr verlangt hatte.

»Es geht ums Prinzip, und das bedeutet, dass eine Frau mit ihrem Mann durch dick und dünn geht, in guten wie in schlechten Zeiten. So will es unser Herrgott. Dass ein Mann einer jungen Frau auf den Leim geht, mag eine Sünde sein, die ihm aber jeder verzeiht, wenn er zur Beichte geht. Du wirst ihm ebenfalls verzeihen und ihn auf andere Gedanken bringen. Wir warten schon viel zu lange auf Enkel.«

»Er will mich loswerden«, wehrte sie sich. In ihren Augen hatten sich Tränen der Wut und Enttäuschung gesammelt. Sie fühlte sich als Opfer und wurde von ihrem Vater zur Täterin gemacht. »Das war kein einmaliger Fehltritt, Vater. Er hat ein Verhältnis mit der Frau! Fast immer, wenn er unterwegs ist, trifft er sie.«

»Jetzt reicht's mir aber! Du wirst das tun, was ich dir sage! Oder willst du plötzlich allein dastehen? Ohne einen Jungbauern auf dem Hof geht's nicht nur dir, sondern der ganzen Familie schlecht. Also reiß dich zusammen und bring das wieder in Ordnung. Wir haben schon genug am Hals.«

»Ich bin nicht fremdgegangen«, wehrte sie sich. »Er hat Schuld … er allein!«

»Er hat sich mit einer anderen vergnügt, das mag schon sein. Sie wird ihm schöne Augen gemacht haben, und er hat ihr nicht widerstehen können. Das heißt noch lange nicht, dass er dich nicht mehr mag. Außerdem …« Er blickte sie eine Weile an. »Außerdem gehören immer zwei dazu. Du wirst … deine ehelichen Pflichten vernachlässigt haben. Wärst du ein wenig liebevoller zu ihm gewesen, wäre er vielleicht nicht auf die andere hereingefallen.«

»Ich hab getan, was ich konnte. Ihr hättet mich nicht zwingen sollen, einen Mann zu heiraten, den ich … den ich nicht liebe. Mit Matthias wär das nicht passiert. Er war schuldlos geschieden und lutherisch. Ist das vielleicht eine größere Sünde, als sich regelmäßig mit einer anderen zu treffen und mich zu betrügen?«

»Bleib bei ihm«, bat Mutter, »uns zuliebe, Gerda!«

Selbst sie schlug sich auf Werners Seite? War Mutter ihr Glück egal?

»Ich werde mit ihm reden«, sagte der Vater, »sobald er zurück ist.«

»Ich geh die Kühe melken« sagte Gerda, wollte nur noch aus der Küche weg.

Im Kuhstall ließ sie den Tränen freien Lauf. Der Gedanke, dass ihr Vater Werners Treiben entschuldigte und ihr vorwarf, sein Verhalten provoziert zu haben, schmerzte sie beinahe mehr als der Fehltritt ihres Mannes. Warum hatte der Herrgott kein Einsehen mit ihr und schenkte ihr das bisschen Glück, das sie für ihr Leben brauchte? Warum waren ihre Freundinnen nicht mehr bei ihr? Sie weinte so sehr, dass ihr ganzer Körper zu verkrampfen schien.

Als sie den Stall verließ, sah sie Werner in seinem Firmenwagen kommen. Er stieg aus und ging sofort auf sie zu. »Vater!«, rief sie. »Der Werner ist hier!«

Ihr Vater hatte ihn bereits gesehen und kam in den Hof. »Ins Haus! Alle beide!«, herrschte er sie an. Seit dem Frühstück hatte sich die Wut anscheinend weiter in ihm angestaut. Die Angst vor einem seiner Wutanfälle stieg in ihr hoch.

Sie folgten ihm ins Haus und setzten sich an den Küchentisch, ohne ihre Jacken und Straßenschuhe auszuziehen. Werner hatte wohl nicht erwartet, so schnell von ihrem Vater zur Rede gestellt zu werden, und schien nervös. Was in ihm vorging, sah sie nicht. Auf keinen Fall empfand er Reue oder Mitgefühl. Er hatte längst mit ihr abgeschlossen, hatte wohl vorgehabt, zweigleisig zu fahren und während seiner Reisen für die Zeitung mit seiner Freundin zusammen zu sein. Er bedachte Gerda keines Blickes und sah Vater herausfordernd an.

»Ihr bleibt zusammen!« Vater verzichtete auf eine Vorrede. »Ich lasse nicht zu, dass ihr unsere Familie in den Dreck zieht. Es wird keine Scheidung geben. Werner, du wirst diese Jutta zum Teufel jagen und zur Beichte gehen, und was du tun musst, Gerda, hab ich dir gesagt. Du wirst deinem Mann verzeihen!«

»Gib dir keine Mühe, Vater.« Auch Werner durfte ihn so nennen, seitdem sie verheiratet waren. »Gerda hat recht, ich hab sie wohl nie geliebt. Was wahre Liebe bedeuten kann, hab ich erst mit Jutta erfahren können. Tut mir leid, Vater.«

»Ihr wollt euch scheiden lassen? Im Ernst?«

»Lieber ein Ende mit Schrecken als …«

»Spar dir deine blöden Sprüche!«, fuhr Vater ihm über den Mund. »Wenn du glaubst, du könntest meine Tochter wie Abfall entsorgen und mit deiner Neuen anfangen, hast du dich getäuscht! So leicht kommst du mir nicht davon!«

»Ich hole nur meine Sachen, dann fahr ich wieder.«

»So ist das also. Dann nimm deinen Kram und verschwinde! Aber bilde dir bloß nicht ein, du könntest das Haus kassieren. Du kriegst das Geld zurück, das du reingesteckt hast, und das war's. Und ich sehe mir die Belege sehr genau an!«

»Die Hälfte des Hauses gehört mir!«

»Von wegen!« Es hätte nicht viel gefehlt, und Vater hätte ihn am Kragen gepackt und durchgeschüttelt. »Das Haus läuft auf meinen Namen, steht auf meinem Grund, und du kriegst die paar Mark, die uns deine Eltern gegeben haben.«

»Aber …«

»Nichts aber«, unterbrach Vater ihn erneut. »Ich will dir sagen, was du tun wirst: Wenn ihr die verdammte Scheidung wollt, wirst du die Schuld auf dich nehmen und uns nie mehr unter die Augen kommen. Du hast die Ehre unserer Familie befleckt und unsere Tochter gedemütigt, das wird dir auch Gott niemals verzeihen. Pack deine Sachen und verschwinde! Haben wir uns verstanden?«

»Ich gehe vor Gericht! Ich …«

»Kein Wort mehr! Verschwinde!«

Gerda hatte die ganze Zeit geschwiegen. Sie war ihrem Vater dankbar, nur mit deutlichen Worten und einem radikalen Schnitt waren solche Probleme zu lösen. Sonst eher diplomatisch und auf Harmonie bedacht, war sie zu sehr von Werners rücksichtslosem Verhalten geschockt, um auch nur eine Spur von Mitleid für ihn zu empfinden. Wer eine Frau nur heiratete, um gut dazustehen und finanziell abgesichert zu sein, denn darum war es ihm wohl gegangen, hatte keine Rücksichtnahme verdient. Unschuldig geschieden zu sein, bedeutete ihr zwar nicht viel, ließ sie aber in der Öffentlichkeit besser aussehen, glaubte und hoffte sie jedenfalls.

Die nächsten paar Wochen durchzustehen, fiel Gerda schwer. Obwohl Werner auf seinen Anwalt hörte und darauf verzichtete, schmutzige Wäsche zu waschen, und er auch die

Abmachung mit ihrem Vater einhielt, machte ihr die bedrückende Atmosphäre vor Gericht schwer zu schaffen. Wie in Trance beantwortete sie die Fragen des Richters, wie es ihr Anwalt mit ihr besprochen hatte. Sie war froh, als sie das Gericht verlassen durfte und ihre Ehe, die von Anfang an zum Scheitern bestimmt war, hinter sich lassen konnte. Ihre letzte Spur von Mitgefühl für Werner schwand, als sie beobachten musste, wie er vor dem Gerichtsgebäude seine Freundin in die Arme schloss und betont leidenschaftlich küsste.

»Fahr zur Hölle!«, fluchte sie leise.

Doch wenn sie gehofft hatte, dass sich nun alles zum Besseren wenden würde, sah sie sich schon bald getäuscht. Kaum war die Scheidung amtlich, begannen ihre Eltern, ihr unangenehme Fragen zu stellen. Warum hatte sie ihrem Mann nicht die Demut gezeigt, die von einer guten Ehefrau verlangt wurde? Warum hatte sie es nicht geschafft, ihm die Liebe zu zeigen, die ihn vielleicht davon abgehalten hätte, sich mit einer anderen Frau zu vergnügen? Nicht mal bei der Hochzeit hätte sie gezeigt, dass sie die Worte des Pfarrers ernst genommen hatte.

Gerda war längst nicht mehr so zurückhaltend wie noch vor einigen Monaten. »Weil ihr mich gezwungen habt, einen Mann zu heiraten, den ich nie geliebt habe«, erwiderte sie. »Ich hab euch doch gesagt, dass ich nichts für ihn empfinde.«

»Es wäre deine Pflicht gewesen«, begann der Vater.

»Es war ein Fehler!«, widersprach Gerda so laut, dass sogar ihr Vater zusammenzuckte. »Ein zweites Mal wird mir das nicht passieren. Wenn ich überhaupt noch mal heirate, dann einen Mann, den ich wirklich liebe. Einen wie Matthias!«

»Hör auf, von diesem Lutherer zu reden! Der hätte dich erst recht ins Unglück gestürzt! Oder meinst du, mit einem Geschiedenen wärst du besser dran gewesen? Einem, der sich über unseren Glauben und unsere Heiligen lustig macht?«

»Das hat er nie getan!«

»Alle Lutherer tun das!«

»Du bist ungerecht, Vater, und das weißt du auch.« Sie blickte ihre Mutter an, die mit Tränen in den Augen vor der Spüle stand. »Und du solltest auch mal was sagen, Mutter! Dass Eltern einen Mann für ihre Tochter aussuchen, mag bei einigen Älteren in Eschenbrunn noch üblich sein, anderswo schon lange nicht mehr.«

Manchmal wunderte sich Gerda selbst über ihre forsche Art. Der Umgang mit ihren selbstbewussten Freundinnen und die Lehren und die leidvolle Erfahrung einer gescheiterten Ehe hatten sie mutiger werden lassen. Sie hatte keine Angst mehr vor ihrem Vater und wenig Mitleid mit ihrer Mutter, die niemals wagen würde, Kritik an ihrem Mann zu üben. Sie war beinahe sicher, dass auch ihre Mutter die Uniform ihres Vaters gefunden hatte, spätestens vor einigen Wochen, als sie dort aufgeräumt hatte, dennoch hatte sie nicht mit ihm darüber gesprochen. Und dass er sich mit dem Stettner zusammengetan hatte und laut darüber nachdachte, einer Partei beizutreten, die nicht wahrhaben wollte, dass die Deutschen den Krieg verloren hatten, hätte sie auch zur Besinnung bringen müssen.

Wie schwer es eine geschiedene Frau hatte, vor allem in einem Dorf wie Eschenbrunn, erfuhr Gerda, als sie einkaufen ging und vor der Metzgerei der Gmeinerin und der Voglbauerin begegnete. Die beiden straften sie mit verächtlichen Blicken und wandten sich ab, als sie an ihnen vorbeiging.

»Schau dir die Gerda an«, hörte sie die Gmeinerin sagen. »Vor dem Pfarrer und vor unserem Herrgott schwört sie, ihren Mann zu lieben und ihm zu dienen, bevor der Tod sie scheidet, und dann schickt sie ihn zum Teufel.«

Die Voglbauerin sah stur zur Kirche, dachte nicht daran, sich zu ihr umzudrehen. »Ich hab gehört, sie ist unschuldig geschieden, aber man weiß ja, wie so was vor Gericht ausgehandelt wird.«

Die Gmeinerin lästerte: »Geschieden ist geschieden! Eine Schande ist das!«

Gerda hatte schon eine scharfe Erwiderung auf der Zunge, überlegte es sich aber anders, als sie die strafenden Blicke der anderen Frauen sah, die an ihr vorbeikamen. Einige hatten sich wahrscheinlich mit anderen Männern getröstet, als ihre eigenen noch in Kriegsgefangenschaft gewesen waren, und frei von Sünde waren sicher auch die anderen nicht. Warum sollte sie schlechter sein, nur weil sie sich von einem Mann getrennt hatte, der mit einer anderen Frau ins Bett ging?

Am schlimmsten litt Gerda beim sonntäglichen Kirchgang. Selbst der Pfarrer sah sie vorwurfsvoll an, und keine der anderen Frauen wollte neben ihr sitzen. Da ihr als Geschiedene das Sakrament der Kommunion versagt blieb, blieb sie nach der Messe für alle sichtbar auf ihrem Platz sitzen. Es war demütigend. Beim Verlassen der Kirche ging sie am Pfarrer vorbei, ohne ihm die Hand zu schütteln.

Nach dem Mittagessen führte Gerda der Weg noch immer zum Badesee. Jule und Ingrid hatten sich schon seit einigen Wochen nicht mehr gemeldet, doch an ihrem früheren Treffpunkt fühlte sie sich ihnen immer noch nahe. »Du hättest mit Matthias durchbrennen sollen«, würden sie sagen, »das mit Werner konnte doch nichts werden. Und dass er dich mit einem jungen Ding betrogen hat, sagt doch alles. Aber noch ist es nicht zu spät. Du musst Eschenbrunn verlassen … sofort!«

Vielleicht war es nur eine Kurzschlusshandlung, aber eine Bemerkung ihres Vaters brachte das Fass endgültig zum Überlaufen. »Hast du gesehen, wie dich die Leute in der Kirche angesehen haben?«, sagte er beim Abendessen. »Mit deiner Mutter und mir redet auch kaum noch einer. Das wäre alles nicht nötig gewesen, wenn du wie eine anständige Tochter gehandelt hättest. Der Werner wäre doch bei dir geblieben, wenn du ihn besser behandelt hättest. Jetzt zeigt jeder mit dem Finger auf dich, und wir müssen ausbaden, was du uns eingebrockt hast.«

»Du bist ungerecht, Vater! Ich kann doch nichts dafür!«, wehrte sie sich.

Sie lief in ihr Zimmer und packte ihren Rucksack. Aus einem Versteck im Kleiderschrank nahm sie das wenige Geld, das sie gespart hatte, und wartete, bis ihre Eltern zu Bett gegangen waren. Auf Zehenspitzen schlich sie aus dem Haus. Da der letzte Bus nach Weiden schon gefahren war, fuhr sie mit ihrem Fahrrad dorthin. Sie brauchte über eine Stunde, und es war mittlerweile längst dunkel, als sie vor dem Bahnhof auf eine Bank sank und sich von der anstrengenden Fahrt erholte.

Sie hatte keine Ahnung, wie es weitergehen sollte. Sich um eine Stelle als Bedienung oder Hilfskraft zu bewerben, war nicht einfach, schon gar nicht für eine alleinstehende Frau, der man ansah, dass sie von zu Hause weggelaufen war. Wer sagte einem möglichen Arbeitgeber denn, dass sie nicht verheiratet war und ihrem Mann davongelaufen war? Ähnlich würden sich die Wirtsleute einer Pension verhalten, wenn sie versuchte, ein Zimmer zu buchen. Sie beschloss, es dennoch zu versuchen. Matthias war längst aus Weiden weggezogen, hatte sie gehört, als sie bei ihm angerufen und einen neuen Mieter erreicht hatte. »Der wohnt schon seit einiger Zeit nicht mehr hier«, hatte er gesagt, »ich glaube, er hat geheiratet.«

Keine günstigen Aussichten für sie, und doch beschloss sie, durchzuhalten. Die herablassenden Blicke der Nachbarn und die Vorwürfe ihres Vaters hielt sie nicht mehr aus. Sie stieg auf ihr Rad und hielt Ausschau nach einer Pension.

Als ein Krankenwagen mit Blaulicht und Sirene an ihr vorbeifuhr, hielt sie nur mühsam das Gleichgewicht. Sie stieg ab und die Bilder des Krankenwagens, als ihre Mutter den Herzanfall gehabt hatte, machten ihr den Brustkorb eng.

Ihre Mutter … was war, wenn sie diesmal einen stärkeren Herzanfall bekam? Egal, wie selbstsüchtig sich ihre Mutter auch an sie klammerte, sie durfte sie nicht im Stich lassen. Allein der Gedanke, dass der Vater seine ganze Wut an ihr auslassen würde, brachte sie dazu, aufzusteigen und nach Eschenbrunn zurückzufahren.

Die Oberpfalz war ihre Heimat. Sie würde Eschenbrunn niemals verlassen und jedes Schicksal annehmen, das ihr der Herrgott aufbürdete. Der Vater würde nicht immer so zornig bleiben, und die Mutter würde sich beruhigen. Und wenn sie keinen Mann mehr fand, war es auch gut. Alles war besser, als mit dem Falschen verheiratet zu sein. Das Gerede der Leute würde irgendwann verstummen.

»Mach dir keine Sorgen, Mutter!«, rief sie. »Ich bin schon unterwegs.«

1959
Ingrid

28

Ingrid bekam den Anblick nicht aus dem Kopf. Alex mit einer attraktiven Frau, die noch jünger als sie war, ein Mädchen fast, und ihn mit ihren zärtlichen Blicken zu verführen schien. Wie er eine Hand auf ihren Unterarm legte, sich zu ihr hinüberbeugte und sie sanft auf die Wange küsste. Eine Szene wie aus einem Liebesfilm und für sie wie ein Stich ins Herz. Wie hatte sie sich früher immer über Eifersüchteleien lustig gemacht, über alberne Puten, die schon die Nerven verloren, wenn ihr Liebster mit einem anderen Fräulein sprach. Nie hätte sie gedacht, einmal selbst solche Gefühle zu spüren. Wie konnte der Mann, der sie mit Zärtlichkeiten überhäuft hatte, mit einer anderen flirten? Einem jungen Ding, das ihn anzuhimmeln schien, aber mindestens zwanzig Jahre jünger als er war.

Immerhin besaß sie so viel Stolz, nicht bei ihm anzurufen und sich bei ihm die Augen auszuweinen. Wenn die Gerüchte stimmten und er tatsächlich ein unverbesserlicher Casanova war, würde sie mit einem solchen Anruf auch nichts ändern. Man konnte einen Mann verführen und zu unüberlegten Handlungen verleiten, aber niemals zwingen, sich zu verlieben, das wusste sie selbst am besten. Sollte er mit seiner neuen Freundin glücklich werden. Ob er sie auch anstellte und ihr eine Wohnung besorgte? Ihr doch egal, belog sie sich selbst, er würde den Teufel tun und sie aus dem Rennen nehmen, solange er noch ordentlich Geld mit ihr verdienen konnte. Ingrid würde auch ohne seine Liebe zum Star.

Umso überraschter war sie, als Alex nach seiner Rückkehr aus Paris in der Schauspielschule auftauchte, sie aufmerksam beobachtete und einige Worte mit Toby Kerner wechselte. Nach dem Unterricht empfing er sie mit einem zuversichtlichen Lächeln. »Toby hat mir gerade erzählt, dass du die deutsche Marilyn Monroe werden könntest. Ist das nicht wundervoll?« Er umarmte sie und küsste sie liebevoll. »Tut mir leid, dass ich mich erst jetzt melde. Es gab einiges zu erledigen.«

»In Paris?«

»Da auch«, sagte er, »und dann gab's noch einige private Probleme.«

Jetzt wäre die Gelegenheit gewesen, ihn nach der jungen Frau zu fragen, mit der sie ihn gesehen hatte, doch sie ließ den Augenblick ungenutzt verstreichen. Sie war nicht scharf darauf, mit einer Lüge oder billigen Ausflucht abgespeist zu werden. Das wollte sie weder ihm noch sich selbst antun. »Wie war's in Paris?«, fragte sie stattdessen und nur um etwas zu sagen: »Du warst lange weg, Alex.«

»Nicht mal eine Woche«, erwiderte er, »und glaub mir, ich hab mich dort nicht amüsiert. Paris ist eine tolle Stadt, aber ich habe die meiste Zeit in Büros gesessen und mit Unternehmern und Bankleuten diskutiert. Es sieht so aus, als könnte ich mich an einem großen Unternehmen beteiligen, das auf exklusive Parfümerie-Artikel spezialisiert ist. Die könnte ich auch in unser deutsches Sortiment aufnehmen. Wohlhabende Frauen schätzen Mode und Parfüms aus Frankreich.«

Er klang anders als sonst, schien ihr nur von den Verhandlungen zu berichten, damit keine unangenehme Stille eintrat. Oder bildete sie sich das nur ein? Sie kannte ihn inzwischen genau und war sicher, dass er ihr etwas ganz anderes mitteilen wollte. Dass er eine Denkpause brauchte? Dass er eine andere liebte?

»Du klingst so anders heute«, wunderte sie sich.

»Das macht die Arbeit.« Er seufzte. »Gib mir zwei, drei Tage, dann bin ich wieder der Alte. Ich melde mich bei dir, sobald ich Luft habe, einverstanden?«

»Natürlich.« Sie küsste ihn auf die Wange.

Enttäuscht fuhr sie nach Hause. Sie hatte keinen Hunger, begnügte sich mit einem Nescafé, ihrem neuen Lieblingsgetränk. Sie trank ihn mit viel Milch und wenig Zucker, wegen der Figur. Um sich auf andere Gedanken zu bringen, setzte sie sich auf den Balkon und las in einer Illustrierten, stieß auf ein Foto von sich selbst und warf sie auf den Boden. Sie kehrte in ihre Wohnung zurück und ließ sich auf das Sofa fallen und döste vor sich hin. In ihrem neuen Fernseher lief ein Film, irgendwas mit einer Collie-Hündin, die einen Einbrecher schnappte. Noch bevor sie sich in ihn verbissen hatte, fielen ihr die Augen zu und sie schlief ein.

Sie wurde von Pistolenschüssen geweckt. Im Fernsehen lief eine neue Folge von »Stahlnetz«, einer Krimiserie nach wirklichen Fällen. Sie schenkte sich ein Glas Rotwein ein und schaltete erst aus, als der Krimi schon lange vorbei war und das Testbild auf dem Bildschirm erschien. Erst in der Morgenzeitung, die ihr frei Haus geliefert wurde, las sie, dass der Erfolg des neuen Kaufhauses im ersten Jahr hinter den Erwartungen zurückgeblieben war. Zu viele Menschen verdienten noch zu wenig, um sich luxuriöse Waren leisten zu können. Die meisten Menschen waren anscheinend noch damit beschäftigt, wieder in den Alltag zu finden.

Ingrid war nahe daran, Alex anzurufen und ihn zu fragen, ob die Meldung der Wahrheit entsprach und was er dagegen zu unternehmen gedenke, hielt sich aber zurück. Sie wollte ihn nicht bedrängen, und es sollte nicht so aussehen, als würde sie den Anruf als Vorwand benutzen, um ihn ganz für sich zurückzugewinnen. Daran, dass er nichts mit der jungen Frau hatte und seine Zärtlichkeiten eher freundschaftlich gewesen waren, glaubte sie nicht. Dazu waren die Gesten und Berührungen zu eindeutig gewesen. Sie hegte sogar den Verdacht, er könnte schon länger mit ihr zusammen sein. War er tatsächlich der Casanova, für den ihn die Klatschpresse hielt, und sie war auf ihn hereingefallen?

Auch um sich abzulenken, konzentrierte Ingrid sich auf ihren Schauspielunterricht, der nur von einigen Fototerminen, wie dem nächste Woche in München, unterbrochen wurde. Toby war ein guter Lehrer und verstand es, ihr Talent zu wecken und sie zu Höchstleistungen anzuspornen. »Verlass dich nicht nur auf dein gutes Aussehen«, warnte er, »es gibt mehr gefallene Engel, als du dir vorstellen kannst. Lebe die Gefühle, die du zeigen willst, mach dir den Charakter der Figur zu eigen. Du musst authentisch sein. Sieh dir Filme mit der Monroe oder Elizabeth Taylor an.« Er mochte amerikanische Filme. »Meinetwegen auch mit Sonja Ziemann oder Ruth Leuwerik. Wenn du so weitermachst, kann es bald losgehen.«

Zwei Tage später rief Alex bei ihr an. Er wirkte überarbeitet und nervös. »Tut mir leid, dass ich nicht früher angerufen habe«, sagte er, »aber du kannst dir ja sicher denken, was bei uns los ist. Wir müssen uns unbedingt etwas einfallen lassen, wenn wir mit unserem neuen Kaufhaus noch die Kurve kriegen wollen.«

Sie hatte lange darüber nachgedacht, als sie die Meldung gelesen hatte, und glaubte, eine mögliche Lösung gefunden zu haben. »Ich hab eine Idee«, sagte sie.

»Du?«, wunderte er sich.

»Warum nicht? Nicht alle Blonden sind hirnlose Püppchen.«

»Das hab ich auch nie behauptet. Wäre ich sonst mit dir zusammen?«

Sie rang sich ein Lachen ab. »Alle Frauen wollen so gut aussehen und so gut duften wie die großen Stars«, sagte sie. »Ihnen fehlt nur das nötige Kleingeld.«

»So weit waren wir auch schon.«

»Ihr habt doch ein Extra-Schaufenster und auch eine Abteilung im Untergeschoss für preiswerte Waren eingerichtet. Damit wollt ihr Kunden gewinnen, die sich die Artikel in den anderen Stockwerken nicht leisten können, nicht wahr?«

»Die preiswerten Waren verkaufen sich auch gut.«

»Ich musste an WittWeiden denken«, sagte sie. »Obwohl sie fast ausschließlich preiswerte Waren anbieten, haben sie auch lukrative Sonderangebote in ihren Katalog eingestreut und teilweise sogar die Preise einiger Luxusartikel herabgesetzt. Nicht auf einer Extraseite, sondern bunt gemischt mit den anderen Artikeln. Übertragen auf das Kaufhaus hieße das doch: Biete auf allen Etagen preiswerte Waren und Sonderangebote an. Wenn man die preiswerten Sachen nur im Untergeschoss bekommt, fühlt sich doch jeder, der mit der Rolltreppe in den Keller fährt, als armer Schlucker, als Billigheimer. Als würde er nicht dazugehören.«

»Wir können nicht für alle da sein.«

»Aber doch wenigstens so tun. Aus ›Luxus, der sich lohnt‹ würde ich ›Luxus, den sich jeder leisten kann‹ oder ›Luxus für alle‹ machen. Klingt doch viel besser. So machen es auch diese neuen Supermärkte. Ist nur so eine Idee, Alex.«

»Das klingt gar nicht übel. Ich sollte dich zum Mitglied der Geschäftsleitung machen.«

Sie spürte, dass er lächelte

»Wie lange hast du in München zu tun?«

»Der Termin ist erst nächste Woche«, erwiderte sie. »Von Montag bis Donnerstag, soweit ich weiß. Mein letztes

Shooting.« Inzwischen hatte sich der amerikanische Ausdruck für einen Fototermin durchgesetzt. »Ein deutsches Label, an dem ein amerikanischer Schauspieler beteiligt sein soll. Er wird auch kommen.«

»Eric LaForge.«

»Du kennst ihn?«

»Einer der aufstrebenden Stars in Amerika. Er würde besser aussehen als Paul Newman und genauso gut wie er spielen. Bis letztes Jahr hat er als Model gearbeitet, als männliches Mannequin. Die Frauen sollen Schlange bei ihm stehen.«

Sie lachte. »Da bin ich aber gespannt.«

»Sieh dich vor.«

»Keine Angst, ich kenne mich mit Amerikanern aus«, erwiderte sie. »Und wann sehen wir uns wieder, Alex? Ich weiß kaum noch, wie du aussiehst.«

»Die nächsten Tage habe ich viel zu tun. Wahrscheinlich müssen wir einige Nächte dranhängen, um das Kaufhaus wieder in Gang zu bringen. Sobald du aus München zurück bist, würde ich sagen. Ruf mich an, ja?«

»Mach ich. Alex?«

»Ja?«

»Liebst du mich noch?«

»Und ob ich dich liebe, mein Schatz. Bis bald.«

Sie traute seiner Liebeserklärung nicht. Die Zärtlichkeiten, die Alex mit seiner jungen Freundin ausgetauscht hatte, waren eindeutig gewesen. Aber war er wirklich so abgebrüht, um zweigleisig zu fahren? Bildete er sich wirklich ein, sie täuschen zu können? Oder gab es eine simple Erklärung für die Szene? Sprach der Strauß roter Rosen, den ein Bote einen Nachmittag später brachte, nur für sein schlechtes Gewissen? Eine Geste, die jeder Weiberheld im Programm hatte?

Vor einigen Monaten in Eschenbrunn hätte sie sich mit ihren Freundinnen beraten und sich wahrscheinlich einiges anhören müssen. Wenn sie die Augen schloss, sah sie Jule vor sich, wie sie sich an die Stirn griff und leise stöhnte. »Oh Mann! Seit wann bist du so misstrauisch? Du kennst die Männer besser als jede andere. Freu dich doch einfach! Wenn einer keinen Grund hat, eifersüchtig zu sein, dann du. Bestimmt gibt es eine ganz einfache Erklärung für die junge Blondine.«

»Er soll ein Casanova sein. Einer, der ständig die Freundinnen wechselt.«

»Und warum gibt er dir dann diesen Superjob? Warum spendiert er dir den Schauspielunterricht und eine Wohnung in diesem Nobelkaff? Warum macht er dir teure Geschenke? So viel Geld hat er auch nicht zum Verplempern, oder?«

»Mehr, als du denkst. Er ist mehrfacher Millionär!«

»Ein Grund mehr, sich zu freuen. Entspann dich, Ingrid!«

Ingrid fuhr mit dem D-Zug, erster Klasse natürlich, und verschlief den größten Teil der Fahrt. Am Bahnhof in München holte sie ein Fahrer des Teams ab. Diesmal wohnte sie im Hotel Vier Jahreszeiten, das erst vor wenigen Monaten in der noblen Maximilianstraße aufgemacht hatte. Auf dem Bett lag ein Willkommensbrief der Produktion mit dem Arbeitsplan für den nächsten Tag.

Die Aufnahmen fanden in der Innenstadt von München und der Umgebung von Garmisch statt. Mit der Kollektion, die eher für die breite Masse gedacht war, wollte das Modeunternehmen auch den amerikanischen Markt erobern und setzte auf alpenländisches Ambiente und den Filmstar, der Anteile an der Firma besaß. Eric LaForge war die perfekte Besetzung für die PR-Aktion des Labels.

Das Shooting war nicht so hektisch wie einige andere Fototermine und half Ingrid, sich von ihren privaten Problemen abzulenken. In der Mode, die den alpenländischen Dirndln nachempfunden war, fühlte sie sich ausgesprochen wohl. Einige Einheimische glaubten, durch die Kollektion ihre traditionelle

Tracht verunglimpft zu sehen, und protestierten lautstark, wurden aber leiser, als die Produktion zu einem Empfang einlud, an dem auch zahlreiche Einheimische teilnehmen durften. Den Händlern in Garmisch und Umgebung versprach man einen attraktiven Sonderrabatt und wohlwollende Berichte und eine Anzeigenkampagne in der Presse, die sich auch auf den Fremdenverkehr positiv auswirken würde.

Beim abendlichen Essen saß Ingrid neben Eric LaForge und genoss die Blitzlichtgewitter, die auch ihrem Namen zuträglich sein würden. Den Gedanken, dass mit den gemeinsamen Fotos auch Gerüchte aufkommen könnten, ignorierte sie. Sie kombinierte wieder wie früher, sah in einer Liebelei mit dem Schauspieler die Chance, eine Rolle in Hollywood zu ergattern. Wenn sie behutsam vorging und es nicht übertrieb, würde sie damit Erfolg haben, so selbstbewusst war sie.

»Ich habe Ihren letzten Film gesehen«, begann sie, »den Krimi, der in den bayerischen Alpen spielt. ›Alpine Connection‹ hieß er, glaube ich, in Amerika. Bei uns hieß er ›Verschwörung am Eiger‹. Ich hab den ganzen Film gezittert.«

Er lächelte. »Weil Sie Angst um mich hatten?«

»Weil ich dachte, Sie fallen jeden Moment aus der Seilbahn.«

»Das wäre nicht schlimm gewesen«, sagte er, »bis zum Boden waren es keine fünf Fuß … in Metern wären das …« Er überlegte kurz. »Keine anderthalb Meter.«

»Sie haben nicht in den Bergen gedreht?«

»Die meisten Szenen schon«, klärte er sie auf, »aber für die gefährlichen Passagen sind wir ins Studio gegangen. Ich war also nie wirklich in Lebensgefahr.«

»Aber die Schneeballschlacht mit Ihrer Partnerin … die war echt.«

»Dafür hab ich nicht mal einen Stuntman gebraucht.«

Sie reagierte mit einem Lächeln, das bei ihr fast immer verführerisch wirkte, besonders wenn sie neben einem attraktiven

Mann saß. Es war ihr angeboren, sie brauchte sich dafür nicht einmal zu verstellen. »Wenn du lachst, geht die Sonne auf«, hatte ihr ein Amerikaner in der Micky Bar gesagt. »Wie bei der Monroe.«

Das fiel auch LaForge auf. »Wissen Sie, dass Sie wie die Monroe lächeln?«

»Das sagt mein Schauspiellehrer auch.«

»Sie werden Schauspielerin?«

»In zwei Wochen bin ich fertig«, antwortete sie, immer noch lächelnd. »Der Job als Fotomodell war schön und abwechslungsreich, aber ich hab immer davon geträumt, mal in einem Film mitzuspielen … irgendwann auch in Hollywood.«

Sie wusste, dass sie sich nicht zu sehr anbiedern durfte, und beschäftigte sich eine Weile mit ihrem Nachtisch, war sich bewusst, dass er ihr immer wieder Blicke zuwarf. »Wirklich gut, die Eiscreme, nicht wahr?«

Er war mit seinen Gedanken ganz woanders und zog eine Visitenkarte seiner Agentur aus der Brusttasche. Er schrieb eine Nummer auf die Rückseite. »Meine Geheimnummer«, erklärte er. »Rufen Sie mich an, wenn Sie glauben, für Hollywood bereit zu sein. Und schicken Sie ein Portfolio mit Probeaufnahmen und Fotos an meine Agentur. Ich sage meiner Agentin, dass sie mir Ihren Brief sofort aushändigen soll. Vielleicht finden wir ja eine Rolle für Sie. Sie sprechen Englisch?«

»*Sure, fluently*«, erwiderte sie. Sie verriet ihm, dass sie in unmittelbarer Nachbarschaft eines amerikanischen Stützpunktes aufgewachsen war und öfter mit Amerikanern zu tun gehabt hatte.

»Dann kann doch nichts schiefgehen, Ingrid.«

Wenn er lächelte, zeigten sich Grübchen in seinen Mundwinkeln, die sie an einen bekannten Schauspieler erinnerten, dessen Name ihr im Augenblick nicht einfiel. Ohne Zweifel war Eric ein attraktiver Mann. Sportliche Figur, kantiges Gesicht, aber sanfte Augen, die selbst im schlechten Licht des Restaurants, in dem sie saßen, hellblau leuchteten. Wie ein See in den Alpen, dachte sie und lachte dabei. Sein sandblondes Haar und sein geschmeidiger Gang passten zu den Helden, die er in seinen Filmen spielte. Sicher hatte er keine Schwierigkeiten, eine Bettgenossin zu finden.

Auch bei Ingrid ließ er nach einer Weile keinen Zweifel daran, wie sehr sie ihm gefiel und wie gern er die Nacht mit ihr verbracht hätte. Sie war nicht abgeneigt, vor allem, wenn sie überlegte, wie aufregend es wäre, mit ihm zu drehen, selbst wenn es nur eine winzige Rolle war. Eine deutsche Schauspielerin, die eine Rolle in Hollywood ergatterte, hatte eine vielversprechende Karriere vor sich.

Doch als sie vor ihrer Zimmertür standen und er darauf wartete, dass sie ihn hereinbat, machte sie einen Rückzieher. »Tut mir leid, Eric. Wie du weißt, muss ich morgen früh raus. Danke für den schönen Abend … und sei mir nicht böse.«

Er war sicher enttäuscht, zeigte es aber nicht. »Gute Nacht, Ingrid.«

29

Ingrid fuhr gern nach Frankfurt zurück. Die Freude, ihre neue Heimatstadt wiederzusehen, wurde lediglich durch das Gefühl gedämpft, Alex an eine Rivalin verloren zu haben. Sie hatte vergeblich versucht, ihn telefonisch zu erreichen, aber seine Sekretärin gebeten, ihm einen lieben Gruß auszurichten. Sie würde sich freuen, von ihm abgeholt zu werden. Von der trügerischen Hoffnung beseelt, ihr Wunsch könnte in Erfüllung gehen, stieg sie aus und hielt nach ihm Ausschau. Der Bahnsteig war beinahe verwaist und der Lokführer und sein Heizer stiegen aus, als sie immer noch dort stand und vergeblich auf Alex wartete.

Enttäuscht reichte sie ihre Koffer einem Gepäckträger und ließ sie zu ihrem Wagen bringen. Sie hatte in unmittelbarer Nähe des Bahnhofs geparkt. Nach Königstein brauchte sie keine Stunde, eine gemütliche Fahrt über die Felder und Weiden in den Ausläufern des Taunus. Die Nachmittagssonne leuchtete über den Wäldern, die sich vom Feldberg bis in die Täler hinabzogen. In der Ferne dampfte ein Zug der Kleinbahn nach Königstein, ein Relikt aus der Vorkriegszeit.

Ingrid war so in Gedanken versunken, dass sie kaum Notiz von ihrer Umgebung nahm. Wie tröstlich wäre es gewesen, Alex auf dem Bahnsteig warten zu sehen. Sie wollte noch immer nicht daran glauben, dass er sich vor ihr versteckte und darauf wartete, bis sie endlich kapierte, dass sie nicht mehr seine Favoritin war. So gemein war er nicht. Sie glaubte, sich mit Männern auszukennen, geschult durch zahlreiche Begegnungen und Liebeleien in der Micky Bar und ihre Fotoshootings. Er mochte ein Casanova gewesen sein, aber so dreist, sie im Regen stehen zu lassen und darauf zu warten, dass sie aufgab, passte nicht zu ihm.

Als sie den weißen Mercedes auf dem Parkplatz eines Restaurants stehen sah, spürte sie einen Stich im Herzen. Von einer düsteren Vorahnung gequält, stieg sie aus und überquerte die Straße. Was sie durch das Fenster sah, ließ sie erstarren. Alex und seine junge Freundin saßen an einem der Tische. Sie schienen sich prächtig zu verstehen. Also doch, sagte sich Ingrid und kehrte zu ihrem Wagen zurück. In das Restaurant gehen und ihm eine Szene machen, wollte sie nicht. Sie besaß kein Anrecht auf ihn. Sie waren weder verlobt noch verheiratet, und was hätte eine Szene schon verhindert? Sie hätte alles nur noch schlimmer gemacht.

In ihrem Wagen blieb Ingrid minutenlang sitzen und starrte ins Leere. Bisher war sie meist diejenige gewesen, die sich von einem Partner getrennt hatte. Es war schmerzhaft, die andere Seite kennenzulernen und erleben zu müssen, wie die eigenen Träume und Hoffnungen in Luft aufgingen. Aber so war es nun mal. Es hatte keinen Zweck, sich länger etwas vorzumachen, denn wie hätte Alex das Ende ihrer Beziehung deutlicher erklären können als mit dem Anblick, den er und seine Freundin in dem Restaurant geboten hatten? Ingrid weinte, diesmal aus Wut auf den Feigling, der nicht mal den Mut aufgebracht hatte, es ihr persönlich zu sagen. Sie schlug mit beiden Fäusten aufs Lenkrad. »Elender Feigling!«, schimpfte sie, obwohl er sie nicht hören konnte. »Scher dich zum Teufel!«

Zu Hause verwandelte sich ihre Wut in Leere. Sie stand am Fenster, einen Becher mit Milchkaffee in der Hand, und blickte in die sinkende Sonne über der Altstadt. Sie sah ihr beim Untergehen zu, ohne sie wahrzunehmen, und setzte sich in einen ihrer Sessel, nachdem sie nicht mehr zu sehen war. Der Kaffee tat ihr gut und weckte ihre Kampfeslust. Nein, sie würde sich nicht hängen lassen, nur weil Alex ihr den Laufpass gegeben hatte. Sie würde die Schauspielschule abschließen und versuchen, eine Rolle zu ergattern. Es musste ja nicht die Hauptrolle sein. Und sie würde weiterhin als Fotomodell arbeiten und so viel Geld anhäufen, um sich den gewünschten Luxus auch ohne Mann leisten zu können.

Nur nichts anmerken lassen, sagte sie sich, als sie am nächsten Morgen zur Schauspielschule aufbrach. Ausgerechnet an diesem Morgen stand eine dramatische Szene aus der »West Side Story« auf dem Programm, die sie um ihren geliebten Freund trauern ließ, der von einem eifersüchtigen Widersacher ermordet worden war. Sie kniete neben dem Toten auf dem nassen Asphalt, die Haare zerzaust, die Augen voll Tränen, und weinte und schrie, kam erst zur Ruhe, als Toby, der die Rolle eines Polizisten übernommen hatte, sie von dem Toten wegzog.

»Besser kann man es nicht machen«, lobte sie der Schauspiellehrer, nachdem sie sich gewaschen und umgezogen hatte. »Alles, was ich dir jetzt noch beibringen könnte, lernst du in der Praxis. Du hast Talent, meine Liebe! Ich gebe zu, anfangs dachte ich, du wärst nur hier, weil der Chef einen Narren an dir gefressen hat, aber du hast mich eines Besseren belehrt. Du schaffst es auf die Leinwand, da bin ich ganz sicher. Die Prüfung ist in zwei Wochen, bis dahin kannst du ausruhen und Kraft schöpfen. Wenn alles wie geplant läuft, hast du bald dein Diplom.«

Ingrid ging in einem Café am nahen Opernplatz etwas essen und fuhr nach Hause. Weil sie Alex nicht ohne

Erklärung davonkommen lassen wollte, rief sie mehrmals Alex' Privatnummer an, ohne ihn zu erreichen. »Feigling!«, schimpfte sie wieder. Sie versuchte es im Büro und erfuhr von Sabine, seiner Sekretärin, dass er für einige Tage verreist sei. »Wissen Sie, wohin?«, hakte Ingrid nach. »Ich hab langsam den Eindruck, er geht mir aus dem Weg.« Sie lachte dazu, um es weniger vorwurfsvoll klingen zu lassen. »Ich dachte schon, er wäre krank.«

Sabine senkte ihre Stimme. »Darüber kann ich Ihnen am Telefon nichts sagen. Warum treffen wir uns nicht morgen Mittag? An der Konstabler gibt es ein neues Café, da könnten wir essen gehen und wären einigermaßen ungestört. So gegen zwölf? Kommen Sie vorher im Büro vorbei, ich will Ihnen noch was zeigen.«

»Einverstanden … dann bis morgen.«

Ingrid hatte bisher nur ein paar Mal mit Sabine gesprochen, schätzte sie aber als vertrauenswürdige Sekretärin und hilfsbereite und freundliche Ansprechpartnerin. Sie war um die vierzig und arbeitete schon sehr lange für Alex. Als geborene Frankfurterin gefiel es ihr, mitten in der Stadt zu arbeiten. Seitdem Alex das Kaufhaus erworben hatte, arbeitete sie im obersten Stock mit der besten Aussicht über die Stadt. Durch ihr Fenster blickte man bis zur Paulskirche und zum Mainufer.

Schon bevor Ingrid das Kaufhaus betrat und zu den Büros hinauffuhr, sah sie, was Sabine ihr zeigen wollte. Die Schaufenster waren neu dekoriert, und ein neuer Slogan prangte über dem Eingang. Statt »Luxus, der sich lohnt« hieß es jetzt »Luxus, den sich jeder leisten kann«. Sie blieb stehen und blickte zu den goldenen Buchstaben empor. Ihr Slogan! Alex musste den Slogan vorgeschlagen und damit bei seinen Werbeleuten auf Gegenliebe gestoßen sein. Als sie durch den Verkaufsraum im Parterre zu den Aufzügen ging, sah sie schon dort, dass mehrere preisgünstige Waren besonders sichtbar ausgestellt waren. Die teuren Artikel gab es immer noch, erschlugen die Kunden aber nicht mehr mit ihren hohen Preisen.

»Hallo, Sabine«, sagte Ingrid, als sie das Vorzimmer von Alex betrat. »Haben Sie gesehen? Sie haben meinen Slogan genommen, das hätte ich nie gedacht.«

Sabine, wie immer in Rock und Bluse und mit perfekter Dauerwelle, freute sich mit ihr. »Deshalb wollte ich, dass Sie im Büro vorbeikommen. Die Werbeagentur, mit der wir zusammenarbeiten, hatte auch schon empfohlen, preiswerte Waren ins Sortiment aufzunehmen. Ihren Slogan fanden alle gut. Alle Kollegen haben dafür gestimmt. Ich war selbst bei der Besprechung dabei. Alex hat sich sehr gefreut.« Als einzige Angestellte durfte sie den Chef mit Vornamen anreden.

»Warum hat er mir denn nichts gesagt?«, wunderte sich Ingrid.

»Darüber sprechen wir gleich«, sagte Sabine.

Sie zog ihren Mantel über, griff nach ihrer Handtasche und einer Illustrierten, die auf ihrem Schreibtisch lag, und ging mit ihr zum Aufzug. Zur Konstablerwache war es nicht weit. Das Café lag in einer Seitenstraße und lockte mit preiswerten Mittagsgerichten. Ein Salat für Ingrid und Würstchen für Sabine.

»Also, was ist mit Alex?«, fragte Ingrid.

Sabine zündete sich eine Zigarette an. »Sie wissen sicher, dass ich als Chefsekretärin zur Verschwiegenheit verpflichtet bin. Alex muss sich hundertprozentig auf mich verlassen können. Ich darf mit anderen weder über Firmeninterna noch über persönliche Angelegenheiten meines Chefs sprechen. Nicht mal mit meiner Familie oder guten Freunden. Gerade bei einem Investor wie ihm, der mit vielen Millionen jongliert, könnte eine Zuwiderhandlung ernsthafte Folgen haben.«

»Das weiß ich doch«, sagte Ingrid. »Es ist nur ... ich bin ziemlich sicher, dass Alex mit mir Schluss machen will und nur nicht den Mut dazu aufbringt.«

»Alex?« Sie schüttelte ungläubig den Kopf. »Das glaube ich nicht. Er spricht in den höchsten Tönen von Ihnen. So begeistert war er noch nie von einer Frau.«

»Das mag alles sein, aber ich habe gehört, dass er schon viele Freundinnen hatte. Ich glaube langsam, dass ich nur eine von vielen bin.« Sie war erleichtert, als Sabine ihre Zigarette ausdrückte und sie den Rauch nicht mehr in die Nase bekam. »Er hat sich eine neue gesucht. Jünger als ich, fast noch ein Mädchen.«

»Unmöglich!«, widersprach Sabine. »Das wüsste ich doch. Sie wissen, ich darf nicht klatschen, aber ich darf Ihnen sicher verraten, dass er nie über eine andere Frau gesprochen hat, seitdem er Sie kennt. Ich glaube sogar, er liebt Sie.«

»Ich hab sie mit eigenen Augen gesehen.«

»Vielleicht nur eine harmlose Bekannte.«

»Mit einer Bekannten sitzt man nicht in einem Café und tauscht Zärtlichkeiten aus. Warum sagt er mir nicht ins Gesicht, dass er mich loswerden will? Hat er Angst, dass ich kündige und zur Konkurrenz gehe? Das würde ich niemals tun!«

»Das weiß ich doch, aber ...«

»Wissen Sie etwa mehr?«

Sabine griff nach der Illustrierten, die sie mitgenommen hatte, schlug eine der ersten Seiten auf und zeigte sie ihr. »Ich gebe zu, er war in letzter Zeit sehr durcheinander. Zuerst dachte ich, es läge nur an diesem Foto. Schon gesehen?«

Ingrid blickte ungläubig auf die Klatschseite. Ein großes Foto zeigte Ingrid und Eric LaForge beim Abendessen in Garmisch. Beide lächelten sich verliebt an, so hatte es den Anschein. Die Überschrift lautete: »Bekanntes Fotomodell in amerikanischen Filmstar verliebt?« Und darunter stand: »Der

Beginn einer neuen Liebe? Bei einem Fototermin im bayerischen Garmisch tauschte Ingrid Beck, das bekannte Fotomodell und Mannequin aus Frankfurt, verliebte Blicke mit Hollywoodstar Eric LaForge. Er soll ihr sogar eine Rolle in einem seiner nächsten Filme angeboten haben. Bahnt sich da etwas an? Wir dürfen gespannt sein.«

Das Essen kam, und Ingrid wartete, bis die Bedienung wieder gegangen war. »Das stimmt doch alles nicht«, sagte sie, »das ist erstunken und erlogen. Wir haben uns gut verstanden, das ist alles, und von Liebe kann schon gar nicht die Rede sein. Er hat mir seine Visitenkarte gegeben. Ich soll ihn anrufen, wenn ich mit der Schauspielschule fertig bin. Vielleicht würde sich irgendwann mal was ergeben. Alex muss doch wissen, dass die Klatschpresse solche Gerüchte streut, um mehr Zeitschriften zu verkaufen. Der Monroe haben sie auch schon alle möglichen Liebschaften angedichtet, das ist Methode bei diesen Schreiberlingen.«

»Das hab ich Alex auch noch mal gesagt«, erwiderte Sabine. »Ich blättere gern in Illustrierten und weiß doch, dass die Klatschgeschichten, die dort verbreitet werden, nur selten der Wahrheit entsprechen. Alex dachte wohl, es wäre immer ein bisschen was dran, und war … nein, sauer war er sicher nicht. Nur traurig.«

»Und deshalb meldet er sich nicht? Und was ist mit seiner Freundin?«

Sabine wusste nicht, was sie erwidern sollte. Wohl mehr aus Verlegenheit zündete sie sich eine neue Zigarette an und blickte in den Rauch, der nach oben zog.

»Sie dürfen nichts sagen, ich verstehe schon.«

»Das ist es nicht, Ingrid«, sagte Sabine. »Ich weiß nichts von einer Freundin. Wenn er eine hätte, wüsste ich es. Ich sitze im Nebenzimmer und nehme alle seine Anrufe an. Er hätte sich längst bei mir ausgeweint. Das tut er immer, wenn er Kummer hat. Ich bin wie eine Therapeutin für ihn. Nein, er hat keine Freundin.«

»Das sagen Sie nicht nur, weil sie sein Vertrauen nicht enttäuschen wollen?«

»Wenn ich es wüsste, würde ich zumindest was andeuten. Ich sehe doch, wie Sie leiden.« Sie griff nach der Gabel und nahm einen Bissen. Ingrid hatte eigentlich gar keinen Hunger mehr, aß aber dennoch von ihrem Salat.

»Schmeckt das nicht köstlich hier? Sogar die Brötchen sind besser. Und dann erst der Kaffee.«

»Und wo ist Alex jetzt?«, fragte Ingrid ungeduldig.

»Das ist ja das Komische«, antwortete Sabine, »ich weiß es nicht. Normalerweise erledige ich alle seine Buchungen für ihn, auch die privaten, aber diesmal hat er nur gesagt, dass er ein paar Tage Ruhe bräuchte. Ich wollte wissen, ob ich ein Hotelzimmer für ihn und Sie buchen soll, aber er hat nur abgewunken und gesagt, das würde er diesmal allein erledigen. In ein paar Tagen wäre er zurück.«

»Und Sie glauben, er läuft nur wegen diesem blöden Foto davon?«

»Das dachte ich zuerst, aber er war schon seit einigen Tagen so komisch, als müsste er ein Problem bewältigen, von dem niemand eine Ahnung haben dürfte. So nachdenklich war er selten. Das Foto mag der Auslöser gewesen sein, aber wenn er tatsächlich ein Problem hat, ist es etwas anderes. Nein, keine Freundin.«

»Aber beschwören würden Sie das nicht.«

Sabine kaute eine Weile und trank einen Schluck von ihrem Apfelsaft. »Hören Sie, Ingrid. Ich habe mich mit Ihnen getroffen, weil ich mir Sorgen um meinen Chef mache und ich glaube, dass Sie die Einzige sind, die mit ihm darüber reden kann. Sie müssen ihn so schnell wie möglich treffen, bevor etwas schiefläuft.«

»Aber ich hab auch keine Ahnung, wo er sein könnte.«

Sabine überlegte angestrengt. »Vielleicht in seinem Versteck.«

»Er hat ein Versteck?«, fragte Ingrid verwundert.

»Kein wirkliches Versteck«, sagte Sabine, »so nennt er das Hotel an der Bergstraße, in das er sich manchmal zurückzieht, wenn er in Ruhe nachdenken will. Das Parkhotel Bergstraße, ein modernes Ferienhotel, in dem ihn bestimmt niemand vermutet.« Sie zögerte einen Moment. »Vielleicht breche ich jetzt mein Versprechen, aber es ist ja nur eine Vermutung. Ich weiß selbst nicht, ob es stimmt, genauso gut könnte er in London oder New York sein. Aber an Ihrer Stelle würde ich es dennoch versuchen. Das Parkhotel östlich von Bensheim.«

»Sie meinen, ich soll dort anrufen?«

»Nein, wenn er wirklich dort ist, hat er sicher die Anweisung gegeben, seine Anwesenheit zu verschweigen. An Ihrer Stelle würde ich vorbeifahren. Bis Bensheim brauchen Sie etwas mehr als eine Stunde. Ich kann diesmal nichts tun, das müssen Sie besorgen.« Sie tupfte sich den Mund ab. »Sie lieben ihn doch, oder?«

»Ja, ich liebe ihn. Ich liebe ihn über alles.«

»Und er liebt Sie«, sagte Sabine. »Räumen Sie die Probleme aus dem Weg, die ihm zu schaffen machen, und verloben Sie sich endlich mit ihm. Die ganze Firma wartet schon darauf.« Sie lächelte. »Manchmal muss man auch als Frau die Initiative ergreifen. Ohne mein Zutun hätte mich mein Mann auch nicht geheiratet.«

»Sie haben ihm einen Antrag gemacht?«

»Ich hab ihm gesagt, dass ich nicht mehr ›Fräulein‹ genannt werden will, und gefragt, was man dagegen tun könne. ›Wie wär's, wenn wir heiraten?‹, hat er geantwortet. Er denkt bis heute, dass es allein seine Idee gewesen wäre.« Sie war beim

Kaffee angelangt und zündete sich erneut eine Zigarette an. »Wir sind sehr glücklich.«

»Sie meinen wirklich, ich soll nach Bensheim fahren?«

»Gleich morgen früh, wenn's geht.«

»Und wenn er doch mit einer Freundin unterwegs ist?«

»Gibt's ein Ende mit Schrecken«, sagte sie, »immer noch besser, als ständig im Ungewissen zu bleiben. Aber wie gesagt, ich glaube nicht, dass er eine Freundin hat. Vielleicht könnte er andere täuschen, aber mich bestimmt nicht.«

»Ich hoffe, Sie haben recht«, sagte Ingrid. »Und werfen Sie bitte die Illustrierte in den Mülleimer! Ich will keinen anderen Mann als Alex, auch keinen Superstar aus Hollywood. Und wenn ich deswegen auf eine Rolle verzichten müsste.«

»Noch einen Kaffee?«, fragte die Bedienung.

30

Über die Autobahn nach Bensheim zu fahren, war kein Vergnügen. Die Fernstraße war einige Jahre vor dem Krieg gebaut worden und in einem so schlechten Zustand, dass sie sich selbst mit ihrem neuen Volkswagen schwertat. Frühmorgens waren besonders viele Lastwagen unterwegs, deren Fahrer es meist besonders eilig hatten und wenig Rücksicht auf andere Verkehrsteilnehmer nahmen.

Ingrid hatte kaum geschlafen in der letzten Nacht, ständig über Sabines Worte nachgedacht und sich überlegt, wie sie Alex begegnen sollte. Dass die Sekretärin eine Freundin ausgeschlossen hatte, gab ihr Hoffnung, doch überzeugt, ihn allein in Bensheim vorzufinden, war sie deswegen noch lange nicht. Wenn sie nicht die Enttäuschung ihres Lebens erfahren wollte, musste sie auch damit rechnen, die geheimnisvolle Freundin, oder was immer sie war, bei ihm zu finden. Es war besser, sich auf eine bittere Erfahrung einzustellen, als Vorfreude zu empfinden.

Das Parkhotel war ein prachtvoller Bau in den Ausläufern des Odenwalds, nur wenige Kilometer von Bensheim entfernt. In den vielen Fenstern spiegelte sich die Morgensonne. Ingrid fühlte sich an ein Schloss aus vergangenen Jahrhunderten erinnert, als sie die lange Kiesauffahrt hinauffuhr und ihren Wagen auf dem Parkplatz abstellte. Frischer Wind begleitete sie auf dem Fußweg zum Eingang.

Auch innen glich das Hotel einem Schloss. Die Eingangshalle lag unter einem gewölbten Dach mit einem kunstvoll gestalteten Himmel und zwei riesigen Kronleuchtern, die in ihrem eigenen Licht funkelten. Zu beiden Seiten des Eingangs standen zwei ebenfalls riesige Topfpflanzen. An den Wänden hingen Ölgemälde mit süddeutschen Landschaften und zwei Porträts der Hotelgründer.

Der weinrote Teppich dämpfte ihre Schritte, als sie zum Tresen ging und den jungen Angestellten nach Alex Haffner fragte. Er blickte ins Meldebuch und zögerte ein wenig zu lange, bevor er antwortete: »Tut mir leid, ein Alex Haffner ist nicht bei uns gemeldet.« Als sie ihm sagte, sie sei eine Kollegin von Haffner und müsse dringend etwas mit ihm besprechen, wurde er unsicher. »Einen Augenblick bitte, die Dame.« Er ging und kehrte mit seinem Vorgesetzten zurück.

»Sie sind eine Kollegin von Herrn Haffner?«, fragte der Vorgesetzte.

»Ingrid Beck«, stellte sie sich mit ihrem einstudierten Lächeln vor.

Wie die meisten Männer ließ sich auch er von ihrer Schönheit und ihrer guten Kleidung beeindrucken und griff nach dem Telefonhörer. Er wollte schon wieder auflegen, als sich die andere Seite meldete. Der Empfangschef entschuldigte sich für die frühe Störung und sagte: »Hier fragt eine Dame nach Ihnen, Herr Haffner. Eine Kollegin, wie sie sagt. Fräulein Ingrid Beck. Soll ich sie raufschicken?«

Alex antwortete, und der Empfangschef erwiderte: »Richte ich ihr aus, Herr Haffner. Natürlich.« Er legte auf und blickte Ingrid an. »Er kommt runter. Es kann einige Minuten dauern, sagt er. Sie möchten im Restaurant auf ihn warten.« Er deutete auf den Eingang des Frühstückslokals am Ende der Empfangshalle.

Um diese frühe Zeit war das Lokal nur schwach besetzt. Zwei Wanderer, die wohl zeitig aufbrechen wollten, und ein älteres Ehepaar, das sich angeregt unterhielt. Sie setzte sich an einen Tisch beim Eingang und bestellte einen Kaffee.

Zehn Minuten später erschien Alex. Seine beigefarbene Hose und der modische Pullover standen ihm noch besser als der dreiteilige Anzug und ließen ihn jünger aussehen.

»Ingrid!«, rief er schon von Weitem. »Welche Überraschung!«

»Alex!«, erwiderte sie. Sein Anblick löste aufrichtige Freude, aber auch ungewohnte Nervosität in ihr aus. Bisher war die Kontrolle stets bei ihr gewesen, wenn sie einem Mann begegnete, hatte sie sich immer auf ihr attraktives Aussehen und ihr Lächeln verlassen können. »Alex! Endlich sehe ich dich wieder!«

Er küsste sie flüchtig auf die Wange und setzte sich ihr gegenüber. In seinen Augen spiegelten sich Freude und Verwunderung. »Wie hast du mich gefunden?«

»Deine Sekretärin wusste, wo du dich verkriechst.«

»Sabine … das hätte ich mir ja denken können.«

»Ansonsten war sie verschlossen wie eine Auster. Sie hat mir nur verraten, dass du sauer wegen dieses blöden Fotos in der Illustrierten warst. Es hat nichts zu bedeuten, Alex. Ich habe mich nicht auf Eric eingelassen. Das wäre gar nicht möglich gewesen, da ich ständig an dich denken musste. Das Foto wurde beim Abendessen aufgenommen … mit dem ganzen Team. Wir haben uns gut verstanden, das ist alles. Du weißt doch, wie diese Klatschblätter arbeiten, die nehmen irgendein Foto, das nach mehr aussieht, und erfinden einen zweideutigen Text, um die Leute neugierig zu machen. Sie wollen Zeitschriften verkaufen, weiter nichts. Tut mir leid, Alex.«

Er wirkte erleichtert. »Mein Fehler«, sagte er, »ich war eifersüchtig. Ist mir bisher noch nie passiert. Ich weiß auch, dass die

Klatschblätter alle möglichen Gerüchte in die Welt setzen, wenn es um Stars und den Adel geht, aber als ich dich mit diesem Hollywoodstar sah … an so was muss ich mich erst gewöhnen.«

»Vergessen?«

»Vergessen«, erwiderte er.

Sie trank einen Schluck Kaffee und blickte ihn unsicher an. Sie sah ihm an, dass er immer noch etwas verheimlichte, sich über irgendetwas Sorgen machte, das ihn dazu gebracht hatte, sich zurückzuziehen und sich nicht bei ihr zu melden. Selbst Sabine war aufgefallen, dass er irgendein Problem mit sich herumschleppte.

Suchte er nur nach einem Weg, ihr zu sagen, dass es aus war?

Sie konnte die Frage nicht länger hinausschieben. »Warum hast du mich nicht angerufen, Alex? Du hättest mir doch sagen können, dass dich das Foto geärgert hat. Oder gibt es noch ein anderes Problem? Deine Sekretärin macht sich auch schon Sorgen. Du seist in letzter Zeit so anders, meinte sie. Warum bist du wirklich hierher geflohen?«

Sie bereitete sich seelisch darauf vor, eine mit zahlreichen Entschuldigungen garnierte Abfuhr zu bekommen, so wie sie selbst einige Männer auf Abstand gehalten hatte, die ihr zu zudringlich geworden waren. Ich liebe dich noch immer, aber ich habe eine Frau kennengelernt, die mir noch mehr bedeutet, tut mir wirklich leid, ich wollte dir nicht wehtun, aber es geht leider nicht anders. So ungefähr entschuldigte man sich doch, wenn man mit jemandem Schluss machte. Höflich, korrekt, mitleidig, aber in Gedanken längst bei einer anderen. »Ich habe dich gesehen, Alex«, sagte sie erstaunlich ruhig, »dich und deine junge Freundin …«

Alex erschrak und setzte gerade zu einer Antwort an, als die Freundin zur Tür hereinkam und sich ihnen näherte. »Da bist du ja, ich hab dich überall gesucht«, rief sie ausgelassen. Sie küsste Alex auf die Stirn und setzte sich neben ihn. »Ich wusste gar nicht, dass du Besuch hast. Sag bloß, du hast eine heimliche Freundin.« Sie lachte fröhlich.

Ingrid spürte, wie sich ihr anfängliches Entsetzen in heillose Wut verwandelte. Sie sprang auf, ihr Stuhl polterte zu Boden, und sie schimpfte: »Wer hier eine Freundin hat, ist ja wohl klar! Wie kannst du es wagen, mich so zu demütigen!«

Sie stapfte wütend davon und war schon fast an der Tür, als Alex ihr nachrief: »Du irrst dich, Ingrid! Susanne ist nicht meine Freundin! Sie ist meine Tochter!«

Sie erstarrte mitten in der Bewegung. »Deine ... deine Tochter?«

»Setz dich, Ingrid! Dann erzähl ich dir alles.«

Immer noch blass von dem Schrecken, den er ihr eingejagt hatte, kehrte sie an den Tisch zurück. »Tut mir leid, das wusste ich nicht. Ich dachte ... ich hab euch in Königstein zusammen in einem Café gesehen und dachte ... jetzt stehe ich wie ein Volltrottel da, nicht wahr? Ich konnte den Gedanken nicht ertragen, dass du eine andere liebst. Als ich dich nicht erreichen konnte, dachte ich natürlich ...«

»Meine Schuld ... alles meine Schuld«, unterbrach er sie. Er griff nach ihren Händen und drückte sie sanft. »Ich habe dir Susanne verheimlicht, weil ich Angst hatte, du würdest sie nicht akzeptieren. Und vor der Firma haben Susanne und ich uns versteckt, weil wir uns selbst noch nicht im Klaren waren, wie unsere Vater-Tochter-Beziehung aussehen würde. Ich weiß doch selbst erst seit einigen Wochen, dass ich eine Tochter habe. Das war alles ein bisschen viel auf einmal.«

»Wenn ich gewusst hätte ... tut mir leid«, sagte Susanne.

Ingrid blickte beide verständnislos an. Susanne, seine Tochter? Es dauerte einige Zeit, bis die Nachricht vollständig bei ihr ankam, sie aber nur langsam zur Ruhe kommen ließ. Sie wäre am liebsten davongelaufen, als ihr klar wurde, dass ihr ganzer Kummer, die quälenden Gedanken und die schlaflosen Nächte umsonst gewesen waren. Warum hatte sie kein Vertrauen zu Alex gehabt? Wie hatte sie ihn verdächtigen können, ein Verhältnis mit einer anderen Frau zu haben?

»Mir tut es leid«, sagte sie. »Ich hätte euch nicht verdächtigen dürfen.«

Alex schien sich ebenso wenig wohl in seiner Haut zu fühlen. »Ich glaube, ich bin dir eine Erklärung schuldig. Wie gesagt, bis vor wenigen Wochen wusste ich noch überhaupt nicht, dass ich eine Tochter habe. Dann stand sie eines Tages vor meiner Tür und sagte: ›Ich bin Susanne. Deine Tochter.‹ Ich habe Susannes Mutter in Hannover getroffen, das muss im Sommer 1940 gewesen sein. Ich war damals gerade mal sechzehn und ging noch zur Schule. In die Obertertia. Sie lebte im selben Haus wie wir und hatte gerade ihren Mann verloren. Zwei Tage nach seinem Heimaturlaub war er in Polen gefallen. Ich hab ihr aufgeholfen, als sie im Treppenhaus gestürzt war, und bei ihr zu Hause ist es dann passiert.«

»Du hast mit einer Witwe …« Sie ließ den Satz unvollendet.

»Ich war sechzehn«, wiederholte er, »und sie suchte Trost. Sie verführte mich regelrecht. Einige Tage später war sie verschwunden, und keiner wusste, wo sie sich aufhielt.« Er trank einen Schluck und überlegte kurz, bevor er fortfuhr: »Auch mein Vater war gefallen. Ich lebte allein mit meiner Mutter und wurde kurz darauf zum Volkssturm eingezogen. Wir sollten der Wehrmacht helfen, Stellungen auszubauen. Als der Krieg zu Ende war, sind wir getürmt. Leider war meine Mutter während eines Bombenangriffs gestorben. Ich landete bei meiner Tante und meinem Onkel in Ahlden an der Aller, die hatten einen Bauernhof und gaben mir ein Zuhause. Wie es dann weiterging, kann dir Susanne viel besser erzählen.«

Susanne beugte sich nach vorn. Erst jetzt bemerkte Ingrid, wie ähnlich sie ihrem Vater sah. Die gleichen Augen, der gleiche

Mund. »Meine Mutter war nach Göttingen zu ihrer Schwester gezogen, und ich wuchs bei ihnen auf«, sagte sie. »Das war nicht einfach, vor allem, als ihre Schwester gleich nach dem Krieg einen Mann aus Bayern heiratete und meine Mutter und ich allein durchkommen mussten. Zum Glück konnten wir die Wohnung behalten. Wer mein Vater war, verriet mir meine Mutter nicht, obwohl sie wusste, dass es nur er sein konnte.« Sie blickte ihren Vater an. »Das erfuhr ich erst vor einigen Monaten, als meine Mutter an den Spätfolgen einer Lungenentzündung starb und ich mir ein Zimmer in Göttingen nahm. Ich hatte gerade mein Abitur gemacht und will dort auch studieren. Beim Aufräumen unserer Wohnung fand ich eine Schachtel mit Briefen, die meine Mutter nie abgeschickt hatte. Sie waren an einen Alex gerichtet, und es stand alles drin, was ich wissen musste, um meinen Vater zu finden. Alles, bis auf seinen Nachnamen. Den erfuhr ich von meiner Tante. Ich fand heraus, dass er als Investor in Frankfurt arbeitete. Seine Adresse zu finden, war dann einfach.«

»Eine abenteuerliche Geschichte«, staunte Ingrid.

»Und nicht die einzige, die sich nach dem Krieg auf diese oder ähnliche Weise abgespielt hat«, sagte Alex. »Es wäre vielleicht besser gewesen, ich hätte dir gleich erzählt, was passiert war, aber ich … ich hätte dir vertrauen sollen, Ingrid.«

Ingrid konnte schon wieder lächeln. »Mich stört nicht, dass du eine Tochter hast«, sagte sie, »im Gegenteil. Ich freue mich sehr, dass ihr zueinandergefunden habt.« Sie wandte sich an Susanne. »Was haben Sie jetzt vor? Wollen Sie zu Ihrem Vater nach Frankfurt ziehen? Oder wollen Sie mit dem Studium anfangen?«

»Sag bitte du zu mir«, erwiderte sie. Sie lächelte verschmitzt. »Wer weiß, vielleicht sind wir ja bald miteinander verwandt, dann bin ich auch deine Tochter.«

Ingrid und Alex erröteten beide.

»Ich bleibe in Göttingen wohnen und fange nächsten Monat mit dem Studium an«, fuhr Susanne fort. »Mathematik und Physik, ich kann gut mit Zahlen umgehen. Der Klaus, mein Freund, studiert Chemie. Wir kennen uns aus der Schule.«

»Du hast einen Freund?«

Susanne zog ein Foto aus ihrer Umhängetasche und zeigte es ihr. »Einen netten sogar. In der Schule mochten wir uns gar nicht, da dachte jeder von uns, der andere wäre ein Streber. Aber inzwischen sind wir auf derselben Wellenlänge.«

»Ihr wollt heiraten?«

»Wer weiß?«

»Da hab ich plötzlich eine Tochter und dann verliere ich sie gleich wieder«, sagte Alex.

Susanne umarmte ihn liebevoll. »Wir kommen euch öfter besuchen. Von Göttingen nach Frankfurt fährt ein D-Zug, und nach Königstein finden wir auch.«

»Hast du denn keinen Führerschein?«

Sie lachte. »Einen Führerschein schon, aber kein Auto.«

Alex überlegte nur kurz. »Was hältst du davon, wenn ich dir einen unserer Firmenwagen überlasse? Ingrid ist sicher mit dem Volkswagen hier, den kannst du haben. Ingrid kann mit mir zurückfahren ... natürlich nur, wenn sie will.«

»Natürlich will ich«, erwiderte Ingrid. »Ich hol nur meinen Koffer.«

»Ich krieg meinen eigenen Volkswagen?«, fragte Susanne ungläubig.

»Warum nicht? Vorausgesetzt, ihr macht ihn nicht kaputt.«

Susanne strahlte. »Dann breche ich am besten gleich auf. Wie ich euch Turteltauben kenne, wollt ihr doch lieber allein sein. Klaus und ich besuchen euch, sobald es geht. Klaus hat auch den Führerschein und fährt noch besser als ich.«

»Ich bin sehr gespannt auf deinen Freund«, sagte Alex.

Ingrid und Alex standen vor dem Hoteleingang und winkten Susanne zu, als sie vom Parkplatz fuhr. Selbst aus der Ferne sah man ihr an, welche Freude sie an ihrem neuen Wagen hatte. Sie hupte zweimal, als sie auf die Landstraße abbog.

»Du hast eine nette Tochter«, sagte Ingrid.

»Ja … schade, dass ich sie nicht früher kennenlernen durfte.«

»Bist du mir noch böse, dass ich so misstrauisch war?«

»Bist du mir noch böse, weil ich mich verkrochen habe?«

»Natürlich nicht«, sagte Ingrid.

»Wollen wir ein Stück gehen?«

Sie überquerten den Parkplatz und folgten einem Wanderweg, der am nahen Waldrand entlangführte. Die Sonne leuchtete am leicht bewölkten Himmel und ließ das Grün der Bäume und umliegenden Wiesen noch grüner erscheinen. In den Bäumen zwitscherten Vögel. Ein Mann mit angeleintem Hund kam ihnen entgegen und grüßte freundlich, dann waren sie allein. Die Häuser verschwanden hinter den Bäumen, und sie genossen die friedliche Stille abseits des alltäglichen Trubels. Nur das leise Brummen eines fernen Flugzeugs störte die Einsamkeit.

Vor einer Parkbank blieben sie stehen. Alex ging auf die Knie, zog einen funkelnden Diamantring aus seiner Tasche und sagte: »Ich trage diesen Ring schon seit zwei Wochen in der Tasche. Ich liebe dich, Ingrid! Willst du mich heiraten?«

Sie war so überrascht, dass ihr für einen Moment die Sprache wegblieb. Dann antwortete sie: »Natürlich will ich. Aber nur, wenn du aufstehst und mich küsst!«

Nachwort

Ein Teil der geschilderten Handlung basiert auf tatsächlichen Geschehnissen, die ich während meiner Jugend in der Oberpfalz und in Frankfurt am Main und während längerer Aufenthalte in Texas erleben durfte. Selbst ein Dorf wie Eschenbrunn gibt es, allerdings unter einem anderen Namen. Wahr ist auch, dass in Grafenwöhr ein riesiger Truppenübungsplatz der US Army liegt und es zu zahlreichen Begegnungen und Beziehungen von amerikanischen Soldaten und deutschen »Fräulein« kam. Nicht immer waren sie konfliktfrei. Die Micky Bar gab es tatsächlich und sogar Elvis hatte dort einen Kurzauftritt. Inzwischen tagen die Zeugen Jehovas in dem Gebäude. WittWeiden und Seltmann waren die bedeutendsten Arbeitgeber in Weiden nach dem Zweiten Weltkrieg. Das Kaufhaus Haffner gibt es allerdings nur in meiner Fantasie, und auch die Hammond Ranch gibt es nicht wirklich. Ich kenne jedoch eine ähnliche Ranch in der Nähe von San Angelo, die mir als Vorbild gedient hat. Natürlich sind auch Jule, Gerda und Ingrid meiner Fantasie entsprungen, aber wer sich mit der Geschichte der 1950er-Jahre beschäftigt, findet sicher reale Personen, die etwas Ähnliches erlebt haben. Es war eine aufregende, aber auch schwierige Zeit, weit entfernt von der heilen Welt der damaligen Heimatfilme.

Ein Wort noch zu den »Fräulein«, so nannte man eine unverheiratete Frau bis 1972 (in der DDR bis 1951) tatsächlich. Ihr Familienstand war also offensichtlich und auch abwertend. Die Amerikaner fanden das Wort »Fräulein« lustig, es gab sogar einen Country-Song mit dem Titel, und verbanden damit »unverheiratet« und vielleicht auch »leicht zu haben«. Wie es mit unseren drei Frauen vom Badesee in den 1960er-Jahren weitergeht, lesen Sie im zweiten Band »Für immer, Darling«, der in wenigen Monaten erscheint.

Christina Beer

Folge der Autorin auf Amazon

Wenn dir dieses Buch gefallen hat, folge Christina Beer auf Amazon. Dann erhältst du eine Benachrichtigung, wenn die Autorin ihr nächstes Buch veröffentlicht. Um der Autorin zu folgen, gehe bitte folgendermaßen vor:

Desktop:

1) Suche auf Amazon.de oder in der Amazon App nach dem Namen der Autorin.
2) Klicke auf den Namen der Autorin, um auf die Autorenseite zu gelangen.
3) Klicke auf den »Folgen«-Button.

Smartphone und Tablet:

1) Suche auf Amazon.de oder in der Amazon App nach dem Namen der Autorin.
2) Klicke auf einen Titel der Autorin.
3) Klicke auf den Namen der Autorin, um auf die Autorenseite zu gelangen.
4) Klicke auf den »Folgen«-Button.

Kindle eReader und Kindle App:

Wenn du dieses Buch auf einem Kindle eReader oder in der Kindle App liest, wird dir automatisch angeboten, der Autorin zu folgen, nachdem du die letzte Seite des Buches gelesen hast.

Printed in Poland
by Amazon Fulfillment
Poland Sp. z o.o., Wrocław

43267806R00190